本书系

教育部人文社会科学研究
"西方诗学视角下的文学翻译研究"项目（10YJC74006）**研究成果**

江苏高校优势学科建设工程资助项目研究成果
A Projet Funded by the Priority Academic Program Development of
Jiangsu Higher Education Institutions

翻译理论与文学译介研究文丛　总主编　许钧

曹丹红　著

诗学视角下的翻译研究

南京大学出版社

目
录

第一节
现状之审视及问题之提出

中国的翻译研究已经经历了特点鲜明的几个周期。第一个周期以三国支谦所著的《法句经序》为开端，一直延续到 20 世纪五六十年代的传统译论时期。这一期间，中国的译论基本遵循支谦论翻译的模式，即对翻译活动的谈论往往以自己或他人的经验为基础，以文本为依托，以探讨翻译方法和技巧为中心，以随想感悟为论述方式。第二个周期始于 20 世纪 80 年代，中国开始译介西方翻译理论著作。经过二十多年的发展，接受、消化并吸收了西方译论的中国翻译研究界呈现了多元发展的面貌和趋势。一方面，翻译史、翻译本体、翻译主体、翻译批评等研究扩大了翻译研究的对象；另一方面，语言学、符号学、社会学、现代阐释学、伦理学、心理学、文化理论等其他学科的理论和方法也为翻译研究者所借鉴，为翻译研究提供了新的思路、新的视角。在西方理论的影响下，中国的翻译理论研究在这三十年内也经历了两次重要的转向：文化转向与社会学转向。这两次转向也意味着翻译研究范式的转变，研究者的视阈开始从微观走向宏观，从文本内走向文本外，人们不再满足于简单地将原作和译作进行文本比较，也不再局限于探讨翻译的方法和技巧，而是将目光投射到了文本之外，将翻译活动置于文化交流的大背景中，通过考察社会、文化因素与翻译活动的相互作用来解释或重新解释翻译活动中的种种现象。在这一过程中，人们对翻译活动的理解越来越深，翻译活动的重要作用也日益得到社会的承认，其地位也逐渐得到了认可。对于翻译研究者来说，这不能不说是一件幸事。外国译论的集中引入当然也并非没有产生一定的负面影响。考察本世纪初以来在中国各种语言类核心期刊上发表的文章，我们不难发现学者对西方理论的热情，以及急于借助西方理论来解决中国问题的迫切心情，因此类似解构主义、女性主义、后殖民主义、文化资本等术语在翻译研究领域频繁出现，而此类研究也一度成为学术研究中的时髦现象。幸而近几年来，研究者对外国理论的看法渐趋理性，即便再有对国外理论的译介和研究，也往往立足于我们自身的问题，试图做到理论与实际的相适应。与此同时，翻译研究更关注国家和社会的现实问题，开始愿意放下身段，走出象牙塔，对形而下的东西展开了更多的探讨，促使翻译行业、翻译政策、翻译市场、翻译教学等话题也开始进入翻译研究的范畴。2012年是中国翻译工作者协会成立 30 周年的年份，这一年，许钧发表了《翻译研究之用及其可能的出路》[①] 一文，谢天振发表了《新时代语境期待中国翻译研究的新突破》[②] 一文，穆雷发表了《也谈翻

---

① 许钧：《翻译研究之用及其可能的出路》，《中国翻译》2012 年第 1 期，第 5—12 页。

② 谢天振：《新时代语境期待中国翻译研究的新突破》，《中国翻译》2012 年第 1 期，第 13—15 页。

译研究之用》① 一文……这些承上启下的重要文章表明，中国翻译研究界开始总结过去几十年的成就与不足，试图为未来的翻译研究提供一个更为清晰的方向；这或许也表明，中国的翻译研究实际上正在进入一个新的周期。

但我们也看到，在中国翻译研究逐渐体现出自主与自信的同时，研究领域内部的发展并不是非常平衡的，而恰恰是理论本身的成熟程度使得这种不平衡现象更加令人担忧，因为它表明不平衡不是盲目的结果，而是无奈的选择。这种不平衡的表现之一便是：文本外研究发展迅速，而文本内研究却似乎遭遇了瓶颈。文本内研究的这种困境也体现在多个方面。首先，很多文本内研究很容易就陷入对个别语言现象或某个具体文本翻译的探讨，关注"技"的层面多过"道"的层面，在理论的普适性上还有所欠缺。事实上，这一类文章在很多学术期刊中也常常被列入"译技探讨"的行列。其次，某些文本内研究缺乏系统的理论的支撑和行之有效的方法的指导，在文学翻译研究方面尤其如此，研究似乎很容易陷入中国传统翻译研究的老路，中国的传统美学观仍旧是研究的理论依据，实证性的文本比较仍旧是研究的方法，经验性的随想仍旧是研究的结论。最后，通过对近年来发表的期刊文章的考察，我们看到，今日的文本内研究的确从不少学科借鉴了诸多新的理论和方法，例如诗学理论、德国功能学派理论、叙事学理论，等等，为理解翻译活动提供了新的视角。但是，文本内研究最终要落实到文本与文字，研究者的视线总是被语言转换过程牵制。而在文本外研究兴起以前，语言文字转换过程一直是翻译研究关注的对象，在两千多年的思考之后，可以

---

① 穆雷：《也谈翻译研究之用》，《中国翻译》2012 年第 2 期，第 5—11 页。

说大部分问题都得以提出及讨论，文本内研究很难再出现全新的问题系，也不太可能出现全新的结论。这是一种打补丁式的研究，它与尚可开拓新领域而且几乎没有边界限制的文本外研究具有很重要的区别。因此，近几年来，无论从研究的创新性还是发展程度来说，翻译文本内研究似乎都与文本外研究有较大差距，而且差距还在逐渐拉大。当然，从更广泛的角度来看，从内部走向外部是一种趋势。十年前，希利斯·米勒（J. Hillis Miller）在既耸人听闻又富有洞见的《文学死了吗?》中就已指出："文学行将消亡的最显著征兆之一，就是全世界的文学系的年轻教员，都在大批离开文学研究，转向理论、文化研究、后殖民研究、媒体研究（电影、电视等）、大众文化研究、女性研究、黑人研究等。他们写作、教学的方式常常接近社会科学，而不是接近传统意义上的人文学科。他们在写作和教学中常常把文学边缘化或者忽视文学。虽然他们中很多人都受过旧式的文学史训练，以及对经典文本的细读训练，情况却仍然如此。"[1] 翻译研究领域的情况也很类似，研究者逐渐转移视线，这导致文本内研究愈发举步维艰。

翻译文本内研究的现状使得某些学者不禁发出"目前的翻译研究的微观研究路向似乎走进了死胡同"[2] 这样的感叹。2003 年，谢天振在介绍以色列学者埃文-佐哈尔（Itamar Even-Zohar）的多元系统理论时曾有过这样的疑问："有人也许会感到担心，跳出文本之外的翻译研究与翻译有什么关系呢? 这种研究会不会流于空谈呢? 因

---

[1]　希利斯·米勒：《文学死了吗?》，秦立彦译，广西师范大学出版社，2007 年，第 18 页。

[2]　武光军：《翻译社会学研究的现状与问题》，《外国语》2008 年第 1 期，第 75 页。

为迄今为止，仍旧有相当多的人认为，既然是翻译研究，就应该结合具体的翻译实际。离开了翻译的实例谈翻译，有什么用呢?"① 如今，我们似乎应该提出相反的问题：在翻译文本外研究成为主流的背景之下，文本内研究是否还有必要？它将何去何从？

翻译文本内研究是否还有必要？回答当然是肯定的。首先，进行文本内研究是建设翻译学科的内在要求。翻译学科的建立和发展离不开译学研究的深入。对于译学研究，陈福康将其分为"内部研究"和"外部研究"两种模式：内部研究即"本体研究，……如翻译的基本理论模式，翻译的实质，原理，标准，翻译的思维方式，可译性问题，翻译的方法论（直译、意译、音译），翻译程序论，翻译美学，翻译的艺术，风格，技巧，等等"；外部研究即"研究翻译与外界的关系。如翻译在横断学科网络中的位置，翻译与哲学、社会学、文化学、语言学、心理学等等的关系，还包括对翻译教学，翻译批评建设，翻译工作者队伍的建设，翻译工作者修养问题，翻译工具书和教材的编写，中外专家合作问题等等的研究"。② 正确的研究思路，应该是"将微观研究与宏观研究、内部研究与外部研究、技的研究与道的研究结合起来，进行多方面的探索"③。因此，属于内部研究范畴的文本内研究在任何时候都应该是翻译研究的一个重要部分，不应该受到轻视甚至忽略。其次，文本内研究是揭示翻译活动本质特征的重要手段。王东风曾指出："就翻译研究而言，解构

---

① 谢天振：《多元系统研究：翻译研究领域的拓展》，《外国语》2003 年第 4 期，第 61 页。

② 陈福康：《中国译学理论史稿》，上海外语教育出版社，2000 年，引言第 iv 页。

③ 许钧：《切实加强译学研究和翻译学科建设》，《中国翻译》2001 年第 1 期，第 4 页。

主义迫使我们把专注的目光从意义或所指的确定性转向了意义的不确定性和能指的历史性，从文本之内，转向了文本之外：从文本的静态分析，转向了文本生成与接受的动态成因；从文本的语言分析，转向了与文本传播有关的历史、文化和社会环境。当主流翻译研究都走向了文本之外的时候，我们不难想象，它迟早还要回来。因为，语言和文本毕竟是翻译的根本属性。从语言和语言学的角度研究翻译可以说是一种回归，一种必然的回归，翻译的栖息地毕竟离不开语言，离不开文本，离不开结构。但这种回归已不是简单的回归，因为我们毕竟已经出去过，已经看到了文本之外的大千世界及其与文本之间的互动关系。"① 我们可能并不一定会认同这段话的所有观点，正如许钧所言："对翻译研究本体的回归，并不意味着研究方法必然回归到语言学的研究途径。"② 但是，王东风对于语言、文本之于翻译活动的重要性的认识，其关于翻译活动文本内因素与文本外因素关系的认识，我们甚为赞同，"翻译活动的确是一项跨文化交流活动，但它最根本的属性，是一种语言实践活动，是一种符号转换活动，以狭义的翻译而论，是一种语言转换活动"③。翻译活动首先体现为语言的转换，同时最终表现为（书面或口头）文本，无论是外部因素对翻译的影响，还是翻译活动对外界环境的作用，都离不开语言和文本。关注语言和文本，有利于我们进一步揭示翻译活动的本质属性，增进对翻译活动的理解。最后，进行文本内研究是促

---

① 王东风：《功能语言学与后解构主义时代的翻译研究》，《中国翻译》2007 年第 3 期，第 9 页。

② 许钧：《翻译研究之用及其可能的出路》，《中国翻译》2012 年第 1 期，第 9 页。

③ 许钧：《翻译研究之用及其可能的出路》，《中国翻译》2012 年第 1 期，第 9 页。

进翻译实践发展的前提和基础。改革开放以来，中国出现了历史上第四次翻译高潮，其间涌现了大量高质量的译作。与此同时，伴随着译作数量的日益增多，翻译界也出现了"抄袭剽窃、粗制滥造、误译乱译、质量低劣"[1] 等不容忽视的负面现象。译作质量的低劣一方面可能是由于某些译者态度不严肃或语言水平欠缺导致的，另一方面也可能是由于译者的理论修养不足引起的。所幸的是，大量出现的并非仅仅是负面现象。近几年，随着网络的发展，人们越来越习惯在公共信息平台谈论翻译，无论是重大翻译问题还是重要译作出版、重要翻译事件等，都会在网络上引发热烈的讨论，此类讨论对于增进译者与读者的沟通，对于译者转变翻译策略，甚至对于译者提高翻译水平都起到了积极影响。但我们也注意到，但凡涉及具体译文或翻译时，讨论的话题往往围绕语言的转换和译者的技艺展开，而讨论的视角和观点似乎很难摆脱中国传统译论的影响，令讨论的效果多少打了点折扣。这也令我们想到，翻译实践活动实际上很需要有方法的、能拓展视野的文本内研究的指导。翻译理论大致可以分为描述性的和规范性的两种。从指导实践的角度来看，描述性研究固然重要，规范性研究更是不可或缺，因为后者旨在提出规则和约束，为更好地进行翻译实践寻求方法。文本内研究是一种描述性与规范性，同时更侧重规范性的研究，它通过对语言转换和文本创作规律的分析，抓住翻译尤其是文学翻译的特征，适当地提出一些建议和方法，以期更好地指导翻译实践，提高译者的翻译水平，为一个国家翻译文学的建立和发展奠定基础。

---

[1] 沈苏儒：《我对翻译研究的基本认识》，《中国翻译》2007 年第 1 期，第 36 页。

然而，正如王东风指出的那样，今天向文本内的回归已经不再是一种简单的回归，更不是一种倒退。在经历由文本内向文本外再折回文本内这一系列转变之后，重新投向语言和文本的目光已经是一种全新的目光，这一目光更具包容性，它在聚焦语言转换与文本形成过程的同时，也深刻意识到语言、文本与外部世界之间的互动关系。这一目光也更为凝重深厚，它融合了多重视角。首先是王东风所指出的语言学视角，这是不言而喻的，因为翻译涉及两种语言的转换。问题在于，当涉及文学翻译时，单纯依靠语言学理论是否还能行之有效地解决问题？我们知道，文学翻译的对象是文学作品，文学作品的语言除了遵循一般规律之外，还具有自己的特殊性，这种特殊性是文学之所以成为文学、文学作品之所以成为文学作品的根本原因。文学作品的特殊性使得文学翻译区别于以信息交流为中心的非文学性翻译，这种区别在翻译的理解和表达过程中都有所体现：以信息交流为中心的翻译活动，它的理解过程是一个把握原作所指的过程，而文学翻译更加注重的，是研究原作的能指组织方式，把握形式与意义这一统一体所表现出来的价值；以信息交流为中心的翻译活动，它的表达过程是根据译入语的表达习惯，重新组织语句以传达原作所包含的所指信息的过程，而文学翻译更注重在表达过程中再现原作的能指特征，创造性地构建一个新的能指与所指的统一体。这些问题，实际上都已经超出了语言学的范畴，因为语言学理论探讨的是普遍的语言规律及其运用，它将一切话语当作语言符号一视同仁，它或许在分析和比较两种语言的结构时能够大显身手，但在探讨文学作品特殊性时却表现了一定的局限性。同时，语言学往往是描述性的，不涉及价值的判断，但文学却是一门关于文学作品价值的学科。因此，单纯依靠语言学并不能解决文学翻译中的一切问题。要研究文学翻译的本质特征，恐怕还要依赖以文学作品和写作活动的价值和特殊性为主要研究对象的学科，这门学科便是诗学。

第二节
梅肖尼克及其翻译诗学

根据我们所掌握的材料，法国语言学家、文学理论家、翻译理论家亨利·梅肖尼克（Henri Meschonnic）是第一位明确提出要从诗学角度来研究翻译并将自己的研究冠以"翻译诗学"之名的学者。[①] 这一主张首次出现在其 1973 年出版的著作《诗学（卷二）：写作认识论和翻译诗学》中。有关翻译诗学的内容属于著作的第二部分（第一部分为写作认识论），以论文集的形式，收录了《关于一种翻译诗学的建议》《从翻译语言学到翻译诗学》《人们把这称作翻译策兰》《法文版〈圣经〉》等重要文章，他在其中创造性地提出了翻译诗学的概念。之所以提出建立翻译诗学的建议，是因为他认为从必要性上来说，"对文本的翻译同对文本的写作活动本身一样，是一种超越语言的活动，它不能用陈述语言学也不能用雅各布森（Roman

---

[①] 我们也可以从梅肖尼克本人对自己研究的评价中看到翻译诗学的独创性，梅肖尼克认为翻译诗学"在认识论上的重要性在于它在以下几个方面的贡献：对一种尚未得到理论化的社会实践进行了理论化，对语言学中的意识形态元素提出了批评，对文学理论及文学社会学提出了批评"。（Henri Meschonnic ，*Pour la poétique II*：*Épistémologie de l'écriture*，*poétique de la traduction*，Paris，Gallimard，1973，p. 306.）

Jakobson）形式诗学的理论进行描述"①，而"因其所暗含的文本理论，翻译诗学不可能是一种应用语言学"②，它需要在一种新的理论框架下展开论述。对于这种理论框架怎么建构，梅肖尼克也提出了自己的看法，这涉及翻译诗学的可能性："一种关于文本翻译的理论被包含在诗学中，而后者是关于文本价值及其意蕴的理论。"③ 梅肖尼克将翻译诗学视作诗学的一个分支，翻译诗学借鉴的是诗学理论，或者用梅肖尼克的话来说："一种翻译诗学的理论只能依赖诗学理论"④，"翻译诗学实现了源于俄国形式主义和结构主义的诗学理论与现代写作实践的结合。翻译诗学不会割裂理论与实践。它提出了翻译与写作之间具有相似性的假设"⑤。

梅肖尼克翻译诗学的提出有其时代背景。首先，它对自己的定位是一种"实践性理论"，指出"一种文本翻译理论是必要的……因为它能够历史地去认识形成文本的社会进程，这一进程是一种超越语言的活动"⑥。它由此反对经验主义，因为"经验主义无法对形成文本或没有形成文本的经历做出理论总结，也无法对以作品形式存

---

① Henri Meschonnic，*Pour la poétique Ⅱ : Épistémologie de l'écriture，poétique de la traduction*，Paris，Gallimard，1973，p. 306.

② Henri Meschonnic，*Pour la poétique Ⅱ : Épistémologie de l'écriture，poétique de la traduction*，Paris，Gallimard，1973，p. 306.

③ Henri Meschonnic，*Pour la poétique Ⅱ : Épistémologie de l'écriture，poétique de la traduction*，Paris，Gallimard，1973，pp. 305 - 306.

④ Henri Meschonnic，*Pour la poétique Ⅱ : Épistémologie de l'écriture，poétique de la traduction*，Paris，Gallimard，1973，p. 325.

⑤ Henri Meschonnic，*Pour la poétique Ⅱ : Épistémologie de l'écriture，poétique de la traduction*，Paris，Gallimard，1973，p. 364.

⑥ Henri Meschonnic，*Pour la poétique Ⅱ : Épistémologie de l'écriture，poétique de la traduction*，Paris，Gallimard，1973，p. 305.

在的翻译和实现文化偏移的行为做出理论总结"①。从这个表述可以看出梅肖尼克研究的"科学性"倾向。但这种倾向在当时是符合时代潮流的，因为"二次世界大战后，随着科学技术、现代语言学和翻译活动本身的蓬勃发展以及机器翻译的兴起，人们逐渐改变了对翻译研究的传统观点，认为翻译不仅是一种艺术或技巧，而且是一门有规律可循的科学；翻译研究是一个与文艺学、社会学、心理学、数控论、信息论等多种学科有关的学科体系"②。

其次，梅肖尼克翻译诗学的提出也与当时的翻译研究现状相关。二战后出现的主要翻译研究范式是语言学范式，其中奈达（Eugene A. Nida）翻译理论占据了重要地位。奈达以自身的《圣经》翻译经历为基础，吸收了转换生成语法及结构主义语义学等语言学理论，构建了一种"翻译科学"③。奈达的翻译理论提出后不久，便遭遇了梅肖尼克的异议，或者说，恰恰是为了反驳奈达，梅肖尼克才萌生了建立一种翻译诗学的念头。对奈达的批判集中体现于《从翻译语言学到翻译诗学》这篇重要长文中。文章一开始，他便树立了批判的靶子："他（指奈达——本书作者）对行为主义和布龙菲尔德的意义观进行了理论化，这一意义观将意义视作一种反应。从这第一个公设所包括的一切隐含意义中，他总结出一种'翻译的新观念'，这一观念建立在对转换生成语言学和结构主义语义学种种分析技巧的

---

① Henri Meschonnic，*Pour la poétique II*：*Épistémologie de l'écriture*，*poétique de la traduction*，Paris，Gallimard，1973，p. 306.

② 谭载喜：《西方翻译简史》，商务印书馆，2004 年第 2 版，第 192 页。

③ 这种主张在奈达于 1964 年出版的著作《翻译科学探索》（*Toward a Science of Translating*）就已有所体现。

应用之上。他让人以为他由此确立了一种'翻译科学'。"① 奈达将翻译研究等同于应用语言学，这是梅肖尼克批判的起点。将行为主义意义观应用到翻译研究中来，将意义等同于对话者的反应，这产生了一种后果，那就是问题的重心从"什么是翻译?"或"怎么翻译?"转移到了"为谁翻译?"上。而"谁"是《圣经》英译本的接受者，是圣公会既有或潜在的信众。为了让这些通常来说文化水平不会太高的读者第一时间"明白"上帝"说了什么"，《圣经》必须用他们习惯的语言。由此，奈达会得出"将信息从一种语言搬运到另一种语言的过程中，必须不惜一切代价保留的是内容"② 这一结论也是十分自然的事。这种将内容与形式割裂开来的二元对立观点是梅肖尼克对奈达的另一指责。在奈达的翻译理论中，这种二元对立思想具有其他表现形式：能指与所指的对立，内容与风格的对立，散文与诗歌的对立，通用语与古语的对立，陈述意义与陈述活动的对立，书面语与口语的对立，本义与转义的对立，外延与内涵的对立，科学与艺术的对立……正是无处不在的二元对立思想，以及在二元之中重内容轻形式的态度，促使梅肖尼克严厉地指出："奈达牧师的实用主义偏离了上帝，偏离了上帝的真理，成为一种文化帝国主义，将一切共相（universaux）都等同于自我：作为表述行为的翻译是掩

---

① Henri Meschonnic, *Pour la poétique II*：*Épistémologie de l'écriture*，*poétique de la traduction*，Paris，Gallimard，1973，p. 328.

② Eugene A. Nida & Charles A. Taber, *The Theory and Practice of Translation*，Leiden，E. J. Brill，1982，p. 105. 也可参见 Henri Meschonnic, *Pour la poétique II*：*Épistémologie de l'écriture*，*poétique de la traduction*，Paris，Gallimard，1973，p. 332.

盖殖民统治的意识形态面具。"① 意识形态（idéologie）在这里不仅指
对思想（idée）的看重，更指出了奈达翻译实践活动的文化用意：将
《圣经》简化为言说内容，忽略其语言文本特殊性，这无疑是另一种
形式的殖民活动，因而他的"翻译科学"只能是一种意识形态的经
验性言论，而非真正的科学。梅肖尼克由此过渡到自己的主张：
"《圣经》的语言既不是言说（parlé），也不是书写（écrit），它是口
语（oral）。正是从这个前提出发，我们将重拾《圣经》翻译的语言
学和超语言学问题。立足于意识形态的奈达无法做到这一点。只有
诗学才能研究其运作，并提供一种对翻译的理论实践。"②

　　最后，翻译诗学的提出还和当时法国学术界的氛围不无关系。
动荡的 1968 年之后，与社会一样，法国学术界也开始出现破旧出新
的局面。1970 年，西苏（Hélène Cixous）、托多罗夫（Tzvetan
Todorov）和热奈特（Gérard Genette）三人在罗兰·巴特（Roland
Barthes）等学者的支持下，创办了一本名为《诗学》的杂志，三驾
马车式的编委会还决定同时推出一套"诗学"丛书，这两件事标志
着诗学在法国的复兴。③ 如托多罗夫在《诗学》中设想的那样，这一
复兴后的诗学是对亚里士多德（Aristote）、俄国形式主义和雅各布
森诗学思想的继承，它的任务是研究文学性，即"掌握每部作品产
生时起作用的普遍法则"④。而梅肖尼克对翻译诗学的定位，即"翻

---

① Henri Meschonnic, *Pour la poétique II : Épistémologie de l'écriture*, *poétique de la traduction*, Paris, Gallimard, 1973, p. 325.

② Henri Meschonnic, *Pour la poétique II : Épistémologie de l'écriture*, *poétique de la traduction*, Paris, Gallimard, 1973, pp. 340 - 341.

③ 参见曹丹红：《今日诗学探索之内涵与意义——LHT 杂志"诗学的历险"专号评述》，《当代外国文学》2014 年第 1 期。

④ T. Todorov, *Poétique*, Paris, Seuil, 1968, 1973 (version corrigée), p. 19.

译诗学实现了源于俄国形式主义和结构主义的诗学理论与现代写作实践的结合"，与复兴的当代法国诗学有很多重合之处。这表明，梅肖尼克的翻译诗学观受到了当时法国人文学科研究大氛围的影响。这一点也间接地证明，梅肖尼克可能的确是国际上第一位提出"翻译诗学"这一名称并意欲进行这一研究的学者。

那么，梅肖尼克的翻译诗学又提出了怎样的新观点，或者说至少不同于奈达的观点？通过阅读《诗学（卷二）：写作认识论和翻译诗学》第二部分"翻译诗学"之中最重要的两篇论文《关于一种翻译诗学的建议》以及《从翻译语言学到翻译诗学》，我们大致可以将此一阶段梅肖尼克的翻译诗学思想归结为如下几点。

（1）翻译的本质是写作。历史上并不乏将翻译视作一种创造性活动甚至一种艺术活动的观点，但这些观点无论怎么强调翻译的创造性或艺术性，心理上都会认为与原作相比，翻译的地位还是略低一等，忠实标准长期以来被理所当然地视作评价翻译的最高标准，这一事实本身已经将原作与译作的地位做了高下的区分。对于这种重写作轻翻译（又是二元对立！）的观点，梅肖尼克一面认为"今日它的意识形态力量如此强大，以致很难摧毁这种错误认识，甚至无法指出这是一种错误"①，同时指出"它同一种暴发户一般的文化帝国主义相关，后者已经忘掉了自己的历史，而且也不喜欢再提起这段历史"②，也就是西方文化靠翻译才形成源头的事实。而梅肖尼克的

① Henri Meschonnic，*Pour la poétique Ⅱ：Épistémologie de l'écriture*，*poétique de la traduction*，Paris，Gallimard，1973，p. 353.

② Henri Meschonnic，*Pour la poétique Ⅱ：Épistémologie de l'écriture*，*poétique de la traduction*，Paris，Gallimard，1973，p. 353.

翻译诗学"提出了翻译与写作之间具有相似性的假设"①，在他看来，翻译与写作，前者"是一种重新陈述活动（ré-énonciation）"②，后者是陈述活动（énonciation），两者之间并没有本质差别："说作者从现实到文本，译者从文本到文本，那是对今天我们所掌握的知识的不了解，因为我们已经知道，在经验和写出的书之间，一直都存在另一些书。我们所有人都是译者。"③ 无论是写作还是翻译，都要与之前存在的书发生互文联系；无论是写作还是翻译，都是"生产意义的特殊实践活动，是语言的社会实践的一种"④。从创造性来看，翻译并不比写作简单或低等。如果说原作者仅靠语言创造了一个具有"独特声音、色彩、运动和氛围"⑤ 并能调动读者理智或情感的文本，那么译者其实并不具备更多的工具和手段，他也只能从自己的语言出发去创造一个新的文本，重构独特的"声音、色彩、运动和氛围"。困难全部在这个"重构"上，重构不等于复制，因为"即便是从语言角度来看，翻译也已经不可能是复制"⑥，怎么谈论一种语言对另一种语言的复制呢？因此梅肖尼克说，和写作一样，"翻译也

① Henri Meschonnic, *Pour la poétique II : Épistémologie de l'écriture*, *poétique de la traduction*, Paris, Gallimard, 1973, p. 364.

② Henri Meschonnic, *Pour la poétique II : Épistémologie de l'écriture*, *poétique de la traduction*, Paris, Gallimard, 1973, p. 360.

③ Henri Meschonnic, *Pour la poétique II : Épistémologie de l'écriture*, *poétique de la traduction*, Paris, Gallimard, 1973, p. 360.

④ Henri Meschonnic, *Pour la poétique II : Épistémologie de l'écriture*, *poétique de la traduction*, Paris, Gallimard, 1973, p. 352.

⑤ Valery Larbaud cité par Meschonnic, *Pour la poétique II : Épistémologie de l'écriture*, *poétique de la traduction*, Paris, Gallimard, 1973, p. 352.

⑥ Henri Meschonnic, *Pour la poétique II : Épistémologie de l'écriture*, *poétique de la traduction*, Paris, Gallimard, 1973, p. 353.

是生产（production），而非复制（reproduction）"①。

另一方面，梅肖尼克也承认，"写作与翻译从诗学角度上说，是属于同一种写作活动的两种相关但不同的经验"②。翻译不仅与写作一样，要处理经验、文本世界与自身书写活动的关系，而且还要处理与原文本的关系，要在一个统一的文本中保存两种文学-语言-文化-历史之间的矛盾和差异，这就需要译者具有"敏感性、分寸感，需要考虑到和谐和合适"③，同时打破我族中心主义和兼并（annexion）心态，在"中心偏移"（décentrement）中倾听对方，实现与原作的历史性融合。可以想象，"如果不是通过一种重新陈述活动，如果没有译者的个人历险"④，那么最终得到的可能会是一个不考虑译入语文学传统的不可卒读的文字材料，或一个虽通顺实则抹除了差异的文本。

（2）"文本"（text）翻译理论。在批判奈达翻译观时，我们看到梅肖尼克不止一次指出："我们再次发现，此处缺失的是一种文本理论：（奈达）一方面将文学当作媒介语言，另一方面又将其视作规则之外的特殊性，将其同媒介语言对立了起来。"⑤"文本"概念在梅肖尼克心目中的重要性可以通过他提及这个词的频率反映出来。在尝

---

① Henri Meschonnic，*Pour la poétique* Ⅱ：*Épistémologie de l'écriture*，*poétique de la traduction*，Paris，Gallimard，1973，p. 352.

② Henri Meschonnic，*Pour la poétique* Ⅱ：*Épistémologie de l'écriture*，*poétique de la traduction*，Paris，Gallimard，1973，p. 388.

③ Valery Larbaud cité par Meschonnic，*Pour la poétique* Ⅱ：*Épistémologie de l'écriture*，*poétique de la traduction*，Paris，Gallimard，1973，p. 356.

④ Henri Meschonnic，*Pour la poétique* Ⅱ：*Épistémologie de l'écriture*，*poétique de la traduction*，Paris，Gallimard，1973，p. 360.

⑤ Henri Meschonnic，*Pour la poétique* Ⅱ：*Épistémologie de l'écriture*，*poétique de la traduction*，Paris，Gallimard，1973，p. 345.

试性地提出建立一种翻译诗学的《关于一种翻译诗学的建议》一文中，梅肖尼克共提出了 36 条主张。当然，"这 36 条主张并非'专断的公论'，而是翻译理论实践过程中不可缺少的'系统性原则'。这一系列'系统性原则'被作者以随想的方式组织在这 36 条主张里，既有翻译诗学所牵涉的一些根本问题，它的着眼点、它的特征，也有它对前人翻译理论的责难"[①]。因为是随想式的，所以这 36 条主张大多篇幅短小，长则二十来行，短则四五行。我们看到，在 36 条主张中，有 27 条提到了"文本"，例如前文提到的："一种关于文本翻译的理论被包含在诗学中，而后者是关于文本价值及其意蕴的理论"（主张 1）；"对文本的翻译同对文本的写作活动本身一样，是一种超越语言的活动，它不能用陈述语言学也不能用雅各布森形式诗学的理论进行描述"（主张 3）。

上文我们已经提到，梅肖尼克翻译诗学将翻译视作一种特殊的写作活动。由这样的翻译观过渡到文本翻译理论，这似乎是自然而然又合情合理的事，因为写作活动的结果总是会产生一个文本。这里的"文本"当然不是随意的文字材料，而是由某个特殊主体创造的具备一定品质和价值的整体。受限于 36 条主张的形式，梅肖尼克并没有展开对"文本"特征的阐释，甚至似乎将"文本"内涵视作一个不言而喻的前提。但我们从《诗学（卷二）：写作认识论和翻译诗学》及梅肖尼克的其他著作中可以体会到"系统""价值"[②]"主体

<hr />

① 许钧、袁筱一等编著：《当代法国翻译理论》，湖北教育出版社，2001 年，第 124 页。

② 对于"系统""价值"的阐释可见 Henri Meschonnic, *Pour la poétique I*, Paris, Gallimard, 1970, pp. 32–42. 我们在此看到了索绪尔结构主义语言学对梅肖尼克的深刻影响。

性"等内涵之于"文本"概念的重要性。

与此同时，我们看到梅肖尼克在谈论"文本"时，一方面指翻译的对象是文本，另一方面也指翻译的结果产生文本，实际上也就暗含了评价翻译的标准。翻译的对象是文本，这在今天看来似乎已经是老生常谈，连立场与梅肖尼克截然不同的一些翻译学派都自觉不自觉地主张翻译的对象应该是一个文本。例如法国释意学派代表学者勒代雷（Marianne Lederer）就曾明确指出："从根本上说，对译者来说，一个文本是由语言知识和言外知识构成的……文本是翻译的对象和存在依据"①。今日在翻译研究领域占据一席之地的德国功能学派文本类型和功能学说以及基于语篇语言学和语篇语义学理论的翻译研究也都是以文本（或译作"语篇"）为着眼点的。但与它们相比，梅肖尼克的观点提出的时间较早，足见其洞察力和预见性。反过来，认为译作也应该是一个"文本"，并将其视作衡量翻译的标准，这一观点即便在今天来看也仍具独创性。另外，从文本角度而非语言角度出发，这能为思考一些具有争议的问题提供思路，例如文学文本尤其是诗歌的可译性问题，以及语言的"古风"或者说"拟古"（archaïsme）问题。我们将在后面的章节中对"文本"及其翻译进行详细的分析，此处暂不赘述。

（3）翻译的语言和诗学价值。历史上，人们在思考翻译时，多多少少会涉及对翻译价值的思考，而翻译的语言价值②在很早以前便已得到中西方译者和研究者的认同，路德（Martin Luther）和德国浪

① Marianne Lederer，*La traduction d'aujourd'hui*，Paris，Hachette，1994，p. 13.

② 关于翻译语言价值的定义，可参见许钧著《翻译论》，湖北教育出版社，2003年，第388—291页。

漫主义者寄希望于通过翻译来建立一门独立、成熟的德意志语言，梁启超也谈论过佛经翻译对更新中国语言文字的巨大作用。相比之下，梅肖尼克对翻译语言价值的思考与前人相比并无特殊之处，只是在拉尔博（Valery Larbaud）的启发下，将这种更新手段称为"借用"（emprunt）。不过他意识到，"对'借用'方法的捍卫和拓展不仅是语言领域的事。翻译诗学也建立在这一更新之上。翻译的文学运作同时也是一种语言工作，'借用'的方法（不仅是词汇上的，同时也是句子和句法上的）占据了重要位置"[①]。也就是说，翻译不仅能够创造新词汇，还能在句法和结构层面拓展语言的可能性，而新句法和结构的大量使用又会引起质的变化，创造出一种新的文体和新的写作方式，为本民族的创作提供新的可能，这便是翻译的诗学价值。

（4）翻译活动的历史性。在梳理一种思想时，我们应当还原思想产生的时代背景。《诗学（卷二）：写作认识论和翻译诗学》出版于1973年，当时占据主流地位的翻译研究遵循的是语言学模式。梅肖尼克在此时提出并特别强调翻译活动的历史性，足见其洞察力之深刻。尽管对于翻译活动的历史性，他同样没有展开系统深入的阐述，我们仍可将其观点归纳为几个层次。首先，译者是某个特定时期、特定文化中的译者。在批判传统的译者隐身说时，他就指出"翻译是某个历史性主体的特殊的重新陈述活动"[②]。对于这个无法抹除时代和文化烙印的主体，梅肖尼克自己创造了一个词"我-此地-此时"

[①] Henri Meschonnic, *Pour la poétique Ⅱ*：*Épistémologie de l'écriture*，*poétique de la traduction*，Paris，Gallimard，1973，p. 357.

[②] Henri Meschonnic, *Pour la poétique Ⅱ*：*Épistémologie de l'écriture*，*poétique de la traduction*，Paris，Gallimard，1973，p. 308.

（je-ici-maintenant）。"我"（Je）表明了进行翻译的是一个具体的主体，具有个体特殊性，其中尤为重要的是其诗学观，因为"翻译……是两种诗学间的互动"①。"此地"（ici）、"此时"（maintenant）则表明，主体还受到特定文化空间和历史时间的限制。因此透明和隐身在梅肖尼克看来不但是一种无法达到的状态，还具有意欲抹杀译者主体性的消极意味。从这个意义上说，历史性总是与主体性联系在一起的。

其次，就个别文本来说，翻译的产生具有历史性。"翻译始终是一种重-写。每个时代、每个社会、每个阶级都会为公众产生自己的译者。每个时代……都体现于其翻译中，正如体现于其作品中一样。"② 反过来，"对处于某一特定跨语言、跨文化关系中的某部特定作品来说，诗学间的互相作用和历史性的重新陈述可以是还未产生过的，也可以不产生。不可译的文本因此是一种由历史原因造成的文化效果。不可译性是社会的，历史的，而不是形而上的（不可交流、无法表达、神秘主义、天赋）。只要文本翻译的时刻没有到来，那么语言外作用就是一种超验作用，而不可译则被当作一种本质和绝对"③。这并不是说在文本翻译的时刻还没来临之前翻译就是不可能的，而是说条件不成熟的情况下，产生的通常不是作为"文本"的翻译，而是"介绍性的翻译"（traduction-introduction）。这个观点仿佛是隔着半个世纪对本雅明（Walter Benjamin）《译者的任务》的

---

① Henri Meschonnic, *Pour la poétique Ⅱ*: *Épistémologie de l'écriture*, *poétique de la traduction*, Paris, Gallimard, 1973, p. 308.

② Henri Meschonnic, *Pour la poétique Ⅱ*: *Épistémologie de l'écriture*, *poétique de la traduction*, Paris, Gallimard, 1973, p. 358.

③ Henri Meschonnic, *Pour la poétique Ⅱ*: *Épistémologie de l'écriture*, *poétique de la traduction*, Paris, Gallimard, 1973, p. 309.

回应，因为在《译者的任务》中，本雅明曾指出，"可译性是某些作品的一个本质特征"①，它"内在于（immanente）原作"②。内在的可译性并不意味着原作是随时随地可译的，真正的翻译，也就是"不仅仅以传达信息为目的的翻译，它产生自原作在其来世生命中获得荣誉的那一刻"③。无论是梅肖尼克所说的"翻译的时刻"，还是本雅明所说的"获得荣誉的那一刻"，都表明从翻译来看，"每个具体的例子都有各自的限度，这限度是由具历史性的可能性所定义的"④，而梅肖尼克认为"决定这种可能性的，是译入语中的写作以及为谁写作的概念"⑤，也就是勒菲弗尔（André Lefevere）于 1992 年在《翻译、历史与文化论集》（*Translation/History/Culture*）中提出的影响翻译的因素之一——诗学，或者说诗学形态（poectics）⑥。反过来，从普遍层面来看，人们对原作的认识总是在不断地完善，而社会对作品的接受态度和条件也总是处于历史的变动过程中，"已经译出的能够为尚未译出的提供帮助"⑦，对文本的介绍和研究也能逐渐

① 本雅明：《译者的任务》，陈永国译，见陈永国主编《翻译与后现代性》，中国人民大学出版社，2005 年，第 4 页。

② Walter Benjamin，« La tâche du traducteur »，trad. de Maurice de Candillac，in Walter Benjamin *Œuvres* Ⅰ，Paris，2000，p. 246.

③ Walter Benjamin，« La tâche du traducteur »，trad. de Maurice de Candillac，in Walter Benjamin *Œuvres* Ⅰ，Paris，2000，p. 247.

④ Henri Meschonnic，*Pour la poétique* Ⅱ：*Épistémologie de l'écriture*，*poétique de la traduction*，Paris，Gallimard，1973，p. 358.

⑤ Henri Meschonnic，*Pour la poétique* Ⅱ：*Épistémologie de l'écriture*，*poétique de la traduction*，Paris，Gallimard，1973，p. 358.

⑥ André Lefevere，*Translation/History/Culture*，Shanghai，Shanghai Foreign Language Education Press，2004，p. 26.

⑦ Henri Meschonnic，*Pour la poétique* Ⅱ：*Épistémologie de l'écriture*，*poétique de la traduction*，Paris，Gallimard，1973，p. 359.

提高翻译的可能性，共同促成某个文本可译性时刻的到来。

最后，从整个民族文化的翻译活动来看，同一个民族对不同民族的翻译可能处于不同的水平，不同民族彼此之间的翻译也可能处于不对等的状况，正如梅肖尼克所说："根据两种语言文化之间关系的不同，根据自身历史长短，（翻译）工作是不尽相同的。目前我们对汉语、对阿拉伯语、对俄语的翻译，与我们对英语的翻译不同"①；"每个文化领域、每种语言文化都有自己的历史性，同其他语言文化并不具有（完全的）同时代性。俄国人翻译法语作品并不像法国人翻译俄语作品那样"②。这些不同的水平和状况都是翻译历史性的体现。

通过上文的梳理，我们可以将梅肖尼克的翻译诗学概括为：借助诗学理论，对作为一种特殊写作形式的翻译的研究。这一研究涉及对翻译本质（写作、中心偏移）、翻译对象（文本）、评价翻译标准（文本）、翻译价值（语言和诗学价值）、翻译主体（"我-此地-此时"）、翻译历史性等问题的探讨，而贯穿这些探讨的，是诗学的视角和方法，这是梅肖尼克翻译诗学的特殊之处。对梅肖尼克来说，诗学的视角尤其重要："从其源头和发展来看"③，诗学就没有将文学和写作视作与语言对立的事物（外在），而是将其视作语言的一种特殊应用（内在）；在诗学目光下，写作和翻译是同一种陈述活动，作为写作活动的翻译生产出来的是一个文本，其中语言与文学、语言

---

① Henri Meschonnic, *Pour la poétique II : Épistémologie de l'écriture*, *poétique de la traduction*, Paris, Gallimard, 1973, p. 356.

② Henri Meschonnic, *Pour la poétique II : Épistémologie de l'écriture*, *poétique de la traduction*, Paris, Gallimard, 1973, p. 310.

③ Henri Meschonnic, *Pour la poétique II : Épistémologie de l'écriture*, *poétique de la traduction*, Paris, Gallimard, 1973, p. 350.

与文化、形式与意义在语言形成的系统（文本）中实现了统一。我们看到，每一次，诗学都为摆脱二元对立思维，赋予翻译活动更多的统一性与整体性提供了可能，正如他本人所言：翻译诗学"是文学理论和实践中一个新的场所。它在认识论上的重要性在于它促进了某种理论实践，这一理论实践探讨的是能指与所指的同质性，而后者正是'写作'这一社会实践所特有的"①。这也是为什么梅肖尼克认为，比起当时占主流地位的翻译语言学理论，翻译诗学更能合理解释文学作品的可译性、翻译的成败和持久性、翻译的风格等问题。总而言之，《诗学（卷二）：写作认识论和翻译诗学》标志着梅肖尼克翻译诗学研究的开始，并为其日后的翻译研究奠定了基调。

应该说，梅肖尼克于上世纪 70 年代提出的真知灼见今天仍旧有启发意义。可惜的是，因其理论受众不广，加上梅肖尼克本人写作方式过于诗化，所以其真知灼见并没有在学界产生较大反响。因此本书一方面希望借我们的研究令更多学者了解梅肖尼克的翻译诗学思想，另一方面也意欲在梅肖尼克的基础上，继续从诗学角度出发，深入对"文本"翻译观的探索（详见下文第四章）。

1999 年，梅肖尼克又出版了另一部专著《翻译诗学》，进一步深化了 1973 年提出的观点。在著作伊始，我们首先注意到一种呼应："二十年来，涌现了不少论翻译的著作，然而，诗学在语言理论中的地位——或者不如说是其乌托邦——却并没有发生真正的改变。"② 或许正是诗学在语言和翻译理论话语中的"缺失及必要性"③，促使

---

① Henri Meschonnic, *Pour la poétique* Ⅱ : *Épistémologie de l'écriture*, *poétique de la traduction*, Paris, Gallimard, 1973, p. 330.

② Henri Meschonnic, *Poétique du traduire*, Lagrasse, Verdier, 1999, p. 9.

③ Henri Meschonnic, *Poétique du traduire*, Lagrasse, Verdier, 1999, p. 9.

梅肖尼克在写作《诗学（卷二）：写作认识论和翻译诗学》二十多年后，再一次著书探讨了同一话题。《翻译诗学》继承了《诗学（卷二）：写作认识论和翻译诗学》中的思想，继续坚持了翻译对差异性的尊重和传达，强调了翻译的系统性、主体性、历史性和写作本质，批判了符号概念及此概念所隐含的形式内容二元对立的思想。除此之外，在《翻译诗学》中，梅肖尼克重点发展了《诗学（卷二）：写作认识论和翻译诗学》中有所涉及但未深入讨论的概念，即"话语"（discours）和"节奏"（rythme）的概念。

从其论述来看，梅肖尼克是将话语视作语言（langue）和符号（signe）的对立面的，因而可以视作对第一阶段文本观的深入①。"话语"概念兼容了索绪尔（Ferdinand de Saussure）的言语（parole）和本伍尼斯特（Emile Benveniste）的话语（discours）思想，它强调的是言说的具体性、特殊性和整体性："如果话语如洪堡特所说，是某个'正在说话'的人的活动（activité）……，意味着从语法上将说出'我'的那个人记录在自己的话语中——本伍尼斯特是第一个承认这一点并对此做出分析的学者——那么陈述活动（énonciation）就不可能仅仅是逻辑的或意识形态的。它（指陈述活动）会带来一种主体活动，这种活动……会在有节奏、有韵律的话语的连续性中，成为创造这种连续性的主体化行动。"② 这段有点拗口的话表明，话语成为梅肖尼克关注的对象，它并非某种语言文字冷冰冰的组合，而是主体的一次特殊的活动，带有上面提到的"我-此地-此时"的

---

① 在梅肖尼克1999年出版的《翻译诗学》中，几乎不再出现"文本"一词，基本上被"话语"取代。

② Henri Meschonnic, *Poétique du traduire*, Lagrasse, Verdier, 1999, p. 12.

特征，它才是翻译的对象："我们要翻译的是话语，是写作"①，而非符号和语言。因此当我们研究或翻译一部作品时，更应该注重具体作品的特殊风格，而非写作者使用的语言本身所携带的语法等方面的约束。话语理论强调了作品的整体性和言语风格，也就是强调了翻译的诗性维度。

《翻译诗学》提出的另一个概念是"节奏"。实际上，梅肖尼克的贡献不仅在于他将节奏引入了翻译研究，还在于他以诗学研究者的身份，赋予了"节奏"这一诗学概念新的内涵："对节奏的话语分析（approche énonciative）是由亨利·梅肖尼克在《节奏批评》（Critique du rythme）及之后的《节奏原理》（Traité du rythme. Des vers et des proses）中发展起来的。这种视角如今已经成为参照，在这一视角下，节奏被视作言语活动中的话语运动。……对梅肖尼克来说，'节奏是不能计算的'，它无法再被等同于一种通常与格律相关的二元的相互交替，而应该与意义建立联系。它是'对能指活动的组织'，是'意义在话语之中的组织'"②。梅肖尼克的节奏观与传统修辞学视野下的节奏概念的最大区别在于："节奏的传统观念被认为是强弱节拍之间、异同之间的规律交替，或者是一种有规律的连续，或者是一种周期性，正如自然界的现象（波浪的运动、心脏的跳动）。节奏的这一传统观念……意味着诗歌中的一种规律性，有混淆格律和节奏之嫌"③；而梅肖尼克的节奏观则指出，节奏不仅仅

---

① Henri Meschonnic, *Poétique du traduire*, Lagrasse, Verdier, 1999, p. 12.

② Mathilde Vischer, *La traduction, du style vers la poétique. Philippe Jaccottet et Fabio Pusterla en dialogue*, Paris, Kimé, 2009, p. 35.

③ Mathilde Vischer, *La traduction, du style vers la poétique. Philippe Jaccottet et Fabio Pusterla en dialogue*, Paris, Kimé, 2009, p. 35.

是诗歌装饰性的停顿和韵律，而且是"对言语（parole）活动的组织，……体现了话语（discours）的特殊性、主体性、历史性和系统性"①，是"经验性在话语中的体现，它使得发生在说话主体身上的一切不再是对先前状态的重复，而总是一种新的、特殊的事件"②。一方面，如果说话语体现了主体的特殊性，那么节奏则体现了话语的特殊性，抓住了节奏，就等于抓住了话语和主体的精髓；另一方面，节奏具有经验性，也就是说节奏不是一成不变的东西，在每个话语中，节奏不尽相同，需要具体问题具体对待。节奏既然是对言语活动的组织，那么它应该同时包括对意义的组织和对形式的组织，或者说通过同一种活动同时组织起了形式和意义。通过对节奏的研究和讨论，梅肖尼克试图结束意义、形式对立的传统争执。如何把握和再现节奏是梅肖尼克翻译诗学理论和实践的核心问题，鉴于本书第六章会就节奏展开具体分析，此处不再赘述。

第三节
翻译研究的诗学视角：现状与发展

梅肖尼克可以说开启了从诗学角度观照翻译问题的先河。除了梅肖尼克之外，还有一些国内外学者不同程度地探讨过诗学与翻译的关系问题。其中一部代表性著作是英国著名学者乔治·斯坦纳

---

① Henri Meschonnic, *Poétique du traduire*, Lagrasse, Verdier, 1999, p. 29.

② Gérard Dessons, *Introduction à la poétique*, Paris, Armand Colin, 2005, p. 251.

（George Steiner）的《通天塔之后：语言与翻译面面观》（*Après Babel. Une poétique du dire et de la traduction*）。在这部著作中，尽管斯坦纳"从哲学、语言学、诗学、文艺批评、西方文化结构等诸角度，对语内、语际翻译进行了详尽的阐释"[①]，但正如他本人在第二版序言（1991年）中强调的那样，他要进行的，是建立一种"关于翻译的系统诗学"[②]，他的研究是"哲学观照、诗学敏感性和一种最形式化、最技术化的语言学"[③]的结合。与梅肖尼克一样，斯坦纳的诗学视角或诗学敏感性首先体现在他对乔姆斯基转换生成语法的反对。乔姆斯基意欲建立一种普遍语言的理想暗含着对自然语言差异的抹杀。对于斯坦纳来说，每种语言给世界绘制了一幅不一样的地图，地图与地图之间的差异是诗人的歌颂对象，是学者的灵感来源，而"当一种语言消失时，与之一起消失的是一个可能的世界"[④]，因此保护语言多样性对于人类的生存具有重要意义。"人类极其丰富的多元语言的存在具有心理必要性"，遗憾的是，"人们尚未从'达尔文主义'视角去认识和讨论这种必要性，而这种视角在《通天塔之后》中占据了核心位置"。[⑤]诗学敏感性还体现在斯坦纳反对将"理论"二字应用到诗学、阐释学、美学、翻译研究等领域，认为种种冠以"理论"头衔的"傲慢标签是一种炫耀，或是对科学技术那

---

① 廖七一等编著：《当代英国翻译理论》，湖北教育出版社，2001年，第71页。

② George Steiner, *Après Babel*, trad. de Lucienne Lotringer & Pierre-Emmanuel Dauzat，Paris，Albin Michel S. A.，1998，p. 15.

③ George Steiner, *Après Babel*, trad. de Lucienne Lotringer & Pierre-Emmanuel Dauzat，Paris，Albin Michel S. A.，1998，p. 16.

④ George Steiner, *Après Babel*, trad. de Lucienne Lotringer & Pierre-Emmanuel Dauzat，Paris，Albin Michel S. A.，1998，p. 19.

⑤ George Steiner, *Après Babel*, trad. de Lucienne Lotringer & Pierre-Emmanuel Dauzat，Paris，Albin Michel S. A.，1998，p. 20.

令人艳羡的财富和进步的借用"①，并指出"最高形式的翻译无须从所谓的理论家所提出的、从数学角度看幼稚的图表和流程图中获取灵感。它是并且将始终是维特根斯坦所说的'准确的艺术'"②。因此他明确指出自己的阐释四步骤并不是一种理论，而是对"一种行动的描述"③。诗学敏感性最后还体现在，斯坦纳明确指出，"《通天塔之后》尤其面向诗人，并希望获得后者的回应。而诗人指的是任何一个令语言存活下去的人，他明白通天塔的故事包含着灾难……也包含着撒向人类的一片星辰"④。

俄裔学者艾菲姆·埃特肯德（Efim Etkind）于 1982 年出版了从诗学角度探讨诗歌翻译的专著《濒危的艺术——关于诗歌翻译的诗学论文》（*Un art en Crise. Essai de poétique de la traduction poétique*），在该著作中，他同梅肖尼克一样，也指出当时法国诗歌翻译界正经历危机，而危机的源头"正是对内容与形式的分割"。埃特肯德不无担忧地指出"这一危机通过持续的演变，正在成为一场灾难"⑤，因为在他看来，法国对外国诗歌的翻译非常糟糕，时常以法语语言特点或法语格律诗的刻板性为由，将外国的格律诗翻译成蹩脚的散文，导致外国诗人在法国面目全非。然而，埃特肯德也认

---

① George Steiner, *Après Babel*, trad. de Lucienne Lotringer & Pierre-Emmanuel Dauzat, Paris, Albin Michel S. A., 1998, p. 21.

② George Steiner, *Après Babel*, trad. de Lucienne Lotringer & Pierre-Emmanuel Dauzat, Paris, Albin Michel S. A., 1998, p. 21.

③ George Steiner, *Après Babel*, trad. de Lucienne Lotringer & Pierre-Emmanuel Dauzat, Paris, Albin Michel S. A., 1998, p. 21.

④ George Steiner, *Après Babel*, trad. de Lucienne Lotringer & Pierre-Emmanuel Dauzat, Paris, Albin Michel S. A., 1998, p. 23.

⑤ Efim Etkind, *Un art en crise. Essai de poétique de la traduction poétique*, trad. de Wladimir Trouberzkoy, Lausanne, L'Age d'homme, 1982, p. Χ.

为，这种危机并不是不可挽救的，而他的著作的一个重要目的，即在于通过对法译诗歌的批评，通过对法语和法语传统格律的"保护和发扬"，表明法语和法语格律诗的形式完全适合于翻译外国诗歌，以此"同诗歌翻译的危机做斗争"①。

另一本较为重要的著作是美国学者兼诗人和翻译家的威利斯·巴恩斯通（Willis Barnstone）于 1993 年出版的《翻译诗学——历史、理论、实践》(*The Poetics of Translation*：*History*，*Theory*，*Practice*)。在该书中，巴恩斯通指出，自己之所以选择了这个书名，即 *The Poetics of Translation*，是因为他想"令汇聚于作为艺术的翻译之上的焦点更加清晰"②，"希望能够强调诗人翻译家潜在的独立性、艺术及其独创性"③。在"翻译诗学"这个书名中，"'诗学'一词暗示着艺术的形式层面，暗示着那些将得到系统性处理的问题，比如韵律（包括格律、押韵和诗句结构）、可译性、忠实性和方法论（'以字换字'的文字翻译与'以意换意'的文学翻译）、对等和差异（语音上的和句法上的）、发音法（古语与现代语）和句法（原始的与归化的）"④。"'诗学'还意味着分类学，对翻译类型的划分和命名，例如德莱顿的直译、意译、拟作，或者诺瓦利斯的语法的翻译、转换的翻译和神话的翻译。另外，可能最重要的一点是，'诗学'一

① Efim Etkind，*Un art en crise. Essai de poétique de la traduction poétique*，trad. de Wladimir Trouberzkoy，Lausanne，L'Age d'homme，1982，p. XIX.

② Willis Barnstone，*The Poetics of Translation*：*History*，*Theory*，*Practice*，New Haven and London，Yale University Press，1993，p. 4.

③ Willis Barnstone，*The Poetics of Translation*：*History*，*Theory*，*Practice*，New Haven and London，Yale University Press，1993，p. 5.

④ Willis Barnstone，*The Poetics of Translation*：*History*，*Theory*，*Practice*，New Haven and London，Yale University Press，1993，p. 6.

词指向理论和方法论。自《圣经》时代、希腊罗马时期以来直至 20 世纪，出现了各种各样的理论和方法论。近来，人们强调的是语言学和结构主义方法、早期俄国形式主义和符号学以及快速积累起来的由德里达（Jacques Derrida）及其美国同行提出的解构主义原则。"① 同梅肖尼克一样，巴恩斯通的翻译诗学也涉及多个层面，而这些层面无疑受到了亚里士多德《诗学》的启发：关注翻译中涉及的艺术形式转换，正如亚里士多德赋予诗学内涵——对一种制作技艺的探讨；探讨翻译类型，正如亚里士多德的《诗学》探讨了悲剧、史诗等体裁；为翻译研究提供一种视角，虽然巴恩斯通没有言明，但我们能够通过上下文推断他的视角是诗学。巴恩斯通与梅肖尼克的重要相似之处还在于，他认为翻译理论也应该被纳入文学理论："我认为，如果翻译被视作一种转换原则，是感知、写作、阅读和重写的一种基础而本质的成分，那么对翻译的研究就必须作为一个根本要素，同自亚里士多德起至今的任何阅读理论与符号学理论一样，都应被列入普通文学理论。"② 他本人即做出了榜样，在《翻译诗学——历史、理论、实践》一书中，从文学理论角度出发，反思了翻译理论与实践中存在的若干重要问题，例如忠实性、可译性、翻译方法、理论与实践脱节现象、原创性与传统关系、独立性与翻译的尊严、翻译的文学价值，等等。

法国学者布鲁诺·加尼埃（Bruno Garnier）于 1999 年出版了《一种翻译诗学——从人文主义至古典悲剧时期的欧里庇得斯〈赫卡

① Willis Barnstone，*The Poetics of Translation*：*History*，*Theory*，*Practice*，New Haven and London，Yale University Press，1993，p. 6.

② Willis Barnstone，*The Poetics of Translation*：*History*，*Theory*，*Practice*，New Haven and London，Yale University Press，1993，p. 7.

柏〉法译本》(*Pour une poétique de la traduction*：*L'Hécube d'Euripide en France de la traduction humaniste à la tragédie classique*)。这部著作严格来说属于译介学的范畴，正如加尼埃自己的定位：这是一种"对某个文本的翻译历史"[①] 的研究。研究梳理了自1544 年第一个法译本面世至 1730 年这两个半世纪中《赫卡柏》在法国的译介情况。根据加尼埃的介绍，"自文艺复兴以来，存在 25 个《赫卡柏》译本，有散文形式，有诗句形式，有全译，有节译，更常见的是为适应舞台和阅读而做出的改编"[②]，加尼埃则以历时的目光，分别考察了第一个译本、拉丁文改编、人文主义和巴洛克风格的《赫卡柏》、古典时期的《赫卡柏》和启蒙时期以来的《赫卡柏》，分析了不同时期《赫卡柏》的译本特征、形成该特征的原因及译本的影响。研究的诗学色彩主要表现在加尼埃在分析译本特征时，集中探讨了时代的诗学潮流为译本提供的条件或设置的障碍；在考察译本影响时也注重其对法兰西语言及诗学类型发展所做出的贡献；最后在具体分析翻译方法时，又重点关注了译者对文本诗性价值的意识、译者再现价值的诗学方法及译本最后获得的诗学效果。

加尼埃的研究与翻译文化研究的代表人物安德烈·勒菲弗尔的研究有异曲同工之妙。安德烈·勒菲弗尔先后在其编著的《翻译、改写以及对文学名声的制控》(*Translation，Rewriting and the Manipulation of Literary Fame*) 和《翻译、历史与文化论集》中探讨

---

① Bruno Garnier, *Pour une poétique de la traduction. L'Hécube d'Euripide en France de la traduction humaniste à la tragédie classique*，Paris，L'Harmattan，1999，p. 21.

② Bruno Garnier, *Pour une poétique de la traduction. L'Hécube d'Euripide en France de la traduction humaniste à la tragédie classique*，Paris，L'Harmattan，1999，p. 13.

或提及诗学和翻译诗学。在《翻译、改写以及对文学名声的制控》中，他指出："可以认为一种诗学由两部分构成：一部分是文学手法的集合，包括类型、动机、性格和情景原型以及象征等；另一部分是一种观念，涉及文学在某个作为整体的社会系统中所承担或应该承担的功能。"① 勒菲弗尔诗学观的最重要特征首先在于，他指出一种诗学"明显同诗学之外的领域所产生的意识形态影响密不可分"②，由此"一种诗学——或者说任何诗学——都具有历史变化，它并不是绝对的"③。另一方面，他指出诗学与文学实践之间存在互动，文学实践是诗学建立的基础，而诗学体系反过来又影响着文学实践，"决定着哪些原创或改写可以被某个特定的系统接受"④，这种决定性不仅在同一种系统内部有效，还"会对两种文学系统之间的相互渗透起到巨大的作用"⑤。同样，勒菲弗尔的翻译诗学虽然仍基于具体的译本和翻译方法比较，但它并没有深入探讨这些方法的特征和优劣，而是分析了翻译方法选择与主流诗学体系及文学意识形态之间的关系。

比利时学者维谢（Mathilde Vischer）于 2009 年出版了专著《翻译：从风格到诗学》（*La traduction，du style vers la poétique*：*Phi-*

---

① André Lefevere，*Translation，Rewrighting and the Manipulation of Literary Fame*，Shanghai，Shanghai Foreign Language Education Press，2004，p. 26.

② André Lefevere，*Translation，Rewrighting and the Manipulation of Literary Fame*，Shanghai，Shanghai Foreign Language Education Press，2004，p. 27.

③ André Lefevere，*Translation，Rewrighting and the Manipulation of Literary Fame*，Shanghai，Shanghai Foreign Language Education Press，2004，p. 35.

④ André Lefevere，*Translation，Rewrighting and the Manipulation of Literary Fame*，Shanghai，Shanghai Foreign Language Education Press，2004，p. 36.

⑤ André Lefevere，*Translation，Rewrighting and the Manipulation of Literary Fame*，Shanghai，Shanghai Foreign Language Education Press，2004，p. 36.

lippe Jaccottet et Fabio Pusterla en dialogue）。在著作中，维谢以瑞士提契诺州诗人法比奥·普斯特拉（Fabio Pusterla）对同胞沃州诗人（Philippe Jaccottet）的翻译为例，探讨了围绕翻译活动产生的种种对话：文本与译者的对话，作者诗学与译者诗学的对话，译者本人的翻译与写作活动的对话。[①] 作者虽然强调自己研究的着眼点是文本，运用的主要是阐释学的理论和方法，但她也指出自己的文本研究建立于三大前提之上：翻译的视阈、作为"对话潜力"的文本和翻译诗学。在"翻译诗学"这个部分，作者首先确定了翻译诗学涉及的几个重要概念：风格、节奏、（源自互文性的）轨迹以及"抒情约定"。[②] 随后通过同一位作者的多部作品与同一位译者给出的译文的对比，发现了译者的风格轨迹，并从中总结出译者的翻译诗学。这便是"翻译：从风格到诗学"这一书名的由来。与以往研究不同的是，维谢借助诗学和文学理论，对颇受争议的"风格"一词进行了重新界定，将其一方面同一种稳定的、反复出现的写作手法，也就是出现于文本中的可辨的"轨迹"挂上了钩，一方面又同译者的诗学观挂上了钩。之后又通过考察同一位译者对同一位作者的多部作品的翻译，进一步实践了想法，验证了假设。这种翻译研究的视角和方法对其他研究者具有启示意义。

　　从国内翻译研究情况来看，许钧教授是较早关注翻译诗学理论的学者，他在著作《当代法国翻译理论》中专门辟了《翻译诗学》一章，对亨利·梅肖尼克的翻译诗学理论进行了简要的介绍，并将

---

　　① Mathilde Vischer, *La traduction, du style vers la poétique. Philippe Jaccottet et Fabio Pusterla en dialogue*, Paris, Kimé, 2009, pp. 9 - 10.

　　② Mathilde Vischer, *La traduction, du style vers la poétique. Philippe Jaccottet et Fabio Pusterla en dialogue*, Paris, Kimé, 2009, p. 31.

其同中国传统译论中的诗学思想进行了对比。近年来，也有朱纯深、赵彦春、杨柳、王东风等学者出版或发表了相关的论著或论文。例如朱纯深于 2001 年出版了《翻译探微：语言·文本·诗学》（台北：书林出版有限公司），赵彦春于 2007 年出版了《翻译诗学散论》（青岛：青岛出版社），杨柳于 2010 年出版了《翻译诗学与意识形态》（北京：科学出版社）。王东风也较为深入地探讨过诗学与翻译的关系，其重要观点见于《反思"通顺"——从诗学角度再论"通顺"》（《中国翻译》2005 年第 6 期）、《从诗学的角度看被动语态变译的功能亏损——〈简·爱〉中的一个案例分析》（《外国语》2007 年第 4 期）和《形式的复活：从诗学角度反思文学翻译》（《中国翻译》2010 年第 1 期）等论文。

以上我们基本梳理了国内外现有的与诗学视角下的翻译研究或翻译诗学相关的重要成果。这些冠以"诗学"或"翻译诗学"之名的研究在很多方面存在差异，产生差异的原因各异，但最重要的原因还在于研究者所采取的不同视角以及对"诗学"一词的不同理解。尽管如此，我们也发现这些研究存在交集，均表现出了对如下问题的关注。

（1）对形式的重视和强调。在很长一段时期内，国内外学者一直将翻译视作一种通过语言转换来传递意义或内容的活动，例如苏联翻译理论家巴尔胡达罗夫认为"翻译是把一种语言的言语产物在保持内容也就是意义不变的情况下改变为另外一种语言的言语产物的过程"，中国学者张培基认为"翻译是运用一种语言把另一种语言所表达的思维内容准确而整体地重新表达出来的语言活动"。① 这种翻

---

① 转引自许钧：《翻译论》，湖北教育出版社，2003 年，第 61—62 页。

译观将翻译视作某个不变的思维内容在不同语言系统中的传递，它暗示着语言形式的改变不会对思维内容造成影响，因而也否认了语言形式具有意义这一可能。这样一种翻译观是翻译诗学研究——不管其视角和切入点如何——极力反对的。艾菲姆·埃特肯德在论及诗歌的形式时指出："一首诗是一种机制，其中的每个元素都至关重要：节奏、韵律、诗节、句法结构、语音与音乐性组织都共存着，并形成一个系统。人们可以切去一个人的一条胳膊或者一条腿，甚至在失明、失聪、失言的情况下，他仍旧是一个个体。但是如果掏去他的心、他的脑或他的肝，他就会死去。将维庸（François Villon）的一首诗除去韵律，……结果是，诗歌的一切都将失去，只剩下语义的骷髅。与此同时，通常情况下，语义上的意图甚至不是一首诗歌的借口，它仅仅是诗歌的一个构成要素。"[1] 可见埃特肯德将文学作品的形式视作其生命的象征。正是出于这个原因，他在《濒危的艺术——关于诗歌翻译的诗学论文》中将多数笔墨花在了对诗歌的节奏、韵律、诗节、句法结构、语音与音乐性组织的翻译的探讨之上。上文我们已引用过的巴恩斯通对"诗学"的定义也表明了他对作品形式的关注及对如何再现这些具有价值的形式的思考。乔治·斯坦纳尽管从阐释学的角度出发，认为译者应当去追寻文本的意义的意义即终极意义，但在方法上，他主张从语音、用词、句法、人称变换、句子给读者带来的视觉和听觉感受等角度对原作进行深入的分析，并指出这种分析有利于对意义的意义即终极意义的追寻，因为终极意义实际上是与作者对"词语、句法尤其是语言学

---

① Efim Etkind, *Un art en crise. Essai de poétique de la traduction poétique*, trad. de Wladimir Trouberzkoy, Lausanne, L'Age d'homme, 1982, pp. Ⅺ-Ⅻ.

单位的灵活运用密不可分的表达潜力的总和"①，也就是原作语言在形式上的特殊性。

（2）将翻译视作一种创造。埃特肯德在评论兰波（Arthur Rimbaud）诗歌的翻译时指出："毫无疑问，这样一首表面看来不可译的诗，只能在其他法则的基础上，在其他语言和美学体系内部，通过重新创造来翻译它。"② 因此他将翻译称作一种艺术："我们有权要求，某部诗歌作品的翻译的首要品质是成为艺术品。"③ 无独有偶，巴恩斯通也指出："语言学方法观照翻译实践……的失败之处在于，这种方法从根本上误解了文学翻译的目的。文学翻译并不是一种规约性科学，而是同任何原创文学一样，是一种艺术。"④ 从"创造""艺术品"的概念很自然地就能过渡到将翻译等同于写作的观点，我们在介绍梅肖尼克翻译诗学时已经有过详细的探讨。巴恩斯通也有类似的论述：*"写作是翻译，翻译是写作*（斜体为原作者所加——本书作者）。写作活动的根本精髓在于，在写作过程的每个瞬间，作者同时在将数据阐释、转换、编码和翻译成有意义的文字和词语，而翻译过程的每个瞬间，译者也是作者，在进行着同样的活动。"⑤ 正是看到了原作者与译者活动的同质性，梅肖尼克才指出，区别对待

① George Steiner, *Après Babel*, trad. de Lucienne Lotringer & Pierre-Emmanuel Dauzat, Paris, Albin Michel S. A., 1998, p. 507.

② Efim Etkind, *Un art en crise. Essai de poétique de la traduction poétique*, trad. de Wladimir Trouberzkoy, Lausanne, L'Age d'homme, 1982, p. XV.

③ Efim Etkind, *Un art en crise. Essai de poétique de la traduction poétique*, trad. de Wladimir Trouberzkoy, Lausanne, L'Age d'homme, 1982, p. XV.

④ Willis Barnstone, *The Poetics of Translation*: *History, Theory, Practice*, New Haven and London, Yale University Press, 1993, p. 46.

⑤ Willis Barnstone, *The Poetics of Translation*: *History, Theory, Practice*, New Haven and London, Yale University Press, 1993, pp. 7 - 8.

作者与译者、抬高一方贬低另一方的态度是没有根据的。巴恩斯通也持同样的观点："在文学中，尽管分类学必不可少，但假设原创才享有荣誉，而译作不享有荣誉，这种观点具有误导性，且会带来不良后果。"[①] 创作、写作、艺术等词汇涉及价值判断，正是因此，从诗学视角出发的研究者们虽然看到了语言形式的重要性，但大多都明确指出不带价值判断的语言学方法不适用于自己的研究。

（3）对差异价值的肯定。"异"即差异，也就是原语语言文字、文学、文化与译语文字、文学、文化之间的距离。在翻译理论研究和实践活动中，人们对待"异"往往表现出两种截然相反的态度，或者坚持以译语语言文化为归依，消除原语语言文化带来的异质因素，或者坚持保留异质因素，并肯定其对译语语言文化的积极作用。例如梅肖尼克的话语特殊性理论中本身就包含了对"异"的肯定。在《翻译诗学》中，他又对"异"与"同"的关系进行了深入的探讨，他认为"异"与"同"是你中有我、我中有你的关系，"异"实际上产生于"同"中。真正的身份，真正的"同"，是在内部接受"异"的"同"，是通过"异"的作用不断得到更新的"同"，而翻译是体会"异"与"同"这种关系的最好例子。梅肖尼克以法语翻译中国古诗为例，说明只有改变自己语言的格律，才能听到"异"的声音，同时通过对"异"的接受，在法国语言文化中创造新的格律。如此循环反复，使原作在译语中再生，也使译语不断丰富自身。在《通天塔之后》中，斯坦纳对语言普遍深层结构的否定，对语言多样性的肯定，都表明了斯坦纳对"异"的重视。斯坦纳认为，"异"这

---

① Willis Barnstone, *The Poetics of Translation：History，Theory，Practice*, New Haven and London，Yale University Press，1993，p. 95.

个词"表明了语言的能力及它表现'异质'的冲动",它是"另一种情况,是假的建议、想象、愿望和逃避的念头",① 它们充斥着我们的精神生活,我们用它们来建造一种与现实生活不同的假想空间,因此,"异"同人的本质和存在息息相关。每一次同"异"的接触都是一次"我"和"他者"的较量,无论如何都不可避免地改变着我们自身,任何一门语言、任何一种传统象征系统在吸收外来元素时都会"遭受自身转变的危险"②,或者吸收"异"的养分丰富自身,或者完全受到"异"的感染使自身堕落,这便是"异"的考验,而"经历差异,触摸他者的构造和阻力,是对自我的再一次认识"③。作为两种有差异的语言文化之间的接触点,翻译是直接面对"异"的活动,"异"与阐释运作的每个步骤都密不可分。对待"异",斯坦纳持的是承认、包容、接受的态度,这一态度从他对"好的翻译"的定义中就可略见一斑:"高质量的翻译,必须带有一种对阻力和障碍的尽可能明确的感受,即使在理解的中心,这种阻力和障碍依旧完好无损。"④ 由此可见,梅肖尼克和斯坦纳对"异"与"同"的辩证关系均有深刻的认识,都认为"异"与"同"、他者与自我不是完全对立的关系,而是辩证的统一。同梅肖尼克和斯坦纳一样,其他持诗学视角的研究者也大多肯定了异质因素的积极作用,即便是进

---

① George Steiner, *Après Babel*, trad. de Lucienne Lotringer & Pierre-Emmanuel Dauzat, Paris, Albin Michel S. A., 1998, pp. 307 - 308.

② George Steiner, *Après Babel*, trad. de Lucienne Lotringer & Pierre-Emmanuel Dauzat, Paris, Albin Michel S. A., 1998, p. 406.

③ George Steiner, *Après Babel*, trad. de Lucienne Lotringer & Pierre-Emmanuel Dauzat, Paris, Albin Michel S. A., 1998, p. 490.

④ George Steiner, *Après Babel*, trad. de Lucienne Lotringer & Pierre-Emmanuel Dauzat, Paris, Albin Michel S. A., 1998, p. 510.

行外部研究的勒菲弗尔也肯定翻译可能译入新的诗学元素，来丰富本国的诗学体系。如何对待和处理"异"，既是翻译实践者必须面对的一个重要问题，也是翻译研究者绕不过去的一个重要问题。

（4）对主体重要性的认同。斯坦纳提出的阐释行动本身就是译者发挥主体性的过程，尤其是阐释行动的第四个步骤"补偿"。这种补偿是一种双向的、平衡的补偿，一方面，翻译转移、吸收原作的"异"，以促进本国语言和文化的发展，另一方面，被翻译、被转移的"异"在译语文化中获得新生，使自己的生命得到延续。在这个双向补偿的过程中，译者发挥着至关重要的作用。在此，斯坦纳比较了琼生（Ben Jonson）、罗伯特·布朗宁（Robert Browning）和夏多布里昂（François-René de Chateaubriand）三人的"文字翻译"（即通常所说的直译），指出琼生翻译的贺拉斯（Horace）的《诗艺》、布朗宁翻译的埃斯库罗斯（Eschyle）的《阿伽门农》之所以无法同夏多布里昂翻译的弥尔顿（John Milton）的《失乐园》相提并论，是因为琼生和布朗宁在翻译时，面对原作的"异"，过分抹杀了自我，一味要将"异"原封不动地搬运到译语中来，忽视了翻译是一个以译语来消化、吸收"异"的过程，以致他们最终只成为忠实的"抄写员"，而没有成为伟大的翻译家。与他们不同的是，夏多布里昂采取的是和谐、平衡的"文字翻译"策略，积极从原语和译语的词源上寻求统一，在转移"异"的同时表明这种"异"在根源上也为"我"所有，尽管陌生，却非常熟悉。夏多布里昂的策略使他的"文字翻译"达到了"异"与"同"的辩证统一，而这一过程时刻体现着译者的主体性和创造性。同样地，对译者创造性的强调也贯穿着艾菲姆·埃特肯德的《濒危的艺术——关于诗歌翻译的诗学论文》一书，尤其在《可译性与创造》一章中，埃特肯德以法国诗人瓦莱里（Paul Valéry）对罗马诗人维吉尔（Virgile）《牧歌》的翻译和让·普雷沃（Jean Prévost）对希腊诗人忒奥克里托斯（Théocrite）《牧歌》的翻译为例，指出译者只有发挥主体性和创造性，才能摆脱语言的束缚，克服语言之间的差距造成的困难，把握韵律特征，在翻译中再现原作品的特殊魅力，最终获得成功的译作。除了对译者创造性的强调，研究者们对原作者的主体性也给予了关注。上文已经提到，梅肖尼克翻译诗学的两个核心概念是"话语"和"节奏"，这两个概念都暗含了原作者的主体性，因为作者是作品话语形式的组织者，每一位作者对作品的组织方式各不相同，因此原作者的主体性又体现为作品的特殊性也就是作品话语的节奏。正因认识到翻译活动中原作者和译者这两个主体的重要作用，威利斯·巴恩斯通才在其《翻译诗学》中指出"翻译是一种合作，是两个艺术家共同的成果，或者说一种双重的艺术"①，而"大师级译者"或者说"诗人译者"都是那些"令他或她自己的声音占据主导地位"②的译者。

（5）对忠实性问题的讨论。实际上，忠实性问题是翻译内部研究无法避开的一个话题，研究者们在这一问题上或多或少表现出对传统观点的反思。例如梅肖尼克对某种传统忠实观一直持批判的态度。这种传统的忠实观一般要求译者在面对原作者时表现出"谦虚、隐身"的姿态，在梅肖尼克看来，这种所谓的忠实态度实际上首先是"对符号的忠实和对既有观念的忠实"，译者抹杀自我或者"隐身"，

---

① Willis Barnstone，*The Poetics of Translation：History，Theory，Practice*，New Haven and London，Yale University Press，1993，p. 13.

② Willis Barnstone，*The Poetics of Translation：History，Theory，Practice*，New Haven and London，Yale University Press，1993，p. 98.

目的在于制造一种假象：翻译不是翻译，或者说翻译是原作者用译语写的作品。这样一来，翻译便抹杀了"异"的所有特殊性以及所有"距离、时间、语言和文化"[①]，忠实的意图却产生了不忠实的结果。在批判传统忠实观的同时，梅肖尼克也提出了自己独特的忠实观，后者建立在他的节奏和主体性思想之上。节奏统一了原作的形式和内容，而强调主体性则要求译者"在另外一个时间，用另外一种语言，根据原作写出一个文本"[②]，这些都促使人们对翻译伦理做出新的思考。也就是说，译者不再徘徊于忠实原作内容或者忠实原作形式之间，而是忠实于原作的节奏，这是一种对节奏的伦理学，同时也是一种对节奏的诗学，"翻译的伦理学和诗学成为同一种研究，即对节奏的研究"[③]，这种视角下的忠实观由此实现了翻译活动伦理性和诗性的统一。乔治·斯坦纳对翻译忠实性也有独特的见解。在《通天塔之后》中，斯坦纳指出"忠实性并不是一种逐字对应，也不是一种为了再现'思想'的技术手段"，译者"只有在努力重建被他掠夺性的理解行为所打断的力量、完整性之间的平衡时，才算实现了对文本的忠实"，"忠实同伦理学有关，但是，从这个词的全部意义来看，它还同经济学有关"，[④] 也就是说，翻译不再是单方面忠实于原作的行为，而是一种双向补偿的交流行为，只有在交流双方都满意时，才称得上实现了忠实。在这种忠实观的指导下，斯坦

---

① Henri Meschonnic, *Poétique du traduire*, Lagrasse, Verdier, 1999, p. 26.

② Henri Meschonnic, *Poétique du traduire*, Lagrasse, Verdier, 1999, p. 27.

③ Henri Meschonnic, *Poétique du traduire*, Lagrasse, Verdier, 1999, p. 221.

④ George Steiner, *Après Babel*, trad. de Lucienne Lotringer & Pierre-Emmanuel Dauzat, Paris, Albin Michel S. A., 1998, pp. 410 - 411.

纳断言"对'直译'、意译和拟作之间的永恒区分完全成了一种偶然"①。而加尼埃则从考察法文"fidélité"一词的拉丁词源出发，指出了该词本身存在的矛盾性："fidélité"一个可能性的词源"fidus"指的是"译者自愿的忠诚承诺"，而另一个可能性的词源"fidelis"指的则是"一种限制性的奴役"，②而这种矛盾性导致了人们对忠实性的含混态度。由此可以看到，尽管研究者们在讨论翻译忠实性时角度互不相同，但他们的共同之处，在于他们都质疑了传统的二元对立的忠实观，而他们在视角上的分歧也向我们提出了问题：我们的研究应该从哪种角度，以何种方法来探讨忠实性这个翻译内部研究无法绕过的问题？

对形式的关注、对"异"的价值的肯定、对主体重要性的认同、对忠实性问题的讨论、将翻译视作一种创造：我们通过阅读文献，总结出与诗学相关的现有翻译研究在以上五个方面存在相似性，因而对这些方面的讨论也将在本书中占据重要篇幅。反过来，前人的研究仍存在某些有待补充与完善之处，而补充或完善的可能性为本书的研究打开了空间。我们在上文已经指出，本书意欲进行一种内部研究，因此本书不会大量借鉴勒菲弗尔与加尼埃的成果，即便后者对于我们的思考具有重要意义。梅肖尼克的论著无论在本书酝酿还是写作阶段，都给予了我们诸多启发。遗憾的是，正如其最重要

---

① George Steiner, *Après Babel*, trad. de Lucienne Lotringer & Pierre-Emmanuel Dauzat, Paris, Albin Michel S. A., 1998, pp. 410 – 411.

② Bruno Garnier, *Pour une poétique de la traduction. L'Hécube d'Euripide en France de la traduction humaniste à la tragédie classique*, Paris, L'Harmattan, 1999, p. 43.

的理论尝试《关于一种翻译诗学的建议》一文所体现的那样，同时是诗人的梅肖尼克的研究缺乏系统性，行文风格也有诗化倾向，影响了读者对其思想的理解和阐发。再来看斯坦纳的研究。在《通天塔之后》的后记中，斯坦纳坦言自己只是"借助诗学、文学批评和文化形式史，对人类语言的某些方面进行了探讨，而翻译在这一过程中始终是讨论的重心"①。换句话说，《通天塔之后》的研究对象仍旧是斯坦纳一贯感兴趣的人类语言。而巴恩斯通尽管试图将文学翻译研究纳入文学理论，但他对意欲探讨的翻译问题的选择却过于随意，并没有说明选择的根据；与此同时，讨论也缺乏系统性和深度，在涉及类似译者的写作机制等关键问题时，往往用"天赋""创造力"等词一笔带过，最后得出类似"艺术必须被翻译成艺术，艺术必须以艺术标准来衡量"② 这样流于表面的、老生常谈式的结论。

前人的成果与缺憾促使我们确定了自己的研究途径和方法：我们仍会将目光主要集中在译作和原作的对应关系上，其依托仍旧是文本，在这一点上，本研究同传统的文学翻译研究并无二致。本研究的特点在于，我们选取了特定理论即诗学作为支撑，除了"技"的层面的分析，我们更意欲在"道"的层面展开探讨。而这些分析和探讨将围绕以下几个层面展开：第一，诗学视角下的翻译研究必然要讨论作品的形式问题，因为形式极大地关系到文学作品的特殊性，把握和再现这种特殊性无疑是文学翻译的根本任务；第二，诗学视角下的翻译研究必然要探讨"异"的问题，因为文学作品特殊

① George Steiner, *Après Babel*, trad. de Lucienne Lotringer & Pierre-Emmanuel Dauzat, Paris, Albin Michel S. A., 1998, p. 633.

② Willis Barnstone, *The Poetics of Translation*: *History*, *Theory*, *Practice*, New Haven and London, Yale University Press, 1993, p. 98.

性正是"语言之异""文学之异"和"文化之异"共同作用的结果；第三，诗学视角下的翻译研究必然要讨论主体性问题，无论是对原作的"异"的把握，还是对原作"特异"之处的再现，译者都要发挥主体性和创造性。最后，诗学视角下的翻译研究仍旧要讨论忠实性问题。从西塞罗（Cicéron）开始，人们就一直在这一问题上争执不休，或许从诗学角度出发的研究能为思考忠实性问题提供新的可能。

梅肖尼克曾指出："翻译诗学实现了源于俄国形式主义和结构主义的诗学理论与现代写作实践的结合。"① 在这一观点的启发之下，我们将本书定位为一种借助诗学尤其是现代诗学理论来考察文学翻译的研究。因此我们的研究将分两步走：首先我们将对诗学理论进行梳理、思考和归纳；其次，我们将运用诗学理论来观照文学翻译的本质特征及文学翻译研究中存在的一些基本问题。这些内容将逐一体现在本书的第四至六章。在第一章中，我们将追溯诗学尤其是西方诗学的起源和发展。从第二章至第三章，我们将借助诗学理论，探讨文学翻译的本质特征。在第二章中，我们主要将侧重点放在对原作本质特征的探讨上，指出文学性是文学文本的本质，而文学性又表现为文本的语音、词汇、句法、语法、语义、叙事视角等多个层面上体现出来的陌生化效果。我们将根据对文学性的分析，提出再现文学作品本质特征的方法和手段，并揭示对原作文学性的把握和再现是文学翻译的本质特征之一。第三章是对第二章的继续，鉴于文学文本语义问题的复杂性，我们将专门开辟一章对其进行讨论。

––––––––––

① Henri Meschonnic, *Pour la poétique II : Épistémologie de l'écriture*, *poétique de la traduction*, Paris, Gallimard, 1973, p. 364.

文学作品的语义具有朦胧的特征，这一特征具有多种成因。我们将依据诗学理论，对这些成因逐一做出分析，并提出一些在翻译中减少误读，重新构筑一个立体的、朦胧的、充满联想的语义空间的建议。第四章至第六章是借助诗学理论对几个重要的文学翻译基本问题的探讨。在第四章中，我们将根据诗学文本理论，重新审视文学翻译的标准问题，并思考能否将创造诗学意义上的"文本"作为衡量文学翻译的标准。在第五章中，我们将对当前翻译研究领域争议颇多的直译，也就是我们所说的"文字翻译"问题做出再思考，揭示文字性的本质，并指出理想的"文字翻译"是一种具有深刻诗性维度的实践活动。在第六章中，我们的目光将集中在翻译内部研究无法绕过的忠实性问题上。我们将借助诗学理论中辩证统一的形式、意义观，对传统翻译研究中存在的二元对立忠实观提出质疑，并在法国学者亨利·梅肖尼克诗学观的启发之下，提出一种以节奏为中心的新颖的忠实观。

第一章 诗学的概念与内涵

在绪论中，我们已经指出，本研究的视角和理论依据是诗学尤其是西方诗学。这并不意味着我们对中国传统诗学理论的否定和摒弃，而是因为，首先，"诗学"一词最早起源于西方，在经历了两千多年的发展和演变之后，西方学术界对"诗学"一词的外延、内涵和研究方法都有了较成熟的认识，而中国尽管在先秦时期就已经有诗歌理论，但"诗学"一词在中国出现得相对较晚。据学者考证，在中国，"作为诗歌学术语的'诗学'一词，最早出现，应在晚唐五代之际"①，也就是说比西方晚了近一千年左右。与此同时，"诗学"一词自晚唐五代在中国诞生以后，并没有引起多少反响，而自近代中国开始引入西方诗学体系后，"诗学"一词的内涵在今日的中国可以说已经基本西化。出于种种原因，诗学在中国并没有成为一个相对独立的学科，也没有自成一体的研究方法，因此朱光潜先生才会说"中国向来只有诗话而无诗学"②。其次，中国传统诗学理论的思想主要还是伦理学与美学的，例如儒家所提出的诗歌的"兴、观、群、怨"论旨在强调诗歌的本质在于其社会教化和政治功能，钟嵘的"滋味说"、王国维的"境界说"则强调了"感受"在诗歌创作与欣赏中的重要性。伦理学与美学倾向基本代表了中国传统诗论的基

---

① 钱志熙：《"诗学"一词的传统含义、成因及其在历史上的使用情况》，《中国诗歌研究》，2002 年，第 265 页。

② 朱光潜：《诗论》抗战版序，北京出版社，2005 年，第 1 页。

调，真正从语言文字形式特征角度去研究文学作品的诗学理论著作较少。当然也有例外，例如古代的"赋、比、兴"说与刘勰的《文心雕龙》都讨论了文学创作的手法与文学作品的内部特征，因此在下文中我们也会有所涉及。出于以上几点原因，我们将主要以西方诗学为依据，对文学翻译中的一些重要问题展开讨论，希望能够借我们的研究，为当今"似乎走进了死胡同"的中国翻译内部研究提供一条可行的路径，开辟另一种可能。

既然我们的研究依据的主要是西方诗学理论，我们就不能不先考察一下"诗学"一词的来源和定义。然而，对于诗学的定义及其发展历史，迄今为止，研究界并没能给出一个一致的看法。法国学者热拉尔·德松（Gérard Dessons）在其《诗学导论》中将当前人们对"诗学"一词的理解大致分为三种。第一，广义的诗学。此时"诗学"一词的含义同亚里士多德的定义密不可分，涉及对文学（对亚里士多德来说是"悲剧"这一文学类型）创作一般规则的探讨。例如俄国形式主义理论家托马舍夫斯基（Tomachevski）在"诗学的定义"一文中开门见山地指出："诗学的任务……是研究文学作品的结构方式。"[①] 托马舍夫斯基所说的结构方式并不是指某部特殊作品的独有方式，而是普遍存在于文学作品中的抽象结构，正如他随后立即指出的那样："在对文学现象进行理论研究时，就要对它们进行概括，因为它们不是作为个体，而是作为文学作品一般构成规律的

---

① 鲍里斯·托马舍夫斯基：《诗学的定义》，见《俄国形式主义文论选》，维克托·什克洛夫斯基等著，方珊等译，生活、读书、新知三联书店出版社，1984年，第76页。

运用结果而被研究的。"① 再如法国学者瓦莱里对诗学的定义："从词源学的角度看，即把诗学看成是与作品创造和撰写有关的、而语言在其中既充当工具且还是内容的一切事物之名，而非狭隘地看成是仅与诗歌有关的一些审美规则或要求的汇编"②，也就是对文学的整个内部原理的研究。第二，狭义的诗学，即关于诗歌的学问，而且诗歌在这里是作为一种与小说、戏剧、散文等相对的文学类型，而不是像托马舍夫斯基设想的那样是对"艺术文学"③ 作品的统称。例如浙江教育出版社出版的《中国诗学大辞典》就将诗学定义为"关于诗歌的学问，或者说，以诗歌为对象的学科领域"④。一般来说，西方很多以"诗艺"命名的著作以及中国传统诗学理论基本上都属于这种狭义的诗学研究范畴，重点探讨与诗歌创作有关的问题。从定义上来看，狭义诗学实际上是广义诗学的一个分支。第三，"特殊"的诗学。"诗学"一词有时被用于对某个特殊作家或作品的具体分析上，并冠以"某某的诗学"之名，例如巴赫金（Mikhaïl Bakhtine）所著的《陀思妥耶夫斯基诗学》，又如波德莱尔诗学、雨果（Victor Hugo）诗学，等等，此时，"诗学"一词指的是对作家自成一体的创作风格或者作品的内部体系——即作品中那些使其前后

① 鲍里斯·托马舍夫斯基：《诗学的定义》，见《俄国形式主义文论选》，维克托·什克洛夫斯基等著，方珊等译，生活、读书、新知三联书店出版社，1984 年，第 80 页。

② 转引自达维德·方丹：《诗学：文学形式通论》，陈静译，天津人民出版社，2003 年，引言第 2 页。

③ 鲍里斯·托马舍夫斯基：《诗学的定义》，见《俄国形式主义文论选》，维克托·什克洛夫斯基等著，方珊等译，生活、读书、新知三联书店出版社，1984 年，第 79 页。

④ 傅璇琮等主编：《中国诗学大辞典》，浙江教育出版社，1999 年，第 2 页。

连贯一致，又使其不同于其他作品的东西——进行探讨的学说。但是德松也指出："事实上，在关于诗学的普遍观点和特殊观点之间并没有真正的对立。换句话说，这两种视角不应该对立起来，因为从辩证的角度来看，对普遍诗学的研究不可能同对个别诗学的研究分割开来。"①

综合上述种种对诗学的认识，德松在《诗学导论》中指出："不管是为了建立一套关于'文学性'的一般理论，还是为了揭示一部作品的特殊性，诗学都是对文学特殊性的研究。"② 对诗学的这一定义并非德松的首创，纵观西方文学理论史，从亚里士多德至今，不少研究者以类似的话语对诗学概念做出过厘定。在下文中，我们将通过考察诗学的起源及"诗学"一词的内涵在不同时期的变化与发展，进一步深化对诗学概念及内涵的理解，为我们下一步从诗学视角出发去探讨翻译活动奠定基础。

第一节
早期的诗学理论

学界一般认为，"在西方，作为独立学科的诗学与亚里士多德的

---

① Gérard Dessons，*Introduction à la poétique*，Paris，Armand Colin，2005，p. 8.

② Gérard Dessons，*Introduction à la poétique*，Paris，Armand Colin，2005，p. 9.

《诗学》一起诞生"①。在亚里士多德之前，已经有赫西俄德（Hésiode）、修昔底德（Thucydide）、诡辩派甚至柏拉图（Platon）等人谈论过"摹仿"的本质、诗歌的功能，等等。② 但亚里士多德的贡献在于为一个延续几千年的学科确立了名称和方法，并贡献了一部专著——《诗学》。据考证，《诗学》写于公元前 4 世纪③，是西方现存第一部系统研究古希腊悲剧艺术的著作。亚里士多德的"诗学"一词保留了其词源学上的意义。从词源上来说，"'人工的'诗学从某种意义上说属于生产范围，……诗或者说诗歌生产了一种特殊的'产品'，而诗学在于重构这个产品，或者指出它。狭义的'poïétique'（就是我们所说的'poétique'，诗学），它是对某个被我们称为艺术品的物品的生产的科学，它在很大程度上重构了诗歌的技艺。'poïèsis'从更广的意义上说指生产、制造，它的范围是这样一种领域，在此，技师们（手工艺人、艺术家）生产出有用或无用的客体：客体或对客体（诗歌的卓越形式——悲剧中的行动）的'摹仿'……"④ 因此，在亚里士多德的《诗学》中，诗——poïèsis——不仅仅指狭义的诗歌形式，它"从词源来看指的是作品的制造"⑤，而诗学是一门有关文学作品创造的学问。

----

① Oswald Ducrot, Jean-Marie Schaeffer, *Nouveau dictionnaire encyclopédique des sciences du langage*, Paris, Seuil, 1995, p. 194.

② 让·贝西埃等主编：《诗学史》（上），史忠义译，河南大学出版社，2010 年，第 1—16 页。

③ 关于《诗学》的成文年代，学术界颇有争议，一部分人认为该书成书于公元前 347 年以前，另一些人则认为它成书于公元前 335 年以后。具体参见《诗学》，亚里士多德著，陈中梅译注，商务印书馆，1996 年，第 8 页。

④ Philippe Beck, Préface à la *Poétique* d'Aristote. In Aristote：*Poétique*, trad. de J. Hardy, Paris, Gallimard, 1996, p. 11.

⑤ Michel Jarrety, *La poétique*, Paris, PUF, 2003, p. 3.

从内容来看，这部著作篇幅不长，全书共分为二十六章。在正文第一章伊始，亚里士多德便明确指出了《诗学》的研究对象："关于诗艺本身和诗的类型，每种类型的潜力，应如何组织情节才能写出优秀的诗作，诗的组成部分的数量和性质，这些，以及属于同一范畴的其它问题，都是我们要在此探讨的。"① 随后，亚里士多德便提出了其诗学概念中重要的"摹仿"（mimēsis）概念："史诗的编制，悲剧、喜剧、狄苏朗勃斯的编写以及绝大部分供阿洛斯和竖琴演奏的音乐，这一切总的来说都是摹仿。它们的差别有三点，即摹仿中采用不同的媒介，取用不同的对象，使用不同的而不是相同的方式。"② 之后他在第一至第三章中就这三个不同点展开了具体讨论。在第四、第五章中，亚里士多德开始探讨诗歌这种艺术形式，指出诗歌起源于摹仿。他将诗歌分为悲剧、喜剧、史诗和讽刺诗四种类型，通过对悲剧与喜剧、悲剧与史诗的比较，肯定了悲剧这种诗歌形式的优越性。从第六至第二十二章，亚里士多德就悲剧展开了具体讨论。在这部分中，亚里士多德给出了悲剧的定义，并分析了决定悲剧性质的六个部分，即"情节、性格、思想、言语、戏景和唱段，其中两个指摹仿的媒介，一个指摹仿的方式，另三个为摹仿的对象"③。亚里士多德指出这六个部分中，最重要的是情节，因为"悲剧摹仿的不是人，而是行动和生活"④。第二十至第二十二章为过渡章节，亚里士多德在此讨论了言语问题，虽然言语属于悲剧的一个部分，但此处亚里士多德的视野已经扩大到了整体的语言表达问

① 亚里士多德：《诗学》，陈中梅译注，商务印书馆，1996 年，第 27 页。
② 亚里士多德：《诗学》，陈中梅译注，商务印书馆，1996 年，第 27 页。
③ 亚里士多德：《诗学》，陈中梅译注，商务印书馆，1996 年，第 64 页。
④ 亚里士多德：《诗学》，陈中梅译注，商务印书馆，1996 年，第 64 页。

题。第二十三章和第二十五章是对史诗的讨论。对于史诗，亚里士多德没有费太多笔墨，只用寥寥数笔分析了史诗的特征及其与悲剧的异同之处。在第二十五章中，亚里士多德列举了人们就史诗提出的一些问题，例如衡量诗歌优劣的标准，诗人描写的真实性问题等，并对此一一做了回答。在《诗学》最后一章中，亚里士多德再次对两种形式，即悲剧和史诗进行了比较，并再次肯定了悲剧优于史诗的论断。

《诗学》中最重要的一个概念是"摹仿"。亚里士多德指出摹仿是诗歌的本质，摹仿产生了诗歌，同时也是决定诗歌之所以成为诗歌、诗人之所以成为诗人的条件。他批评了同时代人对诗歌和诗人的不正确认识："人们通常把'诗人'一词附在格律名称之后，从而称作者为对句格诗人或史诗诗人——称其为诗人，不是因为他们是否用作品进行摹仿，而是根据一个笼统的标志，即他们都使用了格律文。"① 按照这样的逻辑，在医学和自然科学方面，也有人用格律文写作，那么这些人都应该被称为诗人。亚里士多德否定了这样的看法，他认为医学家、物理学家和诗人是有区别的，而区分的标志正在于："用摹仿造就了诗人，……与其说诗人应是格律文的制造者，倒不如说应是情节的编制者。"② 也就是说，诗人是编造故事的，而非编造诗句的，包括节奏、语言和旋律在内的诗句形式只是诗人实现摹仿的手段，而不能作为决定是不是诗歌的先决条件。

摹仿的形式是多种多样的，有史诗、悲剧、喜剧甚至音乐、舞蹈等。亚里士多德指出了区别各种摹仿形式的三种依据，即摹仿的

---

① 亚里士多德：《诗学》，陈中梅译注，商务印书馆，1996 年，第 28 页。
② 亚里士多德：《诗学》，陈中梅译注，商务印书馆，1996 年，第 82 页。

媒介、被摹仿的对象和摹仿的方式。但是各种摹仿之间也存在相同之处，这些相同之处即摹仿的本质特征。

（1）摹仿不是机械的摹仿，而是一种创造性活动。亚里士多德提倡诗人向优秀的肖像画家学习，后者"画出了原型特有的形貌，在求得相似的同时，把肖像画得比人更美。同样，诗人在表现易怒的、懒散的或性格上有其它缺陷的人物时，也应既求相似，又要把他们写成好人"[1]。也就是说，诗人在塑造人物性格时，不是单纯地对原型进行复制，而是"应该对原型有所加工"[2]，将其塑造成更美更好的人。对于故事的选择和情节的安排也是如此，一个人一生中会发生很多故事，一个时期会发生很多故事，但是它们并不能都被写入诗歌；情节的安排也是一种创造性的活动，以悲剧为例，情节安排的好坏直接影响着悲剧能否引起观众的怜悯和恐惧之感。

（2）摹仿要遵守一种完整性原则。亚里士多德指出，"悲剧是对一个严肃、完整、有一定长度的行动的摹仿"[3]，史诗虽然可以摹仿多个行动，但是，"和悲剧诗人一样，史诗诗人也应该编制戏剧化的情节，即着意于一个完整划一、有起始、中段和结尾的行动。这样，它就能像一个完整的动物个体一样，给人一种应该由它引发的快感"[4]。这种完整性意味着："事件的结合要严密到这样一种程度，以至若是挪动或删减其中的任何一部分就会使整体松裂和脱节。如果一个事物在整体中的出现与否都不会引起显著的差异，那么，它就

---

[1] 亚里士多德：《诗学》，陈中梅译注，商务印书馆，1996年，第113页。
[2] 亚里士多德：《诗学》，陈中梅译注，商务印书馆，1996年，第180页。
[3] 亚里士多德：《诗学》，陈中梅译注，商务印书馆，1996年，第63页。
[4] 亚里士多德：《诗学》，陈中梅译注，商务印书馆，1996年，第163页。

不是这个整体的一部分。"①"完整性"的概念虽然是就悲剧和诗歌的情节提出的，但亚里士多德在其中发展了他对整体性概念本身的认识，即整体中的每个部分都是互相依存、不可或缺的，这种思想中实际上蕴含着一种系统的观念，对后世产生了很大的影响。

（3）摹仿的可然性②原则。在第九章中，亚里士多德指出，"诗人的职责不在于描述已经发生的事，而在于描述可能发生的事，即根据可然或必然的原则可能发生的事"③。从这句话可以看出，可然性指的是事件有可能发生的性质，体现了诗歌开发潜在性的能力：诗歌中的情节、人物的性格并不一定都是真实存在的，只要有可能发生，都可以作为诗歌的题材。这种可然性原则解释了诗人与历史学家之间的区别："历史学家和诗人的区别不在于是否用格律文写作（希罗多德的作品可以被改写成格律文，但仍然是一种历史，用不用格律不会改变这一点），而在于前者记述已经发生的事，后者描述可能发生的事。"也正是因此，"诗是一种比历史更富哲学性、更严肃的艺术，因为诗倾向于表现带普遍性的事，而历史却倾向于记载具体事件"④。亚里士多德将可然性原则视作诗人与历史学家，或者更准确地说是诗歌与历史作品的根本区别，也就是说，在他看来，可然性原则是使诗歌之所以成为诗歌的东西，由此，他实际上触及了对诗歌本质的讨论。

从内容来看，亚里士多德将《诗学》的大部分篇幅贡献给了悲

---

① 亚里士多德：《诗学》，陈中梅译注，商务印书馆，1996年，第78页。

② 可然性，希腊语"to eikos"，法文译为"vraisemblable"，中文有时也译为"或然性"。

③ 亚里士多德：《诗学》，陈中梅译注，商务印书馆，1996年，第81页。

④ 亚里士多德：《诗学》，陈中梅译注，商务印书馆，1996年，第81页。

剧研究，他在其中详细分析了组成悲剧的六大要素，解释了悲剧的功能是引起观众的怜悯和恐惧之情，并使其得到感情的净化。同时，亚里士多德还就诗歌艺术尤其是悲剧艺术的创作技巧提出了中肯的建议，例如诗人应该如何安排悲剧或史诗的情节，如何控制诗歌篇幅的长短，如何在不同类型的诗歌艺术中运用各类词语和格律，等等。然而，《诗学》的意义并不仅限于此。首先，在《诗学》一开始，亚里士多德就指出这部著作意在探讨"关于诗艺本身和诗的类型，每种类型的潜力，应如何组织情节才能写出优秀的诗作，诗的组成部分的数量和性质，这些，以及属于同一范畴的其它问题"，但他思考问题的广度和深度使他能够超越纯粹的类型研究以及技术层面，从"道"的高度去触及诗歌创作的本质。其次，从《诗学》的内容来看，亚里士多德谈论的诗不是狭义上的诗歌或诗句，而是包括悲剧、喜剧、史诗、讽刺诗等在内的言语表达艺术的统称。从这两点来看，他的诗学理论同现代诗学[①]理论颇有共通之处，或者说，现代诗学是对亚里士多德《诗学》某些方面的复兴。

西方诗学的另一部奠基之作，即古罗马诗人贺拉斯写给罗马贵族皮索父子的书信。这封信发表数十年后，被古罗马著名修辞学家昆体良（Quintilien）命名为《诗艺》（*Ars poetica*）。《诗艺》成书于约公元前 15 年，比亚里士多德的《诗学》晚了近 3 个世纪。在《诗艺》中，贺拉斯以训诫命令的口吻，提出了诗歌创作的一些原则，与此同时也陈述了自己对于文学创作的看法，既涉及作品的形式，

---

① 对于此处及下文中出现的"现代诗学"一词，本书没有进行严格的定义，只是按照约定俗成的看法——例如托多罗夫在《文学的概念》中曾指出："对文学的形式主义研究称得上是对文学系统的研究，对作品系统的研究，正是在这一基础上，它们创立了现代诗学。"（Todorov, *La notion de littérature*, Paris, Seuil, 1987, p. 16）——以这一术语来指称德国浪漫主义以来的西方诗学理论。

也涉及作品的内容，同时还提及了诗人的任务。在《诗艺》与亚里士多德的《诗学》之间，存在一种继承关系，例如：《诗艺》的侧重点也在于阐述戏剧理论，贺拉斯在其中尤其提出了将戏剧分为五幕的建议；他还探讨了不同戏剧类型适用的格律；史诗创作理论在《诗艺》中也处于次要地位；贺拉斯同样强调了悲剧对情感的净化作用；《诗学》的核心概念摹仿说在贺拉斯的《诗艺》中得到重拾，对于摹仿，贺拉斯重申了亚里士多德提出的戏剧行动需要遵循协调性、同一性、统一性、可然性等原则。这样一种相似性促使一些学者认为，"即使贺拉斯不曾直接读过亚里士多德的《诗学》，他也有可能通过亚氏弟子的某些著作或者通过与逍遥派人士的个人接触而熟悉《诗学》中的某些内容"[①]。与《诗学》相比，《诗艺》增添了如下新内容。

（1）拓展了"摹仿"概念的内涵。亚里士多德曾提到摹仿的可然性，但这可然性更多涉及的是对行动的摹仿。而贺拉斯的《诗艺》花了不少笔墨谈论对人物性格的摹仿，指出作品中人物的语言要符合现实，否则会贻笑大方。与此同时，除了对自然和现实的摹仿，贺拉斯还提倡摹仿古人即古希腊人的经典作品。不过，贺拉斯在鼓励摹仿古人时，也重申了作品符合时代标准的必要性，提出了著名的言论：在摹仿古人时，"不把精力花在逐字逐句的死搬死译上"[②]。

（2）提出了新的作品评价标准。首先，《诗艺》一开篇，即以绘

---

① 让·贝西埃等主编：《诗学史》（上），史忠义译，河南大学出版社，2010 年，第 23 页。

② 贺拉斯：《诗艺》，杨周翰译，见《诗学·诗艺》，人民文学出版社，1962 年，第 144 页。

画作比，指出作品应"作到统一、一致"①，这种一致既有上文提到的摹仿人物性格言语时与现实的一致，也有作品内部内容与风格上的前后一致。其次，作品必须具有"'合式'（decorum）原则"②，即作品在选材和表达上是否符合同时代观众的水平和品味，这种思想在亚里士多德的《诗学》中并没有出现。最后，《诗学》关注的只是让人"从摹仿中得到乐趣"，能让人获得乐趣的摹仿占据最高地位，其后才是有用的摹仿。而贺拉斯则致力于取消乐趣和实用之间的矛盾，指出"诗人的愿望应该是给人愿望和乐趣，他写的东西应该给人以快感，同时对生活有帮助"③。

（3）对诗人的品质提出了要求。在《诗学》中，诗人本身没有得到具体的描述和定义，亚里士多德仅限于提出诗歌艺术是属于"具有天赋的人还是疯子"这样的问题。而《诗艺》对诗人本身做出了明确的定义：诗人要具有判断力，应保持高洁的心灵，应具备天赋，然后也不能缺乏勤奋，"苦学而没有丰富的天才，有天才而没有训练，都归无用；两者应该相互为用，相互结合"④。

除了《诗学》与《诗艺》之外，古代诗学的另外一部代表作是

---

① 贺拉斯：《诗艺》，杨周翰译，见《诗学·诗艺》，人民文学出版社，1962 年，第 138 页。

② 杨冬：《文学理论：从柏拉图到德里达》，北京大学出版社，2009 年，第 21 页。

③ 贺拉斯：《诗艺》，杨周翰译，见《诗学·诗艺》，人民文学出版社，1962 年，第 155 页。

④ 贺拉斯：《诗艺》，杨周翰译，见《诗学·诗艺》，人民文学出版社，1962 年，第 158 页。

古罗马修辞学家朗吉弩斯的《论崇高》①，在这部修辞学名著中，朗吉弩斯谈论了构成崇高风格的五要素以及崇高风格能对读者产生的效果。这部著作对后来的席勒等人产生了重要影响。由于《论崇高》只涉及对一种风格的探讨，因此此处不做详细介绍。对我们的研究来说，更为重要的是《诗学》与《诗艺》。从亚里士多德与贺拉斯对"摹仿"等概念和问题的讨论可以看出，早期的诗学已经涉及了两个层面：对诗歌创作过程的探讨以及对作为创造产品的作品本质的探讨。这两个层面已经将后来西方诗学发展的两条主线囊括其中：一是以诗歌创作行为本身为主要研究对象，代表人物为亚里士多德和贺拉斯本人，法国文艺复兴时期的诗艺派诗人以及法国著名学者瓦莱里、梅肖尼克等人；另一条主线以文学及文学作品的本质特征为主要研究对象，这一倾向在 20 世纪显得尤为明显，几乎超越并取代了诗学研究的另一条主线，代表这种倾向的主要包括俄国形式主义者、英美新批评学者、法国结构主义诗学研究者等。事实上，这两条研究主线也不是泾渭分明的，亚里士多德与贺拉斯的论著即很好的例子。再如 20 世纪的形式主义者提出的"陌生化"概念既被视作文学创作的内在要求，也被视作文学作品应具备的本质特征。鉴于此，在下文中，不管是梳理诗学理论，还是探讨其在文学翻译研究中的应用，我们都会将诗学的这两种含义考虑在内。

---

① 让·贝西埃等主编的《诗学史》认为《论崇高》一书的作者并非朗吉弩斯，因此也称其为假朗吉弩斯（《诗学史》译作假朗加纳斯），见《诗学史》（上），史忠义译，河南大学出版社，2010 年，第 32—34 页。

第二节
中世纪至 19 世纪末的诗学理论

有学者认为，"严格来说，在欧洲中世纪几乎不存在今天意义上的文学理论"①。根据让·贝西埃等编著的《诗学史》，中世纪的诗学源泉主要还是古代尤其是古罗马的文献。"贺拉斯毫无疑问对中世纪和文艺复兴的诗学思考起着最重要的影响，而且直至古典时期，它一直是一部重要参考文献"②。亚里士多德的《诗学》尽管是西方诗学的开山之作，但随着古希腊文明的灭亡，这部著作也消失于欧洲人的视野中。一直到 12 世纪才有阿拉伯人根据保留的阿伯拉语译本对《诗学》进行改写式的回译，直到 1278 年才出现由莫埃尔贝克（Moerbecke）翻译的拉丁文本《诗学》，"但是直到 1498 年，由于乔治·瓦拉（Giorgio Valla）的拉丁文译本，才得以达到其光辉的顶点"③。在法国，亚里士多德《诗学》在 17 世纪古典时期终于超越了贺拉斯的《诗艺》，成为古典派诗人和剧作家最重要的参考文献，对古典戏剧创作金科玉律的确立产生了直接的影响。

我们无意对诗学在这一漫长时期的发展进行详尽的描述，只是

---

① 杨冬：《文学理论：从柏拉图到德里达》，北京大学出版社，2009 年，第 21 页。

② Michel Jarrety, *La poétique*, Paris, PUF, 2003, pp. 24 - 25.

③ 让·贝西埃等主编：《诗学史》（上），史忠义译，河南大学出版社，2010 年，第 37 页。

根据研究的需要，归纳出两个在我们看来至关重要的特征。

（1）这一时期的诗学同修辞学的发展关系密切。修辞学与诗学是两个不同的领域，但两者之间的区别也并非那么泾渭分明，因为作为一种学科的修辞学同样要追溯至亚里士多德及其写于公元前 4 世纪的《修辞学》，而且在《诗学》中，我们也曾看到，亚里士多德指出某些问题也可以放到《修辞学》中去重点讨论。也有学者认为，贺拉斯的《诗艺》提及的合式原则也属于修辞学理论规定的"劝说"必须具备的条件之一，因此，"在承认这种合乎观众口味的东西的重要性时，修辞学的影响毫无疑问得到了确立"①，由此足见这两种学问边界的模糊。在亚里士多德时代，诗学重在研究作品的创作，是为诗人而作；修辞学则重在研究劝说的艺术，是为演说家而作，其目的是教育、娱乐或感动听众。公元 1 世纪初期，随着昆体良《雄辩术原理》的发表，修辞学从劝说的艺术成为"能言善辩的科学"。从此，修辞学不但具有了美学的维度，更扩展至所有的语言形式中，而且修辞学开始直接关注作品的写作，成为一种真正的文学理论。从修辞学形成直至古典主义时期，修辞学对文学一直有着重要的影响，而且我们上文已经指出，中世纪诗学的一大源泉是西塞罗、昆体良等古罗马修辞学家的著作。"库尔提乌斯（Ernst-Robert Curtius）不久前清楚无误地指出，修辞学一直在拉丁化中世纪全部文学的根源深处起着作用。"② 修辞学对文学的影响还体现在，当欧洲各民族方言开始发展并逐渐取得与拉丁语同样的地位，当诗歌的地位越来越重要时，一部分讨论民族语言诗歌创作的论著开始自称"第二修

---

① Michel Jarrety, *La poétique*, Paris, PUF, 2003, p. 21.

② Michel Jarrety, *La poétique*, Paris, PUF, 2003, p. 31.

辞学艺术"①。即使在文艺复兴时期，诗学仍旧是"庞大的修辞学帝国的一块小小的殖民地"②。因此"如果不研究诗学同修辞学的成果相交（其中有一部分互相接近）的方式，那么诗学就不可能得到理解"③。

与诗学关系最密切的，应该说是修辞学一个很重要的部分，即演说的五大要素。这五大要素包括选题（inventio）、布局（dispositio）、表达风格（elocutio）、记忆（memoria）、发表（actio），其中，前三大要素选题、布局和表达风格同时也适用于文学创作，因此被众多诗艺理论家所借鉴。例如在中世纪，这三大要素是很多研究诗歌创作艺术的著作探讨的中心问题。到了文艺复兴时期更是如此。托马·塞比耶（Thomas Sébillet）的《法国诗艺》（*Art poétique français*）、雅克·佩尔蒂埃（Jacques Peletier）的《诗艺》（*Art poétique*）、龙沙（Pierre de Ronsard）的《法国诗艺精义》（*Abrégé de l'Art poétique français*）以及杜贝莱（Joachim du Bellay）的《捍卫和发扬法兰西语言》（*Défense et illustration de la langue française*）中都有大量篇幅涉及诗歌创作中的选题、布局和表达风格。这三大要素被应用于文学创作之后，与亚里士多德悲剧理论中的情节和言语实际上有重合之处，它们在经历种种演变之后，成为现代诗学理论中关于文学作品的主题、叙事结构和语言风格的研究。

（2）诗艺（Ars poetica）的兴起和发展。从文艺复兴开始，"诗

---

① "第二"以示同古典修辞学的差别，因为古典修辞学主要谈论以拉丁语写就的散文。

② 让·贝西埃等主编：《诗学史》（上），史忠义译，河南大学出版社，2010年，第151页。

③ Michel Jarrety, *La poétique*, Paris, PUF, 2003, p. 29.

艺"这一名称逐渐取代了"第二修辞学艺术"。"诗艺"一词表明了
这一时期的诗学理论与贺拉斯的渊源。如上文提到的，这一时期较
有名的谈论诗艺的著作包括文艺复兴时期的塞比耶的《法国诗艺》、
佩尔蒂埃的《诗艺》、龙沙的《法国诗艺精义》，也包括古典时期的
布瓦洛（Boileau）的《诗艺》等。这些著作的一大目的是教育学的，
旨在在文艺逐渐"复兴"也就是民族语言文学逐渐兴起的新时期，
向意欲创作的人们教授诗歌创作尤其是格律诗创作的技巧，例如塞
比耶《法国诗艺》的副标题就是"为了教育在法国诗歌创作方面尚
有欠缺的勤奋的年轻人"①。从"Ars poetica"这一名称来看，诗艺
对技术层面的关注胜过形而上层面，因为"ars"是对希腊语
"techne"的翻译，从词源来看，"ars"更接近于"technique"而非
"art"，"Ars poetica"讨论的是作诗的技巧。尽管如此，讨论技巧很
难不涉及对诗歌创作及语言本质的思考，因此，思辨的、普遍性的
维度并没有完全从这些著作中消失。从诗学角度来看，这一时期的
文艺理论一方面仍旧继承了亚里士多德的诗学研究传统，对摹仿的
讨论仍在继续。另一方面，柏拉图关于"灵感"的学说也开始受到
诗艺作者们的重视，几乎所有诗艺作者都认为诗歌创作才能是神圣
而天赋的。但是，有灵感并不代表作品一定能够成功，因此，"作品
究竟是天赋灵感的结果还是作者写作艺术的结果？"这样的争论也成
为这一时期诗学关注的另一大焦点。

　　"从启蒙主义时期开始，'诗艺'这样的标题已经几近消失，人
们的思考都同美学沾上了边。……当浪漫主义出现时，从 18 世纪起

---

　　① Sébillet，Aneau，Peletier，Fouquelin，Ronsard，*Traités de poétique et de rhétorique de la Renaissance*，Paris，Le Livre de Poche，1990，p. 37.

就渐渐衰弱的诗学走向了灭亡"①。因为从浪漫主义时期起，人们开始拒绝文艺方面的规则和标准，在创作上，个人的天才和灵感受到颂扬。在对于创作的成果即作品的研究上，美及对美的感受被当作评判的唯一标准，各种文章、论著依据的更多是美学而非诗学理论。与此同时，对于个人作品或者某种文学流派的研究开始出现，并往往被冠以"某某诗学"的名称，但这些研究实际上属于文学批评的范畴。因此，这一时期，美学和文艺批评渐渐瓜分了从前诗学的研究对象，"诗学"一词即使出现，也已经失去了亚里士多德《诗学》中的意义，"从写作和创造方面转向了阅读和阐释方面"②。诗学暂时沉寂了下来。

第三节
现当代诗学：以文学性为中心

法国学者杜克洛（Oswald Ducrot）和谢弗（Jean-Marie Schaeffer）指出："当前的诗学最远可追溯至浪漫主义对批评范式的更新，它建立于一个世纪的成果卓越的研究之上，这些研究视角多元，但都以自己的方式，对于理解作为语言创造产物的文学事实做出了贡献。"③ 杜克洛和谢弗将俄国形式主义视作这一诗学确立和发

---

① Michel Jarrety, *La poétique*, Paris, PUF, 2003, p. 5.

② Michel Jarrety, *La poétique*, Paris, PUF, 2003, p. 6.

③ Oswald Ducrot, Jean-Marie Schaeffer, *Nouveau dictionnaire encyclopédique des sciences du langage*, Paris, Seuil, 1995, p. 195.

展的第一个阶段。的确，20 世纪初，随着俄国形式主义文艺理论的产生和发展，诗学又重新回归到文学研究者的视野中。从俄国形式主义开始，"诗学"一词的内涵与起源时相比已经发生了一些变化，其研究对象从文学创作规则转变成现存整个文学的本质特征，也就是从"写作指南"逐渐转变成"写作认识论"。[①] 俄国形式主义的产生建立在对 19 世纪末种种文艺思潮尤其是以象征主义美学为代表的主观主义美学的批判之上。象征主义文学批评注重对美的寻找和感受。一方面，这种批评方法只诉诸人的主观感受，强调神秘主义、非理性，缺乏客观的批评标准；另一方面，象征主义发展到后来，其"象征"清单已经日渐成为一种机械的条件反射，例如鲜花就必然代表着爱情，落日则代表着孤寂，等等。这样的创作和批评方式已无法再如实反映事物的特征，并且最后令人们忽略对事物本质的寻找。

面对将文学视作情感、思想、社会、历史种种情状之反映的旧诗学，形式主义者强调了文学的独立自足性。为了研究文学的这种自足或者说自洽性，形式主义者意欲建立一种"对文学的科学"，即"一般诗学"（托马舍夫斯基语）或"普通诗学"（日尔蒙斯基语），并定义了后者的任务："诗学的任务（换言之即语文学或文学理论的任务）是研究文学作品的结构方式。有艺术价值的文学是诗学的研究对象。研究的方法就是对现象进行描述、分类和解释。"[②]"一般诗

---

① Henri Meschonnic, *Pour le poétique II：Épistémologie de l'écriture，poétique de la traduction*, Paris, Gallimard, 1973, p. 19.

② 鲍里斯·托马舍夫斯基：《诗学的定义》，见《俄国形式主义文论选》，维克托·什克洛夫斯基等著，方珊等译，生活、读书、新知三联书店出版社，1984 年，第76 页。

学中所研究的并非诗歌程序的起源，而是它们的艺术功能。从其艺术合理性的观点来研究每一种程序，也就是分析为什么会采用这种程序，以及它们达到了什么样的艺术效果。在一般诗学中，对文学程序的功能研究就是对所研究的现象进行描述和分类的主导原则。"①也就是说，形式主义诗学的任务是通过描述和分类的手段，对文学作品的结构即文学作品的语言形式及形式的功能进行研究。俄国形式主义提出的重要诗学概念包括：

（1）"文学性"概念。从亚里士多德开始，诗学研究者们就一直在探索诗歌或者说文学的本质，形式主义理论家，后成为布拉格学派创始人的罗曼·雅各布森在写于1921年的《俄国新诗歌》中首创性地命名了这种本质——文学性。在提出"文学性"概念的同时，他也提出了著名的关于文学性的论断："文学科学的对象不是文学，而是文学性，也就是说是使某个特定作品成为文学作品的东西"②。雅各布森本人并没有提到诗学，只提到文学科学或对文学的科学，但后人倾向于将其撰写的此类文章或论著归入诗学范畴，例如雅各布森的法国译介者、著名学者托多罗夫即将其主编并在法国翻译出版的雅各布森文集命名为《诗学问题》和《八个诗学问题》。因此我们也可以说，对雅各布森及受其影响的诗学研究者而言，诗学的研究对象是文学性，即文学的特殊性，它与形式主义者所说的"文学作品的结构方式"有异曲同工之妙。文学性是文学的内在法则，是

----

① 鲍里斯·托马舍夫斯基：《诗学的定义》，见《俄国形式主义文论选》，维克托·什克洛夫斯基等著，方珊等译，生活·读书·新知三联书店出版社，1984年，第80页。

② Roman Jakobson，« Fragments de "La nouvelle poésie russe"»，in *Huit questions de poétique*，fragments choisis et traduits par T. Todorov，Paris，Seuil，1977，p. 16.

文学区别于其他书写，文学文本区别于非文学文本的本质特征。雅各布森的文学性论断对 20 世纪的诗学理论产生了巨大影响，"文学性"一词就此被现代诗学采用，并发展成为诗学理论中最重要、最基本的概念。

（2）陌生化理论。围绕着对文学性的研究，形式主义者提出了一系列概念，其中很重要的一个概念便是"陌生化"。这一概念的提出，部分原因来自对当时文学、艺术界状况的思考。上文我们已经提到，19 世纪末 20 世纪初的文学批评受美学思潮影响，在对文学作品的认识中，倾向于寻找美及对美的感受。在多次重复之后，这种对美的感知实际上已经成为一种机械的条件反射，根本无法真正反映作品的本质。面对机械化的感知论，形式主义代表人物之一什克洛夫斯基（Chklovski）指出："艺术的存在就是为了使人恢复对生活的感受，为了让人感觉事物，使石头具有石头的质地。艺术的目的是引起对事物的感受，而不是提供识别事物的知识。"为了让人真正感受到事物，什克洛夫斯基建议了一种艺术的技法，"使事物'不熟悉'，使形式变得困难，加大感知的难度和长度，因为感知过程本身就是审美目的，必须把它延长"①。什克洛夫斯基所建议的这一技法便是陌生化技法，简而言之，它要通过艺术的手法，使原本为我们所熟悉的事物在我们眼中变得陌生，这必然促使我们付出比平时更多的努力，去认识这一陌生事物。在这个过程中，我们既因克服陌生化手法设置的困难而获得了愉悦——也就是艺术欣赏的愉悦——也因自己的努力更好地把握了事物的本质。作品通过陌生化技法取

---

① 什克洛夫斯基：《作为技法的艺术》，见《二十世纪西方文论》，朱刚编著，北京大学出版社，2006 年，第 20 页。

得的效果就是陌生化效果，什克洛夫斯基将这种效果视为文学性的基础。

（3）一种新型的形式观。形式主义顾名思义就是要对形式进行研究，正如方珊所言："分析语言艺术作品的形式结构，……这却是俄国形式主义的重要贡献。"① 但形式主义赋予了形式新的内涵。他们新型的形式观建立于对一种形式、内容二元对立的旧形式观的批判之上。亚里士多德在《诗学》中将悲剧分为"情节、性格、思想、言语、戏景和唱段"六大部分，其中思想和言语是两个互相独立的部分，这实际上反映了一种形式、内容二元对立的思想。这种二元对立思想的源头当然可以追溯至更古老的时期，但《诗学》进一步确立了它在文学研究领域中的合法地位。在这种二元对立思想的影响下，形式一直被认为是内容或者思想的工具、容器、外套，在交流中，一旦意义传达给对方，语言形式就失去了存在的价值。与此同时，在柏拉图主义的影响下，形式和内容不仅可以分离，而且相比起内容，形式明显处于次要地位。

形式主义者抨击了这种二元论思想："在形式主义派看来，所谓'什么'与'怎么'（即内容与形式）的划分，只是人为的抽象，因为事实上表达的东西不是独立存在的，而是必须存在于借以表达的具体形式之中。"② 在批判旧形式观的基础上，形式主义者意欲建立一种关于新形式之含义的理论，在这种理论中，形式"不是内容/实

① 方珊：《前言：形式主义者一瞥》，见《俄国形式主义文论选》，维克托·什克洛夫斯基等著，方珊等译，生活、读书、新知三联书店出版社，1984 年，第 30 页。
② 方珊：《前言：形式主义者一瞥》，见《俄国形式主义文论选》，维克托·什克洛夫斯基等著，方珊等译，生活、读书、新知三联书店出版社，1984 年，第 18 页。

质的随意的容器，也不是美的美学表现"①，形式不再同内容或实质相对立，而是其本身被理解为诗歌语言的真正内容，即"词语作为词语被感知，而不是作为被命名物体的简单替代品，也不是作为情感的爆发；……词语和它们的结构、它们的意义、它们的外在和内在形式不再是表现现实的冷漠的指数，而是拥有了它们自己的重量和自己特殊的价值"②。这种形式观体现了一种对待形式的新价值观，形式不仅无法孤立于内容、孤立于作品存在，而且正是它构成了作品的价值，因此，对形式的研究也成为解释作品文学性的重要途径。

大约在1930年前后，俄国形式主义结束了其活动。俄国形式主义在历史舞台中活跃的时间并不长，但形式主义者反传统的力度在文学史上却是罕见的，被视为"最早也是最坚决地挑战传统的文学史研究中哲学与美学、文化史与思想史、社会学与心理学等非文学视角的入侵"③；与此同时，他们还具有很强的创新精神，开创了20世纪文艺批评理论的先河，并对其后的西方诗学和批评理论产生了很大的影响。在俄国形式主义蓬勃发展的同时，一股与其极为相似的文学思潮在欧美也开始兴起，后人称这股思潮为"新批评"。一般认为英美新批评产生于20世纪初，其奠基者为艾略特（T. S. Eliot）和瑞恰兹（I. A. Richards），鼎盛时期的代表人物包括燕卜荪（William Empson）、兰色姆（John Crowe Ransom）、退特（Allen Tate）、布鲁克斯（Cleanth Brooks）、维姆萨特（William K. Wim-

① Gérard Dessons, *Introduction à la poétique*, Paris, Armand Colin, 2005, p. 220.

② Roman Jakobson, *Huit questions de poétique*, Paris, Seuil, 1977, p. 46.

③ 周启超：《理念上的"对接"与视界上的"超越"——什克洛夫斯基与穆卡若夫斯基的文论之比较》，《外国文学评论》2005年第4期，第28页。

satt）、韦勒克（René Wellek）等文学理论家。英美新批评兴起的背景与俄国形式主义兴起的背景颇为相似，在新批评之前，欧美大陆流行的批评模式是实证主义和浪漫主义的文艺批评。前者注重作家个人的生平以及历史、政治、社会等外在因素对文学创作的影响，后者则强调文学作品是作者主观感情的表现，热衷于谈论灵感、激情、天才、想象和个性。他们共同的缺陷在于忽视了对文学作品本身的研究，因此，在这种背景之下崛起的新批评理论是对这些传统批评理论与美学倾向的反拨。同俄国形式主义一样，新批评也强调文学的自律自主，主张文学作品的中心地位；同时，英美新批评也注重对文学本质的研究。例如新批评流派中具有承上启下地位的兰色姆曾指出："诗的表面上的实体，可以是能用文字表现的任何东西。它可以是一种道德情境，一种热情，一连串思想，一朵花，一片风景，或者一件东西。这种实体，在诗的处理中，增加了一些东西。我也许可以更稳当地说，这种实体，经过诗的处理，发生了某种微妙的、神秘的变化，不过我还是要冒昧地做一个更粗浅的公式：诗的表面上的实体，有一个 X 附丽其上，这个 X 就是累加的成分。诗的表面上的实体继续存在，并不是因为它有散文性质而消失无余。那就是诗的核心逻辑，或者说诗的可以意解而换为另一种说法的部分。除了这个以外，再就是 X，那是需要我们去寻找的。"① 这个 X，便是文学作品的本质，兰色姆将这种寻求文学本质的批评称为"本体论批评"，并认为后者应该取代传统的将诗歌视作道德说教或者情感发泄的批评观。

---

① 兰色姆：《纯属思考推理的文学批评》，见《"新批评"文集》，赵毅衡编选，中国社会科学出版社，1988 年，第 93—94 页。

除此之外，新批评流派的诗学理论最独特之处在于采用了语义学的研究方法。俄国形式主义深受索绪尔和德-库尔特内（Baudouin de Courtenay）两位语言学家的影响，在进行文学研究时主要采用语言学的方法，注重对作品中的语音、句法、节奏等因素进行分析。而新批评的研究方法与之不同，他们依据的主要是语义学。这种研究方法起源于英国学者瑞恰兹。语义学是瑞恰兹一直关注的领域，早在 1927 年，他就已经出版了《意义之意义》，讨论普通语义学问题，而将语义学的研究方法系统地应用到文学研究上则要等到 1936年《修辞哲学》的出版。在这部著作中，瑞恰兹提出了"语境"的概念，并强调了它之于文本研究的重要性。瑞恰兹的学生燕卜荪继承了其导师的研究方法，针对文学作品语义的丰富性特征，写了《朦胧的七种类型》一书，开创了细读（close reading）的批评范式。这种批评范式对英美批评界产生了很大影响，"新批评之后，尚没有任何一家批评理论可以摆脱这种阅读方式"[1]，以至到了 21 世纪，仍有新一代的批评家在感叹"讨论具体作品时，我们仍然像个新批评派"或者"新批评派仍然像哈姆雷特父亲的鬼魂，依然在指挥我们"。[2] 在语义学研究方法的指导下，新批评流派学者在解读文学文本时大多非常注重对语义的分析，并将诗歌的语义结构视作文本文学性的体现。例如布鲁克斯将反讽视作诗歌的结构原则，即诗歌语言总是反讽的。反讽是"语境对一个陈述语的明显的歪曲"[3]，也就是说，在诗歌中，重要的不是陈述语的表面意义，而是因反讽产生

---

① 朱刚编著：《二十世纪西方文论》，北京大学出版社，2006 年，第 58 页。

② 转引自赵毅衡：《重访新批评》，百花文艺出版社，2009 年，第 1 页。

③ 布鲁克斯：《反讽——一种结构原则》，见《"新批评"文集》，赵毅衡编选，中国社会科学出版社，1988 年，第 335 页。

的丰富内涵。因此，研究诗歌的诗意离不开对语境的分析。再如，新批评流派另一位代表人物退特认为："一首诗突出的性质就是诗的整体效果，而这整体就是意义构造的产物，考察和评价这个整体构造正是批评家的任务。"① 在退特看来，这种意义构造的整体效果无异于作品的文学性。退特赋予了这种整体构造一个新名词——"张力"（tension）。"张力"一词是由逻辑术语"外延"（extension）和"内涵"（intension）去掉前缀而形成的，外延即词语的字面意义，内涵即诗歌的隐含意义，而张力是"我们在诗中所能发现的全部外展和内包的有机整体"②。退特将张力视作好诗歌的共同特征，也就是说，诗歌既要倚重内涵，也要倚重外延，在好的诗歌中，外延和内涵被推至极致："我所能获得的最深远的比喻意义并无损于字面表述的外延作用，或者说我们可以从字面表述开始逐步发展比喻的复杂含意：在每一步上我们可以停下来说明已理解的意义，而每一步的含意都是贯通一气的。"③

到 20 世纪 50 年代末期，英美新批评逐渐式微，但其注重文本形式结构分析的思想对后世的诗学研究产生了很重要的影响。与此同时，新批评流派学者提出了细读的批评方法，这套方法很具体并具有很强的可操作性，因此很长一段时期内在西方文学批评和文学教育领域中处于主导地位。

英美新批评之后，西方诗学研究领域内兴起了另一股重要的思

① 退特：《论诗的张力》，见《"新批评"文集》，赵毅衡编选，中国社会科学出版社，1988 年，第 109 页。

② 退特：《论诗的张力》，见《"新批评"文集》，赵毅衡编选，中国社会科学出版社，1988 年，第 117 页。

③ 退特：《论诗的张力》，见《"新批评"文集》，赵毅衡编选，中国社会科学出版社，1988 年，第 117 页。

潮，即文学结构主义。结构主义思潮存在于人文科学、心理学、社会学乃至数学等多个领域，而文学研究领域内的结构主义思潮只是大河的一条重要支流而已。从其本身看，结构主义的发端应该追溯至索绪尔写于 20 世纪初的《普通语言学教程》，在这部著作中，索叙尔将语言视作一个抽象的符号系统，并指出系统中每个符号的意义不是与生俱来的，而是来自它与其他符号的差异，也就是说，它是其他符号所不是的东西。这种视角和研究方法为文学结构主义奠定了基石。20 世纪六七十年代是文学结构主义发展的黄金时期，在该领域内涌现了一大批世界知名的学者，如雅各布森、罗兰·巴特、克里斯蒂娃（Julia Kristeva）、格雷马斯（A. J. Greimas）、热奈特、托多罗夫等。

杜克洛和谢弗认为处于鼎盛时期的文学结构主义的阵地主要在法国，且可以分为两大流派。一派是格雷马斯式的符号学，以罗兰·巴特、克里斯蒂娃当然还有格雷马斯本人的符号学著作为代表，只将文学符号视作总体符号的一部分，通过分析作品的形成步骤和结构层次，意欲建立一种文学文本生成语法。另一派是纯粹以文学为研究对象的结构主义，以热奈特、托多罗夫的著作及罗兰·巴特的大部分著作为代表。这一支结构主义也深受结构主义语言学和人类学影响，其研究内容涉及叙事学、修辞学、文学类型研究、格律学等。[1]

然而，尽管被归入法国文学结构主义的研究者所采用的视角与方法迥异，但他们的理论与学说之间存在着一个本质性的共同点，

---

[1] Oswald Ducrot，Jean-Marie Schaeffer，*Nouveau dictionnaire encyclopédique des sciences du langage*，Paris，Seuil，1995，pp. 199 – 201.

即对系统性和抽象结构的强调。他们都主张寻找复杂文学现象背后的支配要素，这一支配要素便是文学文本的内在结构，它是纷繁芜杂的表象下不变的东西。托多罗夫在《诗学》中对"诗学"的定义正是这一观念的忠实写照。在托多罗夫看来，"诗学不同于对特殊作品的阐释，它并不试图去说明意义，而是以认识制约作品产生的普遍规律为目的。但是，它又不同于心理学、社会学等科学，因为它在文学内部寻找这些规律。因此，诗学是一种既'抽象'又'内在'的文学研究方法。诗学的对象不是文学作品本身，它所询问的，是文学话语这种特殊话语的特征。因此，任何作品都只被视作一种抽象而普遍的结构的表现形式，而作品只是可能实现的形式中的一种。正是在这种意义上，这一科学不再关注现实的文学，而是可能的文学，换句话说：它关注的是一种抽象的特征，后者形成了文学的特殊性，即文学性"[①]。托多罗夫的论述向我们揭示了结构主义诗学的基本思想：同俄国形式主义和英美新批评一样，它的研究对象是文学性，具体来说，就是一种"抽象而普遍的结构"。例如列维-斯特劳斯（Claude Lévi-Strauss）把不同的神话故事明确视作一些基本主题的变奏。对于结构主义者来说，"文学作品在表面上描写某些外在现实的时候，一直在秘密地瞥视着它自己的结构过程"[②]，因此他们将所有作品一视同仁地当作一种普遍结构的具体表现。此举实际上很容易陷入机械化，同时抹杀了文学的特殊性、主体性和历史性，因此遭致了很多学者的反对。

尽管如此，结构主义也提出了一些重要概念，进一步推动了西

————————

① Todorov, *Poétique*, Paris, Seuil, 1968, 1973 (version corrigée), pp. 19 - 20.
② 特雷·伊格尔顿：《二十世纪西方文学理论》，伍晓明译，陕西师范大学出版社，1987 年，第 115 页。

方诗学理论的发展。值得一提的是雅各布森的"诗功能"概念和"对等原则"。在文学性概念提出 40 余年后，雅各布森又提出了"诗功能"概念，进一步发展了对文学性的认识。如果说文学性概念的提出是以对文学语言和非文学语言的严格区分为前提的，那么"诗功能"概念的提出则意味着雅各布森取消了文学语言和其他非文学语言的严格界限。雅各布森认为任何语言交流活动都包括说话人、受话人、接触手段、语境、语码和信息这六个构成因素，每个因素都促使产生了一种不同的语言学功能。这六个功能分别是：信息焦点指向说话人的情感功能，指向受话人的意动功能，指向接触手段的应酬功能，指向语境的指涉功能，指向语码的元语言功能和指向信息本身、为了信息自身目的而强调信息的诗功能。对于这六种功能，雅各布森指出："如果说我们在语言中区分了这六个基本方面，那么我们很难找到只满足一种功能的信息。信息的多样性……在于各种功能具有不同的等级。"① 反过来说，一种功能例如诗功能，它可以存在于多种类型的文本中，只是在各种文本中，诗功能占据的位置不尽相同，根据这一位置的重要与否，我们可以判断文本的类型。例如，如果在一个文本中，诗功能占据主导地位，那么这个文本就是文学文本。因此，诗功能也就是"使某个特定作品成为文学作品的东西"，即文学性，而对文学性的研究即意味着对这种诗功能的寻找。

诗功能的组织原则是一种对等原则。雅各布森继承和发扬了索绪尔已经在《普通语言学教程》中提出的观点，认为语言行为中所

---

① Roman Jakobson, *Essais de linguistique générale*, Paris, Éditions de Minuit, 1963, p. 214.

使用的组织模式有两种：选择和组合。"选择在对等、相似性和相异性基础上产生，而组合，即对句段的组织，则建立在相邻性的基础上。"① 简单地说，选择轴上排列的词语具有相似性，我们在一连串相似的词语中选择我们需要的那个，再将其与从其他选择轴中选择出来的词语在横向的组合轴上进行组合，便构成了一个句子。一般交流语言的意义产生于词语的横向组合，而在诗功能居主导地位的诗歌中，往往是另一种系统取代了这种一般的意义生产系统，在这一新的系统中，"语言链各个元素之间保持着对等、相似的关系，而不再是逻辑等级的关系"②，也就是说，在诗歌中，"诗功能将选择轴上的对等原则投射到了组合轴上"③，因而，横向的组合轴上的词语互相之间也具有了相似性，这种相似性首先体现在相邻词语的语音上，继而使它们的语义也具有了一种朦胧的相似性。在雅各布森看来，对等原则是诗歌的组织原则，它在诗歌的各个层次都表现了出来：音节与音节的相似、重音与重音的相似、音长与音长的相似，句法与句法的相似，等等，这种对称凸显了语言的所有层次，使它们获得了独立的诗学价值。雅各布森举了一个简单的例子来说明这种对等原则："I like Ike"。选择"like"而不是"love"或其他，主要是考虑到"like"与后面的宾语"Ike"之间在语音层次上的相似性。雅各布森的诗功能和对等原则对于讨论文学作品的特殊性具有重要的意义，因为它解释了文学语言象征性的、复杂的、多义的本

---

① Roman Jakobson, *Essais de linguistique générale*, Paris, Éditions de Minuit, 1963，p. 220.

② Gérard Dessons, *Introduction à la poétique*, Paris, Armand Colin, 2005, p. 239.

③ Roman Jakobson, *Essais de linguistique générale*, Paris, Éditions de Minuit, 1963，p. 220.

质特征。

从上述介绍也可以看出，20世纪的诗学研究已经不同于诗艺时期的诗学研究，一个根本性的差别在于，文学性取代了文学创作，成为20世纪诗学的主要内容。然而，这并不意味着另一条线的诗学研究就此不复存在了，例如法国著名诗人兼文艺理论家瓦莱里的诗学就是以文学创作为核心的。1937年，瓦莱里在法兰西学院开设"诗学"课并开始教授诗学。在开课演讲中，他指出："我要做的第一件事应当是解释我所使用的'诗学'（Poétique）一词，我恢复了这个词最原始的意义，它与目前通行的意义不同。我想到了这个词，而且认为只有它才适合用来指称我准备在这门课上讲授的那种类型的研究。"① 瓦莱里所批判的诗学"目前通行的意义"是指与诗艺理论一脉相承的"关于写作抒情诗和戏剧诗的规则、约定或戒律之大全"，他指出，受到如此理解的"诗学"一词的含义太过陈旧，只能让人想到那些束缚手脚的规定，应该赋予它另外一个含义："我认为可以从与词源有关的一个意义上来重新认识这个词，但我不敢说它就是创作学（Poïétique），生理学上谈及造血的（hématopoïétique）或造乳的（galactopoïétique）功能时使用这个词。但总之我想表达的就是做（faire）这一非常简单的概念。"② 也就是说，瓦莱里所理解并教授的诗学，它研究的是"创造行为本身，而非创造出来的事物"③。无独有偶，法国学者梅肖尼克也从这个角度出发，将诗学定

---

① 瓦莱里：《文艺杂谈》，段映虹译，百花文艺出版社，2002年，第306页。
② 瓦莱里：《文艺杂谈》，段映虹译，百花文艺出版社，2002年，第307—308页。
③ 瓦莱里：《文艺杂谈》，段映虹译，百花文艺出版社，2002年，第308页。

义为"写作认识论"①，也就是关于写作活动的一般理论，他指出：
"将诗学定义为写作认识论意味着从原则上来说写作是一种特殊的认
识活动，它不是无根据的，不是装饰，不是灵感，不是反映，而是
在语言中并且通过语言对写作和意识形态所做出的改变。"②

　　除此之外，杜克洛和谢弗所总结的 20 世纪诗学流派中，还包括
巴赫金的对话诗学、德国的形态学、现象学流派、芝加哥新亚里士
多德学派等。而巴黎索邦大学比较文学教授让·贝西埃等人主编的
《诗学史》按照"文本的生产：作者及其世界""文本的组织""文本
的接受"将 20 世纪诗学分成了三类，我们选择介绍的俄国形式主
义、英美新批评和结构主义全部属于"文本的组织"即"产品本身
的情况，也就是说把文本或作品作为独立的整体分别考察"③。我们
之所以侧重介绍和借鉴俄国形式主义、英美新批评和结构主义，首
先是因为它们继承并发展了由亚里士多德和德国浪漫主义开创的诗
学研究传统。其次，从规模、代表性学者和影响力来说，这三大诗
学流派构成了 20 世纪诗学研究最为重要的三大阵营。再次，正如上
文多次提及的那样，我们的研究是一种内部视角，研究文本的组织
的理论比文学社会学和接受美学更适用于我们的研究。

　　俄国形式主义、英美新批评和结构主义的诗学研究者们将文学
的特殊性即文学性视作诗学研究的对象，并就此提出了各自的理论

---

　　①　Henri Meschonnic, *Pour le poétique Ⅱ : Épistémologie de l'écriture*, *poétique de la traduction*, Paris, Gallimard, 1973, p. 19.

　　②　Henri Meschonnic, *Pour le poétique Ⅱ : Épistémologie de l'écriture*, *poétique de la traduction*, Paris, Gallimard, 1973, p. 21.

　　③　让·贝西埃等主编：《诗学史》（下），史忠义译，河南大学出版社，2010 年，第 498 页。

和研究方法，对 20 世纪文学研究产生了重要的影响。总的来说，它们"把作品或一般意义上的文学作为研究对象"①。一方面，研究者一反从前文学研究与美学密切挂钩、主观性太强的倾向，坚持客观地立足于文学作品本身来研究文学；另一方面，研究者借助了语言学、语义学、符号学等领域内的理论和方法，标榜以客观、科学的态度来思考文学及文学作品的特征，因此，俄国形式主义、英美新批评和结构主义诗学有时也被称为"客观诗学"或"形式诗学"。

综上所述，自亚里士多德开始，诗学在西方已经有了两千多年的发展历史。尽管在各个时期，各个流派对诗学的外延和内涵在认识上存在种种差异，但它们仍为我们揭示了文学这一客体的本质特征：这一本质特征应该在文学内部寻找，它是文学区别于其他书写的基本特征。以对文学性的研究为中心，诗学涉及对文学文本的特殊性、对写作活动的特殊性以及对形式/内容关系的探讨，它是一种"关于文本价值及其意蕴的理论"②，正是在这个意义上，诗学对于文学翻译研究具有重大的启示意义，它有助于我们揭示文学翻译的本质特征，化解翻译实践与理论研究中长久存在的形式与意义之争，并有可能为我们重新审视可译性、翻译忠实性等问题提供新的视角。

---

① 达维德·方丹：《诗学：文学形式通论》，陈静译，天津人民出版社，2003 年，第 2 页。

② Henri Meschonnic, *Pour la poétique* Ⅱ : *Épistémologie de l'écriture*, *poétique de la traduction*, Paris, Gallimard, 1973, pp. 305 - 306.

第二章 在文学性中把握文学翻译的本质

文学翻译的根本特征究竟是什么？

对于这个问题的探讨古已有之。中国传统译论受中国传统文艺理论影响，往往从美学角度认识文学翻译的根本特征。例如茅盾曾在 1954 年 8 月召开的全国文学翻译工作会议上对文学翻译做出过如下定义："文学的翻译是用另一种语言，把原作的艺术意境传达出来，使读者在读译文的时候能够像读原作时一样得到启发、感动和美的感受。"[①] 翻译家许渊冲将文学翻译定义为"美化之艺术"。"美化"即他的"三美""三化"理论，"三美"指"意美""音美""形美"，即译文要传达原文在意、音、形上的美，而美不美无疑要诉诸译者和读者的感受。郑海凌也在《文学翻译学》中指出："文学翻译是艺术化的翻译，是译者对原作的思想内容与艺术风格的审美的把握，是用另一种文学语言恰如其分地完整地再现原作的艺术形象和艺术风格，使译文读者得到与原文读者相同的启发、感动和美的享受。"[②] 艺术意境、读者的审美感受、原作与译作的美、译者对原作的审美把握，等等，这些术语无一不体现了研究者的美学倾向。

视文学翻译为一种艺术，将"美"的概念引进对文学翻译本质

①　茅盾：《为发展文学翻译事业和提高翻译质量而奋斗——一九五四年八月十九日在全国文学翻译工作会议上的报告》，见《翻译论集》，罗新璋编，商务印书馆，1984 年，第 511 页。

②　郑海凌：《文学翻译学》，文心出版社，2000 年，第 39 页。

的阐述中，这是翻译美学理论的一大贡献，文学翻译作品本身所具有的美，或者说其令读者体会到的美，是非文学翻译所不具备的。然而，美学并不能完全解决文学翻译的本质问题。一方面，"美"这个字眼显得宽泛又模糊，不能笼统地用"美"一词来概括原作在遣词造句、形象风格等方面的特点；而且不少研究表明，美并不是文学作品的必备品质。另一方面，美诉诸人的感受，然而不同的个体对意境的认识及感受可能截然不同，面对同一部原著，不同译者对作品的意美、音美和形美的领会很可能存在偏差。与此同时，正如托多罗夫所言，对美的感受也是一种价值判断，必须将社会等因素考虑在内，处于不同社会中的读者对美的感受可能完全不同。① 因此，我们在考察文学翻译的本质时，将抛开"美"或"感受"这些含义模糊的概念，而把目光主要集中在从原文到译文产生的过程上。对于这一过程的考察，我们将借助诗学提供的理论和方法。因为上文已经提到，文学翻译是写作，而诗学恰好就是关于写作的理论。

第一节
文学性与陌生化

韦勒克和沃伦在专著《文学理论》中指出："每一文学作品都兼具一般性和特殊性"②。一般性即所有文学作品都具有的普遍特征，

---

① 参见 Todorov, *Poétique*, Paris, Seuil, 1968, 1973 (version corrigée), p. 105.
② 勒内·韦勒克、奥斯汀·沃伦：《文学理论》，刘象愚、邢培明、陈圣生、李哲明译，江苏教育出版社，2005 年，第 7 页。

这些普遍特征是文学文本区别于非文学文本的特征，因此也可以认为是文学的本质特征；特殊性即某部或者说某位作家作品的特征，也就是莎士比亚（William Shakespeare）之所以成为莎士比亚的东西。

关于文学特殊性的讨论始于柏拉图和亚里士多德时期。但是，20世纪以前的西方传统文论多强调文学外部研究的思路，它们关注的重点是文学的背景——即文学作品所处的种种外部语境——和作品的主题。同时，在评价作品时，人们往往注重作品的语言、文学、社会、历史等方面的功能，将作品本身的语言文学特征置于相对次要的位置。从浪漫主义开始，传统的文学观逐渐受到挑战。俄国形式主义代表人物什克洛夫斯基在其著名的《散文理论》前言中指出："在文学理论中我从事的是其内部规律的研究。如以工厂生产来类比的话，则我关心的不是世界棉布市场的形势，不是各托拉斯的政策，而是棉纱的标号及其纺织方法。"[①] 也就是说，文学研究合理的出发点是解释和分析作品本身，而不是作品产生的背景和环境；而对作品的分析"要求高度重视作品的语言、形式、结构、技巧、方法等属于文学自身的因素"[②]，作品所包含的某个思想或观念并不足以体现其本质特征。布拉格学派的领军人物雅各布森正是在这种背景之下提出了"文学性"一词。20世纪初，雅各布森曾就俄国未来主义诗歌著有《俄国新诗歌》一文，在文中，他指出："文学科学的对象不是文学，而是文学性，也就是说是使某个特定作品成为文学作品

---

① 转引自黄玫：《韵律与意义：20世纪俄罗斯诗学理论研究》，人民出版社，2005年，第10页。

② 刘象愚：《〈文学理论〉代译序》，见《文学理论》，勒内·韦勒克、奥斯汀·沃伦著，刘象愚、刑培明、陈圣生、李哲明译，江苏教育出版社，2005年，第9页。

的东西。"①

那么，文学性是怎么体现出来的？尽管当代的一些文艺理论认为促使将作品看成文学、艺术的，可能更多的是外部因素，例如制度、市场、惯例等，但文学史和个体阅读经验告诉我们，能被称为文学的作品确实具有自身的价值。由于无论是书面文学还是口头文学都离不开语言表达，因此文学性的问题也可以转化为另一个问题：文学语言具有怎样的特征？或者说，文学语言与非文学语言——主要是日常语言——的区别主要表现在何处？

对文学语言与日常语言的区分萌芽于亚里士多德的《诗学》。亚里士多德在书中指出："语言表达最基本的质量是清晰同时不粗俗。当它完全由常用名词构成时，它是很清晰的，但那时它是粗俗的……。当它使用异于日常用法的词语时，它是高贵的，并且摆脱了庸俗。这里我指的是那些非凡的词、隐喻、加长的名词，以及普遍来说所有与日常用途相反的一切。"② 高贵是亚里士多德对悲剧语言品质的要求，而语言的高贵在他看来则是通过选择"异于日常用法的""非凡的词、隐喻、加长的词"实现，后者使文学语言摆脱了日常语言的粗俗。这种将文学语言与日常语言区别开来的态度一直延续至今，而 20 世纪的学者显然比亚里士多德更为激进，瓦莱里将文学称作"欺骗"（abus），罗兰·巴特称其为"丑闻"（scandale），托多罗夫认为其"畸形"（anomalie），阿拉贡则认为其"疯狂"（folie）。但这些令人吃惊的字眼并没有贬义，恰恰相反，它们表达了

---

① Roman Jakobson, *Huits questions de poétique*, Paris, Seuil, 1977, p. 16.

② Aristote, *Poétique*, trad. de J. Hardy, Paris, Gallimard, 1996, p. 122, 1458b.

这些学者将文学语言同"常规"区别开来的态度，在他们看来，文学语言是对日常语言的一种偏离、一种侵犯、一种革命。

文学语言同非文学语言的区别可以从以下几个方面来考察：

首先，两者的功能和目的不同。俄国形式主义者托马舍夫斯基在《艺术语与实用语》中指出实用语的功能在于交流，语言只是通向某个特定目的的一种途径，人们使用语言进行交流，最终的目的是为了达到相互理解，除此之外，人们并不关心交流双方是如何使用语言的；而文学语言则以自身为目的，在文学领域中，对语言所表达的意义的寻求并不是唯一目标，人们更加关注这一意义是如何被说出来的，此时，语言形式具有一种特殊的价值。在某些文学文本中，形式的重要性甚至大大超过所谓的意义。文学语言的功能是将读者的注意力引向语言本身，增加阅读的困难，使人们的注意力久久停留于其上，最终延长艺术审美的过程而获得审美的愉悦感。

其次，两者的表现形式不同。日常语言不仅要促使交流双方最终达成相互理解，而且还要保证理解发生在最短的时间之内，因此，它往往是准确精炼、通俗易懂、直截了当、明白晓畅的，没有冗长的言语，没有刻意的修饰，也没有固定的表达方式，"表达本身是暂时的、偶然的"①；而文学语言则不同。文学语言是一种经过艺术加工以后有意变得"困难的、变得粗糙的、受到阻碍的语言"②，它往往是模棱两可的，并且具有丰富的内涵。托马舍夫斯基也认为文学作品"全然由固定的表达方式来构成。作品具有独特的表达艺术，特别注重词语的选择和配置。比起实用语言来，它更加重视表现本

① 托马舍夫斯基：《艺术语与实用语》，见《俄国形式主义文论选》，维克托·什克洛夫斯基等著，方珊等译，生活、读书、新知三联书店出版社，1989 年，第 83 页。

② 朱刚编著：《二十世纪西方文论》，北京大学出版社，2006 年，第 3 页。

身。表达是交流的外壳，同时又是交流不可分割的部分。这种对表达的高度重视被称为表达意向。当我们在听这类话语时，会不由自主地感觉到表达，即注意到表达所使用的词及其搭配。表达在一定程度上具有本体价值"①。

最后，两者最终的命运不同。瓦莱里曾就日常语言和文学语言的效果展开过讨论，他指出：日常语言倾向于取消语言本身，"我对你说话，如果你明白了我的话，这些话本身就被取消了。如果你明白我的意思，那就意味着这些话从你的思想中消失了，它们被一件对等物，被形象、关系、冲动等所取代"②，换句话说，"在语言的实际使用或抽象使用中，话语的形式，即外貌，可感知之物，以及话语的行为本身不会被保存下来；一旦达到理解目的，它就消亡；它消解在明确的意义中；它行动过；它发挥过作用；它让人理解：它生活过"③。而文学语言的结局则截然相反，文学语言产生的形式因其自身的价值而受到人们的尊重和渴望，面对它："我们不知不觉地起了变化，准备按照一个制度并在不属于实际生活范围的规则下来生活、呼吸和思考——也就是说，在这个状态下发生的一切将不会被某个确定的行为所分解、完成或取消。我们进入的是诗的世界。"④"……诗不会因为存在过而死亡，它生就是专门为了从它的灰烬中复活并且无限地成为它从前的样子。诗体现出了这样的性质，那就是

---

① 托马舍夫斯基：《艺术语与实用语》，见《俄国形式主义文论选》，维克托·什克洛夫斯基等著，方珊等译，生活·读书·新知三联书店出版社，1989年，第83页。
② 瓦莱里：《文艺杂谈》，段映红译，百花文艺出版社，2002年，第288页。
③ 瓦莱里：《文艺杂谈》，段映红译，百花文艺出版社，2002年，第288—289页。
④ 瓦莱里：《文艺杂谈》，段映红译，百花文艺出版社，2002年，第289页。

它试图以自己的形式再现：它刺激我们照原样复制它。"① 也就是说，日常语言最终的命运是在完成自己使命的同时寿终正寝，而文学语言则往往在经历多个世纪甚至多个千年之后，仍旧被读者吟咏传诵，这也是由它的使命所决定的。

当然，文学语言与日常语言之间也并非是水火不相容的关系。诚然，文学语言常常选择"非凡的词""加长的词"，这些词体现了对日常语言的扭曲，以便最大限度地突出形式的价值，例如，诗歌语言有一些特殊的词汇和表达方式，后者不会出现在日常语言中。但是，文学史也向我们证明，很多优秀的文学作品，其所用的词汇通常都来自日常语言。俄国形式主义者穆卡若夫斯基（Mukarovski）对此有深刻的认识，他指出："在文学作品中，不同形式的语言可以并存（例如长篇小说中，对话可以用俚语，而叙述段落用的又是标准语言）。"② 而诗歌语言可以包括"某种语言的所有语言形式"③。很多作家充分认识到了这一点，因此纷纷向日常语言借用丰富的词汇和表达方式，然后通过自己的艺术手段，将其加工为文学作品。以"口语写作"著称的法国作家塞利纳（Céline），其作品中充斥的都是巴黎郊区工人的俚俗口语，作家将它们揉进自己的作品中，一时间，这些在日常交流中本该令人觉得粗俗不堪的脏话、狠话、讽刺、调侃产生了巨大的力量，使读者在受到极大震撼的同时感受到塞利纳作品的魅力。因此，与其说文学语言中的词汇是特殊的，不

---

① 瓦莱里：《文艺杂谈》，段映红译，百花文艺出版社，2002 年，第 295 页。
② 穆卡若夫斯基：《标准语言与诗歌语言》，见《二十世纪西方文论》，朱刚编著，北京大学出版社，2006 年，第 25 页。
③ 穆卡若夫斯基：《标准语言与诗歌语言》，见《二十世纪西方文论》，朱刚编著，北京大学出版社，2006 年，第 25 页。

如说文学语言中各因素之间的组合关系是特殊的，后者遵循的是雅各布森所说的对等原则。也就是说，文学语言的特殊性更多地是在一个系统之内，由词、句、段之间的关系产生。俄国形式主义者将文学语言特殊的组织手法称为陌生化技法。

陌生化作为一个概念被提出来要归功于俄国形式主义者的研究，但是，文学作品中的这种陌生化效果和技法，并不是由俄国形式主义者首先发现的。亚里士多德在其著作中已经触及陌生化思想。在《诗学》中，他提倡在悲剧中使用异于平常习惯的、人们感到陌生的词，并认为这些词会因其异乎寻常的特点使悲剧偏离日常语言的粗俗。在《修辞学》中，他也有类似的观点："必须赋予语言一种奇异的特征，因为偏离会引起惊奇，而惊奇是一种美好的东西。"① 贺拉斯在《诗艺》中也指出："在安排字句的时候，要考究，要小心，如果你安排得巧妙，家喻户晓的字便会取得新意，表达就能尽善尽美。"② 对于陌生化的价值，美国著名学者哈罗德·布鲁姆（Harold Bloom）在其《西方正典》的《序言与开篇》中指出，对于被他选入"西方正典"的二十六位作家，如果要问他们的伟大之处，或者说这些作家及作品会成为经典的原因，"答案常常在于陌生性（strangeness），这是一种无法同化的原创性，或是一种我们完全认同而不再视为异端的原创性。沃尔特·佩特曾把浪漫主义重新定义为使美感增加陌生性，……他的定义并不限于浪漫主义，而是适用于所有的经典作品。从《神曲》到《终局》的成就实际上就是从陌生性到陌

---

① Aristote, *Rhétorique*, trad. de Charles-Émile Ruelle, Paris, Le Livre de Poche, 1991, 1404 b, p. 302.

② 贺拉斯：《诗艺》，杨周翰译，见《诗学·诗艺》，人民文学出版社，1962年，第139页。

生性的循环"①。

亚里士多德、贺拉斯与布鲁姆的言论表明，作为一种技法，陌生化并不是 20 世纪的新产物。事实上，很多作家都善于使用陌生化技法，只是在这种技法受到形式主义者的重视和强调之后，人们对它的使用才变得更加有意识，也更为自觉。在形式主义之前的文学作品中，我们也能看到这种技法的存在。什克洛夫斯基就曾探讨过托尔斯泰（Léon Tolstoï）作品中的陌生化技法。在小说《霍斯托密尔》中，托尔斯泰借助一匹马的目光来描述世界，什克洛夫斯基认为这种手法使"内容变得陌生了"②，它所产生的效果是不言而喻的：人们循着马儿的目光看世界，就会发现原本为我们所熟知的、合情合理的世界变得毫无逻辑，荒诞不经。面对马儿眼中荒诞的世界，人们定然会跟它一起"不停地思考着它们"③，在思考中做出判断，获得新的认识，而托尔斯泰也就达到了写作的目的。

因此，陌生化技法是指艺术家通过新奇的艺术手法，令原本为我们所熟悉的事物在我们眼中变得陌生，促使我们付出比平时更多的努力，去认识这一陌生事物。在这个过程中，我们既因克服陌生化手法设置的困难而获得了艺术欣赏的愉悦，也因自己的努力而更好地把握了事物。对于新奇的陌生化技法，一些形式主义者认为其主要表现在文学"语言的三个层次上：语音层，如采用新的韵律形式对日常语言的声音产生阻滞；语义层，使词产生派生或附加意义；

---

①　哈罗德·布鲁姆：《西方正典》，江宁康译，译林出版社，2005 年，第 2 页。

②　什克洛夫斯基：《作为技法的艺术》，见朱刚编著《二十世纪西方文论》，北京大学出版社，2006 年，第 21 页。

③　什克洛夫斯基：《作为技法的艺术》，见朱刚编著《二十世纪西方文论》，北京大学出版社，2006 年，第 21 页。

词语层，如改变日常语言的词序"①。日尔蒙斯基则将构成诗歌的"语言事实"分为"语音、词的形式变化、句法、语义、历史词汇"五个层面②。实际上陌生化技法并不仅限于此，作家对局部的细致入微的描写，特殊修辞手法的使用，叙事视角的转换，等等，这些都能够体现陌生化精神。例如法国新小说代表人物阿兰·罗布-格里耶（Alain Robbe-Grillet）就擅长利用大段细致入微得甚至有些病态的描写，对人们的视觉造成阻力，制造陌生化的效果。在其小说《嫉妒》中，罗布-格里耶花了大量笔墨描写女主人公阿×的外貌、动作、神情，其中有一段是对她梳头这个动作的描写：

"沿着散乱的头发，发刷从上而下地梳着，发出一种轻微的声响，像喘息，又像极小的爆裂声。刚刚到达底端，那发刷又很快回到头顶，整个插入毛发当中，然后重新沿着浓黑的头发梳下来。发刷是椭圆形，象牙色，柄很短，握在手中就几乎看不见。

"有一半头发垂在背上，另一半则被一只手拢到肩膀前面。为了使头发凑向发刷，头歪向这一侧（右侧）。每当发刷从脑后扑到上边，头部便愈加前倾，随后，当右手（即拿发刷的手）朝相反的方向运行时，又用力向上抬起。左手用手腕、手心和手指松弛地挽住头发，当发刷通过时放开一下，然后，待发刷接近发端时又重新将一缕一缕的头发圈住，那动作平稳、流畅

① 朱刚编著：《二十世纪西方文论》，北京大学出版社，2006年，第6页。
② 日尔蒙斯基：《诗学的任务》，见《俄国形式主义文论选》，维克托·什克洛夫斯基等著，方珊等译，生活、读书、新知三联书店出版社，1989年，第226—229页。

而又圆熟。从一头到另一头，声音是有所变化的，但总的来说不过是一种轻微而又清脆的噼啪声，其最后一声响动是发生在发刷离开最长几缕头发之后。发刷沿着环形轨迹上升，在空中画出一条曲线，迅速回到颈项上方。头发平摊在脑后，现出一条白色的中线。"①

罗布-格里耶用近乎科技说明书一般的语言描写了一个梳头发的动作。在他冷静的叙述口吻下，这个简单的动作被放大，被肢解，如同电影慢镜头中出现的画面，最终令这个日常生活中人们再熟悉不过的动作产生了陌生和奇异之感。在更深的层次，罗布-格里耶花了如此多的笔墨来描写一个平淡无奇的日常举动，这本身也是与习惯不符的一种陌生化行为，它或许可能令读者在吃惊之余，对日常举止的意义展开反思，进而对由日常举止构成的存在本身展开反思。由此可见，陌生化其实就是一个反感受自动化、反常规的过程，从本质上说，陌生化是文学的必然要求。因为文学同其所置身的社会一样，总是处于变动之中，总是在不断地推陈出新，旧的表达方式迅速老化，并被新的表达方式取代。因此陌生化的技法成为作家反对陈腐的文学习惯和文学势力的有力武器。这也意味着固定的陌生化的表达模式并不存在。一方面，当一种表达法从陌生新鲜到为我们所熟知再到最后无法再激起我们任何审美情感时，作家就有义务打破这种表达模式，创造新的模式。因此，陌生与不陌生都是相对的，正如我们看惯白玫瑰时，总会惊艳于红玫瑰的艳丽，将它比作

① 阿兰·罗伯-葛里叶：《嫉妒·去年在马里安巴》，李清安、沈志明译，译林出版社，1999年，第42页。

心口的一粒朱砂痣，而当我们看惯红玫瑰时，又会觉得白玫瑰那么清新脱俗，宛如窗前明月光。另一方面，陌生化并不是一种机械的手法，而是作家的创造，因而总是会带上鲜明的个性色彩。

综上所述，文学作品的一般特征是具有文学性，后者是文学语言的本质，是使文学区别于其他科学，使文学作品区别于其他非文学作品的东西。文学性并不是凭空产生的，而是通过陌生化技法获得的。陌生化技法将读者的注意力引向语言本身。正因如此，以文学作品为翻译对象的文学翻译也应当将其自身同非文学翻译区别开来，在活动中将目光集中在文学作品所使用的陌生化手法上，以期再现原作的文学特殊性。我们在上文中已经提到，陌生化的技法可以体现在语音、字形、语义、叙事视角等多个方面，后者将文学作品分为几个层面。在下文中，我们将具体分析陌生化手法在文学作品各个层面中的体现。

第二节
陌生化的多个层面

每一部文学作品都是用语言构筑的一个封闭自足的世界，对文学作品的理解要着眼于整体，这是毋庸置疑的事实。然而，我们也不能否认，一部文学作品总是汇集了语音、词形、语义等诸多因素。韦勒克指出，要分析个别艺术品，"我们必须首先尽力探讨用以描述和分析艺术品不同层面的方法。这些层面是（1）声音层面，包括谐音、节奏和格律；（2）意义单元，它决定文学作品形式上的语言结构、风格与文体的规则，并对之做系统的研讨；（3）意象和隐喻，即所有文体风格中可表现诗的最核心的部分，需要特别探讨，因为它们还几乎难以觉察地转换成（4）存在于象征和象征系统中的诗的特殊'世界'，我们称这些象征和象征系统为诗的'神话'。由叙述性的小说投射出的世界所提出的（5）有关形式与技巧的特殊问题"①。韦勒克称这种分析作品的方法为"透视法"。透视法全面涵盖了文学作品的各个方面，同时它又可以分为两个层面：语言形式的层面和超越语言形式的层面，其中文本的语音、句法、语义等应属于语言形式的层面，而叙事文中的叙事视角、叙事结构、情节、人物都应归入超越语言形式的层面。认识文学作品的各个层面对于文学翻译活动至关重要，因为翻译首先是一种特殊的阅读和批评活动，对文学文本理解的透彻程度关系到译者是否能够准确把握并再现原作的文学性特征。

在上文中，我们已经指出，所谓陌生化技巧实际上是打破感受自动化、打破常规表达方式的过程，也就是说，是对常规的一种偏离。英国语言学家利奇（Geoffrey Leech）对文本中偏离的种类颇有研究，他区分了词汇偏离、语法偏离、语音偏离、字音偏离、语义偏离、方言偏离、语域偏离、历史时代的偏离、外来语的掺杂等。②利奇的分类对于我们研究文学作品语言形式及其中所展现的陌生化特征具有重要的意义，在他的分类的基础上，我们可以将文学作品的语言形式再细分为以下几个层面。

---

① 勒内·韦勒克、奥斯汀·沃伦：《文学理论》，刘象愚、邢培明、陈圣生、李哲明译，江苏教育出版社，2005 年，正文第 174 页。

② 参见胡壮麟编著：《理论文体学》，外语教学与研究出版社，2000 年，第 95—99页。

（1）语音层面

文学作品语音层次的特殊性在于其同语义层次的密切联系。在日常语言中，作为能指的音响形象和作为所指的概念之间的结合是任意的，约定俗成的，语音层面往往为人们所忽视，因为日常语言的目的是获得所指，即获得一定的意义，一旦意义被传达，能指便失去了存在的意义。因此，在日常语言中，语音层次是一个透明的层次。而在文学作品中，语音层次不再透明，它不再满足于仅仅传达意义，同时还影响或积极参与语义的产生，此时，能指和所指的关系不再是任意的，机械的，能指本身也成为所指。语音与语义的特殊结合在诗歌中体现得最为明显，"在诗语中，语音和意义的关系，比在认识语言中，更具有组织性、更密切。用适当方式组合语音以传达感情的意向，使诗人比他人更密切关注词语的语音肌质"[1]，但这并不意味着在其他非诗歌的文学作品中，语音层次就是透明的，可以忽视的，因为"即使在小说中，语音的层面仍旧是产生意义的必不可少的先决条件"[2]。

语音层次的陌生化效果主要通过以下几个方面实现：

首先是利用语音自身的特点。语音自身就具备一定的表现价值，这种说法包含了两层意思："一个词的语音很像自然界的声响（拟音），或者折射出一种氛围、感受或想法（语音象征主义）。"[3] 拟音

---

① 张冰：《陌生化诗学：俄国形式主义研究》，北京师范大学出版社，2000 年，第88 页。

② 勒内·韦勒克、奥斯汀·沃伦：《文学理论》，刘象愚、邢培明、陈圣生、李哲明译，江苏教育出版社，2005 年，正文第 175 页。

③ 西蒙·巴埃弗拉特：《圣经的叙事艺术》，李锋译，华东师范大学出版社，2006 年，第 222 页。

的词语通常也被称为象声词，这类词出现在文学作品中，往往使描写生动形象，增强文字的音乐性，增添语义的丰富性。例如白居易的《琵琶行》中有一段对京城女弹琵琶的描写："大弦嘈嘈如急雨，小弦切切如私语。嘈嘈切切错杂弹，大珠小珠落玉盘。""嘈嘈""切切"模拟了乐器的声音，给诗歌制造了特殊的音响效果。

如果说拟音较为客观地模仿了自然界的声响，那么语音象征主义则要主观得多。人们认为某些音素或音素组合具有特殊的联想效果，例如兰波那首著名的诗歌《元音》所吟唱的："A 黑，E 白，I 红，U 绿，O 蓝：元音们/有一天我要说出你们隐秘的本意/A，闪光苍蝇毛茸茸的黑紧身衣/它们绕着恶臭发出嗡嗡叫声//又是幽暗海湾；E，蒸气和帐篷的朴实/高傲冰川的长矛，白衣国王，伞形花在轻振/I 是紫红，咯出的血，美丽的嘴唇/在愤怒或忏悔迷醉中露出笑意//U 是周期，碧海神圣的振幅/牲口满布的牧场那种安详，炼金术/在勤奋、饱满的额角皱纹中刻下的安详//O，崇高的喇叭，充满古怪尖音/又是星体和天使穿越的宁静/——噢，奥美加，是她双眼的紫光！"人们赋予了某些音特定的意义，这些音一旦出现在特定的结构中，便会产生奇妙的效果。例如李清照《声声慢》中的开头："寻寻觅觅，冷冷清清，凄凄惨惨戚戚……"汉语中的"q"音本来就有冷清凄迷的感觉，被诗人巧妙利用，增添了词的凄凉意境。

其次是利用语音重复的方法。语音的重复包括叠音（语音相近但不相同的词语处于临近的位置）、头韵（对词语开头音素进行重复）、尾韵（词尾的押韵）、元韵（对元音的重复）等。重复的可以是某个音素，也可以是整个句子。文学作品中语音的重复也分两种情况：一种是语言（langue）层面的，这一层面的语音重复是偶然的，毫无规律可循，因此对语义影响不大，与文学作品的特殊性也无多大关系；另一种是话语（discours）层面的，此时的语音重复是作家创作意图的体现，对语义有着积极的影响，因为在这种情况下，"这里涉及的不是音，而是能指。而某个话语能指元素之间的相互关系无一不在意指活动（signifiance）中起一定作用"①。语音重复使表达具有了音乐性，更为重要的是，这种重复也体现了雅各布森的对等原则：选择轴上的相似性转移到了组合轴，使临近词语之间首先在语音上具有了相似性，而语音上的相似最终使其语义上也具有了朦胧的相似性。文学大师乔伊斯（James Joyce）最擅长使用语音重复制造特殊表达效果，在其名篇《芬尼根的守灵夜》中，这样的段落比比皆是，试举一例："the bellemaster, over the wastes to south, at work upon the ten ton tonuant thunderous tenor toller in the speckled church"（敲钟人，从西向南，在污迹斑斑的教堂里，敲打着十吨重的发出轰雷般的男高音的钟）。② 在这个句子中，头韵使"ten ton tonuant thunderous tenor toller"这一短语产生了奇特的音响效果，我们在阅读这个句子时，仿佛亲耳听到了回荡的钟声，而"ten""ton"这些本身与雷鸣或钟声毫无关系的词因为与"thunderous"和"tenor"等词的临近而具有了表音的功能。

语音的重复在诗歌中显得尤为重要。诗歌要通过最简短的篇幅抒发最强烈的感情，因此，诗歌中所使用的词语都是最凝练的，词语得到了最大限度的开发和利用，包括其语音特点。例如由头语反复形成的头韵不仅在语音上前后呼应，而且还在形式上构成了类似排比的句式，使诗歌形式变得整齐。诗歌中普遍出现也相当重要的

---

① Henri Meschonnic, *Poétique du traduire*, Lagrasse, Verdier, 1999, p. 325.
② 原文与译文均转引自戴从容：《自由之书：〈芬尼根的守灵夜〉解读》，华东师范大学出版社，2007 年，第 48 页。

语音重复是押韵。押韵最重要的审美功能是它的格律功能，"它以信号显示一行诗的终结，或者以信号表示自己是诗节模式的组织者，有时甚至是唯一的组织者"①。同时，押韵还具有语义的功能，比如押韵的词可以属于相同的语义范围，如雨果《秋叶集》中的诗句

> ...
>
> Si ma tête, fournaise où mon esprit s'allume
>
> Jette le vers d'airain qui bouillonne et qui fume
>
> Dans le rythme profond, moule mystérieux
>
> D'où sort la strophe ouvrant ses ailes dans les cieux
>
> ...

其中"allume"（点燃）和"fume"（冒烟），"mystérieux"（神秘）和"cieux"（天空）之间存在一定的相关性；或者押韵的词属于大不相同的语义范围，例如亚历山大·蒲柏（Alexander Pope）的著名诗歌 *Epistle to Dr. Arbuthnot*（《与阿布斯诺博士书》）中有这样的诗句："Poor Cornus sees his frantic wife elope, / And curses wit, and poetry, and Pope."（意译："可怜的科尼斯看到他疯狂的妻子与人私奔，/就诅咒智慧、诗歌和教皇。"），押韵的"elope"（私奔）和"Pope"（教皇）音相近但义甚远，此时押韵制造了讽刺的效果。在这两种情况下，押韵不仅产生了语音上的和谐，更微妙地影响到了语义，或加强了所表达的情感，或制造了意想不到、令人称奇的

---

① 勒内·韦勒克、奥斯汀·沃伦：《文学理论》，刘象愚、刑培明、陈圣生、李哲明译，江苏教育出版社，2005年，正文第178页。

效果。

最后还可以利用节奏和旋律，节奏是"通过对语音的长短、重读或者音高进行组织而产生出来的"①，旋律"即语调的曲线，它是由音高的序列决定的"②。节奏和旋律往往被统称为节奏，一般认为它们只与诗歌有关。事实上，如果只是将节奏视作文本组织的形式和运动的速度，将旋律视作文本在听觉上产生的音乐性效果的话，可以说诗歌以外的文学文本也具有节奏和旋律，后者可以通过语音和句法上的手法得到加强。"这些手法是声音图形、平行句、对比平衡句等，通过这些手法整个意义的结构强有力地支持了节奏模式。在几乎是非节奏性的散文中，有从重音堆积的断句直到接近诗的整齐性的各种不同的节奏等级。"③ 因此，我们可以说，散文甚至小说都具有节奏和旋律，例如擅长使用短句使杜拉斯（Marguerite Duras）小说的节奏显得相对紧凑，急迫，而长句的大量使用则使普鲁斯特（Marcel Proust）小说的节奏显得比较缓慢，平和。

通过对文学作品语音层面的分析，我们看到，作者通过对语音特征的巧妙利用制造出了陌生化效果，这一效果正是作品文学性的体现。对具备语音层面特殊性的文学作品进行翻译时，一方面，巧妙的语音现象对译者提出了极高的要求，因为在这种情况下，音义的结合程度如此之高，以致稍微变动一下语音的特征，就会使句子的神味走失或变质。因此，译者只有认真研究并把握文学作品语音

---

① 西蒙·巴埃弗拉特：《圣经的叙事艺术》，李锋译，华东师范大学出版社，2006 年，第 227 页。

② 勒内·韦勒克、奥斯汀·沃伦：《文学理论》，刘象愚、刑培明、陈圣生、李哲明译，江苏教育出版社，2005 年，正文第 182 页。

③ 勒内·韦勒克、奥斯汀·沃伦：《文学理论》，刘象愚、刑培明、陈圣生、李哲明译，江苏教育出版社，2005 年，正文第 184 页。

层面的特征，才有可能最大限度地将其再现。另一方面，我们也应该注意到，语音本身往往是中性的，它的特殊意义和作用都是整个系统所赋予的，只有结合上下文的语义，语言的声音才有可能变成艺术的事实。所以，要再现语音的特征和意义，恰恰不能只是关注语音本身，而应该从整个系统入手对其进行把握。

（2）词汇和语汇层面

文学创作同其他艺术创作的不同之处在于，文学创作的材料是语言符号，后者本身已经具有固定的形式和基本含义。所有的语言符号又一起构成了一个民族的语言系统。索绪尔认为语言"是言语活动的社会部分，个人以外的东西；个人独自不能创造语言，也不能改变语言；它只凭社会的成员间通过的一种契约而存在"①。也就是说，语言系统具有社会性、相对稳定性等特点，它是全体社会成员用语言进行交流的基础，不会因为个人的作用而轻易发生改变。因此，一般来说，作家只能在本民族现有的词汇和语汇的基础上，通过自己特有的遣词造句方式，来构筑具有独特风格的文学作品。但是，这并不意味着文学作品不能在词汇和语汇层面有所创新，通常情况下，作家在词汇和语汇层面上的陌生化手法体现在以下几个方面。

首先是对某种性质的词汇的大量运用。作家出于自己的偏好，或者为了表达的需要，会在作品中大量使用某一类词，当这类词在作品中以很高的频率出现时，便会使作品产生特殊的表达效果。例

---

① 索绪尔：《普通语言学教程》，高名凯译，岑麒祥、叶蜚声校注，商务印书馆，1980 年 11 月第 1 版，2001 年 5 月第 6 次印刷，第 36 页。

如法国作家米歇尔·塔莱（Michel Thaler）的小说《来路不明的火车》(*Le Train de nul part*)，在厚达 233 页的篇幅中，没有一个动词，却充斥着夸张的形容词，因此，整部作品给人感觉十分奇特。例如下面这个片段："Quelle aubaine ! Une place de libre, ou presque, dans ce compartiment. Une escale provisoire, pourquoi pas! Donc, ma nouvelle adresse dans ce train de nulle part：voiture 12, 3ème compartiment dans le sens de la marche. Encore une fois, pourquoi pas? – Bonjour Messieurs Dames. Un segment du voyage avec vous ! Ou peut-être pas ! Tout comme la totalité de l'itinéraire, du moins le mien !"①

再如著名作家张爱玲的语言非常独特，而造就这种独特性的原因之一是她在用词上与众不同的风格。在《天才梦》中，她写道："对于色彩、音符、字眼，我极为敏感。当我弹奏钢琴时，我想象那八个音符有不同的个性，穿戴了鲜艳的衣帽携手舞蹈。我学写文章，爱用色彩浓厚、音韵铿锵的字眼，如'珠灰'、'黄昏'、'婉妙'、'splendour'、'melancholy'，因此常犯了堆砌的毛病。直到现在，我仍然爱看《聊斋志异》与俗气的巴黎时装报告，便是为了这种有吸引力的字眼。"② 因为对"色彩浓厚、音韵铿锵的字眼"的偏爱，张爱玲常在作品中使用甚至创造丰富的表现颜色的词汇。以《金锁记》这部中篇为例，在篇幅不长的小说中，光是描写青绿颜色的词汇就有不下十个，如"青白色"（手）、"蟹壳青"（天）、"淡青"（天）、"雪青"（手帕）、"雪青闪蓝"（裤子）、"绿粉"（墙）、"佛青"（袄

---

① 转引自：http：//www. evene. fr/livres/livre/michel-thaler-le-train-de-nulle-part-10920. php?citations.

② 张爱玲：《天才梦》，见《张看（上）》，张爱玲著，经济日报出版社，2002 年，第 3—4 页。

子)、"墨绿"（洋式窗帘）、"葱绿"（遍地锦棉袄）、"藏青"（旗袍）、"青灰"（缎袍）、"湖绿"（地衣），等等。作者通过堆砌这些词汇在读者眼前构筑了一个色彩绚丽的世界，同时也透露了其细腻、丰富的内心世界，而这些词汇也构成了体现作品特殊性的重要手段之一。

其次是创造新词和生造词汇。文学作品中的词汇基本上都来自现存的语言系统，然而有一些作家，他们根据现有词汇的特点和造词法的原则，或给旧词增加前缀、后缀，或将一个词的一部分同另一个词的一部分进行组合，在作品中创造新词，以达到突出作品语言的目的。最擅长玩词汇游戏的莫过于文学泰斗乔伊斯了。在其作品中，不仅有从英语词生造的新词，甚至还有从外来词生造的新词。据译者戴从容介绍，《芬尼根的守灵夜》全书"一半以上的词语都是乔伊斯自己制造的，而且每个词语，哪怕是最普通的词语，都可能包含不止一个意义"①，在这些自造词中，有一部分并不是全新的，而是通过将已有的词语打碎、变形再重新组合，新产生的词仍旧保留着原词的一部分，在语境的作用下，它们获得了多重含义，使文学作品的语义变得朦胧，复杂。例如乔伊斯创造了"Moanday，tearsday，wailsday，thempsday，frightday，shatterday"，于是一周七天便变成了"呻吟的日子""流泪的日子""悲叹的日子""心怦怦跳的日子""惊恐的日子""战栗的日子"，"生之苦在这种双关中表现得淋漓尽致"。② 这些纷繁复杂的生造词产生了强烈的诗学和美学效果，它们在使作品的语义变得丰富的同时，还创造了一种混沌的、

---

① 戴从容：《中译本导读》，见《芬尼根的守灵夜》（第一卷），詹姆斯·乔伊斯著，戴从容译，上海人民出版社，2013年，第7—8页。

② 戴从容：《自由之书：〈芬尼根的守灵夜〉解读》，华东师范大学出版社，2007年，第23页。

迷一般的意境，符合《芬尼根的守灵夜》本是一个梦这样的题旨。作家也正是通过词汇层面的创造来挣脱语言枷锁，获得其孜孜以求的写作的完全自由状态，因此，词语的万花筒尽管给阅读和翻译带来了重重困难，但译者必须力图把握和再现这个层面的特征，因为它们是体现作品文学性的重要方面。

最后是从外语、古代语言或其他语域中吸收词汇和语汇。作家在作品中使用外语词汇的情况并不少见，例如19世纪俄国作家的作品中经常掺杂着法语。乔伊斯在《芬尼根的守灵夜》中使用了包括所有欧洲语言、中文、日文、梵文在内的50多种语言。有时，作家为了塑造人物形象，也会巧妙使用外语。钱锺书《围城》中的很多人物在说话时喜欢挟带着英语、法语词汇，于是一群喝过洋墨水的"假洋鬼子"形象便跃然纸上了。

语域是指词汇的使用范围，各语域的词汇具有明确的语域功能。按语体分，有口语和书面语；按地域分，有方言和标准语；按专业分，有技术用语（如法律用语、医学用语等）和非技术用语。还可以按照其他的分类标准将词汇分成不同的语域。不同的语域体现不同的语言色彩。在上文中，我们已经提到文学语言的本质特征，它与其他语域内的语言的根本区别在于它要最大限度地凸显自身。因为这种特征，文学语言在遣词造句上与其他语域内的语言也有所区别，文学语言比日常语言语言要严谨、标准得多，比司法行政语言和科技语言要灵活、生动、多变得多。但是，从形式上看，文学语言同其他语域内语言的区别并不是绝对的，为了达到预期的表达效果和创作目的，作家完全可能采用其他语域内语言的词汇和表达形式。法国作家罗曼·加里（Romain Gary）的小说《生活在等待他》以一个住在巴黎贫民区的阿拉伯儿童的口吻写就，作品不但模仿当时处于巴黎最底层的市民的日常语言，而且还模仿儿童的语气，在书中故意保留了大量语法错误。透过作品，我们仿佛看到了一个稚气未脱却故作老成的儿童形象，读来妙趣横生。中国现当代作家中也有很多使用方言土语进行写作的例子，如莫言的小说中有不少山东方言，赵树理的小说融入了山西方言，当代诗人杨黎的长篇小说《向毛主席保证》则完全用四川方言写成。不同语域语言的使用常常能给作品带来强烈的个性色彩，体现作家的写作风格，因此也是表现作品文学性的重要手段。

(3) 句法层面

句法是句子内部和句子之间的组织法则，它主要体现在句子内部构造和句子之间关系的安排上。文学作品的句法是灵活多变的，句法特征也是体现作品特殊性的一个重要环节。在句子内部构造方面，陌生化效果经常通过调整词序实现。词序是句子各个成分之间的排列顺序，在每一种语言中，都存在一种相对常规的词序，例如英语或法语中陈述句的常规词序是主语—谓语—宾语。在限度内，词序的调整和变动能够使整个句子或词组具有不同的意义和表达效果。以同种性质的词的叠加为例，西蒙·巴埃弗拉特（Shimon Bar-Efrat）在分析《圣经》叙事艺术时注意到了《圣经》文本中频繁出现的名词或动词叠加的现象，并指出"倘若名词或动词又大致近义，那么这种累加就会产生强烈的效果；即使不近义，也表达特殊的意义"[①]。例如《圣经·撒母耳记下》中的这个句子："And they

---

① 西蒙·巴埃弗拉特：《圣经的叙事艺术》，李锋译，华东师范大学出版社，2006年，第245页。

mourned and wept and fasted until evening for Saul and for Jonathan his son and for the people of the Lord and for the house of Israel"（而且悲哀号哭，禁食到晚上，是因扫罗和他儿子约拿单，并耶和华的民以色列家的人）。动词的累加突出了国王去世给人民带来的痛苦之深，名词的累加则表现了灾难的深重，使诗句增添了悲壮感。另外，倒装也是调整词序时常用的手段之一。当我们对句子以主语开始习以为常时，一旦看到以谓语或以地点、时间状语开头的句子，我们立即会感受到作者对谓语或状语的强调。如果说以主语开头的句子，其性质往往是平和的，那么倒装句则传递出某种紧张情绪。作家往往会利用倒装句的这种特点在文学作品中营造气氛，控制表达的节奏。

句子按照构造的繁简可分为简单句与复合句。简单句短小精悍，言简意赅，复合句则因为包含一个到多个从句和其他插入的修饰成分而显得丰满多彩。通常情况下，话语既包含简单句，也包含复合句。但在一些文学作品中，作家往往利用简单句和复合句各自的特征来创造特殊的表达效果。一部分作家如普鲁斯特、克洛德·西蒙（Claude Simon）等人倾向于将句子拉长，因为长句"适合于表达复杂、细腻、连绵的思想或感情的演变过程。借以创造情景交融、言不尽意的微妙意境或思潮起伏，宏论滔滔的雄辩气氛"[1]。以克洛德·西蒙的名作《弗兰德公路》（*La Route des Flandres*）中的长句为例："... dans les aubes grises l'herbe aussi était grise couverte de rosée que je buvais la buvant par là tout entière la faisant entrer en moi tout entière comme ces oranges où enfant malgré la défense que l'on

---

① 赵俊欣：《法语文体论》，上海译文出版社，1984 年，第 69 页。

m'en faisait disant que c'était sale mal élevé bruyant j'aimais percer un
trou et presser, pressant buvant son ventre les boules de ses seins
fuyant sous mes doigts comme de l'eau une goutte cristalline rose
tremblant sur un brin incliné sous cette légère et frissonnante brise qui
précède le lever du soleil reflétant contenant dans sa transparence le ciel
teinté par l'aurore je me rappelle ces matins inouïs pendant toute cette
période jamais le printemps jamais le ciel n'avait été si pur lavé trans-
parent, ..."如此气势磅礴的一段话甚至还不算是一个完整的句子,
标点符号的缺省和大量的插入语在拉长句子的同时使文本语义变得
复杂,含混,晦涩,增加了阅读难度,直接凸显了作者的风格。反
之,对简单句的巧妙利用同样也能达到陌生化的表达效果。例如法
国作家皮埃雷特·弗勒蒂奥(Pierrette Fleutiaux)擅长运用短句,
她的代表作《要短句,亲爱的》(Des phrases courtes, ma chérie)的
句法特征正如作品的题目所揭示的那样,使用的几乎全是短句,使
文本具有了诗歌一般强烈的节奏感。

如果两个或多个句子的句法一致,就会形成句子之间的排比、
对仗、对比等现象,这是雅各布森的对等原则在句法层面的体现。
句法层面的这一现象在诗歌中显得尤为突出,例如弗朗索瓦·维庸
《反真理之歌》(Ballade des contre-vérités):

> Il n'est soin que quand on a faim
>
> Ne service que d'ennemi,
>
> Ne mâcher qu'un botel de fain,
>
> Ne fort guet que d'homme endormi,
>
> Ne clémence que félonie,

N'assurance que de peureux,

Ne foi que d'homme qui renie,

Ne bien conseillé qu'amoureux.

Il n'est engendrement qu'en boin

Ne bon bruit que d'homme banni,

Ne ris qu'après un coup de poing,

Ne lotz que dettes mettre en ni,

Ne vraie amour qu'en flatterie,

N'encontre que de malheureux,

Ne vrai rapport que menterie,

Ne bien conseillé qu'amoureux.

Ne tel repos que vivre en soin,

N'honneur porter que dire: « Fi ! »,

Ne soi vanter que de faux coin,

Ne santé que d'homme bouffi,

Ne haut vouloir que couardie,

Ne conseil que de furieux,

Ne douceur qu'en femme étourdie,

Ne bien conseillé qu'amoureux.

Voulez-vous que verté vous dire ?

Il n'est jouer qu'en maladie,

Lettre vraie qu'en tragédie,

Lâche homme que chevalereux,

Orrible son que mélodie,

Ne bien conseillé qu'amoureux.

在这首诗中，每一个诗行的句法几乎是一致的，横组合轴也具有了本来只体现于纵聚合轴的相似性。这种句法和布局深刻地影响了诗歌的韵律、形式、意象的分布和意象之间关系的形成，形式上的相似也给语义蒙上了相似的色彩。同作家在语音层面采用陌生化手段一样，"诗人对句法煞费苦心的改造以便合律，并不仅仅是为了满足听觉上的美感需要，而是要通过句法对辞象的布局、情节的展开，最终对诗语义的建构施加影响"[①]。

(4) 语法层面

语法是一个社会关于语言表达的总体法则，语法是约定俗成的，处于特定社会中的个人在口头或书面表达时必须遵守该社会的语言法则，其作品才能为广大社会成员所理解和接受。日常语言和科学语言的目的在于促进社会成员之间的交流，保障信息的顺畅流通，因此，它们往往使用合乎语法规范的表达，也就是说，在日常语言和科学语言中，人们往往感觉不到语法的存在。文学语言则不同，由于文学作品的任务不在于利用语言传达某个信息，而是要凸显语言本身，因此在文学作品中，作家往往或巧妙利用某个法则，或打破语法常规，制造异乎寻常的、新奇的表达方式，这便是语法层面

---

① 黄玫：《韵律与意义：20世纪俄罗斯诗学理论研究》，人民出版社，2005年，第194页。

的陌生化手段，这些手段可以体现在时态、语态、语式等各个方面。

以时态为例。时态对于叙事性文本尤为重要。叙事性文本的奇特之处在于通过线性的话语构筑一个多层次的、立体的世界，在这个世界中，故事按照时间顺序在空间中展开。因为时态的存在，我们能够判断故事发生在过去还是将来，并确定事件发生的先后顺序。以法语为例，通常情况下，过去式对应已发生了的故事，现在时对应当下正在发生的事实，而将来时对应尚未发生的事件。在文学作品中，未完成过去时、复合过去时和简单过去时是叙述过去事件的最常见的时态，但这三个时态之间也有差异。例如法语语法规定复合过去时与简单过去时不能兼容，因为复合过去时隐含着事件与叙事人之间的直接关系，此时叙事人是显形的，往往以第一人称"我"出现，事件是他的回顾和评价；而简单过去时则"使话语的主观性达到了最低限度"①，它要切断事件与叙事人的联系，叙事人是隐形的，我们只知道事件发生在叙述之前，但事件本身同叙事人却没有必然的联系。基于这些原因，人们往往不会采用简单过去时来讲述发生在"我"身上的事。然而，著名意识流大师普鲁斯特却打破了这一惯例。他的代表作《追忆似水年华》是叙事者"我"对往事的回忆，但他却在"我"回忆往事时大量使用简单过去时，这种用法不符合语法规范，却产生了一种既近且远的奇特表达效果：一方面，这是"我"的回忆；另一方面，简单过去时使叙述蒙上了客观中性的色彩，仿佛事件一旦成为过去，就与"我"脱离了联系，"逝去"的永远逝去了，而我寻找"似水年华"只能是一场徒劳，因为找回

_____

① Todorov, *Poétique*, Paris, Seuil, 1968, 1973 (version corrigée), p. 46.

的"年华"也只不过是"我"自己的想象而已。这就紧扣了小说的主题。另外,他在作品中经常将现在时和过去时交叉混杂使用,表现了潜意识的杂乱无序,也符合普鲁斯特"内心时间"这一概念的特征。

除了时态之外,语态也常常被用来营造特殊的表达效果。王东风曾对语态的诗学效果进行过研究,他指出:"由于不同的语态会建造不同的主位结构序列,因此往往会生成特定的主位推进模式和结构重复,形成特定的语篇功能。……语态的选择是常规(主动)还是变异(被动),主位结构是常位(无标记主位)还是殊位(有标记主位),在很多情况下,都是作者在一系列同义结构中选择的终极体现,并不是信息传递的一种任意的、自然的结果。"① 的确,主动语态一般被视为一种常规语态,而被动语态相较于主动语态来说是一种变异,因此,对被动语态的巧妙利用往往能创造出特殊的表达效果。王东风以《简·爱》中简·爱离开舅母家一段为例:在描写简·爱搬运行李、坐车离开家走向未知的世界这一过程中,语态逐渐从主动转向了被动,并且后者逐渐占据主要地位,王东风认为"由主动向被动的变化曲线正是人物心理由主动向被动变化的投射"②。因此,如果文学作品中重复出现被动语态,我们就应考虑这是否是作者所使用的陌生化手段之一,而不应该一味将被动语态改为主动语态。无视文学作品在语态层面的特殊性,最终只会导致

----

① 王东风:《从诗学的角度看被动语态变译的功能亏损》,《外国语》2007 年第 4 期,第 49 页。

② 王东风:《从诗学的角度看被动语态变译的功能亏损》,《外国语》2007 年第 4 期,第 53 页。

"语篇功能和诗学功能的失落"①。

语法层面的陌生化手法并不仅仅局限在时态和语态上，一个民族庞大的语法体系中的任何一个方面都可能为作家所利用，成为具有特殊表现力的表达方式，可以说，有多少条法则，就有多少种打破常规的可能。语法层面的特殊性与作品的文学性息息相关，也应该在翻译过程中得到再现。

(5) 语义层面

文学语言不同于日常语言或科学语言的重要表现之一在于，日常语言或科学语言的目的是为了获得清晰明了的信息，因此其表述往往是透明的和单义的，词汇一般以其字面意义出现，能指与所指之间的关系是单一的，直接的。而"文学语言则不能够也不应该很透明，它往往是模糊的、多义的，有相互冲突的歧义，既有表层意义又有隐含意义"②，语义模糊导致产生的作品形式与意义之间的张力是作品文学性的重要表现之一。

托多罗夫在讨论文学文本分析方法时指出，对文本语义的分析应该注重两个互相区别的过程：首先是意指过程，即能指指向所指的过程，其次是象征过程，即第一重所指象征第二重所指的过程。意指过程出现在词汇层次，即在词语的范畴之内，对于这个过程，语言学、阐释学等领域的学者已经做出过深入研究并取得了重要的成果。但是，托多罗夫指出，在这些领域，"人们仅止于研究唯一的

---

① 王东风：《从诗学的角度看被动语态变译的功能亏损》，《外国语》2007 年第 4 期，第 49 页。

② 王先霈：《文学文本细读讲演录》，广西师范大学出版社，2006 年，第 32 页。

'含义'，研究严格的意义，却对所有有关内涵、语言的趣味应用和隐喻化现象置之不理"①，而后者与文学文本的特殊性密切相关。托多罗夫将内涵、语言的趣味应用和隐喻化现象称为"第二意义"，并指出"第一意义和第二意义……之间的相互作用不是一种简单的取代关系，也不是一种说教关系，而是一种特殊的关系，我们才开始研究这些关系的类型。我们相对来说了解得比较清楚的，是多种建立在两种意义之间的抽象关系，传统修辞学将它们称为提喻、隐喻、换喻、反语、夸张、曲言……"②。也就是说，传统修辞学意义上的修辞手法的运用使文本语言具有了第二意义，文本的语义也因此变得复杂起来。

象征是第一重所指象征第二重所指的过程，它出现在陈述层次即文本的句段中。托多罗夫认为象征有文本内象征和非文本内象征，文本内象征即文本的一部分说明另一部分，例如"一个人物形象将受到其行动或描写细节的'定义'，一段抽象的思考将会受到整个情节的'说明'"③；非文本内的象征即通常所说的阐释，或者罗兰·巴特意义上的"神话"。对于象征层面意义的形成，也就是第一重所指和第二重所指之间的关系，托多罗夫指出它们仍旧没能摆脱词汇层次意义形成的模式，也就是说，传统修辞学意义上的修辞手法同样适用于描述象征意义的产生过程。

托多罗夫的分析意味着两点。首先，文本语义的模糊性产生自两个层面，一个是词汇的意指层面，另一个是句段乃至整个文本的象征层面。其次，文学文本多层次的、模糊而又复杂的语义的产生，

① T. Todorov, *Poétique*, Paris, Seuil, 1968，1973（version corrigée），p. 33.

② T. Todorov, *Poétique*, Paris, Seuil, 1968，1973（version corrigée），p. 33.

③ T. Todorov, *Poétique*, Paris, Seuil, 1968，1973（version corrigée），p. 34.

同传统修辞学意义上的修辞手法的应用密不可分。这些修辞手法除了托多罗夫提到的提喻、隐喻、换喻、反语、夸张、曲言之外，还有矛盾修辞法、拈连、移就、双关等。象征层面的修辞手法往往决定着文本的性质，例如《圣经》被很多释经者视作一个隐喻性文本。象征层面的修辞方法越来越多地受到文艺理论研究者的关注，新批评学者布鲁克斯认为诗人要使枯竭的语言复活，就必须以反讽——"语境对于一个陈述语的明显的歪曲"① ——为诗的结构手段。新批评流派另一位代表人物威廉·K. 维姆萨特则认为诗人的语言"根本上是比喻的：就是说，它标志出事物之间以前没有被人察觉的关系，而且使这种理解永久化"②。布鲁克斯所说的"反讽"和维萨姆特所说的"比喻"显然是象征层面上的，此时，反讽和比喻摆脱了传统修辞学认为的修辞作为文学作品表面装饰的次要地位，一跃而成为文学作品的组织手段。

从上面的分析可以看到，在文学作品模糊、复杂的语义形成过程中，修辞手法的应用起到了至关重要的作用，因此，翻译过程中尤其应注意对原作修辞手法的分析与再现。但是，文学作品的语义问题很复杂，它除了同修辞手法有关之外，还涉及其他很多因素，鉴于语义问题在翻译活动中的特殊性和重要性，我们将在下文中另辟一章，详细讨论文学作品语义特征及翻译活动对其的处理，此处不再赘述。

---

① 布鲁克斯：《反讽——一种结构原则》，见《"新批评"文集》，赵毅衡编选，中国社会科学出版社，1988 年，第 335 页。

② 维姆萨特：《具体普遍性》，见《"新批评"文集》，赵毅衡编选，中国社会科学出版社，1988 年，第 262 页。

(6) 主题和叙事层面的陌生化技法

主题是文学作品的思想和哲学层面，这个层面的新意对文学作品来说或许是最重要的，但思想附着于语言形式之上，而且如上文不断提到的那样，思想的新意或许正源自表达形式上的创新，为了避免重复，我们将不再对主题层面展开探讨。至于叙事，其技巧包括叙事模式、叙事时间、叙事视角、叙事声音、叙事结构等，① 而叙事层面的陌生化手法也是作家创新的常见手段。例如上文中提到的托尔斯泰的小说《霍斯托密尔》，其独特的叙事视角，使得整个作品给人耳目一新的感觉，不仅形式上更新颖，而且思想上更具批判性。但鉴于叙事上的陌生化手法已经超越了作品语言形式的层面，不会对翻译活动造成太大的障碍，本节也将不再对其展开详细分析。

综上所述，文学作品可以被分为几个层面，作家在各个层面可能使用的陌生化手法及其带来的陌生化表达效果是作品文学性的具体体现，它们是使文学作品区别于非文学作品的基本要素。译者若要准确把握作品的文学性，就必须首先从语音、词汇、句法、语法、语义、叙事等各个层面的陌生化手法入手，"审其音势之高下，相其字句之繁简，尽其文体之变态，及其义理精深奥析之所由然"②，最终把握文学作品在各个层面的特殊之处，这是文学翻译的本质要求。

---

① 参见 T. Todorov，*Poétique*，Paris，Seuil，1968，1973（version corrigée），pp. 49 - 91.

② 转引自罗新璋：《我国自成体系的翻译理论》，见《翻译论集》，罗新璋编，商务印书馆，1984 年，第 5 页。

第三节

局部与整体：陌生化技法与风格

在上两节中，我们讨论了"文学性"及"陌生化"概念。但是，文学性是文学作品的一般特征，它说明的是文学作品与非文学作品的区别。在文学领域内部，每一部作品同时又是一个特殊的个体，其所蕴含的陌生化手法、其所展现的表达效果都是千变万化，各不相同的，例如我们上文提到的普鲁斯特小说的陌生化手法便与杜拉斯的陌生化手法不尽相同。另一方面，陌生化技法是局部的手法，而文学作品是一个整体，往往在多个层面呈现陌生化效果。而当我们讨论文学作品翻译时，我们看到的总是一个特殊的、作为整体的作品。在不少文学翻译理论中，作品的这种特殊性也被称为风格。风格的真实再现之于文学翻译的重要性不言而喻：一方面，文学翻译是外国文学进入中国的桥梁，外国文学的价值不仅体现于思想道德层面，更体现于形式层面，准确传达了风格，才算成功翻译了外国文学，才能谈论其对译入语国家文学的影响；另一方面，译入语国家中无法直接阅读原作的读者对外国文学的认识全都基于翻译之上，如果风格传译不当，那么读者对原作品甚至作家的理解、阐释和研究就失去了可靠的基础。

分析和再现原作风格的问题，一直是文学翻译理论关注的一个重点，也是文学翻译实践中的一个难点，但翻译界对于如何再现原作风格的讨论往往见仁见智，没有达成一致的意见。风格是什么？

有人认为作品风格同作品的"神"一般，是极为飘渺又极为神秘的东西，只可意会不可言传；有人认为风格就是"作家遣词造句的特色"①，或者是"作家在自己的作品中所表现出来的独特的精神气质和个性特色"②；还有人认为文学作品的风格极其复杂，它包括"文体风格、个人风格、语体风格、时代风格、民族风格"③ 等。也有一些学者对风格的认识比较精辟，例如郑海凌认为风格是"一个完整的、不可分割的统一体。一方面，它是贯穿于一个作家的所有作品中的鲜明的、具有一定稳定性的个性特征。就一部作品来说，这种个性特征表现于作品的内容与形式的统一之中。另一方面，风格又体现在组成这个完整的统一体的每个具体的单位之中，忽视了对每个具体单位的认识和理解，会直接影响对风格这个统一体的正确理解"④。张今也指出作家风格应该由两部分组成：风格的精神方面和物质方面，精神方面"就是作家的形象，作家的精神面貌"，主要表现在"作家所创造的艺术意境中"；物质方面"就是作家所喜爱使用的词语、句型、修辞手法和艺术手法及其重复频率"⑤。郑海凌和张今对风格的认识是比较中肯的，按照他们的观点，可以将风格分为整体和局部两个层面，同时整体风格与局部风格又紧密相连，不可分割。问题在于，涉及对风格的具体分析时，我们还缺乏一种统一的、较有说服力的方法。对于作品的整体风格，人们往往只是满足

---

① 萧立明：《新译学论稿》，中国对外翻译出版公司，2001年，第151页。

② 郑海凌：《风格翻译浅说》，见《翻译思考录》，许钧主编，湖北教育出版社，1998年，第328页。

③ 方梦之：《翻译新论与实践》，青岛出版社，1999年，第60—68页。

④ 郑海凌：《风格翻译浅说》，见《翻译思考录》，许钧主编，湖北教育出版社，1998年，第329页。

⑤ 张今、张宁：《文学翻译原理》，清华大学出版社，2005年，第84页。

于凭主观印象对作品做一个大概的描述，这就导致一部作品在不同读者眼中表现出不同的风格；另一方面，对作品局部风格的分析又常常见仁见智。我们要做的，不是对这些分析方法做出一一评价，而是从我们的视角，也就是从诗学角度出发，分析决定风格的各个要素及其特征，并研究把握和再现原作风格的方法。

事实上，对风格（style）的研究古已有之。在西方，"风格"一词源于拉丁语"stilus"———一种雕刻工具，因此"风格"最初可以被认为是"'写作'也就是'以文学的方式进行表达'的同义词"①。之后，"风格"一词很快就开始指称被典章制度化的文学类型，并被列入修辞学的研究范畴，成为指导写作的规范。西方传统修辞学理论将文学作品的风格分为"高级的和低级的，亚洲的和雅典的等类型"②，亚洲风格以表达的繁复和华丽著称，雅典风格以表达的简短和严谨著称，介于两者之间的是罗德岛风格。中国传统文学理论中也有对风格的阐述。刘勰在《文心雕龙·体性》中将风格分为八大类：典雅、远奥、精约、显附、繁缛、壮丽、新奇、轻靡。③ 清人曾国藩在吸收姚鼐"阳刚阴柔"说的基础上将风格分为雄、直、怪、丽、茹、远、洁、适八类。如果说刘勰和曾国藩对风格的划分比较主观，那么现代学者陈望道则提出了相对客观的风格判定方法，他将风格分为四类八种：第一组，由内容和形式的比例，分为简约和繁丰；第二组，由气象的刚强和柔和，分为刚健和柔婉；第三组，

---

① Umberto Eco, *De la littérature*, trad. de Myriem Bouzaher, Paris, Grasset & Fasquelle, 2003, p. 215.

② 勒内·韦勒克、奥斯汀·沃伦：《文学理论》，刘象愚、刑培明、陈圣生、李哲明译，江苏教育出版社，2005年，正文第202页。

③ 参见刘勰：《文心雕龙》，郭晋稀注译，岳麓书社，第257—258页。

由话里辞藻的多少，分为平淡和绚烂；第四组，由检点功夫的多少，分为谨严和疏放。① 当代学者童庆炳在古人和今人研究的基础上，结合风格分类的主客观标准，又将风格分为八组十六种：（1）简洁—丰赡，（2）平淡—绚丽，（3）刚健—柔婉，（4）潇洒—谨严，（5）雄浑—隽永，（6）典雅—荒诞，（7）清明—朦胧，（8）庄重—幽默。② 他指出一部作品的整体风格可以包括上述十六种风格中不相悖的任意几种，如此一来，"风格的种类也就不限于八组十六种，而是可以变化万千，无穷无尽"③。古今中外学者对风格的讨论表明，在翻译活动中，我们首先可以并且应当从整体角度把握作品的风格，如果作品整体是清明的，译者就应还其清明的风格，而不应该创造出风格朦胧的译文，也就是做到陈西滢所说的"把轻灵的归于轻灵，活泼的归还它的活泼，滑稽的归还它的滑稽，伟大的归还它的伟大"④。

但是，作品的整体风格并非主观想象，凭空产生，虚无飘渺，捉摸不定的。法国19世纪文艺理论家丹纳（Taine）在谈论作品风格时指出："实在说来，这是唯一看得见的原素，……风格把内容包裹起来，只有风格浮在上面。——一部书不过是一连串的句子，或是作者说的，或是作者叫他的人物说的；我们的眼睛和耳朵所能捕捉的只限于这些句子，凡是心领神会，在字里行间所能感受的更多的东西，也要靠这些句子作媒介。"⑤ 瓦莱里曾撰写过评论司汤达的

① 陈望道：《修辞学发凡》，上海教育出版社，1976年第1版，1979年新1版，第257页。

② 童庆炳：《文体与文体的创造》，云南人民出版社，1994年，第179页。

③ 童庆炳：《文体与文体的创造》，云南人民出版社，1994年，第180页。

④ 陈西滢：《论翻译》，见《翻译论集》，罗新璋编，商务印书馆，1984年，第407页。

⑤ 丹纳：《艺术哲学》，傅雷译，人民文学出版社，1963年，第398页。

在文学性中把握文学翻译的本质

《司汤达》一文，在谈到后者作品的风格时，他写道："在司汤达写的一页东西里，最令人吃惊、立刻揭穿他、吸引人或者让人生气的——是语气。他掌握着而且偏爱文学中最个人化的语气。这种语气非常显著，它使说话人的存在显得非常突出……那么这种语气是怎样产生的呢？——我也许已经说过了：对一切危险敏感；当你不乏风趣的时候，就像你说话那样写作，哪怕带着一些隐晦的暗示、删节、跳跃和括弧；几乎就像人们谈话那样写作；保持谈话气氛自由和愉快；有时干脆来段独白；无论何时何地，避免诗意的风格，并且要让人感到你在避免这种东西，你反对这种句子 *per se*（拉丁文：本身），这样的句子因为其节奏和音域听起来会太纯太美，它属于司汤达所嘲笑和憎恶的那种典雅的类型，他在其中看到的只有矫揉造作、装腔作势和私心算计。"① 在这段文字中，瓦莱里首先指出了司汤达的整体风格是作品所透出的最个人化的语气，接着分析了这种语气产生的物质基础，也就是司汤达的语言表达习惯。

瓦莱里对司汤达风格的讨论意味着：首先，任何一部文学作品的风格都包括两个方面，即作品的整体风格以及这种整体风格产生的物质基础。对于这一物质基础，艾柯（Umberto Eco）有独特的认识。艾柯认为风格是一种"构筑形式的模式"，并指出"如果艺术作品是一种形式，那么构筑形式的模式不仅仅同词汇和句法有关（正如文体学所体现的那样），还同所有的符号策略有关，后者沿着文本的骨架，既在表面也在深层展开"②。艾柯所说的"所有的符号策略"同我们上一节中所讨论的文学作品各个层面的陌生化手法有异曲同

---

① 瓦莱里：《文艺杂谈》，段映红译，百花文艺出版社，2002 年，第 132 页。

② Umberto Eco，*De la littérature*，trad. de Myriem Bouzaher, Paris, Grasset & Fasquelle，2003，p. 217.

工之妙。从陌生化理论的视角来看，我们可以说，风格是某些陌生化技法在作品中得到大量的、创造性的应用，促使作品呈现出一种特殊的整体效果。这种整体效果令我们能够识别不同的文学作品，讨论它的特殊性，评价它的价值。其次，这两个方面是相辅相成的，文学作品的整体风格不是凭空产生的，而是由局部特征汇合而成的，同时，文学作品的整体风格基调反过来又影响到各个层面陌生化手法的选择和运用。局部与整体，前者构成了韦勒克所说的文学作品的结构，后者构成了它的价值。对整体风格的把握和对局部风格的分析同样重要，因为过分强调局部特征可能会陷入绝对主义的误区，而过分强调整体特征又会陷入主观主义的误区。

风格的整体、局部二分法之于文学翻译的意义在于：首先，它结合了主观与客观因素，从整体和局部两方面提供了对原作风格进行分析的方法，而对原作风格的准确把握是再现这一风格，从而再现原作文学性的前提和基础。其次，整体风格事实上是通常我们所谓的"神"，而局部风格是我们所谓的"形"，风格的整体与局部之间的关系再一次证明作品的"形"与"神"之间是紧密结合、相辅相成的关系，要体现作品的风格，必须兼顾它的"形"与"神"两个方面。最后，它为检验译文对原文风格的再现程度提供了较为客观的标准，以往我们谈论原作风格的再现，往往从宏观的、主观的角度来判断，风格分析的二分法融合了整体与局部因素，又兼具主客观标准，因此能够使我们较为客观地判断译文对原作风格的再现程度。

第四节
文学翻译个案分析：陌生化效果的再现

在本节中，我们将以傅雷所译伏尔泰（Voltaire）的《老实人》为例，来具体讨论翻译过程中风格分析二分法的应用，并以此为基础来考察傅雷译文对原作风格的再现程度。傅雷先生一生译作宏丰，翻译世界名著达三十余部，为外国文学在中国的接受和传播做出了杰出贡献。他的主要译作包括巴尔扎克的《欧也妮·葛朗台》《高老头》《邦斯舅舅》《贝姨》《夏倍上校》《于絮尔·弥罗埃》《搅水女人》《赛查·皮罗多盛衰记》《都尔的本堂神甫》，罗曼·罗兰的《约翰·克利斯朵夫》，伏尔泰的《老实人》《天真汉》《查第格》，梅里美的《嘉尔曼》《高龙巴》，罗素的《幸福之路》《贝多芬传》等。傅雷先生的译笔也为众人所称道，其译作被认为以传神著称，是我国翻译文学乃至文学宝库中一笔珍贵的财富。

伏尔泰是 18 世纪法国著名思想家、文学家。一般认为，他的作品《老实人》是一部教育小说，是他的哲学思想在文学上的反映。伏尔泰创作《老实人》时，欧洲正流行莱布尼茨的先天和谐论，信奉先天和谐论的人都是乐观主义者，他们认为不幸只是暂时的，而美好与和谐才是世界的主流意识。伏尔泰并不赞成这种主张，他认为世界并不总是合理、完美的，要获得幸福，只有依靠个人的努力。因此他在小说《老实人》中创造了"老实人"这样一个人物，后者起初也对先天和谐论深信不疑，但在游历世界各地、经历各种自然灾害和人为灾难之后，接触到了真实的世界，最终摆脱了年少时的无知、天真和幻想，认识到幸福的真谛在于工作，并发出了"种咱们的园地要紧"的感慨。这一感慨发自老实人的内心，也发自伏尔泰的内心，是伏尔泰向当时人们尤其是年轻人所敲响的一记警钟。

除了具有深刻的思想内涵之外，使《老实人》这部中篇小说在发表几个世纪后仍旧拥有大量读者的另一个重要原因在于其高度的文学性和艺术性。我们在此选取了《老实人》的第一章，以此为例来分析原文的风格以及傅雷译文对原文风格的再现情况。

CHAPITRE PREMIER
COMMENT CANDIDE FUT ÉLÉVE DANS UN BEAU CHÂTEAU, ET COMMENT IL FUT CHASSÉ D'ICELUIE

Il y avait en Vestphalie, dans le château de M. le baron de Thunder-ten-tronckh, un jeune garçon à qui la nature avait donné les mœurs les plus douces. Sa physionomie annonçait son âme. Il avait le jugement assez droit, avec l'esprit le plus simple; c'est, je crois, pour cette raison qu'on le nommait Candide. Les anciens domestiques de la maison soupçonnaient qu'il était fils de la sœur de monsieur le baron et d'un bon et honnête gentilhomme du voisinage, que cette demoiselle ne voulut jamais épouser parce qu'il n'avait pu prouver que soixante et onze quartiers, et que le reste de son arbre généalogique avait été perdu par l'injure du temps.

Monsieur le baron était un des plus puissants seigneurs de la Vestphalie, car son château avait une porte et des fenêtres. Sa grande salle même était ornée d'une tapisserie. Tous les chiens de ses basses-cours composaient une meute dans le besoin; ses palefreniers étaient ses piqueurs; le vicaire du village était son grand aumônier. Ils l'appelaient tous monseigneur, et ils riaient quand il faisait des contes.

Madame la baronne, qui pesait environ trois cent cinquante livres, s'attirait par là une très grande considération, et faisait les honneurs de la maison avec une dignité qui la rendait encore plus respectable. Sa fille Cunégonde, âgée de dix-sept ans, était haute en couleur, fraîche, grasse, appétissante. Le fils du baron paraissait en tout digne de son père. Le précepteur Pangloss était l'oracle de la maison, et le petit Candide écoutait ses leçons avec toute la bonne foi de son âge et de son caractère.

Pangloss enseignait la métaphysico-théologo-cosmolonigologie. Il prouvait admirablement qu'il n'y a point d'effet sans cause, et que, dans ce meilleur des mondes possibles, le château de monseigneur le baron était le plus beau des châteaux et madame la meilleure des baronnes possibles.

«Il est démontré, disait-il, que les choses ne peuvent être autrement: car, tout étant fait pour une fin, tout est nécessairement pour la meilleure fin. Remarquez bien que les nez ont été faits pour porter des lunettes, aussi avons-nous des lunettes. Les jambes sont visiblement instituées pour être chaussées, et nous avons des chausses. Les pierres ont été formées pour être taillées, et pour en faire des châteaux, aussi monseigneur a un très beau château; le plus grand baron de la province doit être le mieux logé; et, les cochons étant faits pour être mangés, nous mangeons du porc toute l'année: par conséquent, ceux qui ont avancé que tout est bien ont dit une sottise; il fallait dire que tout est au mieux.»

Candide écoutait attentivement, et croyait innocemment; car il trouvait Mademoiselle Cunégonde extrêmement belle, quoiqu'il ne prît jamais la hardiesse de le lui dire. Il concluait qu'après le bonheur d'être né baron de Thunder-ten-tronckh, le second degré de bonheur était d'être Mademoiselle Cunégonde; le troisième, de la voir tous les jours; et le quatrième, d'entendre maître Pangloss, le plus grand philosophe de la province, et par conséquent de toute la terre.

Un jour, Cunégonde, en se promenant auprès du château, dans le petit bois qu'on appelait parc, vit entre des broussailles le docteur Pangloss qui donnait une leçon de physique expérimentale à la femme de chambre de sa mère, petite brune très jolie et très docile. Comme Mademoiselle Cunégonde avait beaucoup de dispositions pour les sciences, elle observa, sans souffler, les expériences réitérées dont elle fut témoin; elle vit clairement la raison suffisante du docteur, les effets et les causes, et s'en retourna tout agitée, toute pensive, toute remplie du désir d'être savante, songeant qu'elle pourrait bien être la raison suffisante du jeune Candide, qui pouvait aussi être la sienne.

Elle rencontra Candide en revenant au château, et rougit; Candide rougit aussi; elle lui dit bonjour d'une voix entrecoupée, et Candide lui parla sans savoir ce qu'il disait. Le lendemain après le dîner, comme on sortait de table, Cunégonde et Candide se trouvèrent derrière un paravent; Cunégonde laissa tomber son mouchoir, Candide le ramassa, elle lui prit innocemment la main, le jeune homme baisa innocemment la main de la jeune demoiselle avec une vivacité, une sensibilité, une grâce toute particulière; leurs bouches se rencontrèrent, leurs yeux s'enflammèrent, leurs genoux tremblèrent, leurs mains s'égarèrent. M. le baron de Thunder-ten-tronckh passa auprès du paravent, et voyant cette cause et cet effet, chassa Candide du château à grands coups de pied dans le derrière; Cunégonde s'évanouit; elle fut souffletée par madame la baronne dès qu'elle fut revenue à elle-même; et tout fut consterné dans le plus beau et le plus agréable des châteaux possibles.[1]

傅雷曾指出伏尔泰的《老实人》是一部"句句辛辣、字字尖刻，而又笔致清淡，干净素雅的寓言体小说"[2]，从上面选取的这段文字来看，《老实人》体现了伏尔泰一贯的简洁、平易、清晰的行文风格。但《老实人》最重要的风格，是作品从头至尾透露出的一种强烈的讽刺语气。这种讽刺语气主要是由作者在词汇、句法、语义和叙事层面采用的陌生化手法所产生的。

---

[1]　Voltaire, *Candide ou l'optimisme*; *La princesse de Babylone et autres contes*, tome 1, Paris, Le Livre de Poche, 1972, pp. 27 - 30.

[2]　傅雷：《翻译经验点滴》，见《翻译论集》，罗新璋编，商务印书馆，1984 年，第 626 页。

在词汇层面，伏尔泰选取了很多表达感情的形容词和副词的最高级，例如第一章中谈到老实人时说他"有着最简单的心灵"（avec l'esprit le plus simple），男爵是"威斯发里一带最有权势的爵爷之一"（un des plus puissants seigneurs de la Vestphalie），村里的牧师是男爵的"大祭司"（grand aumônier），男爵夫人"极其受人尊敬"（s'attirait par là une très grande considération），教师邦葛罗斯是男爵府上的"神谕传授者"（l'oracle de la maison），他"令人赞叹地"（admirablement）证明了男爵城堡是"最完美的世界上"（ce meilleur des mondes possibles）"最漂亮的城堡"（le plus beau des châteaux），男爵夫人是天底下"最好的男爵夫人"（la meilleure des baronnes possibles），对于他们的女儿居内贡，老实人觉得她"极其美丽"（extrêmement belle）……这些观点都是包括老实人在内威斯发里居民的观点，夸张的形容词、副词包括个别名词的使用在人们的看法和真实情况之间产生了强烈的反差，讽刺了当地居民狭隘的目光和男爵权势的名不副实，增添了小说的嘲讽意味。

在句法层面，《老实人》中频繁出现性质和结构相似的词语、短语以及从句的叠加，例如小说第一章中对老实人的表妹居内贡外貌的描写："Sa fille Cunégonde, âgé de dix-sept ans, était haute en couleur, fraîche, grasse, appétissante." 此句中三个形容词"fraîche"（娇嫩）、"grasse"（丰腴）、"appétissante"（可人）叠加在一起。对居内贡看到邦葛罗斯和女仆在丛林里所做事情后的反应的描写："... elle vit clairement la raison suffisante du docteur, les effets et les causes, et s'en retourna tout agitée, toute pensive, toute remplie du désir d'être savante, songeant qu'elle pourrait bien être la raison suffisante du jeune Candide, qui pouvait aussi être la sienne." 此句中叠加的成分

是三个由同一副词修饰的形容词。类似的手法在《老实人》其他章节中也频繁出现，例如小说第三章对经历磨难后的老实人的老师、哲学家邦葛罗斯的描写："Le lendemain, en se promenant, il rencontra un gueux tout couvert de pustules, les yeux morts, le bout du nez rongé, la bouche de travers, les dents noires, et parlant de la gorge, tourmenté d'une toux violente, et crachant une dent à chaque effort." 此句中叠加的成分是名词与修饰语的组合。除了词语和词组之外，也有结构相似的从句的叠加，例如第四章中邦葛罗斯对自己疾病来源的追溯："Paquette tenait ce présent d'un cordelier très savant, qui avait remonté à la source; car il l'avait eue d'une vieille comtesse, qui l'avait reçue d'un capitaine de cavalerie, qui la devait à une marquise, qui la tenait d'un page, qui l'avait reçue d'un jésuite, qui, étant novice, l'avait eue en droite ligne d'un des compagnons de Christophe Colomb. Pour moi, je ne la donnerai à personne, car je me meurs." 这些平行的词汇、短语、从句的叠加突出了描写对象的特征，制造了夸张的语气，达到了嘲讽的表达效果。

除此之外，平行结构的叠加还产生了其他表达效果，例如第八章中对居内贡抵抗保加利亚士兵凌辱的描写："Un grand Bulgare, haut de six pieds, voyant qu'à ce spectacle j'avais perdu connaissance, se mit à me violer; cela me fit revenir, je repris mes sens, je criai, je me débattis, je mordis, j'égratignai, je voulais arracher les yeux à ce grand Bulgare..." 在叠加的成分中，一连串动作前后相继，既渲染了紧张的气氛，又加快了叙事节奏，充分表现出伏尔泰简洁的叙事风格。

从语义层面看，反讽可以说是《老实人》这部小说最引人注目的地方，这种反讽语气贯穿整部小说，形成了小说的整体风格，可以说它是小说的基本组织方式。反讽主要是通过语境对话语的再次解释产生，也就是说，从字面上并不能看出作者的讽刺意图，讽刺语义需要通过托多罗夫所说的"象征过程"产生。例如第一章中对人物的描写，对老实人的老师、哲学家邦葛罗斯的理论的介绍实际上与作者的写作意图正好相反，但我们只能通过阅读整部小说，在整体语境的帮助下，才能体会这种反差。字面意义与实际意图之间的反差形成了一种张力，这种张力便是反讽。字面表达的意义越是美好，它与作者实际意图之间的张力就越大，反讽的效果就越明显，讽刺的意味就越强烈。

在托多罗夫所说的"意指层面"，讽刺语气主要通过反语、夸张、影射、双关、比喻等修辞手法得以实现的。反语是《老实人》中最常用的修辞手法。反语就是正话反说，即字面上表达的意义是作者实际想表达意义的反面。在《老实人》开篇第一章中，伏尔泰就通过反语的修辞方法对老实人的出生地——森特-登-脱龙克男爵的城堡——做了一番描写："Monsieur le baron était un de plus puissants seigneurs de la Vestphalie, car son château avait une porte et des fenêtres. Sa grande salle même était ornée d'une tapisserie."（男爵是威斯发里第一等有财有势的爵爷，因为他的宫堡有一扇门，几扇窗。大厅上还挂着一幅毡幕。①）在所有城堡居民的心目中，森特-登-脱龙克男爵是世界上最富有的人，其城堡是人间天堂，而实际上，象征这个人间天堂财富的，也就是一扇门和几扇窗，外加一幅挂毯，这就强烈讽刺了包括老实人在内的城堡居民的目光短浅、天真无知

---

① 括号内为傅雷的译文，下同。

和不谙世事。再如对邦葛罗斯的介绍："Pangloss enseignait la métaphysico-théologo-cosmolonigologie."他教授的是一门综合"形而上学、神学和宇宙学"的学问，但他实际上对这些一无所知，只会强调"有果必有因"这样一个简单朴素的道理。对居内贡和老实人在屏风后相遇的情境描写也是反语修辞手法的运用："Cunégonde laissa tomber son mouchoir, Candide le ramassa, elle lui prit innocemment la main, le jeune homme baisa innocemment la main de la jeune demoiselle avec une vivacité, une sensibilité, une grâce toute particulière"（居内贡把手帕掉在地下，老实人捡了起来；她无心的拿着他的手，年轻人无心的吻着少女的手，那种热情，那种温柔，那种风度，都有点异乎寻常）。从居内贡小姐故意让手帕掉落（laissa tomber）和老实人亲吻小姐的手时那异乎寻常的活泼、敏感和优雅来看，两人绝不天真（innocent），因此，反语的运用一方面嘲讽了两人的故作正经，一方面也道出了两人的互相爱慕之情由来已久，为下文老实人为爱浪迹天涯的情节埋下伏笔。

　　夸张的修辞方法向来能够表达嘲讽的语气。在《老实人》中，夸张的修辞手法俯拾皆是，上文提到的词汇、句法层面的某些特殊手法——例如"最完美的城堡"、"最好的男爵夫人"、"美丽无比的"居内贡小姐，等等——同时也可以被视为夸张的修辞手法。小说开篇对老实人身世的介绍也采用了夸张的手法，人们怀疑老实人是男爵妹妹同邻近某个乡绅的私生子，但其母拒绝同该乡绅结婚，原因是"... parce qu'il n'avait pu prouver que soixante et onze quartiers, et que le reste de son arbre généalogique avait été perdu par l'injure du temps"（因为他旧家的世系只能追溯到七十一代，其余的家谱因为年深月久，失传了）。

影射也是《老实人》中常用的修辞手法，第一章中居内贡小姐在小树林里看到邦葛罗斯在给女仆巴该德上"实验物理学"（physique expérimentale）课，在第四章中，邦葛罗斯哀叹自己因此得了"病"（maladie），这里的"实验物理学"和"病"实际上影射的是男女之事和梅毒，隐晦的手法为作品增添了强烈的嘲讽意味。

此外，叙事层面的戏仿手法也促成了《老实人》讽刺风格的形成。从《老实人》的叙事结构来看，从小说开篇的"Il y avait en Vestphalie, dans le château de M. le baron de Thunder-ten-tronckh, un jeune garçon à qui la nature avait donné les mœurs les plus douces"（从前威斯发里地方，森特-登-脱龙克男爵大人府上，有个年轻汉子，天生的性情最是和顺），到之后老实人经历各种磨难，再到最后结局一章的"Il fut tout naturel d'imaginer qu'après tant de désastres Candide, marié avec sa maîtresse et vivant avec le philosophe Pangloss, le philosophe Martin, le prudent Cacambo, et la vielle, ayant d'ailleurs rapporté tant de diamants de la patrie des anciens Incas, mènerait la vie du monde la plus agréable"（经历了这许多患难，老实人和情人结了婚，跟哲学家邦葛罗斯，哲学家玛丁，机灵的加刚菩和老婆子住在一起，又从古印加人那儿带了那么多钻石回来，据我们想象，老实人应当过着世界上最愉快的生活了），整个结构实际上是对童话故事的模仿，但《老实人》并不是拥有美好结局的童话故事，因为随后伏尔泰便指出实际情况是：老实人的钱财早已在之前被人欺骗一空，居内贡的相貌和性情都大变，"谁见了都头疼"，其他人的境遇也都不如人意。《老实人》的结局与我们对童话故事的期待截然相反，然而，正是这种落差制造了强烈的讽刺效果。同时，作品中又有对骑士小说和浪漫爱情小说叙事模式的戏仿，这些戏仿都是出于讽刺的目的，也都达到了预期的效果。

对《老实人》的整体和局部风格作出分析之后，下面我们来看看傅雷对这段文字的翻译，并考察译文对原文风格的再现程度。

第一章
老实人在一座美丽的宫堡中怎样受教育，怎样被驱逐

从前威斯发里地方，森特-登-脱龙克男爵大人府上，有个年轻汉子，天生的性情最是和顺。看他相貌，就可知道他的心地。他颇识是非，头脑又简单不过；大概就因为此，大家才叫他做老实人。府里的老用人暗中疑心，他是男爵的妹妹和邻近一位安分善良的乡绅养的儿子；那小姐始终不肯嫁给那绅士，因为他旧家的世系只能追溯到七十一代，其余的家谱因为年深月久，失传了。

男爵是威斯发里第一等有财有势的爵爷，因为他的宫堡有一扇门，几扇窗。大厅上还挂着一幅毡幕。养牲口的院子里所有的狗，随时可以编成狩猎大队；那些马夫是现成的领队；村里的教士是男爵的大祭司。他们都称男爵为大人；他一开口胡说八道，大家就跟着笑。

男爵夫人体重在三百五十斤上下，因此极有声望，接见宾客时那副威严，越发显得她可敬可佩。她有个十七岁的女儿居内贡，面色鲜红，又嫩又胖，教人看了馋涎欲滴。男爵的儿子样样都跟父亲并驾齐驱。教师邦葛罗斯是府里的圣人，老实人年少天真，一本诚心的听着邦葛罗斯的教训。

邦葛罗斯教的是一种包罗玄学、神学、宇宙学的学问。他

很巧妙的证明天下事有果必有因，又证明在此最完美的世界上，男爵的宫堡是最美的宫堡，男爵夫人是天底下好到不能再好的男爵夫人。

他说："显而易见，事无大小，皆系定数；万物既皆有归宿，此归宿自必为最美满的归宿。岂不见鼻子是长来戴眼镜的吗？所以我们有眼镜。身上安放两条腿是为穿长裤的，所以我们有长裤。石头是要人开凿，盖造宫堡的，所以男爵大人有一座美轮美奂的宫堡；本省最有地位的男爵不是应当住得最好吗？猪是生来给人吃的，所以我们终年吃猪肉；谁要说一切皆善简直是胡扯，应当说尽善尽美才对。"

老实人一心一意的听着，好不天真的相信着；因为他觉得居内贡小姐美丽无比，虽则从来没胆子敢对她这么说。他认定第一等福气是生为男爵；第二等福气是生为居内贡小姐；第三等福气是天天看到小姐；第四等福气是听到邦葛罗斯大师的高谈阔论，他是本省最伟大的，所以是全球最伟大的哲学家。

有一天，居内贡小姐在宫堡附近散步，走在那个叫做猎场的小树林中，忽然瞥见丛树之间，邦葛罗斯正替她母亲的女仆，一个很俊俏很和顺的棕发姑娘，上一课实验物理学。居内贡小姐素来好学，便屏气凝神，把她亲眼目睹的，三番四复搬演的实验，观察了一番。她清清楚楚看到了博学大师的根据，看到了结果和原因；然后浑身紧张，胡思乱想的回家，巴不得做个博学的才女；私忖自己大可做青年老实人的根据，老实人也大可做她的根据。

回宫堡的路上，她遇到老实人，不由得脸红了；老实人也脸红了；她跟他招呼，语不成声；老实人和她答话，不知所云。

第二天，吃过中饭，离开饭桌，居内贡和老实人在一座屏风后面；居内贡把手帕掉在地下，老实人捡了起来；她无心的拿着他的手，年轻人无心的吻着少女的手，那种热情，那种温柔，那种风度，都有点异乎寻常。两人嘴巴碰上了，眼睛射出火焰，膝盖直打哆嗦，手往四下里乱动。森特-登-脱龙克男爵打屏风边过，一看这个原因这个结果，立刻飞起大脚，踢着老实人的屁股，把他赶出大门。居内贡当场晕倒，醒来挨了男爵夫人一顿巴掌。于是最美丽最愉快的宫堡里，大家为之惊惶失措。①

傅雷的译文向来以"达"著称，他本人也主张"理想的译文仿佛是原作者的中文写作"②，这段译文行文流水，丝毫不磕磕碰碰、诘屈聱牙，充分体现了他的翻译观。译文没有华丽的辞藻，没有复杂的句式和结构，行文干净利落，没有拖泥带水的痕迹，与《老实人》简洁、平易的整体风格比较相符。译文的简洁风格不是偶然而得之的，而是深思熟虑加辛勤工作的结果，因为在开译《老实人》之前，傅雷就已对原作"简洁古朴"的文笔了然于心。③ 在表达上，简洁的译风得益于相当数量的四字结构的成语或短语的创造性使用，如"胡说八道"（faisait des contes）、"可敬可佩"（respectable）、"并驾齐驱"（en tout digne de）、"美轮美奂"（très beau）、"尽善尽美"（tout est au mieux）、"一心一意"（attentivement）"语不成声"

---

① 译文均出自傅雷译《老实人》，《傅雷译文集》第十二卷，安徽人民出版社，1983 年。

② 傅雷：《〈高老头〉重译本序》，见《翻译论集》，罗新璋编，商务印书馆，1984 年，第 559 页。

③ 傅敏编：《傅雷文集·书信卷》（上），安徽文艺出版社，1998 年，第 165 页。

(dit... d'une voix entrecoupée)、"不知所云"（parla sans savoir ce qu'il disait）、飞起大脚（à grand coup de pied）等，这些成语和短语的意义与原文几乎是完全对等的，在不破坏原文语义的前提下使译文更为简洁，精炼。那么译作是否成功再现了原作最重要的整体风格，即作品中透出的强烈讽刺语气呢？曾有人评价傅雷的翻译风格过于油滑，对于这样的评价，陈伟丰一针见血地指出："估计讲这话的人没有对照原文看傅译就随便发表意见。原著'油滑'，译文亦'油滑'，谓之'忠实原文'。伏尔泰得心应手的战斗武器是'讽刺'，他的描绘近似漫画，在他嬉笑、揶揄、嘲讽的笔下，作品呈现了一种滑稽的基调。傅译伏尔泰保持了原作冷嘲热讽、嬉笑怒骂的泼辣风格，是很'传神'的。"①从陈伟丰的这番论述来看，傅译《老实人》对原作整体风格的传达是成功的。

从局部风格角度来看，在词汇层面，原作中频频出现的形容词、副词的最高级和一些夸张的表达方式，译者或以"极""极其""最"等汉语中表达最高程度的副词，或以夸张的名词和形容词来进行传译，例如：男爵是"威斯发里第一等有财有势的爵爷"（un des plus puissants seigneurs de la Vestphalie），男爵夫人"极有声望，接见宾客时那副威严，越发显得她可敬可佩"（Madame la baronne... s'attirait par là une très grande considération, et faisait les honneurs de la maison avec une dignité qui la rendait encore plus respectable）；邦葛罗斯是"府里的圣人"（l'oracle de la maison），他"很巧妙的证明天下事有果必有因，又证明在此最完美的世界上，男爵的宫堡是最美的宫堡，男爵夫人是天底下好到不能再好的男爵夫人"（Il prouvait

---

① 陈伟丰：《谈傅雷的翻译》，《翻译通讯》1983 年第 5 期，第 11 页。

admirablement qu'il n'y a point d'effet sans cause，et que，dans ce meilleur des mondes possibles，le château de monseigneur le baron était le plus beau des châteaux et madame la meilleure des baronnes possibles）；而"头脑再简单不过"（avec l'esprit le plus simple）的老实人则认为他的老师邦葛罗斯大师是"本省最伟大的，所以是全球最伟大的哲学家"（le plus grand philosophe de la province，et par conséquent de toute la terre），居内贡小姐"美丽无比"（extrêmement belle）。由此可知，译者必然注意到了原作词汇层面的特殊表达形式，以及这些形式所制造的滑稽效果和讽刺意味，因此他在译作中几乎以同等的形式一一还原了这些表达方式。在"第一等有财有势""头脑再简单不过"和"天底下好到不能再好的男爵夫人"这几处，傅雷充分发挥了创造性，译文虽没有采用"最……"这样的译法，却符合原文语义，在突出喜剧效果的同时，也使得文风不致显得过分呆板。从这个层面来看，译文对原文风格的再现是成功的。

从句法层面来看，对于原文中几处表达作者风格的句子，傅雷的译文分别如下。（1）"她有个十七岁的女儿居内贡，面色鲜红，又嫩又胖，教人看了馋涎欲滴。"（Sa fille Cunégonde，âgé de dix-sept ans，était haute en couleur，fraîche，grasse，appétissante.）（2）"她清清楚楚看到了博学大师的根据，看到了结果和原因；然后浑身紧张，胡思乱想的回家，巴不得做个博学的才女……"　（... elle vit clairement la raison suffisante du docteur，les effets et les causes，et s'en retournatout agitée，toute pensive，toute remplie du désir d'être savante... ）（3）"年轻人无心的吻着少女的手，那种热情，那种温柔，那种风度，都有点异乎寻常。两人嘴巴碰上了，眼睛射出火焰，膝盖直打哆嗦，手往四下里乱动。"（... le jeune homme baisa innocemment la main de la jeune demoiselle avec une vivacité, une sensibilité, une grâce toute particulière; leurs bouches se rencontrèrent, leurs yeux s'enflammèrent, leurs genoux tremblèrent, leurs mains s'égarèrent.) 在对原作句法层面的风格进行分析时，我们还列出了第一章以外的几个典型的句子，为了更清晰地展现译者对原作风格的把握和再现程度，我们把这几个句子的译文也列在下面。（4）"第二天，他在街上闲逛，遇到一个化子，身上长着脓疱，两眼无光，鼻尖烂了一截，嘴歪在半边，牙齿乌黑，说话逼紧着喉咙，咳得厉害，呛一阵就掉一颗牙。"（Le lendemain, en se promenant, il rencontra un gueux tout couvert de pustules, les yeux morts, le bout du nez rongé, la bouche de travers, les dents noires, et parlant de la gorge, tourmenté d'une toux violente, et crachant une dent à chaque effort.）（5）"巴该德的那件礼物，是一个芳济会神甫送的；他非常博学，把源流考证出来了：他的病是得之于一个老伯爵夫人，老伯爵夫人得之于一个骑兵上尉，骑兵上尉得之于一个侯爵夫人，侯爵夫人得之于一个侍从，侍从得之于一个耶稣会神甫，耶稣会神甫当修士的时候，直接得之于哥仑布的一个同伴。至于我，我不会再传给别人了，我眼看要送命了。"（Paquette tenait ce présent d'un cordelier très savant, qui avait remonté à la source; caril l'avait eue d'une vieille comtesse, qui l'avait reçue d'un capitaine de cavalerie, qui la devait à une marquise, qui la tenait d'un page, qui l'avait reçue d'un jésuite, qui, étant novice, l'avait eue en droite ligne d'un des compagnons de Christophe Colomb. Pour moi, je ne la donnerai à personne, car je me meurs.）（6）"一个高大的保加利亚人，身长六尺，看我为了父母的惨死昏迷了，就把我强奸了；这一下我可醒了，立刻神志

清楚，大叫大嚷，拼命挣扎，口咬，手抓，恨不得挖掉那保加利亚高个子的眼镜……"（Un grand Bulgare, haut de six pieds, voyant qu'à ce spectacle j'avais perdu connaissance, se mit à me violer; cela me fait revenir, je repris mes sens, je criai, je me débattis, je mordis, j'égratignai, je voulais arracher les yeux à ce grand Bulgare... ）

　　傅雷对这几个句子的处理可以分为三种情况。第一种情况是例（1）、例（2）和例（6），此三例中，译文并没有遵守原文的形式。在例（1）中，三个叠加的形容词只有前两个保持了原来的词性和平行的形式，最后一个形容词"appétissante"被转换成一个句子"教人看了馋涎欲滴"。例（2）和例（6）的情况与例（1）颇为相似。在例（2）中，如果说"浑身紧张"和"胡思乱想"至少在字数上保持了一致，那么第三个叠加成分"toute remplie du désir d'être sa-vante"的译文"巴不得做个博学的才女"则同前面两个叠加成分的译文形式完全不同；例（6）中译者也没有遵守原文的特殊形式，而是对形式相似的叠加成分各自进行了不同的处理。第二种情况是例（3）和例（4），译者基本上再现了原作的形式。在例（3）的后半句中，对伏尔泰原作中由名词主语和动词谓语构成的简单短句叠加的形式，译者采用"嘴巴碰上了，眼睛射出火焰，膝盖直打哆嗦，手往四下里乱动"进行对译，可以说基本再现了原作的价值特征，但因译文中添加了一些状语，因此形式上不如原作来得齐整利落，琅琅上口。例（4）中译者对原文中叠加成分的处理手法和效果与例（3）大同小异。第三种情况是例（5），译文通过几个"得之于"，准确再现了原作中结构相似的分句叠加的形式，是这几个例句中从形式到气势最贴近原文的。从这几例的翻译情况来看，傅雷并非没有注意到原作在句法上的风格，因为他本人也很强调对原作句法的重视，认为"风格的传达，除了句法以外，就没有别的方法可以传达"①，但是考虑到"无论无何要叫人觉得尽管句法新奇而仍不失为中文"②，傅雷在翻译中采用了更为汉化的表达方式，致使译文与原文这一层面的风格出现了一些脱节。

再看译文对原文语义层面的陌生化手法的把握和再现，上文我们已经提到，象征过程上的反讽是《老实人》文本的基本组织方式，而傅雷也很好地把握了作者的这种写作意图和写作方式，从整体上创造了一部讽刺意味强烈的译文。同时应该指出的是傅雷译文的准确性，凭借的正是对原作词义、句义的准确理解和翻译，语义层面象征过程上的风格再现也因此才成为可能。至于原文中促成讽刺语气的各种具体修辞手法，傅雷本人曾指出《老实人》"原文修辞造句最讲究，译者当时亦煞费苦心"③，值得一提的是他对上文所引述的三个使用了反语修辞手法的句子的处理：

（1）Monsieur le baron était un des plus puissants seigneurs de la Vestphalie, car son château avait une porte et des fenêtres. Sa grande salle même était ornée d'une tapisserie.

男爵是威斯发里第一等有财有势的爵爷，因为他的宫堡有一扇门，几扇窗。大厅上还挂着一幅毡幕。

（2）Pangloss enseignait la métaphysico-théologo-cos-

---

① 傅雷：《致林以亮论翻译书》，见《翻译论集》，罗新璋编，商务印书馆，1984年，第548页。

② 傅雷：《致林以亮论翻译书》，见《翻译论集》，罗新璋编，商务印书馆，1984年，第548页。

③ 傅雷：《论文学翻译书》，见《翻译论集》，罗新璋编，商务印书馆，1984年，第695页。

molonigologie.

邦葛罗斯教的是一种包罗玄学、神学、宇宙学的学问。

（3）Cunégonde laissa tomber son mouchoir, Candide le ra-massa, elle lui prit innocemment la main, le jeune homme baisa innocemment la main de la jeune demoiselle avec une vivacité, une sensibilité, une grâce toute particulière...

居内贡把手帕掉在地下，老实人捡了起来；她无心的拿着他的手，年轻人无心的吻着少女的手，那种热情，那种温柔，那种风度，都有点异乎寻常。两人嘴巴碰上了，眼睛射出火焰，膝盖直打哆嗦，手往四下里乱动。

在第一个句子中，傅雷将"un des plus puissants seigneurs"译成了"第一等有财有势的爵爷"，"第一等"一词用得非常巧妙，比起干巴巴地译为"最有权势的爵爷之一"生动幽默许多，在我们的想象中，但凡有财有势的爵爷，其府邸必然是左三进、右三进的，更别提是"第一等"有财有势的爵爷了！但是，令这位爵爷成为"第一等"的原因竟然是："因为他的宫堡有一扇门，几扇窗。大厅上还挂着一幅毡幕。"多么鲜明的对照，读者读到这里该捧腹大笑了，因为伏尔泰讽刺手法的辛辣，更因为傅雷的"第一等"加深了反语手法产生的表达效果。陈伟丰曾就傅雷对第二个句子的处理做出过分析，他指出："'la métaphysico-théologo-cosmolonigologie'译成是'一种包罗……的学问'，精彩极了。特别是那个冠词'la'译成'一种'，如稍加玩味，便能悟出它的妙处。"① 我们认为，"一种"

---

① 陈伟丰：《谈傅雷的翻译》，《翻译通讯》1983 年第 5 期，第 10 页。

固然巧妙，"包罗"也十分出彩，外文有其书写优势，那就是可以将多个词拼凑在一起组成一个词，但中文并无如此的书写方式，而"包罗"一词在此处既起到了法文连字符的作用，又合乎中文表达方式，还具有夸张幽默的语气，符合原文的整体风格，可谓一举三得。在第三个句子中，表现反语修辞方法的主要是"innocemment"一词，该词在字典中有"天真地""坦率地""无恶意地"等意义，其中"天真地"与原文中的"innocemment"比较接近，但傅雷选择了"无心"一词，暗示两人假装"无心"，实则"有意"，"无心"一词与两人的实际情况形成了强烈的反差，讽刺意味不言而喻。从这几句译文来看，应该说傅雷对原作语义层面的陌生化手法的处理是很成功的。

通过分析《老实人》原作风格特点，再比较傅雷的译作，我们看到，傅雷的译文虽然在句法层面没能完全再现原作的风格，但原作其他层面的风格和整体风格都在译作中得到了再现，因此，我们可以得出结论：傅雷的译文对《老实人》风格的传达是成功的。

综上所述，本章探讨了文学翻译的本质特征，即文学翻译要以传达原作的文学性为归依。文学作品有很多特征，例如它可能是对现实的反映，可能是作者感情的宣泄，但它的本质特征是它具有文学性。在具体文本中，文学性这个抽象的特征往往表现为由陌生化手法带来的陌生化效果。陌生化手法可以体现在文学作品的语音、词汇、句法、语法、语义、叙事视角等多个层面。然而，每一部文学作品所展现的陌生化手法是各不相同的，它们决定了作品的具体特征，也就是作品的风格。作品的风格由整体和局部两方面组成，局部风格是作品在各个层面的陌生化手法及其表达效果，这些局部风格的总和又构成了作品的整体风格。文学翻译中，译者可以从语音、词汇、句法、语法、语义、叙事层面等各个层面入手，分析作品所包含的陌生化手法及其所产生的特殊表达效果，以期准确传达作品的文学性及其风格，这也是文学翻译的本质要求。当然，原作者与译者之间隔着时空的差距，彼时彼地的诗学系统与此时此地的诗学系统可能存在差距，某些陌生化手法随着时间推移、空间转换，可能不再那么"陌生"，进而失去初出现时的价值，但因风格是由"陌生化"手法的大量运用而体现的，因此尽管文学价值减小，但它总的来说是可以辨识的。这也进一步表明，为了更好地从事文学翻译，诗学研究可以说是必不可少的。

第三章 多义性及翻译对多义空间的重建

陌生化技法的综合运用造就了文学作品的风格,同时也开创了作品丰富的语义空间。语义问题历来是翻译内部研究重点关注的一个问题,也是较容易引起争论的一个问题。文学翻译的语义问题尤其受到研究者的重视,因为较之其他实用文本,文学文本的语义问题更为复杂,更容易引发译者的困惑,给翻译制造了障碍和难题。例如2012年,半本《芬尼根的守灵夜》中译本经过乔伊斯研究专家戴从容的八年苦译,终于与中国读者见面。戴从容在谈论翻译之难时说道:"如果把《守灵夜》的文体风格完全在翻译中反映出来,那么难度确实很大,几乎到了不可译的程度,因为造字和一字多义是《守灵夜》的重要特征,要完全对译就必须也造字,一字多义,而且要尽可能地让造的每个字中包含的各层内容都与原著中每个字包含的各层内容都一样,这是不可能的。事实上国外的那些选择造字的翻译方式都放弃了很多内容。从这种完美主义的角度来看,翻译《芬尼根的守灵夜》是不可能的,这就像翻译诗歌是不可能的一样,因为译文不可能把诗歌的含义和音韵全部对译出来。"[1] 在上海世纪出版集团为《芬尼根的守灵夜》出版专门组织的座谈会[2]上,"多义

---

[1] 戴从容:《〈芬尼根的守灵夜〉沉寂73年后首译成中文》,《兰州晨报》2012年10月13日。

[2] 该座谈会于2013年1月17日在上海书城召开,王安忆、陈丹燕、孙甘露、陈子善、周克希、袁筱一、戴从容等人参加。

性"与"不可译"也是与会作家、译家和学者数次提到的两个词。面对"天书"因多义性给翻译造成的几乎不可能跨越的障碍，面对译者的无奈，作家王安忆和孙甘露分别表达了自己的看法。王安忆说："首先你不可能完全翻译它的（所有的可能性含义），完全不可能把你刚才所说他的多义性都做到。第二点，你不妨翻译一个你认为的解释。"孙甘露说："完全看正文，这个可以当诗歌来读。另外里面有很多喜剧的段落。它用大量的象声词，有它语言本身含义的质疑，以及一种调侃。多重意思也许可以从音乐的意思上来理解。我觉得它像交响乐谱，里面有一个主旋律和不同的配器。文字上阅读确实有困难，因为你必须想象它是复合的东西。这样可能对阅读确实是非常困难，但是有很多几乎没有困难的时候，就是在时间轴的意义上。"①

无论翻译研究领域的重心如何转移，意义问题始终绕不过去。多义性给翻译造成了巨大障碍，作家的建议和方法透露出了译者的无奈，克服语言障碍，在译文中再造多义空间，因而也就成为译者创造性和主体性的最重要体现，也是实现翻译价值的重要机遇。另一方面，许钧也指出："无论在理论上，还是在实践中，特别是在文学翻译中，面对一词多义、意义含混、意在言外等复杂的情况，译者如何处理？该采取怎样的方法？对这些问题，人们的认识和做法远远没有达到统一。"② 纵观翻译史，在不同历史时期，人们先后将语言学、哲学、社会学、心理学等学科有关意义的理论应用到文学翻译研究中，并都取得了卓越的成果。在古典译论中，原作者是作

---

① 具体参见：http：//site. douban. com/111265/widget/notes/9852180/note/260271734/♯comments。

② 许钧：《翻译论》，湖北教育出版社，2003年，第184—185页。

品语义产生的根源，作为作者意图和情感之表现的作品，它的意义不仅是原作者赋予的，而且是确定不变的，因此唯有孜孜不倦探寻原作者和原作品的意图，并最大限度将其还原的译者才是忠实、合格的译者。20 世纪以来，一方面，语言学的发展使得人们开始关注语言本身，现代文本理论在此基础上应运而生，人们开始将作品的意义视作文本语言的产物，而非原作者意图的体现，因此，研究者开始从文本的语言及结构入手寻找文本的意义；另一方面，现代阐释学和接受美学凸显了作为原作特殊读者的译者的主体性，解构主义又从理论上彻底否定了文本意义的确定性，这些都把对原作语义的解释权交到译者手中。对语义的研究由此经历了一个从原作者到作品再到译者的过程。在这一过程中，我们也注意到，尽管语义研究的视角和方法呈现多元化的趋势，但很少有学者借助以文学特殊性为考察对象的诗学理论来研究文学翻译中的语义问题。

实际上，语义问题也是诗学，尤其是 20 世纪以来的现代诗学重点探讨的问题之一，无论是俄国形式主义、英美新批评还是法国结构主义诗学，各个理论流派都纷纷从自己的立场和角度出发，对文学文本中的语义问题做出过研究。这些理论和观点关心的，正是封闭文本的多义问题，因而它们对于文学翻译研究具有重要的启示意义。本章着力探询的，正是这一启示意义。在下文中，我们将从诗学理论对语义问题的考察出发，阐述文学文本语义的特殊性及其成因，分析这种语义特殊性对翻译的影响，即给其造成的障碍或为其开创的空间，并探讨文学翻译中再现文学作品语义特征的可能途径。

第一节
朦胧：文学作品的语义特征

俄国学者佐梁（Zhurn）在分析诗歌语义时发现，诗歌所使用的词汇事实上都是一些为人们所熟知的普通词汇，但是这些词汇被组合成一首诗之后，"不仅没有使我们所熟知的这些词义明确化具体化，反而让人们觉得亦此亦彼，似是而非"[①]。佐梁认为产生这种语义朦胧的原因在于，每一个词在没有进入具体语境时就已经是多义的了，假如我们翻查一下词典就能发现，很多词都具有本义、引申义、比喻义等各种意义，这些意义便构成了词语的潜在意义。诗人的工作，就是将词语"纳入语义系列，凸显语言本身的多义性。得到凸显的不只是词汇的主要意义，同时也包括那些蕴含着的'边缘意义'及不寻常的感情色彩"[②]。因此，文学文本的语义是一个包括词语的"主要意义""边缘意义"和"不寻常的感情色彩"的存在，这种复杂的、多层次的结构使得文学文本的语义呈现出朦胧（ambiguïté）的特征，或者说使文学文本具有了多义性特征。

很多学者将多义性视作文学语言的本质属性之一。雅各布森认为"含混性是一切自向性话语所内在固有的不可排除的特性，简言

[①] 黄玫：《韵律与意义：20 世纪俄罗斯诗学理论研究》，人民出版社，2005 年，第 114 页。

[②] 黄玫：《韵律与意义：20 世纪俄罗斯诗学理论研究》，人民出版社，2005 年，第 115—116 页。

之，它是诗歌自然的和本质的特点。我们欣然同意燕卜荪的一个说法：'含混的妙用根植于诗歌的本质。'不仅话语，连发话人和受话人也都变得含混不明"[①]。罗兰·巴特指出："作品同时包含多种意义，这是结构本身使然，并不是因为读者阅读能力的不足……假如词语只有一个意义，也就是说辞典上的意义，假如第二种语言没有扰乱或解放'语言的确定性'，那就没有文学了。"[②] 韦勒克在分析文学语言与科学语言的区别时也指出："文学语言有很多歧义（ambiguities）；每一种在历史过程中形成的语言，都拥有大量的同音异义字（词）以及诸如语法上的'性'等专断的、不合理的分类，并且充满着历史上的事件、记忆和联想。简而言之，它是高度'内涵的'（connotative）。"[③] 也就是说，语义的含混、朦胧是文学语言的本质使然，它是文学语言区别于科学语言的重要特征，因为科学语言的表达往往是透明的，其所表达的意义往往是单一、明确的，后者的目的是为了更好地传达科学语言中蕴含的信息，减少甚至避免因不必要的误解而造成的损失。而文学语言的最终目的并不是要传达信息，而是"要作用于人的感觉，追求的是丰富的联想，所以文学作品中多比喻，多暗示，多义与含混便成了某种作者的有意追求，因为多义使读者产生丰富的联想，而意义的含混则有可能给读者开启广阔的想象空间"[④]。

---

① 雅克布逊：《语言学与诗学》，见《结构-符号学文艺学——方法论体系和论争》，波利亚科夫编，佟景韩译，文化艺术出版社，1994 年，第 199 页。

② 罗兰·巴特：《批评与真实》，温晋仪译，上海人民出版社，1997 年，第 50—51 页。

③ 勒内·韦勒克、奥斯汀·沃伦：《文学理论》，刘象愚、刑培明、陈圣生、李哲明译，江苏教育出版社，2005 年，第 12 页。

④ 许钧：《翻译论》，湖北教育出版社，2003 年，第 185 页。

对于文学作品语义的朦胧特征，英美新批评流派代表人物燕卜荪曾著《朦胧的七种类型》以进行讨论。在这部著作中，燕卜荪对文学文本语义的"朦胧"是如此定义的："一个词语可能有几个不同的意义，它们互相联系，互相补充，不可截然分割开来；这几种意义也可能结合起来，使这个词意指一种关系或一种过程。……'朦胧'一词本身可以指你自己的未曾确定的意思，可以是一个词表示几种事物的意图，可以是一种这种东西或那种东西或两者同时被意指的可能性，或是一个陈述有几重含义。"[1] 也就是说，"任何导致对同一文字的不同解释及文字歧义，不管多么细微"[2]，都可以被列入语义朦胧的范畴。

不过，从燕卜荪对"朦胧"的定义来看，他所分析的朦胧指的大多是出现于文本中的具体的歧义和含混，它不同于雅各布森、罗兰·巴特及韦勒克意义上的朦胧，因为前者更多是技术层面上的，而后者更多是本体论意义上的。这两个朦胧并不一定是重合的，因为尽管文学作品语义的本质特征是朦胧，但这并不意味着作品中的任何一个句子都是朦胧、含混的，容易造成歧义的或许只是作品中的某一部分词句，在不同的作品中，这个朦胧的部分所占的比重也发生着变化。但是，我们也应该看到，本体论意义上的朦胧和技术层面的朦胧之间存在紧密的联系。文学作品的语义之所以在本质上表现出朦胧的特征，是因为一些"多比喻、多暗示"的局部的存在，在这个意义上，我们常常可以说法国新小说的语义比现实主义小说

---

① 燕卜荪：《朦胧的七种类型》，周邦宪等译，中国美术学院出版社，1996年，第7页。

② 燕卜荪：《朦胧的七种类型》，周邦宪等译，中国美术学院出版社，1996年，第1页。

的语义更朦胧，因为新小说文本中容易发生歧义、导致误读的部分一般要多于现实主义小说文本。也正是出于这个原因，有时我们很难将本体论层面上的朦胧同技术层面上的朦胧区别开来讨论。

无论哪个层面上的朦胧特征都对文学作品有着积极的意义，它使得文学作品成为一种丰厚的、立体的存在，引人深思，发人遐想。但是，文学作品的这一特征有时对阅读尤其是翻译活动有着消极影响，因为朦胧意味着多重意义和多重联想在字里行间的交织，意味着文字背后丰富的内涵和意蕴，因此它可能会给翻译实践活动设下重重障碍。如果将翻译过程分解为理解和表达两个步骤，那么，朦胧的语义一方面容易导致译者在理解过程中误读原作，或只领会词语或句子诸多含义中的一种，或因无法把握原作错综复杂的语义而对原作做出错误的诠释。例如莎士比亚的法文译者、法国作家纪德（André Gide）曾提及莎士比亚作品给翻译提出的难题："莎士比亚有无数段落几乎无法理解，或者具有二、三、四种可能的解释，有时明显地相互矛盾，对此批评家们议论纷纷。有时甚至存在着好几种文本，出版商在取舍时犹豫不定，人们有权怀疑最通常接受的文本也许是错误的。"[①] 莎士比亚的作品或许是语义朦胧的极端例子。但是，既然语义朦胧的特征存在于一切文学作品中，所不同的只是朦胧程度的轻重，那么任何一部文学作品都有可能遭到全部或部分地被误读的命运。事实上，这样的例子无论在文学批评还是在翻译实践中都不少见。

另一方面，在再表达的过程中，原作朦胧的语义有可能遭受单

---

① 纪德：《纪德文集》（文论卷），桂裕芳等译，花城出版社，2001 年，第 207 页。

薄化、透明化的命运，于是，"原文的立体空间变成了平面空间，原文所构成的复杂、隐秘的语义空间变成了透明的单义的空间，原文意义的丰富性被大大减少，理解的空间也因此而缩小"①。原作语义被单薄化的现象很多情况下是译者误读的直接结果；然而，在某些情况下，即使译者有能力把握原作的整体语义，但由于语言本身的局限性、个人能力的限制或者翻译策略的影响，原本丰富、朦胧的语义也有可能受到一定程度的单薄化。我们以杜拉斯小说 *Moderato Cantabile* 的两个译本（1980 年译本《琴声如诉》和 1999 年译本《如歌的中板》）对原文中某个关键句子的处理为例来说明这一点。发表于 1958 年的 *Moderato Cantabile* 是杜拉斯风格转型时期的一部作品，杜拉斯在其中充分强调、突出了语言本身的魅力，跳跃性的叙述、奇特的联想、出人意料的文字组合，都使小说蒙上了一层朦朦胧胧的面纱。小说中有一个描写男主人公 Chauvin 喝酒的场景："Il but un verre entier de vin. Pendant qu'il buvait, dans ses yeux levés le couchant passa avec la précision du hasard."② 此处，我们能感觉到的语义朦胧主要是由 "la précision du hasard" 这个短语产生，这是一个双关语："hasard" 可以指 "偶然事件"，也可以指 "命运"，暗示着男女主人公的相遇既是一种偶然，也是命运的安排，尽管这种安排中多少带点偶然的成分。同时，这个短语中还包含由矛盾修辞法产生的朦胧：当 "hasard" 意指 "偶然事件" 时，又与 "précision" 形成一对矛盾，因为 "偶然事件" 总是不确定的，转瞬即逝的，而 "précision" 却有 "精确" "确定" 之意，于是 "la

① 许钧：《翻译论》，湖北教育出版社，2003 年，第 184 页。
② Marguerite Duras, *Moderato cantabile*, Paris, Éditions de Minuit, 1958, p. 57.

précision du hasard"同时包含了"偶然"与"确定"，给予了读者充分的想象空间，增添了语言的魅力，体现了作品语义朦胧的特征。对于这个内涵丰富的句子，两位译者做了如下的处理：

1980 年《琴声如诉》译文："他拿起酒来一口喝尽。在他喝酒的时候，他一抬眼，夕阳偶然在他眼睛里一闪，把他眼睛照得轮廓分明。"①

1999 年《如歌的中板》译文："他把满杯的酒喝下去。在他喝的时候，夕阳的光掠过他高举的眼睛，偶然而又准确。"②

1980 年版译文在处理"le couchant passa avec la précision du hasard"这个句子时，将其分成了两个短句，"夕阳偶然在他眼睛里一闪，把他眼睛照得轮廓分明"，"偶然"对应"hasard"，"轮廓分明"对应"précision"。但原句中的"précision"是"偶然性"的"精确"，是个抽象的概念，在中译文中，"précision"因为多出来的这个分句"把他眼睛照得轮廓分明"变成了对眼睛的修饰，这个词也由抽象变成了具体的概念。同时，译文中的"偶然"和"轮廓分明"之间已经没有了任何联系，因而没能再现作者匠心独具的表达。1999 年版译文用"偶然而又准确"保留了"la précision du hasard"的形式，然而，根据译文的结构，"准确"变成了对"夕阳"而非对"偶然性"或者说对"命运"的修饰，于是，原作中这一蕴藏着深刻内涵，甚至可以说起着点睛之笔作用的表达变成了一种平淡的景物描写。

---

① 杜拉斯：《琴声如诉》，王道乾译，上海译文出版社，2006 年，第 49 页。
② 杜拉斯：《如歌的中板》，马振骋译，见《毁灭，她说》，杜拉斯著，马振骋译，作家出版社，1999 年，第 44 页。

通过上面的分析，我们能够看到文学文本朦胧的语义特征给阅读和翻译设置的障碍，因为这些障碍的存在，翻译活动无奈之下常常会有"去朦胧化"的倾向。但是，障碍并不意味着译者可以回避文学翻译中的语义问题，恰恰相反，语义问题一直是翻译理论和实践关注的中心问题之一。那么，译者该如何接受文学作品语义朦胧这一特征向翻译提出的挑战？面对这一疑问，纪德所表现出来的困惑也许是所有译者的困惑："在这些多种含意中，他该选择哪一种呢？最合理？最有诗意？还是最富联想的？抑或，在译文中保持含糊性，甚至无法理解性？"① 我们认为，既然朦胧是文学文本语义的本质特征，也是体现作品文学性的一个重要方面，那么译者在翻译时就应力图再现作品语义上的这种特征，以保证再现原作的文学性。因此，我们或许可以说，最理想的选择，不是最合理、最有诗意、最富联想的含意中的任何一个，而是还朦胧的原作以朦胧的特征。这一断言看似简单，实际上隐含了许多问题，例如如何确定原作的语义是否真的朦胧？朦胧也许是由于读者或译者的理解能力有限或者判断失误产生？如何将原作的朦胧特征移植到译作中？如何判断译作对原作语义特征的移植是成功的还是失败的？等等。要解决这些问题，单纯依靠一门学科、一种理论是行不通的，因为它们涉及了语言学、诗学、心理学等多个领域。但是，每一门学科、每一种理论都至少可以从一种角度为我们解决这些问题提供一些线索和启示。我们将依据诗学理论对文学作品语义朦胧特征的剖析，来观照翻译过程中作品语义朦胧特征的再现问题。针对语义朦胧给翻译提出的难题，我们把文学翻译中的语义特征再现问题归结为两个更为

---

① 纪德：《纪德文集》（文论卷），桂裕芳等译，花城出版社，2001年，第 207 页。

具体的问题：首先是在理解过程中如何最大限度地避免误读，把握文学作品丰富的含义；其次是在再表达过程中如何保持语义的含混性和朦胧性并再现语义的立体特征。这里所说的误读不是后现代语境下读者对文本做出积极阐释的情况，而是指读者因方法上的不当或态度上的疏忽而对原作语义产生的明显的误解或单薄化。这种误读对翻译的消极意义远远大于它的积极意义，它可能会影响对原作的语义及语义特征的传达，进而影响对原作文学性的传达。因此，在翻译过程中如何将误读的可能性降到最低程度就成了众多翻译理论家和实践者孜孜探求的问题。我们认为，要减少误读，译者的方法和态度都在翻译中扮演着举足轻重的作用，这也是我们将在下文中具体考察的问题。

第二节
朦胧的七种类型

新批评代表人物燕卜荪曾在其著作《朦胧的七种类型》中对文学文本尤其是诗歌语义朦胧的现象做出过详细的分析，并提出了众多精辟的见解，或许能为我们回答上述问题提供参照和借鉴。

在《朦胧的七种类型》中，燕卜荪按照"逻辑混乱逐次升级的阶梯"①，详细阐述了朦胧的七种类型。第一种类型被燕卜荪称为最

———

① 燕卜荪：《朦胧的七种类型》，周邦宪等译，中国美术学院出版社，1996年，第63页。

简单的一类朦胧，它指的是我们对同一个句子可以有多种合理的解释，也就是人们面对一个文字意义相对明确的句子时能够产生多种联想从而使语义变得丰富。在这类朦胧中，燕卜荪实际上主要分析了明喻、对比、对偶、矛盾修辞、反语等传统意义上的修辞手法造成的朦胧。面对这一类型的朦胧，燕卜荪指出，我们的学识和阅历越丰富，我们所体会到的含义就越多，句子对我们来说就越朦胧。

对第二种类型的朦胧，燕卜荪是如此定义的："在词或句法中，当两种或两种以上的意义融而为一的时候，便出现了第二种朦胧。甚至在作者本人的头脑中也存在着几种意义。"① 第二类朦胧与第一类朦胧的区别在于："如果第一种类型的朦胧的例子是用一个明喻，这个明喻用几种不同的方式解释均说得通的话，那么第二种类型的例子便是同时用几个不同的明喻"②。也就是说，在第一种类型的朦胧中，词语的意义往往是确定的，单一的，句法结构是明确的，导致产生朦胧的原因主要是读者的联想；而在第二种类型的朦胧中，词语本身可以包含多种解释，同时句法也不明确，尤其是在诗歌中，一个诗行可以是一部分的结束，也可以是另一部分的开始，在两种情况均解释得通的情况下，朦胧便产生了。莎士比亚最擅长制造这种形式的语义朦胧，例如他的十四行诗之一：

But heaven in thy creation did decree

That in thy face sweet love should ever dwell,

---

① 燕卜荪：《朦胧的七种类型》，周邦宪等译，中国美术学院出版社，1996 年，第 63 页。

② 燕卜荪：《朦胧的七种类型》，周邦宪等译，中国美术学院出版社，1996 年，第 65 页。

Whate'er thy thoughts or thy heart's workings be,

Thy looks should nothing thence, but sweetness tell.

　　在这首十四行诗中，燕卜荪指出读者在阅读时既可以在第三句之前打上句号，也可以在第三句之后打上句号，这种模棱两可便造成了语义的朦胧。

　　第三种类型的朦胧"常常同词的派生意义有关"①，它产生于以下的情况："作者所表述的东西同时提到、或者同时有效于几种不同的意思，几种不同的表述的领域，几种不同的思想或者感情的方式。"② 也就是说，此处引起语义朦胧的关键词所表达的主要意义和派生意义之间往往是互相矛盾的，或者说至少是有显著区别的，同时这种朦胧应该是作者刻意而为之的，这同第二种类型有所差别。例如弥尔顿《力士参孙》中描写达利拉的这个诗句："That specious monster, my accomplished snare."（美丽的恶魔，诱人的陷阱。）燕卜荪认为造成这个诗句语义朦胧的原因是"specious""monster""accomplished"各自具有两层明显不同的意思，"specious"指"美丽而骗人的"，"monster"指"某种超自然的东西，某种用来象征灾难的东西"，"accomplished"指"精于讨好卖乖，能制服丈夫的"，"两重意思被置入一个词里，于是便产生了一种额外的效果"③。从燕卜荪的解释和所援引的例子来看，这一章实际上主要讨论了传统修

---

① 燕卜荪：《朦胧的七种类型》，周邦宪等译，中国美术学院出版社，1996年，第158页。

② 燕卜荪：《朦胧的七种类型》，周邦宪等译，中国美术学院出版社，1996年，第175—176页。

③ 燕卜荪：《朦胧的七种类型》，周邦宪等译，中国美术学院出版社，1996年，第158页。

辞学中的双关修辞造成的语义朦胧。

第四种类型的朦胧指的是"一个陈述的两层或更多的意义相互不一致，但结合起来形成作者的更为复杂的思想状态"①。燕卜荪指出这类朦胧也包含第三类朦胧的许多情况，它与第三种类型朦胧的区别在于，第三类朦胧产生自词语意义的微妙变化，而第四类朦胧则产生自陈述即句段层面。这就意味着，如果说第三类朦胧还有依据可循，那么第四类朦胧实际上要主观得多，因为这类朦胧的产生需要读者积极的参与，领悟出句子所包含的几重"相互不一致"的意义。

"当作者在写作过程中才发现自己的思想时，或当他心中还没有立即把这观念的全部抓住，从而产生一种不能确切运用于任何事物而是介乎两可之间的明喻时，便是第五种朦胧的例子。"② 燕卜荪举了莎士比亚《量罪记》中的一段来说明这种朦胧："Our Natures do pursue/Like Rats that ravyn downe their proper Bane/A thirsty evil, and when we drinke we die."（正像饥不择食的饿鼠吞食毒饵一样，/人为了满足他天性中的欲念，/也会饮鸩止渴，送了自己性命。）燕卜荪认为诗中的"proper"一词很值得推敲，根据上下文，它可以指"适宜于老鼠的"，但它也可以指"正当的、自然的"，"还使人更清楚地记起那些专为老鼠设计以防它们死在壁板里的毒药（磷类）"，于是，"这个词提供了一个更大更奇的隐喻，吞食毒饵好比是人的堕落，而饮水——健康的人体自然功能——是无论怎样也少不了的，

---

① 燕卜荪：《朦胧的七种类型》，周邦宪等译，中国美术学院出版社，1996年，第209页。

② 燕卜荪：《朦胧的七种类型》，周邦宪等译，中国美术学院出版社，1996年，第242页。

但饮水却带来死亡"①；如此一来，"proper Bane"的意义就变得含混不清，可以指毒药也可以指水。通过燕卜荪的分析，可以看到，第五类朦胧与前四类朦胧的不同之处在于：在前几类朦胧中，语义含混是由各层次的意义的共存产生的，而且语义总是有所侧重，由一种主要意义和一些派生意义共同构成，而且作者对他自己的写作意图应该是了然于心的，朦胧可以说是他刻意安排的结果；而在第五种类型的朦胧中，语义含混实际上是由对各层次的意义的否定产生的，因为作者预先并不明了他想表达的意义，但随着写作过程的推进，他的想法可能逐渐澄明起来，因此他先是借助了词语或句子的多重意义，但最终摆脱了它们，走向了另一个更为抽象、更为深刻的意义。第五种类型的朦胧从逻辑上看已经比前四种混乱了很多，文字所表达的含义也更为复杂。

第六类朦胧"发生于如下情况：一个陈述，尽管用了同义反复，用了语辞矛盾，用了文不对题手法，结果并未增加什么东西，所以读者不得不自己去发明一些说法，而读者想到的这种种说法又很可能相互冲突"②。也就是说，在这一类型的朦胧中，作者可能表达了两种完全矛盾的想法，但读者无从知晓作者真正赞成或反对的到底是哪一种，按照燕卜荪的话说是"作者要我们最后相信什么，这一点不清楚"③。此一类的语义朦胧往往通过同义反复、语辞矛盾或文

---

① 例子和分析均出自《朦胧的七种类型》，燕卜荪著，周邦宪等译，中国美术学院出版社，1996年，第242页。

② 燕卜荪：《朦胧的七种类型》，周邦宪等译，中国美术学院出版社，1996年，第277页。

③ 燕卜荪：《朦胧的七种类型》，周邦宪等译，中国美术学院出版社，1996年，第279页。

不对题手法实现。例如"Take，but bring."或者"Let me not love you，if I love you not."这样的句子。尽管语义前后矛盾，但燕卜荪仍认为第六类朦胧并不意味着作者思想的混乱，实际上后者也许是想借助语辞矛盾"使读者由表面主题转而去探求真正主题"①。

第七类朦胧应该是燕卜荪所分析的朦胧中逻辑最混乱、语义最复杂的一种，因为燕卜荪认为它既涉及"对立"这一人类学概念，又涉及"联系"这一心理学概念。从形式来看，它与第六类朦胧很接近，两者之间的差别类似第三类朦胧和第四类朦胧之间的差别；从定义来看，"第七种类型的朦胧，或者说这个朦胧系列上的最后一类（它是所能设想的意义最含混的一类），发生于以下情况中：一个词的两种意义，不仅含混不清，而且是由上下文明确规定了的两个对立意义，因而整个效果显示出作者心中并无一个统一的观念"②。换句话说，在这种类型的朦胧中，读者可以通过上下文感受到两种冲突的对立面，但是，读者不仅无法通过文字来判断作者的真实意图，而且，可能作者本人心目中也没有一个统一的观念，因此整个文本都处于一种犹豫不决的状态。

燕卜荪的《朦胧的七种类型》描述了语义朦胧的七种表现，并解释了朦胧的原因，它对于文学作品语义研究具有开拓性的意义。它能够启发读者，使读者在面对文学作品含混、复杂的语义时不再一筹莫展，即便不能完全运用对号入座的方法，也至少可以在燕卜荪的启迪下，在词汇、句法、句段三个层面，通过对修辞手法和上

---

① 燕卜荪：《朦胧的七种类型》，周邦宪等译，中国美术学院出版社，1996年，第279页。

② 燕卜荪：《朦胧的七种类型》，周邦宪等译，中国美术学院出版社，1996年，第302页。

下文语境等的分析，透过含混的表面去解读作品多层次的含义。同时，更为重要的是，《朦胧的七种类型》实际上是对一种多义性阅读的鼓励。某些作品尤其是经典作品从表面看似乎语义简单明了，然而，如果深究下去，通常会发现一些看似简单的词汇实际上是作者用心良苦的安排，它们往往具有复杂的含义，对于揭示作品主题、人物性格命运等具有重要意义。朦胧理论能够指导读者有意识地对作品中的遣词造句进行分析，揭示作品所隐藏的深层意义，使阅读变得丰富起来，从而更好地理解作品。然而，我们也要看到，《朦胧的七种类型》对朦胧的各种表现类型的区分并不是非常清晰——事实上燕卜荪本人也承认某些类型之间有相似甚至重合之处——另一方面，燕卜荪对某几类朦胧的成因的分析也存在相似之处。在燕卜荪朦胧理论的启发之下，结合新批评流派的其他学说理论，我们尝试将语义朦胧产生的原因主要归结为文学作品特殊的能指组织方式、上下文语境压力以及互文性因素影响这三点。下面我们将就此展开详细的讨论。

第三节
文学作品语义朦胧之成因

首先是文学作品特殊的能指组织方式。即便文学中不乏平铺直叙的作品，这种平铺直叙也与非文学作品中的平铺直叙有本质的差别，因为在文学中，平铺直叙不再是普遍的语言组织方式，而更多的是某些作家的特殊风格。因此，新批评学者布鲁克斯就说："我们可以用这样一句话来总结现代诗歌的技巧：重新发现隐喻并且充分运用隐喻。"① 龚鹏程也指出，文学语言"往往不是征实的，而是象征的。凭虚构象，象乃生生不穷；篇终混沌，意乃荡漾无尽"②，也就是说，文学语言是一种"较迂曲不直的语言"③，"在直述（赋）之外，还重视比兴的运用"，而"比"和"兴""不外乎譬喻、暗示和象征"④，即传统修辞学意义上的修辞格。热奈特指出修辞格的本质在于其具有形式，这种形式不是一般意义上的文字线性排列，而是"由显形能指和隐形能指这两条线共同构成的一个平面"⑤。举例来说，"Je t'aime"（我爱你）不是一种修辞格，"Je ne te hais point"（我一点都不恨你）也不是一种修辞格，只有在"Je ne te hais point"这个能指被用来代替另一个能指"Je t'aime"时，我们才说此处使用了曲言的修辞格。因此，在修辞格中，不仅有显形能指蕴含的所指意义，还有隐形能指蕴含的所指意义。不仅如此，事实上，每一个修辞格的隐形能指都是无法确定的，因此修辞格的使用赋予了话语基本含义之外的丰富含义，而多重含义的并存促使语义产生了朦胧现象。在词语层面，托多罗夫将这种基本含义之外的含义称为词语的"第二意义"，梯尼亚诺夫（Iouri Tynianov）则称其为词语的"次要特征"和"波动特征"；在句段层面，修辞格赋予了句子字面意义以外的象征意义，即燕卜荪所说的"一个陈述有几重含意"的情况。

《朦胧的七种类型》中的朦胧在很多情况下都是由修辞手法引

---

① 布鲁克斯：《反讽——一种结构原则》，见《"新批评"文集》，赵毅衡编选，中国社会科学出版社，1988 年，第 334 页。

② 龚鹏程：《文学散步（第 4 版）》，世界图书出版公司，2006 年，第 24 页。

③ 龚鹏程：《文学散步（第 4 版）》，世界图书出版公司，2006 年，第 24 页。

④ 龚鹏程：《文学散步（第 4 版）》，世界图书出版公司，2006 年，第 25 页。

⑤ Gérard Genette, *Figures I*, Paris, Seuil, 1966, p. 210.

起，例如燕卜荪明确将明喻、对比、反讽等手法归入第一类朦胧的行列，同时他在探讨第三类和第四类朦胧时援引的例子很多属于双关手法的运用。除了燕卜荪之外，还有不少学者专门从某一类特定的修辞手法出发，探讨过其同作品语义朦胧之间的关系。俄国形式主义者托马舍夫斯基在《词义的变化》一文中分析过诗歌中的转喻现象，他指出：“在转喻中，词的基本意义被破坏了，而通常正由于破坏了直义，才能感觉到该词的次要特征。因而，当我们把眼睛称为星星时，我们就能在星星一词中感觉到闪光明亮的特征（这样的特征可能在使用该词的直义时并不表现出来，例如‘昏暗的星星’，‘消逝的星星’，或者在天文学中的‘天琴星座中的星星’）。”① 也就是说，转喻程序使语词产生使用其直义时不具备的，或者更确切地说是被忽视的丰富的次要特征，同时，这类次要特征主要“是在情绪上体验到的，因为它不可能被透彻地思考”②。英美新批评流派学者维姆萨特从另一个角度解释了比喻能够导致语义朦胧的原因：“在比喻背后有一种两个类之间的相似性，这样就产生了更一般化的第三个类。这一类没名字，而且很可能永远没名字，只有通过比喻才能得到理解。这是一种无法表达的新概念……诗的要点似乎在喻本和喻旨之外。”③ 因此，“在理解想象的隐喻的时候，常要求我们考虑的不是 B（喻体，vehicle）如何说明 A（喻旨，tenor），而是当两者被放在一起并相互对照、相互说明时能产生什么意义。强调之点，

---

① 托马舍夫斯基：《词义的变化》，见《俄国形式主义文论选》，维克托·什克洛夫斯基等著，方珊等译，三联书店出版社，1989 年，第 87 页。

② 托马舍夫斯基：《词义的变化》，见《俄国形式主义文论选》，维克托·什克洛夫斯基等著，方珊等译，三联书店出版社，1989 年，第 91 页。

③ 维姆萨特：《具体普遍性》，见《“新批评”文集》，赵毅衡编选，中国社会科学出版社，1988 年，第 262 页。

可能在相似之处，也可能在相反之处，在于某种对比或矛盾……但不论在何种情况下，某种相似和区别的关系对于意义的无限辐射扩展、对于实体性和具体性都是必不可少的"①。新批评鼻祖瑞恰兹已经阐述过这种"互动隐喻观"，例如他认为："当我们使用隐喻时，我们（脑中）产生了对两种不同事物的认识，这两种认识相互作用，它们的载体是一个单独的词语或句子，后者的意义就产生自两种认识的相互作用。"② 瑞恰兹与维姆萨特的观点意味着，在隐喻这种表达方式中，最重要的是喻体和喻旨之间的关系，这种关系是诗歌的要点，但这种关系又不可名状，只能诉诸感觉，因此它必然造成语义的朦胧，即维姆萨特所说的"意义的无限辐射"。

修辞手法可以作用于个别的词语或句子，此时它是一种修辞格。但修辞手法也可以作用于整个文本，此时它便成为"文本的组织原则及作家的风格"③。例如雅克布森曾在《语言的两个方面和两种类型的失语症》一文中指出，浪漫主义和象征主义诗歌是隐喻性的，而现实主义小说是换喻性的。热奈特也曾撰写《普鲁斯特作品中的换喻》（Métonymie chez Proust）一文，研究《追忆似水年华》中的换喻。在这篇文章中，热奈特具有说服力地指出，《追忆似水年华》之所以能够令回忆笼罩上梦一般的色彩，同普鲁斯特"通过临近关系展开联想"④ 即换喻的写作方式有很大的关系。

---

① 维姆萨特：《象征与隐喻》，见《"新批评"文集》，赵毅衡编选，中国社会科学出版社，1988 年，第 357 页。

② I. A. Richards, *The Philosophy of Rhetoric*, London, Oxford, New York, Oxford University Press, 1936, 1971, p. 93.

③ 曹丹红：《今日诗学探索之内涵与意义——*LHT* 杂志"诗学的历险"专号评述》，《当代外国文学》2014 年第 1 期，第 158 页。

④ Gérard Genette, *Figures III*, Paris, Seuil, 1972, p. 58.

当然，特殊的能指组织方式并不仅仅局限于修辞手法，在探讨文学作品的诗性特征时，我们所提及的语音、词汇、语法、句法等层面的陌生化手法均属于文学作品特殊的表达方式，都可能促使作品的语义产生朦胧的特征，事实上，我们在上文中也已经举了不少这样的例子。

其次，语义朦胧也可能产生自语境的压力。意义的生产总是离不开一定的语言环境，即通常所说的上下文。语言学家认为一个符号只有在系统中才能确定它的意义和价值，文学理论家认为句子之外不存在词。一般认为，词语或句子所处的上下文即它的语境总是能帮助它获得确定的意义。除此之外，语境还有另一种功能。开创新批评语境论的学者瑞恰兹认为，"语境"一词本身"是一连串共同发生的事件集束的代名词，这一事件集既包括事件发生的必要条件，也包括可以被视作事件发生之原因或结果的任何事物"①，这一宽泛的"语境"概念意味着支撑词语意义的，是由语境形成的一个深厚语义空间。燕卜荪也在定义第七类朦胧时指出："一个词的两种意义，不仅含混不清，而且是由上下文明确规定了的两个对立意义，因而整个效果显示出作者心中并无一个统一的观念。"② 也就是说，语境除了确定语义的功能之外，还会对一个陈述语施加压力，使其产生"明显的歪曲"，例如在一定语境中，"这是个大好局面"的意思恰恰与它的字面意义相反，英美新批评流派学者布鲁克斯称这种

---

① I. A. Richards，*The Philosophy of Rhetoric*，London，Oxford，New York，Oxford University Press，1936，1971，p. 34.

② 燕卜荪：《朦胧的七种类型》，周邦宪等译，中国美术学院出版社，1996 年，第 302 页。

歪曲为"反讽"。反讽不一定专指字面意义与实际意义相反的情况，只要一个陈述语在语境压力下发生意义的歪曲，获得本义以外的其他含义，布鲁克斯就将其列入反讽范畴。最明显的例子就是莎士比亚名剧《麦克白》中这个著名的诗句：

... Macbeth

Is ripe for shaking, and the powers above

Put on their instruments. Receive what cheer you may

The Night is long, that never finds the Day.

麦克白气数将绝，天诛将至；

黑夜无论怎样悠长，白昼总会到来的。①

燕卜荪认为这段话的语义之所以朦胧，是因为通过上下文语境，我们也可以将"The Night is long, that never finds the Day."这个句子同时理解为"死亡就是永远看不见白日的长夜，如果可能，我们会用那黑暗罩住麦克白；但另一方面他可能把我们赶入黑暗中"②。

我们认为语境促使文学作品语义变得朦胧的情况主要有两种：第一种情况是一个词语或句子被纳入一个有机整体，词语或句子因承受这个整体创造的语境而产生语义上的朦胧；另一种情况是话语中某些具有特殊含义的词语或句子构成一种特殊的语境，使另一些词语或句子的含义变得丰富，朦胧。首先来看第一种情况，佐梁在

---

① 原文及译文均出自燕卜荪：《朦胧的七种类型》，周邦宪等译，中国美术学院出版社，1996年，第314—315页。

② 燕卜荪：《朦胧的七种类型》，周邦宪等译，中国美术学院出版社，1996年，第315页。

分析诗歌语义时指出，诗人要将我们所熟知的词汇纳入"语义系列"以创造出富有诗意的作品，这里的"语义系列"指的是"'关键单位的语义结构'，通常是该诗行的核心含义"①，我们可以将其视作语境的一种类型。佐梁进而指出，"诗章中所有词都是这个核心含义的折射，核心含义也反映在词的所有义项中"，举例来说，从"铁的世界乞丐般地颤动"这个句子中抽取出来的语义系列是"使稳定的东西动摇"，"于是该行中每个词的每个义项都同'稳定'和'反稳定——动荡'联系起来"。②核心含义所构成的语境的存在使诗歌中的每个词都隐隐约约带上了语境的烙印，使得"词义与词义之间、词的各个义项之间、诗篇整体的语义与词义之间、主题与词义之间"产生了"种种交互作用和影响"③，促使文本的语义变得复杂，含混。

佐梁主要将目光集中在语境、词义与主题的关系上。英美新批评流派学者布鲁克斯则从陈述语层面上分析了语境的这种影响。布鲁克斯指出文学文本尤其是诗歌中的陈述模式是一种间接陈述，诗人的表达不是直接揭示主题，而总是通过隐喻的手法，从特殊和具体的意象走向普遍和抽象的真理。因此，要在具体的意象、陈述语与主题之间建立联系，必然要求助于语境的作用。"诗歌中令人不能忘怀的诗句——甚至那些好像多少含有内在'诗意'的诗句——是从它们与基本特殊语境的关系上取得它们的诗意的……寻常字眼'不'重复五遍成了《李尔王》中含义最沉痛的一句，但它所以如此

① 黄玫：《韵律与意义：20 世纪俄罗斯诗学理论研究》，人民出版社，2005 年，第 116 页。
② 黄玫：《韵律与意义：20 世纪俄罗斯诗学理论研究》，人民出版社，2005 年，第 116 页。
③ 黄玫：《韵律与意义：20 世纪俄罗斯诗学理念研究》，人民出版社，2005 年，第 117 页。

是由于支持它的语境。"①也就是说，语境通过在一个普通陈述语和主题之间建立有机联系，能够赋予这个陈述语更多、更深刻的含义，使语义变得复杂，朦胧。《麦克白》的结尾"The Night is long, that never finds the Day."的朦胧也正是由此而来。

至于语境促使语义变得朦胧的第二种情况，我们可以用莎士比亚的一首诗歌来说明：

> 希维亚是什么，她是谁，
> 我们的年轻人啧啧赞美？
> 她圣洁、美丽又聪慧，
> 老天爷给了她这许多优美，
> 好叫人人夸她美。
>
> 她脸儿又美，心又好，
> 美貌和好心总是住一道。
> 爱情直往她两眼跑，
> 帮爱神把盲目病治疗好，
> 一治好，他就住定了。
>
> 让大家为希维亚歌唱，
> 希维亚真是美无双；
> 无精打采的地球上，

---

① 布鲁克斯：《反讽——一种结构原则》，见《"新批评"文集》，赵毅衡编选，中国社会科学出版社，1988年，第335页。

哪一个也比她不上；

把花环给她戴头上。

　　布鲁克斯曾对这首诗歌做出过分析，他指出，希维亚的"许多优美"实际上包含了多重含义。首先，在第一段中出现了"老天爷"一词，也就是她的"优美"是上天赐予的，因此，"优美"中就包含了神学的隐含意义，可能与圣洁、美德相关；然而，她的美又是"人人夸"的，因此，这里的"优美"又是非神学意义上的，也许只是体态和行动的美；在第三段中，因为"爱神"的出现，"优美"又带上了异教神话的意味。在由"老天爷""人人夸""爱神"等词所构成的特殊语境的作用下，"优美"一词因融合了基督教神学和异教神话的内涵而变得朦胧，诗歌的含义也因此变得丰富起来。[①]

　　最后是互文性因素的影响。在《朦胧的七种类型》中，燕卜荪曾提到一个文本受另一个或另一些文本影响而导致语义朦胧的情况。例如在对乔叟（Geoffrey Chaucer）的叙事诗《特罗勒斯和克丽西德》的分析中，燕卜荪发现诗歌中某几处看似寻常的诗句具有强烈的歌咏感染力，十分质朴的陈述具有了抒情诗的韵味，"以至现代读者在其中感受到拉斐尔前派的风格，乔叟在其中感受到他的意大利同行的风格"[②]。这种朦胧的感觉并非毫无根据，事实上，乔叟受意大利诗人但丁（Dante）、薄伽丘（Boccace）影响至深，《特罗勒斯和克丽

---

　　① 诗歌译文及布鲁克斯对其的述评参见布鲁克斯：《反讽——一种结构原则》，见《"新批评"文集》，赵毅衡编选，中国社会科学出版社，1988年，第339—341页。
　　② 燕卜荪：《朦胧的七种类型》，周邦宪等译，中国美术学院出版社，1996年，第86页。

多义性及翻译对多义空间的重建

西德》本身就是改编自薄伽丘的一首长诗。在改编过程中，乔叟为了满足叙事诗的需要，往往抛开原诗，信笔凭自己的意愿进行创作，于是诗人的创作冲动与作为改编基础的原诗之间的相互影响便构成了《特罗勒斯和克丽西德》语义朦胧的重要原因之一。除此之外，燕卜荪还多次提到作家诗人对《圣经》和古希腊、罗马神话典故的引用导致的语义朦胧现象。

文本间的这种相互影响关系，诗学理论称其为"互文性"。T. S. 艾略特早在 1917 年就在《传统与个人才能》这篇重要文章中提到文学内部的相互摹仿和传承，指出诗人"作品中最好的部分，而且最具有个性的部分，很可能正是已故诗人们，也就是他的先辈们，最有力地表现了他们作品之不朽的部分"①。但真正提出"互文性"概念的，是法国学者朱利娅·克里斯蒂娃。克里斯蒂娃从巴赫金的对话思想和复调小说理论中汲取灵感和启发，于上个世纪 60 年代提出了互文性（intertextualité）理论。她对互文性的定义是："一语词（文本）是若干语词（文本）的交汇，人们至少可以从中读出另一语词（文本）来……任何文本的建构都是引语的镶嵌，任何文本都是对另一文本的吸收和改造。因此，互文性概念可以代替主体间性概念，文学言语至少是双义的。"② 互文性理论意味着任何文本都不可能是孤立的，它或多或少地与之前存在的文本、与同时代的文本甚至与即将到来的文本保持着联系。在任何一个文本中，我们总能看到其他文本的身影，这些身影有时明晰可辨，有时又很模糊，身影

---

① 艾略特：《传统与个人才能》，见《艾略特文学论文集》，艾略特著，李赋宁译注，百花洲文艺出版社，1994 年，第 2 页。

② 转引自史忠义：《互文性与交相引发》，见《诗学新探：人文新视野》，周发祥、史忠义主编，百花文艺出版社，2004 年，第 122 页。

层层叠叠，在文本中进行着对话，使文本成为一个充满复调的存在。

文学作品中的互文因素之所以能够使语义变得朦胧，其原因在于互文因素进入新的文本之后，并不是以与文本其他因素相互并列、相互隔绝的方式存在，它们会融入新文本的整体结构，与其他因素一起构成新文本的语义，并在新的语义系列中获得新的含义。与此同时，它们又总是指向别的文本、别的事件，并将这些文本和事件所蕴含的意义带入它们"寄生"的新文本，使后者在新旧记忆的交织中成为一种立体的存在。以艾略特实验性的诗歌《荒原》为例，据统计，《荒原》涉及了大量神话传说和民间歌谣，有三十几个作家、六十几部作品在《荒原》中得到援引。《荒原》是一首以死亡为主题的诗歌，艾略特在其中描写了人类世界从物质到精神全部幻灭，只剩茫茫荒原的凄凉景象。这些景象本身只是对死亡的描写，但是当我们将其同诗歌一开始的题记联系起来看时，诗歌的意义就发生了变化。题记是对一个寓言式典故的运用："是的，我自己亲眼看见古米的西比儿吊在一个笼子里。孩子们在问她，'西比儿，你要什么的时候，她回答说，我要死。'"① 艾略特在这里影射了古米的西比尔和阿波罗的爱情故事。西比尔是古米的预言家，阿波罗爱上了她，问她有什么愿望，她说她想要永恒。于是阿波罗赐予了她永恒的生命。但是西比尔忘记向阿波罗要不老的青春。时光流逝，西比尔日渐憔悴，日益衰老，却始终无法死去。因此，当孩子们问吊在笼子里的西比尔要什么时，她回答说：我要死。借助题记所表达的寓意，艾略特也表明了诗歌的主旨：渴望随着腐朽的世界一起死亡，并凭

---

① 艾略特：《荒原》，赵萝蕤译，见《荒原》，艾略特等著，赵萝蕤译，中国工人出版社，1995年，第19页注释2。

借这种死亡获得新生。因此，一则普通的神话传说因为同诗歌正文的融合而被赋予了哲学思想，而整首诗歌也因题记这一互文性因素的影响而获得了更为深刻、更为朦胧的含义。法国作家达尼埃尔·佩纳克（Daniel Pennac）也经常巧妙利用互文性因素来丰富其作品的语义。例如在《卡宾枪女巫》中有这样一段话："Ma sœur Thérèse est raide comme le Savoir. Elle a la peau sèche, un long corps osseux et la voix pédagogue. C'est le degré zéro du charme."[①]（我妹妹特蕾莎如同"知识"一样僵硬。她皮肤干枯，颀长的身体瘦骨嶙峋，声音充满学究气。她是"魅力零度"的化身。）在这段话中，"le degré zéro du charme"首先是对特蕾莎气质的一种描写。除此之外，作者在使用这一表达方式时，明显意在影射罗兰·巴特的术语"le degré zéro de l'écriture"（"写作零度"，或译"零度写作"），因此小说中这一短语顿时具有了一种科学性的内涵，令人浮想联翩，它结合了小说的感性与文论的理性，制造出了一种奇特的幽默效果。

以上我们根据燕卜荪的朦胧理论，从文学作品独特的能指组织方式、语境以及互文性因素三个方面分析了文学作品语义朦胧产生的原因。了解语义朦胧的原因有助于我们全面分析作品的语义特征，减少对作品的误读，以便更好地在翻译中把握和重构文学作品立体的语义空间。

---

① Daniel Pennac, *La fée carabine*, Paris, Gallimard, 1987, p. 21.

第四节
翻译对多义空间的重建

在上一节中，我们分析了文学作品语义朦胧的三个成因。然而，读者往往只是在碰到明显的双关语，或者碰到句法不确定的句子时，才会下意识地感受到语义的朦胧并产生分析语义的冲动；很多情况下，一旦获得一个意义，我们就会放心将阅读进行下去，很少会在一个词语或句子上多作停留。也就是说，某些时候，如果我们不具备一种朦胧意识，稍不留神可能就无法体会原作语义的朦胧。这里，我们便遇到了作为读者的译者在翻译过程中应当持有的态度问题。

上文我们曾提到，燕卜荪在分析朦胧的第一种类型时指出，读者的学识和阅历越丰富，他在阅读中的联想就越丰富，所能体会到的含义就越多，作品语义对于他来说也就显得越为朦胧。因此，尽管作品提供了多重阐释的可能，但能否感受到作品语义之美，还是要读者付出自己的努力。那么，是否读者——尤其是作为特殊读者的译者——的联想越丰富就越好呢？对此，乔治·斯坦纳似乎持否定态度。在《通天塔之后》中，乔治·斯坦纳指出，译者要抓住文学作品丰富且含混的含义，唯一的途径是做到善于"倾听"。也就是说，面对文学作品朦胧的语义，斯坦纳建议译者保持一种善于倾听的姿态。何谓善于倾听？斯坦纳进一步解释道，善于倾听的表现是译者的"透明"和"隐身"，也就是说，"我们必须训练我们自己的注意力。我们必须摆脱现成的解释、分散的联想和个人评论的干扰，以便能够完全地倾听。'理解'一词能够描绘这种隐身和有顾虑地服从的需求"①。"隐身""透明""倾听",这些词从表面上看似乎要求译者抹杀自己的存在和个性,与翻译理论所强调的译者的主体性背道而驰,事实上却并非如此。斯坦纳指出,当言语得到完全利用的时候,"言语仿佛在同时传达含义和假设,这些含义和假设明显出于作者的意图,并且在某种程度上受到刻意安排,但是,它们随后却自发地扩张起来"②,面对这种处于扩张中的丰富、朦胧的语义,"内心的倾听越是驯服,我们捕捉到表达的力量和逻辑的机会就越大,这种力量和逻辑比'意义'(sens)更为重要"③。正是在这个意义上,我们可以认为,斯坦纳所谓的隐身和透明并不是要抹杀译者的主体性,要做到隐身和透明,需要译者竭尽全力排除一切会干扰倾听的成见、偏见,去抓住海德格尔(Martin Heidegger)意义上的话语的言说,而这一过程更需要译者发挥其主体性。

然而,无论是阐释学的主体理论,还是诗学的对话思想都告诉我们,译者百分之百的透明和隐身只能是一种理想状态。在现实中,无论译者如何努力要排除主观因素的干扰,这些因素始终在不同程度地影响着他的倾听,妨碍他正确把握原作丰富、立体的语义。斯坦纳指出影响译者倾听的因素主要来自以下几个方面。

首先是意识形态的影响。以埃莉诺·马克思(Eleanor Marx)对《包法利夫人》的翻译为例,在进行原文和译文的细致对比之后,斯

---

① George Steiner, *Après Babel*, trad. de Lucienne Lotringer & Pierre-Emmanuel Dauzat, Paris, Albin Michel S. A., 1998, p. 507.

② George Steiner, *Après Babel*, trad. de Lucienne Lotringer & Pierre-Emmanuel Dauzat, Paris, Albin Michel S. A., 1998, p. 506.

③ George Steiner, *Après Babel*, trad. de Lucienne Lotringer & Pierre-Emmanuel Dauzat, Paris, Albin Michel S. A., 1998, p. 507.

坦纳指出埃莉诺·马克思的翻译受到意识形态的深刻影响，将福楼拜的原著译成了"处于资产阶级虚伪性和重商主义理想令人窒息的统治下的女性的状况陈述"①。抱着对处于劣势中的女性的同情，埃莉诺·马克思将自己视作包法利夫人的化身，因此，她完全没有顾忌原文词汇、语句所包含的多重内涵，并且忽略了文本中的辩证思想——从悲怆中透露出来的深刻嘲讽——而是通过曲译，将包法利夫人塑造成了一个高贵、纯洁的女性形象。

其次是对"异"与"同"关系的处理。译者对"异"与"同"的关系处理不当，也会影响对原文本语义的理解和再现。然而，对"异"与"同"关系的正确处理并非易事，尤其是当原语和译语在语言、文化差距较小的时候，译者很容易受到一种所谓的"默契"的影响，例如霍普金斯（Gerard Hopkins）对《包法利夫人》的翻译。同埃莉诺·马克思的译本相比，霍普金斯的译本受政治和社会背景影响较小，而且他对写作技巧和语言织体层面的问题也比较有意识。他采用了一种轻快的语调，以便达到翻译行动的透明，并再现原文中那个脱离肉身、不食人间烟火的人物形象。尽管如此，译文仍旧反映了译者某种程度上的自由发挥，致使原作丰富、含混的语义变得单薄，异质元素减少，最终霍普金斯的译本看起来像一本英国化了的世界经典小说。斯坦纳认为导致这种结果的原因在于，霍普金斯的倾听虽然受意识形态影响较小，但他所听到的并不完全是作品的真实声音，很多是"层层叠叠的回声"②，因为在霍普金斯和原作

---

① George Steiner, *Après Babel*, trad. de Lucienne Lotringer & Pierre-Emmanuel Dauzat, Paris, Albin Michel S. A., 1998, p. 508.

② George Steiner, *Après Babel*, trad. de Lucienne Lotringer & Pierre-Emmanuel Dauzat, Paris, Albin Michel S. A., 1998, p. 510.

之间，隔着"之前的翻译和自亨利·詹姆斯（Henry James）以降该作品对英语小说所产生的影响"①。也就是说，译者在审视原作时，他的目光中已经掺杂了他对整个现代小说史的认识，与许多同时代人一样，他对各个时期的小说都已经形成了一种审美上的思维定势。霍普金斯在审视原作时的目光太过熟稔，"当距离如此受到否认时，又如何能够指望一种透明呢"②？因此，霍普金斯最终"既没有感觉到'他者'的抵抗力，也没有感受到后者的特殊性"③。

影响译者倾听的另一个因素是译者本人的文学、艺术甚至哲学观。阐释学将后者称为"前理解"，并强调读者的前理解以及读者与作者的视界融合在阅读和翻译中的重要作用。但是，从诗学角度来看，前理解有时会妨碍译者的倾听，误导他将朦胧复杂的语义单一化，单薄化。例如德国诗人、翻译家施特凡·格奥尔格（Stefan George）对莎士比亚十四行诗第87首的翻译。格奥尔格本人的艺术哲学观带有浓重的神秘主义和柏拉图主义倾向。他将莎士比亚也视作神秘主义和柏拉图主义的代表人物，因此，他的译文总是过于抽象，过于高贵，没有意识到莎士比亚诗歌中诸多类似"possession"这样的词语实际上有很具体的用法，并且往往暗指一种肉体关系。

各种外部和内心因素影响着译者对原作的倾听，要做到隐身和透明实非易事。然而，如果认识到了干扰倾听的因素，那么译者在倾听过程中就可以尽可能摆脱这些因素对理解的过多干扰，借助燕

---

① George Steiner, *Après Babel*, trad. de Lucienne Lotringer & Pierre-Emmanuel Dauzat, Paris, Albin Michel S. A., 1998, p. 510.

② George Steiner, *Après Babel*, trad. de Lucienne Lotringer & Pierre-Emmanuel Dauzat, Paris, Albin Michel S. A., 1998, p. 516.

③ George Steiner, *Après Babel*, trad. de Lucienne Lotringer & Pierre-Emmanuel Dauzat, Paris, Albin Michel S. A., 1998, p. 510.

卜苏等人的朦胧理论，体味原作中的语义朦胧，分析其产生的原因，最终将误读的可能性减至最小，以达到对原作朦胧语义的最大限度的理解。

译者通过全神贯注的倾听，充分理解作品朦胧的语义，这是翻译活动中至关重要的一个步骤，它为接下来的表达做好了准备。译者的表达是用另一种文字对原作进行重新表述的过程。在这个过程中，译者不能仅仅满足于将原作"所说"的东西大致呈现给译语读者，而是要致力于使原作的诗学特征在译语中得到再现。从语义角度来看，就是要在译作中保留文学作品语义朦胧的特征。对于译者来说，这是一项艰难的任务，因为原语和译语是两种不同的语言体系，某一个词在原语中可以表示多重含义，在译语中，这些含义可能需要借助多个词语才能表达。这就意味着，原作中语义朦胧之处可能会随着语言体系的转化变得不再朦胧。于是，美国诗人弗罗斯特才会说"诗就是在翻译中失去的东西"。

那么，译者要采取怎样的策略，使用怎样的方法，才能在翻译中减少原作丰富语义的流失，尽可能保留原作语义朦胧的特征？斯坦纳指出："意义是一种释义行为无法达到的内容。也就是说，最彻底的意译停止的地方，就是独特的意义开始的地方。这一独特性由排版、语音、语法特征同语义的结合决定。所有的意译，不管是分析的，阐释的还是模仿的，因为它不是段落本身，所以它总是片面的，即使它的词汇比原作丰富。意译肯定了一种假设：它表现得仿佛'意义'甚至可以从一种口头或书面形式最不起眼的细节和偶然事件中分离出来，仿佛任何一种陈述可以完全取代另一种。当然，这种假设对于人类交流、对于作为日常会话基础的近似等值约定是必不可少的。但是，高质量的诗歌和散文提醒我们，不管这一假设对人类和社会有多么重要的作用，它的地位始终是有限的。每当语言完全运转时，意译就越来越不像是'事物本身'。相反，含义却总是比'接下来的'多一些。"① 我们注意到，斯坦纳在多处将"意义"打上了引号，因为此处的"意义"是释义行为获得的"意义"，也就是说，释义行为，即通常所说的意译，尽管涉及对语义的重构，但由于它置形式于不顾，纯粹以"意义"为对象和目的，因而无法达到保留作品朦胧语义特征的目的。斯坦纳追求的是"意义的意义"，这种"意义的意义"即他所谓的终极意义，是作者对"词语、句法尤其是语言学单位的灵活运用密不可分的表达潜力的总和"②。

许钧在《翻译论》中就如何处理意义问题提出了"去字桎""重组句""建空间"三大建议，其中"建空间"这条建议对于本文的讨论有着重要的启示意义。许钧指出，从语言角度来看，翻译是从一种语言系统转换到另一种语言系统的过程，语言系统一转换，"词与句中所存在的'意'与'味'就脱离了原文的环境，脱离了原有的文化空间和意义所依赖的上下文关系，原来所构成的复杂关系就被打破，因此，在翻译中，首先要考虑的，便是要重建这一空间"③。"从理论上讲，建空间，是要在去字桎重组句的基础上，为目的语读者建立一个新的文本。在阅读这个新的文本时，原文的阅读与想象空间要尽可能不缩小。"④ 同时，他也指出，"从实践的角度看，这种阅读空间的重建有着许多难以克服的障碍，如在语言的各个层面，

---

① George Steiner, *Après Babel*, trad. de Lucienne Lotringer & Pierre-Emmanuel Dauzat, Paris, Albin Michel S. A., 1998, pp. 506 – 507.

② George Steiner, *Après Babel*, trad. de Lucienne Lotringer & Pierre-Emmanuel Dauzat, Paris, Albin Michel S. A., 1998, p. 507.

③ 许钧:《翻译论》，湖北教育出版社，2003 年，第 177 页。

④ 许钧:《翻译论》，湖北教育出版社，2003 年，第 194 页。

都有可能存在，另外文化和心理方面，也同样存在"①。尽管存在"许多难以克服的障碍"，但这并不意味着重建这种空间完全不可能。在上一节中，我们根据燕卜荪的朦胧理论及其他诗学理论，指出造成文学作品语义朦胧的原因主要在于文学作品独特的能指组织方式、语境的压力以及互文性因素的影响，因此，我们可以从这几个方面入手，思考翻译实践如何重建多义空间的问题。

（1）尽可能重构原作的能指组织方式

首先当然是对关乎作品意义的隐喻、双关等手法的保留，以及对语音、词汇、句法等层面可能造成语义朦胧的独特表达方式的保留和再现。例如我们在上文中提到的乔伊斯《芬尼根的守灵夜》中的这个句子，"the bellemaster, over the wastes to south, at work upon the ten ton tonuant thunderous tenor toller in the speckled church"，如果只考虑所指意义，那么我们得到的是如下的译文："敲钟人，从西向南，在污迹斑斑的教堂里，敲打着十吨重的发出轰雷般的男高音的钟。"② 原文由 "ten ton tonuant thunderous tenor toller"的语音特征制造的特殊性消失，朦胧特征也不复存在。要再现这个句子的魅力，我们就应该认识到句子乃至文本在语音方面的特点。当然，乔伊斯的这个句子是一个极端的例子，给翻译实践者提出了难题，这或许也是《芬尼根的守灵夜》至今仍没有中文全译本的原因之一。这些独特的能指组织方式属于文学作品文学性的具

①　许钧：《翻译论》，湖北教育出版社，2003年，第189页。
②　戴从容：《自由之书：〈芬尼根的守灵夜〉解读》，华东师范大学出版社，2007年，第48页。

体表现，对此我们已在第二章"在文学性中把握文学翻译的本质"中有过详尽的讨论，此处不再赘述。

(2) 注重文句的逻辑意义

局部的特殊手法对创造朦胧语义具有至关重要的意义，能否成功将其移植到译文中，影响着译文的效果。反过来，只考虑局部不考虑整体，译文也有可能失败。阅读和写作经验告诉我们，书写必须遵循内部衔接和连贯原则，由此产生出富有逻辑性的文本，文本才可能被读者理解。如果逻辑链条断裂，那么对局部的处理再好，也无法确保多义空间的建立或重构。实际上，那些被批评者称为"不堪卒读"的译文很多忽略了对逻辑意义的准确再现。因此许钧在《论翻译的层次》中指出："在翻译的思维层次，译者不仅要辩清各概念的确切含义，而且还要运用判断、推理等手段，理清各概念之间的逻辑纽带。……把握原著作者的思维逻辑在原作文字组合中的潜在的决定性的作用，是翻译活动所力求解决的重要问题之一。"①

对于文本的逻辑与丰富语义之关系的讨论，新批评学者艾伦·退特的张力论颇有启发意义。"张力"一词并非新批评流派的首创。福勒在《现代西方文学批评术语词典》指出，"张力（tension）的概念源自辩证法的思想方法，后来在各个领域内得到广泛的应用"②。1937 年，退特发表《论诗的张力》（Tension in the Poetry）一文，将"张力"一词引入文学批评领域，"张力"一词也逐渐成为英美新批评诗学的一个关键词。在文中，退特对张力定义如下："我不是把它

---

① 许钧：《论翻译的层次》，《现代外语》1989 年第 3 期，第 65 页。

② 罗吉·福勒：《现代西方文学批评术语词典》，袁德成译，四川人民出版社出版，1987 年，第 280 页。

当作一般比喻来使用这个名词的，而是作为一个特定名词，是把逻辑术语'外延'（extension）和'内涵'（intension）去掉前缀而形成的。我所说的诗的意义就是指它的张力，即我们在诗中所能发现的全部外延和内涵的有机整体。"[1] 值得引起我们注意的是，退特将张力也就是诗歌的全部意义或多义性效果视作"外"与"内"的有机结合和相互作用。退特意义上的外延、内涵与逻辑学及语言哲学视野中的外延、内涵存在差异。如果说逻辑学的"extension/intension"和语言学的"signifiant/signifié"或"denotation/connotation"研究的对象都是孤立的符号或词汇，那么退特的外延与内涵显然延伸至了整个篇章："用抽象的话来说，一首诗突出的性质就是诗的整体效果，而这整体就是意义构造的产物，考察和评价这个整体构造正是批评家的任务。"[2] 退特意义上的外延也不等同于逻辑学及语言学中的外延，因为在语言学中，外延"指的是符号与某种非语言学现实之间的任意联系"[3]，而退特的外延涉及的是由语言构筑的世界，是一种诗性现实，这一现实能否存在，完全取决于文本语言能否在线性次序中构筑起能被思维想象、理解的世界，因此外延的逻辑性便具有了重要意义。在退特看来，一首语义丰富的好诗，"逻辑的次序是分明的；它必须前后连贯，诗在感觉上体现的意象至少在表面上有逻辑的决定性；可能也只是在表面上，因为在表面逻辑层次下各种各样的复义和矛盾是无穷无尽的……在这里我们只需要说意象靠

---

① 退特：《论诗的张力》，见《"新批评"文集》，赵毅衡编选，中国社会科学出版社，1988 年，第 116—117 页。

② 退特：《论诗的张力》，见《"新批评"文集》，赵毅衡编选，中国社会科学出版社，1988 年，第 109 页。

③ Georges Mounin，*Les problèmes théoriques de la traduction*，Paris，Gallimard，1963，p. 149.

外延发展，而其逻辑的决定成分是一根阿里阿德涅的线"①。

字面逻辑性或外延逻辑性从某种程度上说是人类思维习惯的反映，不合逻辑的表达会妨碍思维活动，造成理解和交流活动的失败。外延的明晰、句子衔接的顺畅、语义的递进则能令文字如河流一般奔向大海，构筑起自圆其说的字面含义，随着句子的展开层层推进内涵，在此基础上发展一切想象、意图、内涵或意象，营造"弦外之音"，最终河流入海，张力形成，多义空间得到构筑。为了在译文中重构这个多义空间，译者也需要同作者一般，从外延出发去发展内涵。从张力论来看，外延逻辑性要求译文的"每个句子都经得起最严密的字面推敲"②；反过来，一旦某处逻辑出现混乱甚至错位，译文读者便会产生疑惑，并因理解受阻而无法获得内涵意义。不久前网络上出现了一篇题为《译著有危险，读者需谨慎：被翻译糟蹋的社科名著》的文章，福柯的《知识考古学》（三联书店版）等十七本经典社科著作的译文榜上有名。③ 笔者曾阅读其中部分译著，发现正是译文外延的错误、混乱妨碍了读者的理解。再如下面这段话："科尔曼这样一个人是怎么产生的？他究竟是什么样的人？他对于他自己的看法较之于别人对他的看法，哪个更不真实，或更真实？这种事真是可以了解的吗？但认为生活目的捉摸不透的观点，习俗不可思议的观点，社会的自我画像可能存在严重缺陷的观点，个人实

---

① 退特：《论诗的张力》，见《"新批评"文集》，赵毅衡编选，中国社会科学出版社，1988年，第114页。

② Allen Tate, "Tension in Poetry", *Essays of Four Decades*, Chicago, The Swallow Press Inc., 1968, p. 67.

③ 该文章在网上刊出后广为流传，具体内容可参见豆瓣网：http://www.douban.com/note/102531679。

在并不符合而且超出界定他的社会因素的观点，后者可能在他本人看来完全是虚假的——总之，一切鼓动人类想象力的疑惑似乎都被排除在她无可动摇地对于以时间为准绳的经典条文的不二忠贞之外。"这段话出自菲利普·罗斯《人性的污秽》某个中译本。小说在此处已接近尾声，这段关于人生、人性的思考至关重要，然而译文最后一个肯定句的逻辑不甚清楚，似是而非，令读者无法确切理解文字外延，由此也无法很好地体会这段话的内涵，以及由外延与内涵一起构筑的张力。退特指出："我们可以从字面表述开始逐步发展比喻的复杂含意：在每一步上我们可以停下来说明已理解的意义，而每一步的含意都是贯通一气的"①。通过字面逻辑发展复杂含意，这是退特对好诗外延与内涵关系的理解。

(3) 对原作语境的还原

在上文中，我们已经指出，上下文语境促使作品语义变得朦胧的方式主要有两种，一种是将一个词语或句子纳入作品整体，词语或句子因为承受整体语境的压力而发生语义的朦胧；另一种是话语中某些具有特殊含义的词语或句子构成一种特殊的语境，使另一些词语或句子的含义变得丰富，朦胧。因此，在对原文本语境进行重构时，我们也可以从这两个方面入手：一方面，将文本视作一个各部分有机联系的系统；另一方面，正确处理作品中的关键词句。

在上文中，我们已经多次提及"系统"这一概念。这一概念在亚里士多德的《诗学》中就已见端倪，索绪尔之后，更是被广泛地

---

① 退特：《论诗的张力》，见《"新批评"文集》，赵毅衡编选，中国社会科学出版社，1988年，第117页。

应用到语言学、诗学等诸多研究领域中。一部文学作品是一个系统，就是说，作品中的每一个词、每一个句子都不是孤立的，而是与其他词语、句子按照一种内在必要性共同构成一个有机的整体。梯尼亚诺夫将这种内在必要性称为"结构功能"，它指的是"作为系统的文学作品中的任一元素同其他元素之间，以及由此同整个系统之间产生的关联"①。也就是说，根据这种结构功能，作品的每一个部分都是整体的一部分，都对整体语义的生成起着作用，稍加改变其中的一个因素，哪怕是一个词语或一个标点，都可能影响作品的语义。在作品内部，前后元素之间也是相互关联的，正如托多罗夫所言："在组词成句的过程中，每个词语的潜在意义都得到了具体化和转变。这一程序在同一个文本（话语）内部多个句子之间的前后衔接过程中又得到了延续。每个新的句子都有助于明确或改变前一个句子的意义。"② 同时，作品的整体语义反过来又影响着构成作品的各个因素，赋予它们孤立环境下无法获得的意义，使它们的含义变得丰富，朦胧。"系统"概念意味着翻译活动不再是不同语言之间词语与词语、句子与句子的转换，而是一个系统同另一个系统之间的转换。因此，译者在从事翻译实践活动时首先应当从"大处着眼"，即着眼于整个文本而非孤立的词语来把握文本的总体含义；之后再"小处着手"，带着对文本整体含义的理解来处理词语和句子层面的转换。例如下面这段对话：

---

① 转引自 Gérard Dessons，*Introduction à la poétique*，Paris，Armand Colin，2005，p. 222.

② Tzvetan Todorov，«Émile Benveniste, le destin d'un savant»，*Dernières leçons d'Émile Benveniste*，Paris，Seuil/Gallimard，2012，p. 193.

—Votre nez est donc une cornue, demanda encore l'employé du Muséum.

—Cor quoi? fit Bianchon.

—Cor-nouille.

—Cor-nemuse.

—Cor-naline.

—Cor-niche.

—Cor-nichon.

—Cor-beau.

—Cor-nac.

—Cor-norama.[1]

这段对话出自巴尔扎克的《高老头》（*Le père Goriot*），表现了寄宿在伏盖公寓中的客人在进餐时分插科打诨的场面。其中一个房客说了一个以"cor-"开头的词"cornue"（蒸馏瓶）后，另外一个可能没听清，便反问了一句，于是其他房客就七嘴八舌地说出了一些以"cor-"开头的词语：欧亚山茱萸、风笛、光玉髓、上楣、黄瓜、乌鸦、赶象人，而最后一个单词"Cor-norama"则纯属编造，因为当时在伏盖公寓中正流行"-rama"这个后缀。这几个单词在语义上虽然没有任何关联，但是在这段对话中，它们共同具有的开头部分"cor-"使它们的语义蒙上了相近的色彩，因此，译者在翻译时必然需要对其进行特殊的处理。傅雷是如此翻译这几个词的：

---

[1] Honoré de Balzac, *Le père Goriot*, Paris, Classiques universels, 2000, p. 50.

"那么，"博物院管事又追问一句，"你的鼻子竟是一个提炼食物精华的蒸馏瓶了。"

"蒸——什么?"皮安训问。

"蒸饼。"

"蒸笼。"

"蒸汽。"

"蒸鱼。"

"蒸包子。"

"蒸茄子。"

"蒸黄瓜。"

"蒸黄瓜喇嘛。"①

我们看到，译者采用了"蒸馏瓶"（cornue）中的"蒸"字来再现原作中的"cor-"，惟妙惟肖地再现了用餐期间出现的闹哄哄的场面，尽管没有译出每个单词的实际意义，却通过创造性地还原原作语境，保留了原作的语义特征。而如果坚持对每个词的"忠实"翻译，反而容易堕入外延的谬见（fallacy of denotation）②。

对关键词的正确处理也是还原原文语境、保留原文语义朦胧特征的重要手段。在处理关键词时，我们经常会碰到语词协调，即如何处理作品中重复出现的语词的问题。昆德拉（Milan Kundera）在《被背叛的遗嘱》中曾以卡夫卡的三个法译本为例，指出译者在翻译

① 巴尔扎克：《高老头》，选自《傅雷译文集》（第一卷），傅雷译，安徽人民出版社，1981年，第532—533页。

② 退特：《论诗的张力》，见《"新批评"文集》，赵毅衡编选，中国社会科学出版社，1988年，第116页。

过程中普遍具有"同义词化"的倾向，即用一系列同义词去取代原作中出现的同一个词。例如，如果原文中某一段落两次出现"难过"一词，译者在翻译第二个"难过"时往往会将其同义词化为"忧郁"或类似的词。译者这种行为的出发点可能是为了避免让译文显得过于单调或过于沉重，然而，这种同义词化倾向实际上并没有充分的依据。对于译者将原文中某个重复的词翻译成多个不同词语的情况，梅肖尼克认为应该区分两种情形：第一种情形下，文化与语言词汇系统的差异迫使出发语中用一个能指指代的事物在另一种语言中需要用多个能指来表示；另一种情形下，语言文化并没有这样的要求，之所以会出现同义词化现象，完全是译者的文学意识形态心理在作祟，正如昆德拉指出的那样，"词汇的丰富会自动地受到公众的注意，他们会把它当作一种价值，一种成就，当作翻译家才能与本事的证明"①。梅肖尼克认为后一种情形下的同义词化倾向应该避免，因为作品中语词的协调反映的"并不仅仅是词汇方面的问题，它同时也通过同义词问题带动意义理论，带动文本理论和整个翻译理论"②。从语义角度来看，在文本中不断重复的词语除了本身能够得到强调之外，还通过这种强调创造出一种特殊的语境，赋予文本一种节奏，并使其语义带上朦胧的特征，因此，这种重复是译者应当在译文中再现的。亨利·梅肖尼克曾对卡夫卡（Kafka）的短篇小说《小女人》（*Eine kleine Frau*）做过解读。他发现，标题 *Eine kleine Frau*（小女人）中的三个词"eine"（一个）、"klein"（小）、"frau"（女人）以各种形式反复出现在文本中：或者直接出现；或者作为某

---

① 米兰·昆德拉：《被背叛的遗嘱》，余中先译，上海译文出版社，2003 年，第 114 页。

② Henri Meschonnic，*Poétique du traduire*，Lagrasse，Verdier. 1999，p. 321.

些词的一部分，例如"eine"本来就包含在"klein"中，同时，它还隐藏在大量表示否定的类似"keine"（没有任何）、"nein"（不）等词中。这几个关键词在文本中的重复出现使得整个文本朦朦胧胧地具有了"小""微小"的否定意义，仿佛微不足道的小女人就隐藏在文本中，而对《小女人》的翻译也就成了寻找隐藏于文本中的"小女人"的过程。遗憾的是，《小女人》的两个法文版本都采取了释义的方法，虽然将小说"所说"的译了出来，却没有遵守或者说没有完全遵守原文中充满诗意的重复法则，忽视了隐藏在文本中的这个"小女人"，抹杀了由"小女人"所带来的语义朦胧特征。

(4) 对原文本中的互文性因素的准确再现

鉴于互文性因素与文学作品语义朦胧特征之间的密切关系，译者在翻译中应努力破解原作所蕴含的互文性因素，并在译文中还原这些因素。我国学者程锡麟通过对欧美互文性理论的考察，将互文性因素在文学作品中的表现归为五类：第一类是引用语，并有引号作为标志；第二类是典故和原型，指文本中来自《圣经》、神话、童话、民间传说、历史故事、宗教故事及经典作品等材料的元素；第三类是拼贴（collage），指把前文本加以改造甚至扭曲，再嵌入新的文本；第四类是嘲讽的模仿即戏仿（parody）；第五类是"无法追溯来源的代码"，这一概念来自罗兰·巴特等人，指无处不在的文化传统的影响，而不是对具体某一文本的借用。① 这五类中，除了直接引用这样明显的方式之外，其余的互文性因素都是隐性的，我们无法从文学作品本身获得有关互文因素的提示，因此破解和翻译作品中

---

① 参见程锡麟：《互文性理论概述》，《外国文学》1996 年第 1 期，第 77 页。

的互文性因素首先就需要译者具备丰富的文学文化知识。英美新批评流派的鼻祖艾略特曾在发表于20世纪初的《传统与个人才能》一文中指出，任何一个超过二十五岁仍然想继续写诗的人必须具备一种历史意识，"这种历史意识包括一种感觉，即不仅感觉到过去的过去性，而且也感觉到它的现在性。这种历史意识迫使一个人写作时不仅对他自己一代了若指掌，而且感觉到从荷马开始的全部欧洲文学，以及在这个大范围中他自己国家的全部文学，构成一个同时存在的整体，组成一个同时存在的体系"①。"从荷马开始的全部欧洲文学"——艾略特当然是站在自己作为西方人的立场上说的。不过从理论上说，"感觉到从荷马开始的全部欧洲文学，以及在这个大范围中他自己国家的全部文学"，这也是理想的译者应该具备的素质，唯有如此，译者才可能察觉出作者以天衣无缝的手段进行的引经据典或对前人作品的改写和摹仿。

其次，对互文性因素的破解有时来自对作者的创作背景和创作意图的了解。了解作者创作某部作品的背景和意图的最好途径是关注作者的日记、书信，作者在作品正文中透露出来的关于作品来龙去脉的信息，以及热奈特所说的"副文本"即正文文字之外的"标题、副标题、互联型标题；前言、跋、告读者、前边的话等；插图；请予刊登类插页、磁带、护封以及其它许多附属标志，包括作者亲笔留下的还是他人留下的标志，它们为文本提供了一种（变化的）氛围，有时甚至提供了一种官方或半官方的评论"②。例如米兰·昆德拉曾在多处指出他的小说《雅克和他的主人》与狄德罗（Denis

----

① 艾略特：《传统与个人才能》，见《艾略特文学论文集》，艾略特著，李赋宁译注，百花洲文艺出版社，1994年，第2页。

② 热奈特：《热奈特论文集》，史忠义译，百花文艺出版社，2001年，第71页。

Diderot）的小说《宿命论者雅克》之间的深厚渊源。① 另一条途径是对"元文本"的阅读。元文本性是热奈特提出的跨文本性中的一种类型，常被人们称作"评论"关系，"联结一部文本与它所谈论的另一部文本"②，因此元文本实际上是指一些评论文章，它们在解读某个文本时往往会揭示这个文本产生的背景，通过它们，我们能够了解到很多隐藏在文学文本中的互文性信息。元文本这条途径虽然可信度和说服力不如副文本，但也为我们破解原作中的互文性因素提供了参照。

再次，对互文性因素的破解也要靠文本读者特殊的阅读方法。上文我们指出，根据读者的知识储备和文学修养，隐藏于某个文本中的互文本显露出来的程度不一样，而且对于某个文本能引发的互文联想，"我们是看不到尽头的"③，因此互文性仿佛只与我们凭经验认出互文本的事实有关。美国学者里法泰尔（Michael Riffaterre）却指出："我们没有理由认为对互文本更为发展、更为深入的认识能令互文性更好地运作，至多令其以不同的方式运作而已。"④ 因为在不具备大量知识的情况下，我们也能"辨认出文本中的互文本痕迹，……这一痕迹就是文本内的异常现象"⑤。里法泰尔称文本中的这些异常为"反语法现象"（agrammaticalités），比如无法理解的句子、看似不合情理的表达，等等。正是遍及文本词形、句法、语义、

---

① 具体参见米兰·昆德拉：《雅克和他的主人》（郭宏安译，上海译文出版社，2003 年）及《被背叛的遗嘱》（余中先译，上海：上海译文出版社，2003 年）。

② 热奈特：《热奈特论文集》，史忠义译，百花文艺出版社，2001 年，第 73 页。

③ Michael Riffaterre，«L'intertexte inconnu»，*Littérature*，n°41，1981，p. 4.

④ Michael Riffaterre，«L'intertexte inconnu»，*Littérature*，n°41，1981，p. 5.

⑤ Michael Riffaterre，«L'intertexte inconnu»，*Littérature*，n°41，1981，p. 5.

符号层面的种种反法语现象提醒着我们：我们碰到的可能是一个潜在的互文本。里法泰尔认为这样感知文本的模式产生的是"意指活动"（signifiance），而不仅仅是"意义"（sens），对于阐释文本来说至关重要，他因此建议使用一种双重的文本解读方法：一方面是根据语言规则和语境制约进行的线性阅读，以获得意义，另一方面是将词语视作某个语言文学传统整体的一部分，来建立其与其他文本之联系的互文性阅读，以获得意指活动，对于后一种方法来说，"读者发现文本有缺失的地方，进而将信息补充完整"①。这一双重解读方法对译者破解原作互文本，最大程度获得原作的语义颇具启发性。

最后，是对互文性因素的翻译。在上文中我们提到，出现在文本中的互文性因素主要可以分为引用语、典故和原型、拼贴、戏仿和无法追溯来源的代码五类。这五大类互文因素中，真正会给翻译实践制造障碍的，是用典、拼贴与戏仿这三种互文手法，此时的互文性因素是可以追溯来源的，但它们在文本中并不显露嫁接过的痕迹，而是作为新文本的一部分自然地融于其中。对这些互文性因素，艾菲姆·埃特肯德曾断言"我们无法翻译联想，不管它是纯粹情感的还是文学的，尤其当它与民间文化相关时"②，"一般情况下，文本中含有的影射，或者引用，只能以很形式化的方式得到翻译"③，也就是说，对于互文性因素，我们往往只能翻译其字面上的意义，却无法传递其丰富的联想意义。他比较了法国作家热拉尔·德·奈

---

① Michael Riffaterre, «L'intertexte inconnu», *Littérature*, n°41, 1981, p. 7.

② Efim Etkind, *Un art en crise. Essai de poétique de la traduction poétique*, trad. de Wladimir Trouberzkoy, Lausanne, L'Age d'homme, 1982, p. 245.

③ Efim Etkind, *Un art en crise. Essai de poétique de la traduction poétique*, trad. de Wladimir Trouberzkoy, Lausanne, L'Age d'homme, 1982, p. 245.

瓦尔（Gérard de Nerval）和缪塞（Alfred de Musset）对德国诗人海涅（Heinrich Heine）的诗歌《德国，一个冬天的童话》的翻译，指出原作中蕴含的影射和联想意义的丢失，原作语义的朦胧化程度的减弱多少归结于译者翻译的不力，因为从缪塞对这首诗歌的理解及其译文来看，通过翻译还是可能再现联想的。然而，与其说互文因素和互文影响在译文中的消失是由不当的翻译引起的，不如说这种结果是由翻译活动所伴随的语言、文化和文本读者的转变所导致的。语言形式的改变导致与形式密切相关的互文性因素随之消失，文化环境的改变导致根植于原语文化背景下的互文性因素失去了丰富联想，读者群的改变导致作品中的互文性因素无法被理解和接受。这些现象不可避免地存在于翻译活动中，因此，从这个角度上说，互文性因素几乎是不可译的。

然而，翻译实践向我们证明，互文性因素或者说互文性效果有可能在译文中得到保留，它们甚至给译者留下了广阔的创造空间。最普遍的做法，是采取直译加注的方法。赵萝蕤在翻译艾略特的《荒原》时，不但翻译了大量的原注，还为其补充了很多译注。篇幅不长的《荒原》，原注和译注加起来共计 95 个，其中与互文性因素有关的注释达 70 个之多。① 这些注释使得译文读者对互文性因素的来源及其意义的理解成为可能，也使得译者更能体会作品中产生自互文性因素的语义朦胧。然而，对于文学作品中互文性因素的翻译，加注的方法固然可行，但毕竟是不得已而为之的办法。理想的境界是通过一种创造性的翻译，不露痕迹地将互文性因素融入译文，同

---

① 艾略特：《荒原》，赵萝蕤译，见《荒原》，艾略特等著，赵萝蕤译，中国工人出版社，1995 年，第 19—35 页。

时又能让译文读者感受到互文因素的存在和它的影响。这也是很多译者努力追求的境界。在翻译实践中，有不少例子向我们证明，译者通过自己的创造性翻译，能够在译文中成功地再现文学作品中的互文性因素。例如英国汉学家翟理斯（Herbert Allen Giles）对蒲松龄《聊斋志异》的翻译。对于《聊斋志异》中的互文性因素，尤其是书中用到的典故，翟理斯经常采用借典译典的方法。《聊斋志异》中有一篇名为《酒友》，讲述了一人一狐因嗜酒而结交的故事。在故事中，主人公车生对化身儒生的狐狸说了如下一番话："卿，我鲍叔也，如不见疑，当为糟丘之良友。"车生自比为战国时期管仲的好友、重情义的鲍叔，意即自己也是个重情义之人。对于这一互文性因素，翟理斯没有采用直译加注的方法，而是采用了以西方典故译东方典故的方法。"卿，我鲍叔也"，他翻译成了"You shall play Pythias to my Damon"①。皮西厄斯（Pythias）与达蒙（Damon）是希腊神话中的一对生死至交，他们的故事在西方广为流传，人们甚至用"达蒙与皮西厄斯"这一短语来形容莫逆之交的朋友。翟理斯用这个为西方读者所熟知的典故来翻译管仲、鲍叔的典故，避免了添加注释给读者造成的困扰，② 同时能使西方读者在读到文字的同时产生丰富的联想，虽然没有做到对文字忠实，但做到了对原作文字价值的忠实，使得原作的丰富语义得到了保留。

---

① Pu Songling, *Strange Stories from a Chinese Studio*，translated and annotated by Herbert A. Giles, 2nd revised ed.，Taipei，Wangjia，1978，p. 103.

② 但翟理斯在"You shall play Pythias to my Damon"一句后仍加了一个令人有些困惑的注释："Kuan Chung and Pao Shu are the Chinese types of friendship ... "（Pu Songling, *Strange Stories from a Chinese Studio*，translated and annotated by Herbert A. Giles, 2nd revised ed.，Taipei，Wangjia，1978，p. 103.）

(5) 在矛盾统一中开创多义空间

面对一部文学作品，读者可能会本能地认为它的各个层面都是均质同向、有机统一的，而伊格尔顿（Terry Eagleton）认为这是一种偏见："很多经典名著的卫道者假设，真正的艺术作品得在任何时间、任何地点，将各种复杂事物锻造成统一的整体。从亚里士多德时代直至20世纪初，这一偏见令人吃惊地顽强存活了下来。"[①] 当然矛盾不是逻辑层面上的（刻意的修辞除外），否则会造成外延的失败，导致文本的不可译。从外延角度看，如孙甘露所言，无论作品是几重奏，总有一个主旋律。无论《芬尼根的守灵夜》的多义性和开放性达到了何种程度，小说开篇第一句仍可被译成"河水奔流，流过亚当和夏娃之家，从起伏的海岸，到凹进的港湾，又沿着宽阔回环的维柯路，将我们带回到霍斯堡和郊外"[②] 这样外延清晰的句子。

在我们看来，矛盾更多地与内涵有关。退特在《论诗的张力》中曾指出，想象可能仅具有表面的逻辑性，因为"表面逻辑下蕴藏着多种可能性的朦胧和矛盾"[③]，随后他以约翰·邓恩（John Donne）《告别辞：节哀》中的经典隐喻——以黄金来比喻灵魂——为例阐述了语义的复杂和矛盾："有趣的特点是把整体的，非空间的灵魂容纳在一个空间形象里的逻辑上的矛盾……黄金的有限形象，在外延上

---

① Terry Eagleton, *The Event of Literature*, New Haven and London, Yale University Press, 2012, p. 57.

② 詹姆斯·乔伊斯：《芬尼根的守灵夜》（第一卷），戴从容译，上海人民出版社，2013年，第2页。

③ Allen Tate, "Tension in Poetry", *Essays of Four Decades*, Chicago, The Swallow Press Inc., 1968, p. 68.

是和这个形象所表示的内涵意义（无限性）在逻辑上相互矛盾的。但是这种矛盾并不会使这种内涵意义失去作用。"[①] 因此"黄金"一方面是促使产生语义张力的关键形象，另一方面，正是它所引发的相互矛盾的联想令诗歌张力变得愈发强大，一首朦胧的好诗由此产生。

　　杜拉斯小说 *Le ravissement de Lol V. Stein* 书名的汉译即体现了译者对复杂、矛盾的语义的处理。这部小说在杜拉斯所有作品中占据很特殊的地位，从表面上看，杜拉斯讲述了女主人公劳儿因未婚夫与别人私奔而陷入疯狂的故事，但克里斯蒂安娜·布洛-拉巴雷尔认为"我们可以将劳儿的故事解读为受写作入侵并为之迷狂的作家的故事"[②]。因此，标题中的"ravissement"便具有了特殊的含义。"ravissement"来自动词"ravir"，可以表示"劫持""绑架"，也可以表示"迷醉"，杜拉斯曾表示"这本书应该叫做 Enlèvement（劫持、诱拐），之所以用 Ravissement，是想保留它的歧义"[③]。"ravissement"既指出劳儿处于"迷醉"般精神恍惚的状态，又暗示这种"迷狂"如同其神智被人"劫持"了一般；同时，"ravissement"还表明劳儿的发狂并没有带给她多少痛苦，反而使她陷入"沉醉"的状态。总而言之，"ravissement"一词蕴含丰富的联想意义，充分体现了文学作品语义朦胧的特征。*Le ravissement de*

---

　　① 退特：《论诗的张力》，见《"新批评"文集》，赵毅衡编选，中国社会科学出版社，1988 年，第 118 页。

　　② 安娜·古索：《写作的暗房》，曹丹红译，见《解读杜拉斯》，贝尔纳·阿拉泽、克里斯蒂安娜·布洛·拉巴雷尔主编，黄荭主译，作家出版社，2007 年，第 136 页。

　　③ 转引自王东亮：《有关劳儿的一些背景材料》，见《劳儿之劫》，杜拉斯著，王东亮译，上海译文出版社，2005 年，第 206 页。

Lol V. Stein 的中文译者显然注意到了小说题目的语义朦胧现象，并指出了这种朦胧给翻译造成的困难。在《劳儿的劫持》（春风文艺出版社 2000 年出版）的后记《有关劳儿的一些背景资料》一文中，译者指出："这是一部奇特的小说，从书名开始就浸透着某种隐晦和歧义。事实上，国内法语界人士尚未就书名达成一致，有的译成《洛儿·维·斯坦的迷狂》，有的译成《劳儿·维·斯坦的沉醉》。《劳儿的劫持》也是一个无奈的选择。"[①] 译者最初选择的"劫持"一词并不能完全覆盖原题中"ravissement"所包含的全部语义空间，译者本人也表示"劫持"一词不能令人满意，因为"作为书名它显得生硬、突兀，封闭了语义的空间，容易令人想到绑架、劫匪等暴力行为，虽然书中情劫、爱劫、诱劫等场景未必不传递着另一种意义上的暴力"[②]。2005 年，当上海译文出版社再次结集出版杜拉斯全集时，译者再次对书名翻译做出了思考："在与一个心仪杜拉斯的朋友的通信交流中，译者想到了单字'劫'：劳儿在舞会上经历的难道不是一场劫难？未婚夫麦克的移情别恋难道不是一种劫数？与若安·倍德福的十年婚姻生活难道不是一种劫后余生？回归故乡沙塔拉难道不是再蹈劫火、再度劫波？小说结尾她重返黑麦田难道不预示着她的爱和她的疯狂都将同样地万劫不复？"[③] 最终译者将 *Le ravissement de Lol V. Stein* 的中文译名定为《劳儿之劫》。尽管"劫"一词仍无法完整地再现"ravissement"的全部联想意义，但因为"劫"

---

① 王东亮：《有关劳儿的一些背景材料》，见《劳儿之劫》，杜拉斯著，王东亮译，上海译文出版社，2005 年，第 206 页。

② 王东亮：《名可名，非常名——译本修订后记》，见《劳儿之劫》，杜拉斯著，王东亮译，上海译文出版社，2005 年，第 233 页。

③ 王东亮：《名可名，非常名——译本修订后记》，见《劳儿之劫》，杜拉斯著，王东亮译，上海译文出版社，2005 年，第 233 页。

本身具有多重含义，加之这个词与"ravissement"在很多意义上都是重合的，从效果上来说，"劫"也能够引发译文读者对劳儿身世和命运的多重联想，因此可以说译者在译作中成功保留了原作书名语义复杂朦胧的特征。

综上所述，在本章中，我们根据 20 世纪的诗学理论，对文学作品的语义特征及其给翻译提出的问题进行了讨论。文学作品与用于信息交流的文本的一大不同之处在于，前者的语义往往具有朦胧、复杂的特征。这一特征是作品文学性的体现，因此应当在译文中得到再现。但我们也看到，由于原语与译语的语言、文学、文化系统的不同，文学作品的多义特征也给文学翻译提出了问题，甚至制造了不可逾越的障碍，导致文学作品丰富、朦胧的语义在翻译过程中经常不得不接受被单义化、单薄化的命运。面对这一问题，我们在新批评诗学的指引下，分析了文学作品语义朦胧这一特征的表现及成因，并针对这些原因，尝试探讨了翻译如何能在一种新的语言环境中，通过保留或创造性再现种种令原作语义变得朦胧的因素，建立起新的语义空间。需要指出的是，在探讨语义时，仍旧需要避免一种二元对立的思想，语义不仅仅是意义，即与能指对立的所指，或与形式对立的内容，或脱离形式的内容。在讨论过程中，我们多次强调，文学作品能指组织方式的变化影响着它的语义特征，语义是一种密切结合能指的所指，是受形式影响的意义，是由外延和内涵共同构筑的张力，是结构主义者所说的能指活动，译者只有在翻译过程避免"得意忘形"，才有可能创作出与原作一样语义丰富的译作。

第四章　「文本」的价值与翻译的标准

考察一个国家的文学翻译史，我们会发现一些有趣的现象：某些文学作品尽管已经拥有多个译本，但对它的复译工作仍在继续，人们仍在期待更好的译本；与此同时，有些译作在问世之初便备受读者的推崇，经历几十年甚至几个世纪之后，译入语国家的社会、语言、文化或许已经历了变迁，但这些译作仍旧拥有大批读者，魅力不减当年。这样的例子不胜枚举，如朱生豪翻译的莎士比亚全集，杨必翻译的《名利场》，傅雷翻译的《约翰·克里斯朵夫》及巴尔扎克小说，王道乾翻译的《情人》，叶君健翻译的安徒生童话，等等。这些译作从某种意义上说已经成为一种"经典"，对译入语国家很多读者来说，它们就是原作，当他们提到《名利场》或《约翰·克里斯朵夫》时，更多是指杨必翻译的《名利场》，傅雷翻译的《约翰·克里斯朵夫》。即使在很多精通外语、对翻译活动有所了解的读者心中，它们仍旧具有不可替代的地位。

　　为什么有些译作很快被时代淘汰，有些译作却能够"长生不老"？这个问题也可以转化为始终存在于翻译研究领域的一个重要问题：是什么样的内在品质使得译本能够经受历史和时间的考验，成为翻译文学中的常青树？罗新璋考察了中国翻译史上翻译理论体系的演化，归纳出了"案本——求信——神似——化境"这样一条主线。案本即"案本而作"，强调译作对原作的忠实。求信指的是以严复的"信、达、雅"说为代表的翻译理论，罗新璋认为严复的这个

"信"实已兼具"达"和"雅",因此求信强调译作对原作全方位的忠实。傅雷的神似说开创了中国翻译理论研究的又一个新阶段。傅雷于 1951 年在《〈高老头〉重译本序》中提出:"以效果而论,翻译应当像临画一样,所求的不在形似而在'神似'。"①。第四个标准是钱锺书的化境说。钱锺书于 1964 年在《林纾的翻译》一文中指出:"文学翻译的最高标准是'化'。把作品从一国文字转变成另一国文字,既能不因语文习惯的差异而露出生硬牵强的痕迹,又能完全保存原有的风味,那就算得入于'化境'。"② 我们看到,案本、求信、神似及化境这些标准有一个共同的侧重点:都强调译作与原作的关系,将译作再现原作风格和神韵的重要性放在了第一位。

神似的标准不能动摇。但我们的疑惑在于,神韵是否一定能保证译文的质量?我们来看一段《林纾的翻译》中提到的轶事。钱锺书少时看翻译小说,先是读了梁启超和周桂笙的译作,觉得寡淡无味,直至读到林纾的翻译,才惊叹外国小说的奇妙。林译哈葛德《三千年艳尸记》,里面描写鳄鱼与狮子争斗场面的译文构筑了"一个惊心动魄的场面,紧张得使他眼瞪口开、气也不敢透"③,可是细读后,却发现译文存在很多逻辑不通的地方,令他"无论如何想不明白,家里的大人也解答不来"④。后来他的"阅读能力增进

---

① 傅雷:《〈高老头〉重译本序》,见《翻译论集》,罗新璋编,商务印书馆,1984 年,第 558 页。

② 钱锺书:《林纾的翻译》,见《翻译论集》,罗新璋编,商务印书馆,1984 年,第 696 页。

③ 钱锺书:《林纾的翻译》,见《翻译论集》,罗新璋编,商务印书馆,1984 年,第 700 页。

④ 钱锺书:《林纾的翻译》,见《翻译论集》,罗新璋编,商务印书馆,1984 年,第 700 页。

了，……也听到舆论指摘林译的误漏百出，就不再而也不屑再看它"①。从钱锺书对自己阅读体会的描述，我们可以认为，林译的确营造了一种气氛和神韵，但这无法掩饰林译错误频出、逻辑不通的缺陷。我们认为，这种缺陷与其说是译者不忠实原作所致，不如说是译者对译文自身的品质缺乏要求。因为译作一旦产生，就成为独立的作品，在译语环境中，它也是以独立作品的身份得到译语读者接受的。那么，除了强调其对原作风格的再现，强调其与原作的联系外，作为独立的作品，译文还应具备怎样的内在品质？这是本章意欲探讨的问题，在这个过程中，诗学"文本"观对本章的书写具有重要启示意义。

第一节
作为价值之体现的"文本"

在绪论中，我们已经指出，法国翻译理论家梅肖尼克提出了一种文本翻译理论。在《诗学（卷二）：写作认识论和翻译诗学》中，他指出："不是文本的翻译会过时。由于被动地作为一种意识形态的产物，它会同这种意识形态一起消逝。……而文本却不会过时，它只会变形。"② 无独有偶，法国翻译理论家安托万·贝尔曼（Antoine

---

① 钱锺书：《林纾的翻译》，见《翻译论集》，罗新璋编，商务印书馆，1984年，第700页。

② Henri Meschonnic, *Pour la poétique Ⅱ：Épistémologie de l'écriture, poétique de la traduction*, Paris, Gallimard, 1973, p. 321.

Berman）在《论翻译批评：约翰·邓恩》中也指出"译作必须总是心存制造文本的愿望"①。另外，法国释意学派学者玛丽亚娜·勒代雷也指出："从根本上说，对译者来说，一个文本是由语言知识和言外知识构成的……文本是翻译的对象和存在依据"②。这三位法国学者的研究视野很不相同，却提出了相似的观点，即翻译的结果应该产生一个"文本"。由此来看，"文本"就不再是一个中性的字眼，而是蕴含了一种价值观念。从梅肖尼克的这段话中，我们还可以读出以下几层意思。首先，翻译如果没有成为"文本"，它就会过时，反之，成为"文本"的翻译却能抵御历史潮流的冲刷，世世代代流传下去。其次，译作之所以不能成为"文本"，是因为它只是意识形态的产物，在某个意识形态中它或许能够适应社会潮流，取悦读者，然而时代推移、主流意识形态发生转变后，作为这种意识形态产物的翻译就会遭致淘汰。我国清末民初的不少翻译不再受当代读者的欢迎，一部分原因正在于此。最后，作为"文本"的翻译不会过时，但这并不意味着在任何时代它都以同样的面貌示人，它会随着时代的更替而"变形"，它的内在品质使得它能够不断接受新的阐释，被赋予新的意义，进而为每个时代的读者所接受。梅肖尼克的观点有助于我们重新认识翻译的客体，因为他回答了我们在上文提出的问题，也就是说，成为"文本"的翻译不会过时。具备了这一品质，翻译才有可能长久地保持魅力。那么，什么样的翻译才能成为"文本"？除了非纯粹意识形态产物这一特点外，它还具有什么特点？为

---

① Antoine Berman，*Pour une critique des traductions. John Donne*，Paris，Gallimard，1995，p. 92.

② Marianne Lederer，*La traduction d'aujourd'hui*，Paris，Hachette，1994，p. 13.

了解决这些问题，我们求助于以"文本"为研究对象之一的诗学。

　　将"文本"作为一种价值观提出的，首先当推英美的新批评流派，而新型文本观的提出，正是英美新批评反传统文学研究的一大力举。在前文中，我们曾提到，在 19 世纪末 20 世纪初，欧美流行的文学批评模式多是作者批评、社会道德批评或美学批评，要么研究作者的生平和情感对创作的作用和影响，要么研究社会与作品的相互作用，要么谈论作品引起的美的感受。在这几种批评倾向的影响下，作品作为语言产物的这一重要特征一直被忽略，作品因而也没有独立性可言。从德国浪漫派起至俄国形式主义，文学和诗学研究者开始向传统的文学研究方法发起挑战，他们强调文学作品的自足性，主张将文学作品视作文学研究的中心。尽管如此，他们仍沿用了传统的术语。英美新批评流派则不同，他们在这方面的反传统力度更强，提出用"文本"（text）一词来取代传统的"作品"（work）。"'文本'对'作品'的替代是意味深长的"①，因为在英文中，"work"一词同时还表示"工作""制作"，这就暗示了"作品"（work）同"工作""制作"之间的关系，也就是作品对工作主体作家的依附关系。而"文本"一词，从词源上看，"它的词根'texere'表示编织的东西，如在'纺织品'（textile）一词中；还表示制造的东西，如在'建筑师'（architect）一类的词中"②，总之"它是一种织造物，一种编织起来的东西"③，它令人联想到"texture"："织体"

① 支宇：《文学语义结构的朦胧之美》，《文艺理论研究》2004 年第 5 期，第 88 页。

② 转引自董希文：《文学文本理论研究》，社会科学文献出版社，2006 年，第 75 页。

③ 罗兰·巴尔特：《本文理论》，李宪生译，《外国文学》1988 年第 1 期，第 74 页。

"肌质""构造"，即文本本身的结构和形式。"与'作品（work）'概念相比，'文本（text）'具有明显的客观性和自足论色彩。"① 独立自足性意味着文本不再是任何人或任何事物的附属品，它不是作者情感的宣泄，不是意识形态的产物，也不是读者阐释的结果，它的存在受到一套内在规则和机制的支撑，这套规则和机制便是文本本身的语言形式结构。

结构主义诗学兴起后，新批评的文本理论得到进一步发展。文本的这种"结构""交织"和独立自足特征也受到结构主义诗学"文本"观的强调。克里斯蒂娃在《文本及其科学》一文中指出："文本的特殊性……将其彻底同'文学作品'概念区别开来，'文学作品'这一概念是由一种表现主义和现象学的阐释所建立，很容易流于大众化，对于产生在语言层叠的——多样化的——能指之中有差别的、相互对立的层次，'文学作品'概念是一概视而不见、充耳不闻的。"② "层次"（strate）一词同"texture"一样，也暗示了分层的、多元的机理。

受索绪尔语言学的影响，并由于其对文学研究客观性、系统性的追求，结构主义诗学不仅认为文本是一个独立自足的个体，同时倾向于将文本视作一个封闭的客体。例如格雷马斯认为文本是一个"闭合"的语义世界，"在话语的闭合（clôture）中，……闭合行为止住信息流，赋予羡余一个新意，羡余不再是信息的损失，反而能提高所选的被闭合的内容的身价。闭合在此把话语改造成结构性对

---

① 支宇：《文学语义结构的朦胧之美》，《文艺理论研究》2004 年第 5 期，第 88 页。

② Julia Kristeva，*Semeiotikè. Recherches pour une sémanalyse*，Paris，Seuil，1969，p. 18.

象，把历史改造成常态"[1]。托多罗夫也指出"文本的概念与句子（或分句，单位语符列等）的概念不属于同一层次；因此，文本应与几个句子组成的印刷排版单位的段落相区别。文本可以是一个句子，也可以是整本书，它的定义在于它的自足与封闭（尽管从某种意义上说，某些文本不是'关闭完成的'）"[2]。文本的封闭性意味着文本具有自我参照、自我表现的特征，它是自给自足的；它能够摆脱外界因素干扰，没有时间性，只有空间感；在任何时代，即使不借助社会、历史等外在因素也能完成对它的阅读。话语就此被切断了与外部的联系，其特殊性要在话语内部寻找。这也暗含了一种系统概念：系统的特殊性由内部元素的组合形式决定，而个别元素的价值也只有在系统内才能得到定义。如此一来，"从一个特定的系统中分别抽取出一些元素，然后在系统之外——也就是说不考虑它们的功能——将它们同属于其他系统的相似的元素进行比较，这样的行为是错误的"[3]。举例来说，我们在上文提到，法国作家米歇尔·塔莱的小说《来路不明的火车》中没有一个动词，只有大量形容词的夸张堆砌。在他的作品中，这些形容词除了描述、形容的功能之外，还具有特殊的价值，因为是它们赋予了米歇尔·塔莱作品文学性，成就了他作品的风格。但是，如果将这些形容词偶然地放入其他文本中，那么它们便又成为普通的形容词，只具有形容词本身的功能，

---

① 格雷马斯：《论意义》（上），吴泓缈、冯学俊译，百花文艺出版社，2005 年，第 286 页。

② 转引自董希文：《文学文本理论研究》，社会科学文献出版社，2006 年，第 75 页。

③ 转引自 Gérard Dessons，*Introduction à la poétique*，Paris，Armand Colin，2005，p. 222.

而不再具有《来路不明的火车》这个系统所赋予它们的价值。

令"文本"价值进一步得到突显的是法国学者克里斯蒂娃和罗兰·巴特,他们对 20 世纪文本理论的发展做出了重要贡献。罗兰·巴特于 1973 年为《大百科全书》撰写了"文本理论"(Théorie du texte)词条,在该词条中,他结合结构主义语言学的成果,重拾了克里斯蒂娃于几年前提出的文本定义和关键概念。文本理论始于对传统的尤其是古典的文本观的批判。古典文本观同古典符号观属于同一阵营,在这种观念下,文本只是一个扩大了的符号,其作用是通过语言能指来指示一个外在的、唯一的、确定不变的、作为真理存在的所指,而从能指达到这个先验地被封存于静止作品中的意义,或者说意指作用(signification),"这个工作由一种科学——语文学——来负责"①。随着"符号危机"的产生,传统的能指、所指、意指作用以及文本概念都受到了颠覆,一种新颖的文本观随之产生。这种新颖的文本观包含了以下概念。

首先是"意指实践"(pratique signifiante)② 概念。罗兰·巴特指出:"本文是一种意指实践……能示范性地表明那种使主体和语言见面的活动"③。他对意指实践的解释是:"首先它是一个被分化了的意指系统,其基础是意指作用的不同层次(而不是符号的绝对意

---

① Roland Barthes,«Théorie du texte»,http：//www. universalis. fr/encyclo-pedie/theorie-du-texte/.

② 关于"signifiance"一词,我们在此采用的是李宪生发表于《外国文学》1988年第 1 期上的《本文理论》一文中的译法,也有学者将该词译为"能指衍生",具体参见克里斯蒂瓦《恐怖的权力:论卑贱》一书,张新木译,生活、读书、新知三联书店,2001 年,第 15 页译注。另外,在《本文理论》的译文中,罗兰·巴特的"texte"均被译为"本文"。

③ 罗兰·巴尔特:《本文理论》,李宪生译,《外国文学》1988 年第 1 期,第71—72 页。

义）。……这意味着意指作用并不是以统一的方式产生的，而是依据构成能指的材料的不同（这种不同正是符号学得以建立的基础），依据构成主体的多元性（主体的陈述是不稳定的，这种陈述向来都是在'另一个'的监视之下和其话语的对比之下表达的）的情况而进行的。其次，它是一种实践，这就是说，意指作用并非象索绪尔提出的那样，产生于一种抽象物的层次之上，而是通过一种活动产生的，主体与'另一个'之间的辩论以及社会背景被纳入这种活动之中。"① 罗兰·巴特这段文字表明，文本的意义并不是由每个符号意义的相加所产生的，而是产生自意指作用多个层次之间——例如托多罗夫的意指层面和象征层面——的相互关系，它同能指材料的性质和多元主体具有密切的联系。与此同时，"本文是一种意指实践"这句话意味着，写作不再如传统所认为的那样，是选择恰当的符号来表达某个预先存在的观念并将其封闭于文本的活动，而是成为一个通过编织能指创造意义的过程。同样，阅读活动不能再被视作透过能指抓住某个不变所指的过程，而是多元主体之间、主体与文本语言之间的一种对话和交锋，是通过拆解能指创造意义——或者更确切地说是构筑意指活动的过程。由此可见，意指活动仍旧是文本的意义，只不过它否定文本具有唯一意义的观点，强调多元意义的可能性，正如罗兰·巴特所说："本文一旦被视为一个多意的空间，其中通向几种可能意义的路径相交于此，我们就必须抛弃意指作用单意的和合法的地位，使其多元化。"②

---

① 罗兰·巴尔特：《本文理论》，李宪生译，《外国文学》1988 年第 1 期，第 72 页。

② 罗兰·巴尔特：《本文理论》，李宪生译，《外国文学》1988 年第 1 期，第 72—73 页。

其次是"表现本文"（phéno-texte）与"生成本文"（géno-texte）的概念。这是克里斯蒂娃文本理论中一对重要的概念。克里斯蒂娃将文本分成表现文本和生成文本两个层次。"表现文本"中的"phéno"与"phénomène"（现象）有关，指"陈述的现象学外表"[①]，也就是肉眼可见的文本，或者说由语言构成的文本外在的形式和结构，罗兰·巴特指出音韵的、结构的和语义的描述也就是说任何结构分析都适用于表现文本，表现文本只跟语句有关。而"生成文本"中的"géno"与"genèse"（创世、诞生）有关，指文本的"能指生成功能"[②]，它的功能在于生产能指，这个能指在表现文本中表现为一个词语、一个句子或者一个段落等。与表现文本不同的是，生成文本是隐形的，是隐藏于文本深处的多重逻辑，它的基本单位是一种"意指微分"（différentielle signifiante），处于极端的活跃状态和无穷的变动之中，通过不同组合产生出表现文本。因此生成文本是表现文本得以建构的原因和场所，是产生意指活动的场所，陈述主体正是在此使自己"换位、转向一旁和失落的"[③]，因此它也是构成陈述主体的基础。

最后是"能产性"（productivité）和"文本间性"（intertexte，或译"文本间性""互文性""互文本"）概念。"本文具有能产性，这并不意味着它是某种劳动的产品（就像用某种叙事技巧和通过掌握风格所能得到的那样），而恰恰是一个生成过程的舞台，本文的创

---

① Julia Kristeva, *Semeiotikè. Recherches pour une sémanalyse*, Paris, Seuil, 1969, p. 288.

② Julia Kristeva, *Semeiotikè. Recherches pour une sémanalyse*, Paris, Seuil, 1969, p. 282.

③ 罗兰·巴尔特：《本文理论》，李宪生译，《外国文学》1988 年第 1 期，第 73 页。

作者与读者在这个舞台上见面。不管从哪个方面看，本文无时无刻不在'做工'。即使著之竹帛（固定化），它也依旧劳作不息，维持着生成的过程。"① 从罗兰·巴特对"能产性"的定义可以看出，文本之所以具有能产性，是因为文本是一种意指实践，无论从写作还是从阅读角度来看，文本都是一个不断生成意义的舞台。在这个舞台上，没有预先存在的终极意义，只有活跃于舞台上的能指，"一俟作者或读者开始玩弄能指，不管是（由作者）不断地制造出文字游戏，还是（由读者）引伸出荒谬的意义来，能产性活动便开始了"②。因此，作者从对意义的绝对拥有者变成了能指的编织者，读者从对终极意义的消费者变成了围绕能指的嬉戏者，而文本从一个被动的产品变成了一个行动者，"它把负责传递信息、再现现实或进行表达的语言分解开来，……，并重建另外一种语言——这种语言无边无际，无顶无底，因为它所处的空间并非形体、画面和框架的空间，而是组合和游戏的立体空间。我们一旦越出目前（受观点、见解支配的）信息传递的限度和那种关于叙述或话语必须逼真的限度，这种游戏就成为无限了"③。

　　"能产性"的概念同样来自克里斯蒂娃的文本理论，它是生成文本导向多元意义的能力，表明文本除了由表现文本所提供的意义之外，还存在其他可能，而表现文本只是偶然之间被固定下来的文字的线性排列。在表现文本周围还"环绕着"种种潜在可能，例如由

---

① 罗兰·巴尔特：《本文理论》，李宪生译，《外国文学》1988 年第 1 期，第 72 页。

② 罗兰·巴尔特：《本文理论》，李宪生译，《外国文学》1988 年第 1 期，第 72 页。

③ 罗兰·巴尔特：《本文理论》，李宪生译，《外国文学》1988 年第 1 期，第 72 页。

表现文本中某个词联想到的同音异义词、近义词、在同源的外语中可能具备的形式和意义，等等。或者如福柯（Michel Foucault）的"语言四边形"[①] 所表明的那样，语言除了以命题（proposition）形式出现，还包含了表达（articulation）、指明（désignation）、衍生（dérivation）功能，这四种功能构筑起语言复杂的组织机制和想象空间。种种潜在可能都参与了文本的生成过程，是文本能产性的前提和表现，只有将其考虑在内，我们才有可能触及生成文本。

这种多元的、多层次的、打破文字线性顺序的写作和阅读会在"已经写下的程式中引入无穷无尽的其他话语"[②]，文本由此成为一个多重话语交织、对话的空间，"本文间性"概念呼之欲出。实际上，文本间性也的确是克里斯蒂娃文本观的中心："文本是一种超语言的机制，它重新分配语言的秩序，并在一种以直接信息为目标的交流话语同先于它的或与它共时的不同类型的陈述之间建立联系"[③]。文本间性或互文性的提出对于揭示文本本质具有重要意义。在克里斯蒂娃之后，包括罗兰·巴特、里法泰尔、热拉尔·热奈特、德里达在内的众多学者都对互文性进行过研究。里法泰尔扩大了互文性的内涵（见第三章），指出"文本之所以是文学的，是因为它融合了其他文本，它的词素（lexèmes）初始于这些文本，它的语段（syntagmes）只是对这些文本的部分引用"[④]。法国学者热奈特在克里斯蒂娃研究成果的基础上，进一步提出了"跨文本性"（transtextualité）这一概

[①] 米歇尔·福柯：《词与物》，莫伟民译，上海三联书店，2002 年，第 158 页。

[②] Julia Kristeva，*Semeiotikè. Recherches pour une sémanalyse*，Paris，Seuil，1969，p. 247.

[③] Julia Kristeva，*Semeiotikè. Recherches pour une sémanalyse*，Paris，Seuil，1969，p. 52.

[④] Michael Riffaterre，«L'intertexte inconnu»，*Littérature*，n°41，1981，p. 6.

念："跨文本性从最高和最广义的程度上指涉文学性的普遍现象，即明显地或潜在地、有意或无意地使一文本与其他文本发生关系的现象。"① 从此以后，在推崇"互文性"的诗学研究者眼中，再也不存在不与其他文本发生关系的文本，文本由单一的维度走向了复合的经纬交织状态。

上述概念的提出是克里斯蒂娃和罗兰·巴特对一种全新文本观的贡献。文本具备能产性，文本的写作是写作主体编织能指、创造意义（signifiance）的过程，文本的阅读是阅读主体通过同能指"嬉戏"而创造意义的过程。正因表现文本之下还隐藏着一个更为重要的生成文本，所以对文本可以有多重阐释，每一次阅读都会产生新的意义。同时，因为它具有文本间性特征，它是对先于它存在的文本的继承，也是开创"未来之书"的基础，于是它成为一个"'转换器'，是偏移运动的操作者，可以被无止尽地隐喻化，无止尽地承载着同新读者的关系"②。这些特征使得文本成为一种价值的体现，罗兰·巴特正是在这种意义上区别文本和作品的："本文不能与作品混为一谈。作品是一个完成的客体，它可以计算，能够占据一块实际的空间（例如，图书馆的书架上有它的一块立足之地）；本文则是一个方法论的范畴。……我们只能说在某某作品中有或者没有某一本文。'作品可以拿在手中，而本文则存在于语言之中。'"③

<hr>

① 史忠义：《互文性与交相引发》，见《诗学新探：人文新视野》，周发祥、史忠义主编，百花文艺出版社，2004年，第128页。

② Henri Meschonnic, *Pour la poétique* Ⅱ：*Épistémologie de l'écriture*, *poétique de la traduction*, Paris, Gallimard, 1973, p. 337.

③ 罗兰·巴尔特：《本文理论》，李宪生译，《外国文学》1988年第1期，第74页。

新型的文本理论对翻译研究也产生了影响。法国学者亨利·梅肖尼克正是在借鉴克里斯蒂娃与罗兰·巴特文本理论的基础上，对翻译实践中的原作与译作关系及译作的本质有了新的认识。正如我们在本节伊始指出的那样，梅肖尼克认为，翻译应当成为"文本"才不会过时。因此在下文中，我们将考察梅肖尼克是怎样将翻译实践与文本理论结合起来，以论证翻译与文本概念的关系的。

第二节
作为"文本"的翻译

在《诗学（卷二）：写作认识论和翻译诗学》中，梅肖尼克从几个方面探讨了翻译要如何才能成为"文本"的问题。梅肖尼克指出："翻译只有在生产一个作为系统的言语时才是与文本同质的，这一作为系统的言语是在能指链中进行的工作，也是外语文本和重述之间，能指逻辑和符号逻辑之间，一种语言、文化、历史结合体与另一种语言、文化、历史结合体之间的矛盾的实践。"[1] 这句话揭示了翻译要成为文本必须具备的几个重要特征。

首先，作为"文本"的翻译具有系统性。正如结构主义诗学理论指出的那样，系统性意味着文本是一个整体，文本内的各个因素是互相依存的关系，文本中每个因素的地位和价值都是由系统决定

---

[1]　Henri Meschonnic, *Pour la poétique* Ⅱ：*Épistémologie de l'écriture, poétique de la traduction*, Paris, Gallimard, 1973, p. 314.

的。也就是说，即便词语、句子的出现是偶然现象，一旦它们成为文本的一部分，它们的书写形式、音响、色彩、含义也会同整个系统产生联系，系统会将整体的色彩赋予它们，向它们施加压力，将它们塑造成系统能容忍和接受的部分。正是出于这个原因，梅肖尼克指出，作为系统的翻译不是一个杂烩、一个拼盘，而是一个和谐的整体。除非是为了遵守原作的风格，否则作为文本的翻译在语气、语调、语态、语域、语体色彩等各个方面都是统一的。例如，如果译者采用了现代汉语作为翻译语言，那么同一个译本就应该保持这种基调，避免出现现代语、古语、俗语、方言等各种语言混杂的情形。这个观点看似平淡无奇，但从实践角度来看并非易事，它对译者的语言水平、文学修养提出了很高的要求。有学者曾在一篇讨论法语诗歌中译的文章中指出："从对 18—19 世纪的雨果、波德莱尔，到 20 世纪的魏尔伦、兰波和阿波利奈尔的诗歌翻译来看，有的用当代白话，有的用现代文言，有的文白相间……"[①] 在白话文兴起之初，译者用文白相间的语言来翻译外国诗歌是一种普遍现象，反映了翻译的历史性。在其他时期，如果也采用文白相间的或类似的语言，从诗学角度看则有损于系统和"文本"的形成，例如《红与黑》某个中译本颇具争议的结尾："但在于连死后三天，她也吻着孩子，魂归离恨天了。"（原文为："… mais, trois jours après Julien, elle mourut en embrassant ses enfants."）首先，在原文中，"elle mourut"同句子的其他部分相比，并没有显示出语域上的特殊性，因此它并不要求译者对这一部分做特殊的处理。其次，这个中译本

---

① 夏彦国：《论诗歌翻译的语言——再译"米拉波桥"》，《法语学习》2007 年第 6 期，第 44 页。

采用的是现代汉语，因而现代汉语是译者翻译的基调，它决定整个译文在没有特殊情况下，都应该采用标准的现代汉语，而"魂归离恨天"是《红楼梦》中的句子，它并没有进入现代汉语，它的出现与前文的现代汉语译文形成了反差，损害了译文的整体性。再如法国 19 世纪翻译家利特雷（Emile Littré）在翻译但丁作品时，为了再现但丁时代语言的风格，主张用古法语进行翻译。但他使用的古法语并非出自同一个时代，某些部分使用了 13 世纪的法语，另一些部分使用的是 12 世纪骑士文学的语言，因而译作从某种程度上说并不符合"文本"的要求。从这个意义上说，作为"文本"的翻译并不刻意寻求"美化"或"古意"，它更注重译文前后语言的一致性。

其次，作为"文本"的翻译是在能指链中进行的工作。上一节中我们已经提到，克里斯蒂娃和罗兰·巴特在文本理论中指出，文本之外不存在某个高悬的、预先存在的客观意义，文本是一种意指实践，通过组织能指、编织文本来创造意义。受这一文本观影响的梅肖尼克因而提出翻译也应当成为在能指层面进行的工作。翻译活动如果只关注所指（不管这个所指是"第一意义"即文字的表面意义，还是"第二意义"即文字的象征意义），就只能得到本雅明所说的"非本质的"翻译。然而，在能指链中进行的工作并不意味着翻译可以通过机械照搬原文的句法形式实现，或者说，翻译仅仅再现原作的句法特征是不够的。因为句法还是属于语言的范畴，而克里斯蒂娃和罗兰·巴特意义上的文本"是一种超语言的机制"，不能用语言学的方法来对待它。一切都在于寻找那个融合了能指和所指的文本单位即意指微分，回到生成文本。但这个工作即便不是完全不可能，也是难上加难。克里斯蒂娃因而提出了如何逼近意指微分的实用建议，指出在阅读时要考虑构成文本语音或形式整体的能指所能覆盖的全部意义（同音异义），与这一语音或形式整体全部所指相近的其他所有意义（近义），这一整体在一切语言中可能存在的所有同音异义或近义构造所蕴含的语义，以及这个整体在不同语言材料（如神话的、科学的、意识形态的，等等）中可能产生的象征意义。[①]简而言之，译者在理解和再表达时，不仅要考虑表现文本及其意义，还要尽量考虑与表现文本产生联系的一切互文形式及其意义，而这些可能性都以自己的方式影响着文本的意义。

在能指链上进行的工作还意味着，从原作到译作表现文本的生成过程同样是一种意指实践，因此译者进行的也是调遣能指、编织文本、创造形式、生产意义的活动。如此一来，正如翻译理论家谢莉·西蒙指出的那样，"翻译的过程与其他种类的写作相似，必须被视为一种意义的流动生产"[②]，而梅肖尼克甚至认为翻译与写作没有本质上的差别。作为一种写作活动，翻译除了要再现原作的能指组织方式，还应当符合译语的表达习惯，因为"一个文本总是它自己的语法形成的诗歌"[③]。翻译既然是一种写作活动，它就应当也是一个连贯的过程，所产生的译文是文理通顺、文气贯通的，从译文读者的角度来看，它是和谐统一的文学作品，而不是傅雷所批评的"一般的译文"，不仅"上一句跟下一句气息不贯"，而且"除开生硬、不通的大毛病之外，还有一个最大的特点（即最大的缺点）是

---

① 参见 Julia Kristeva, *Semeiotikè. Recherches pour une sémanalyse*, Paris, Seuil, 1969, p. 240.

② 谢莉·西蒙：《翻译理论中的性别》，见《语言与翻译的政治》，许宝强、袁伟选编，中央编译出版社，2001年，第323页。

③ Henri Meschonnic, *Pour la poétique Ⅱ：Épistémologie de l'écriture*, *poétique de la traduction*, Paris, Gallimard, 1973, p. 345.

句句断，节节断"。① 此类"一般的译文"在出版物中占据一定的比重，就有可能导致翻译作品连同翻译行业受到人们的误解和轻视。

当译者将翻译视作一种写作活动时，他就不再仅仅是一个译者，而是成了一个作家。这里的"作家"并不是对某一行业从业者的称呼，而是指任何在能指链中进行工作，以创造具有文学性的和谐文本为己任的人，包括译者。因此梅肖尼克才会断言："最好的译者是作家，他们将翻译视作自己的作品，他们通过他们的语言取消了一种看似自然的区别。从中产生了一种悖论式的区别：一个仅仅是译者的译者不是译者，他是介绍者；只有作家才是译者，或者翻译行为是他的全部写作活动，或者翻译行为渗透于他的作品中……"② 历史上，这样的译者，或者说这样的作家并不少见，西方文化史上，有著名的圣哲罗姆，他的《通俗拉丁文圣经》的生命力持续了 16 个世纪之久，还有翻译索福克勒斯（Sophocle）的荷尔德林（Friedrich Hölderlin），翻译埃德加·爱伦·坡的波德莱尔，翻译《鲁拜集》的菲茨杰拉德，翻译唐诗的庞德，等等。在中国历史上，从古代的鸠摩罗什，到近代的严复、林纾，直至现当代的鲁迅、巴金、叶君健、茅盾、傅雷、杨绛、许渊冲等人，无一不将翻译视作自己创作活动的一部分，甚至是自己全部的创作活动，也正因此，他们的译作才会长期保持不老的魅力，吸引着一代又一代的读者。

最后，作为"文本"的翻译还具有第三个特征，即它是"外语

---

① 傅敏编：《傅雷文集·书信卷》（上），安徽文艺出版社，1998 年，第 158—159 页。

② Henri Meschonnic, *Pour la poétique* Ⅱ：*Épistémologie de l'écriture*, *poétique de la traduction*，Paris，Gallimard，1973，p. 354.

文本和重新陈述之间，能指逻辑和符号逻辑之间，一种语言、文化、历史结合体与另一种语言、文化、历史结合体之间的矛盾的实践"，也就是说，"作为文本的翻译"充满了矛盾和张力，是"与异之间产生的种种冲突的具体化"。① 这种矛盾和含混一方面与文本的本质有关，因为从 20 世纪的文本观来看，任何文本都是互文本；另一方面，译作的矛盾和含混当然与翻译的本质有关。梅肖尼克指出，作为"文本"的翻译是具有内在节奏与和谐性的系统的言语，但是，它"不是诗化的、造作的语言"，而是"外语文本在重述时被保留下来的矛盾冲突"。② 也就是说，尽管翻译可以被看作写作活动，旨在创造具有系统性的连贯协调的文本，但翻译从本质上说是矛盾、杂合的（hybrid），翻译的"位置是在二元之间的某处，它的倾向性是兼顾二元的，但本身又处于一种相对稳定的状态"③，这种具有相对稳定性的矛盾状态也被一些学者称作"第三种状态"④。

实际上，翻译研究者很早就已意识到翻译的矛盾性质。英国翻译理论家萨瓦里（Theodore Horace Savory）在 20 世纪 50 年代曾提出过十二条翻译指导原则：① 翻译必须译出原作的文字；② 翻译必须译出原作的意思；③ 译作必须译得读起来像原作；④ 译作必须译得读起来像译作；⑤ 译作必须反映原作的风格；⑥ 译作必须反映译

---

① Mathilde Vischer, *La traduction*, *du style vers la poétique*. *Philippe Jaccottet et Fabio Pusterla en dialogue*, Paris, Kimé, 2009, p. 9.

② Henri Meschonnic, *Pour la poétique II*: *Épistémologie de l'écriture, poétique de la traduction*, Paris, Gallimard, 1973, p. 364.

③ 杨晓荣：《二元对立与第三种状态——关于翻译标准问题的哲学思考》，《外国语》1999 年第 3 期，第 61 页。

④ 杨晓荣：《二元对立与第三种状态——关于翻译标准问题的哲学思考》，《外国语》1999 年第 3 期，第 57 页。

者的风格；⑦ 译作必须译得像原作同时代的作品一样；⑧ 译作应该译成与译者同时代的作品一样；⑨ 翻译可以对原作进行增减；⑩ 翻译不可以对原作进行增减；⑪ 诗必须译成散文；⑫ 诗必须译成诗。①

如果与梅肖尼克的观点对照起来看，我们又可以将这十二条原则所体现的翻译矛盾概括为三个方面。（1）能指逻辑与符号逻辑之间的冲突。翻译是一种符号转换活动，要将一种语言符号转换成另一种语言符号，将一种语言结构转换成另一种语言结构。翻译同时又是一种文学活动，它要在能指链中工作，把握原文本的组织形式，并在译作中加以再现。这两个方面存在矛盾，因为如果要把握和再现原文本的能指组织特征，也许就会损害到符号层面的顺利转换。反之亦然。举例来说，普鲁斯特的长句是他的文本中最明显的能指组织特征，是普鲁斯特作品风格之体现，属于文学范畴而非符号范畴，这就给我们翻译普鲁斯特的作品设下了难题：如果我们完全遵循原文本的能指组织方式，我们的译文就不能符合汉语这一符号系统的逻辑，因而也就无法被译文读者所接受；而如果我们遵循汉语这一符号系统的原则，按照最符合中文习惯的译法，将长句都打散成短句，那么我们也就无法保留普鲁斯特的作品风格了。（2）出发语与目的语之间的冲突。作为一种系统，每种语言都具有自己的形式和组织逻辑。两种语言之间的相似是相对的，差别却是绝对的。因此，翻译中必然存在出发语与目的语之间的矛盾冲突。以法语和汉语两种语言为例，法语因为关系从句、插入语的存在，可以在句子中间无限扩张而不影响逻辑，而汉语总的来说遵循语言的线性逻辑，逻辑的发展与语句的发展基本是同步的，关系复杂的长句因而会影响

---

① 参见谭载喜：《西方翻译简史》，商务印书馆，1991年，第257页。

表达逻辑。由于语言系统的区别，在从事法汉互译时，译者需要根据实际情况调整句子的长度和顺序。出发语和目的语之间的矛盾导致了一种二元对立思想的出现，引发了翻译理论和实践中诸多其他矛盾，例如施莱尔马赫提出的两种途径说，即翻译的一种途径是"不打扰原作者而将读者移近作者"，另一种途径是"尽量不打扰读者而将作者移近读者"。直译和意译的矛盾，形似与神似的矛盾从某种程度上说也与两种语言体系的差异有关。（3）出发文本与目的文本之间的冲突。翻译中的矛盾冲突除涉及两种语言书写形式、句法、语法这些语言层面的因素外，更涉及原作文本和译作文本之间的冲突，因为在交际活动中，语际关系始终是通过文本间关系形成的，而文本间的冲突归根到底是创造文本的主体之间的冲突。既然主体是梅肖尼克所说的"语言、文化、历史结合体"，一切时空因素最后都汇聚于主体身上，那么主体创造出的文本总是会被打上时空和个性的烙印，再忠实的译作都会表现出与原作的种种差异。

上述种种矛盾冲突存在于翻译的整个过程中，但翻译本身无法消除这些矛盾冲突，只能由译者在矛盾冲突中找到一个平衡点，使译作成为一个矛盾统一体，"只有当翻译活动的产物能在冲突的两面性中得到建构和保持的时候，翻译活动产生的才是文本"①。承认作为"文本"的翻译是矛盾统一体意味着我们必须重新审视透明和隐身现象。对于译作的品质，中西传统译论有个共识，那就是好的翻译看起来必须不像是翻译，必须给人以自然的感觉，仿佛是译入语国家本土的文学作品，用傅雷的话来说是："理想的译文仿佛是原作

---

① Henri Meschonnic, *Pour la poétique* Ⅱ: *Épistémologie de l'écriture, poétique de la traduction*, Paris, Gallimard, 1973, p. 365.

者的中文写作"。对于这样的观点，我们首先应当看到其产生的社会根源，它的立场是为了批判无视原作和译作整体性，盲目以字译字的翻译风气，也批判由此而来的诘屈聱牙、不堪卒读的译作。同时，设想译作是原作者的外文创作也暗示着，译作应该同原作一样具有系统性与内在和谐性，这是此类观点所具有的积极意义。但是，认为译作应该透明、译者应该隐身的观点实际上是对翻译本质的误解。理想的译文仿佛是原作者的外文写作，这意味着理想的译文首先要符合译入语语言和诗学规则，丝毫看不出它是对另一个文本的翻译，出发语的文字、文学、文化特征在它身上完全得不到体现；其次，理想的译文既然是原作者的直接写作，那么它体现的应该完全是作者的风格，而译者的风格在它身上完全得不到体现。这种主张因而否认了翻译作为矛盾统一体的本质。

文本的视角也促使我们对过度归化和美译的现象做出新的审视。以林纾的翻译为例。林纾不懂外语，却翻译了一百多部外国文学名著。这是他受赞誉的原因，也是他受诟病的原因，因为不懂外语，译作的忠实性就很难保证。从文本角度去考察，则会发现林纾译文的另一个问题。林译文有一个特点，就是完全采用桐城派古文，以他所译狄更斯的《滑稽外传》中的一段为例："那格……始笑而终哭，哭声似带讴歌。曰：'嗟乎！吾来十五年，楼中咸谓我如名花之鲜妍'——歌时，顿其左足，曰：'嗟夫天！'又顿其右足，曰：'嗟夫天！十五年中未被人轻贱。竟有骚狐奔我前，辱我令我肝肠颤！'"[①] 译笔精彩生动，如果原作者能用中文写作，恐怕也无出其

---

① 转引自钱锺书：《林纾的翻译》，见《翻译论集》，罗新璋编，商务印书馆，1984年，第701页。

右。林纾之所以用纯粹的中文——具体来说是桐城派古文——进行翻译，当然有其意识形态方面的原因，例如龚鹏程认为林纾"以桐城派古文译述西方著作，事实上即是丰富其本身传统的一种方式"[①]，最终达到了巩固传统的目的。但从翻译的角度来说，仅看这段文字，我们完全无法体验到另一种语言、文化的色彩和痕迹，仅实现了统一，却抹杀了矛盾，严格来看，这段译文不具备成为"文本"的条件。

类似的例子还有 17、18 世纪法国译坛出现的"美译"现象。美译的代表人物之一是佩罗·德·阿伯兰库（Perrot d'Ablancourt）。阿伯兰库翻译的最大特点，就是毫不顾忌译文是否忠实于原文，而是按照当时的审美趣味一味地美化和诗化原作。17 世纪法国作家吉尔·梅纳日（Gilles Ménage）对阿伯兰库的评价是"这位作者有频繁使用无用的重复的倾向"[②]，并将他的译作称为"不忠的美人"。之所以会导致产生"不忠的美人"，诗学意识形态仍旧是最主要的原因。一方面，在当时的法国社会，能否取悦读者是评价翻译好坏的唯一标准，正如某位美译的拥趸声称的那样："如今我们的耳朵是如此灵敏，最伟大的真理，当人们不赋予它们悦人的装饰时，它们对思想就产生不了什么影响……"[③]另一方面，自 16 世纪起，法语取代拉丁语成为法国唯一的官方语言，此后法语得到了快速发展，到 17、18 世纪，它已发展得相当成熟，在成熟语言的基础上发展起来的法国文学此时也已相当发达。因此，17、18 世纪的法国社会流行

---

① 龚鹏程：《近代思潮与人物》，中华书局，2007 年，第 101 页。

② 转引自 Henri Meschonnic，*Poétique du traduire*，Lagrasse，Verdier，pp. 43 – 44.

③ 转引自 Henri Meschonnic，*Poétique du traduire*，Lagrasse，Verdier，p. 44.

写高雅的美文，以表现法语语言、文学乃至文化上的优势。当时很多法国文人甚至认为，"如果说翻译有什么价值的话，那只能是因为它能够完善——如有可能的话——原作，美化原作，将其据为己有，使其具有本土色彩，并从某种程度上使这株异国植物本土化"①。阿伯兰库的译作必定是达而雅的，但同样不能被视为"文本"，并非因为"美人"不够忠实，而是因为，与林纾的翻译一样，阿伯兰库的译作在意识形态支配下，取消了一切异质因素，并由此取消了原作与译作之间的一系列矛盾统一关系。

林纾和阿伯兰库的译作是作为"文本"的翻译的反例。翻译要成为"文本"，必须正确把握并处理"异"与"我"之间的各种关系。事实上，作为"文本"的翻译应顾及萨瓦里提出的诸多矛盾的两个方面：既译出原作的文字，又译出原作的意思；译作读起来像原作，但又保留原作包含的语言、文学、文化等层面的异质元素，表明它的译作身份；译作既具有原作的风格神气，又渗透了译者的风格；涉及表现原作文学性及风格特征，即原作言语层面的因素，译者不能随便增删，但因语言符号系统转换而导致的必要增删却是合情合理的……总而言之，此时的翻译既遵循能指的逻辑，也遵循符号的逻辑；既符合目的语的规范，也不抹杀出发语的特征；既再现原语文本的文学性，也允许译者风格在其中的并存。"翻译不再被视作将出发语文本搬移至目的语文学的活动，或者反之，将目的语读者搬移至出发语文本前的活动（这一双重运动建立在意义和形式的二元对立之上，后者经验性地表现了大多数翻译的特征），而是被视作在语言中进行的工作，是中心偏移，是价值与意蕴之间的诗

---

① 转引自 Antoine Berman, *L'épreuve de l'étranger*, Paris, Gallimard, 1984, p. 62.

学关系"[1]，在这样的翻译中，不存在直译和意译的矛盾，也不存在形与神的冲突，二元对立的思想被一种矛盾统一的辩证思想所取代。

以上我们根据文本理论和梅肖尼克的翻译诗学理论，分析了作为"文本"的翻译所具备的三大特征：文本是一个系统，是在能指链中进行的工作，是一个矛盾统一体，在它身上保留了能指逻辑与符号逻辑、出发语与目的语、出发文本与目的文本之间的矛盾，因此它能够成为承接两种语言、文学、文化的中继器。翻译活动要想生产出"文本"，就需要依靠一种结合了译者主体性和创造性的写作活动。翻译不再是对原作的机械复制，译者也从复制者、再现者一跃而成为能指的创造者，也就是新形式的创造者。从这个意义上说，作为"文本"的翻译与原文本具有同样的价值，重原作轻翻译的传统思想也能不攻自破。文学翻译一旦使自身成为"文本"，就可能长久地保持生命力，既维持着与原作的联系，又是译语文化中独立的文学作品，正如朱生豪的莎士比亚全集、杨必的《名利场》、傅雷的《约翰·克里斯朵夫》、叶君健的安徒生童话等所表现出来的那样。由此我们认为，成为"文本"是翻译的最高境界，也是翻译的理想状态。

---

① Henri Meschonnic, *Pour la poétique* Ⅱ ：*Épistémologie de l'écriture*, *poétique de la traduction*, Paris, Gallimard, 1973, pp. 313－314.

第三节
从文学翻译到翻译文学

到目前为止，我们一直在讨论文学翻译与文学翻译作品。那么，这些翻译过来的外国文学作品在译入语国家多元文学系统中处于什么样的地位？它们是否构成一个独特的系统？如果是的话，我们又该如何称呼这个系统？这些问题也是当今翻译研究界所关注的重要问题。自上个世纪末中国学者借鉴国外翻译理论引入"翻译文学"一词后，人们开始用"翻译文学"来统称翻译成中文的外国文学作品，并且有越来越多的学者开始呼吁给予翻译文学一个合理的地位，例如谢天振就在《译介学》中指出："在二十世纪这个人们公认的翻译的世纪行将结束的时候，也许是到了我们对翻译文学在民族文学史上的地位作出正确的评价并从理论上给予承认的时候了。"[1] 谢天振之后，又有郭延礼、王向远、宋学智等学者从翻译史或本体论角度对翻译文学做出过研究。可以说，中国的翻译文学研究已经进入了一个蓬勃发展的阶段。但是，作为一个在中国初生的概念，人们对"翻译文学"这一概念并没有形成统一的认识，与翻译文学相关的一系列问题也等待着研究者的进一步探索和澄清。

要理解翻译文学，先要从其概念入手。翻译文学是什么？首先关注这个概念的应当是以色列特拉维夫学派学者、多元系统理论的

---

[1] 谢天振：《译介学》，上海外语教育出版社，1999年，第254页。

鼻祖埃文-佐哈尔。早在 1978 年，他就已经发表了《翻译文学在多元文学系统中的位置》一文，讨论翻译文学在一个国家文学系统中的地位。1990 年，佐哈尔在《今日诗学》杂志中发表长文《多元系统研究》，这篇文章占据了整整一期《今日诗学》的版面，在此之前由佐哈尔发表的众多关于多元系统的论文也被收编其中。在《多元系统研究》中，佐哈尔指出，在多元系统理论的指导下，"把以前被无意中忽略甚至有意排斥的事物（性质、现象）纳入符号学的研究范围不但成为可能，而且成为全面认识任何一个符号场的必要条件。比方说，不把标准语放在各种非标准语的语境之中研究，就不能解释标准语；儿童文学不会被视为自成一类的现象，而会被认为与成人文学有关；翻译文学不会与原创文学割裂；大众化文学（如惊险小说、言情小说等）不会被当作'非文学'而弃之不顾，以回避承认它与'个性化文学'（individual literature）之间有互相依存的关系"①。也就是说，佐哈尔将翻译文学也视作"任何一个多元文学系统中一个不可分割的系统，并且是这个多元系统内最活跃的一个系统"②。

谢天振是中国国内最早关注翻译文学的学者。从 1989 年发表论文《为"弃儿"寻找归宿——翻译在文学史中的地位》以来，二十多年间，谢天振发表了几十篇论文，出版了多部专著和论文集，以"'寻找'翻译文学在中国文学中的应有的地位，……为翻译文学

---

① 埃文-佐哈尔：《多元系统论》，张南峰译，《中国翻译》，2002 年第 4 期，第 21 页。

② Itamar Even-Zohar, "The Position of Translated Literature Within the Literary Polysystem", *Polysystem Studies*, *Poetics Today*, 1990（1），p. 46.

'争取'学界应有的'承认'①。在著作中，谢天振将翻译文学定义为"无数以译作形式存在的文学作品的总体"②，指出肯定"翻译文学在国别（民族）文学中的重要地位，并且把它作为一个相对独立的文学事实予以叙述，这是值得肯定的"③。中国另一位翻译文学研究者郭延礼在 1998 年出版的《中国近代翻译文学概论》中指出："所谓'中国翻译文学'应当是指中国人在国内或国外用中文翻译的外国文学作品。"④ 郭延礼根据这种界说，将中国近代翻译文学的开端定于 19 世纪 70 年代，以 1871 年王韬与张芝轩合译的《普法战纪》中的法国国歌和德国《祖国歌》为标志。除此之外，出版于 2004 年的《翻译文学导论》是国内首部以翻译文学为研究内容的专著，在书中，作者王向远对翻译文学做出了如下定义："'翻译文学'是一种文本形态，它不等于'文学翻译'；中国的'翻译文学'不是'本土（中国）文学'，也不是'外国文学'，而是中国文学的一个特殊的组成部分。"⑤ 宋学智对翻译文学的定义与王向远大同小异："翻译文学，宽泛地说，是指任何翻译过来的外国文学作品，但在一般意义上，通常默认为理想的或优秀的文学译作。翻译文学也可指一种文学类型，区别于本土文学，与外国文学密切关联。翻译文学还可指一门学科，如同比较文学和世界文学，不过目前作为一个学科概

① 谢天振：《〈2003 年翻译文学〉序》，见谢天振主编《2003 年翻译文学》，春风文艺出版社，2004 年，第 1 页。

② 谢天振：《译介学》，上海外语教育出版社，1999 年，第 222 页。

③ 谢天振：《译介学》，上海外语教育出版社，1999 年，第 277 页。

④ 郭延礼：《中国近代翻译文学概论》，湖北教育出版社，1998 年，第 15 页。

⑤ 王向远：《翻译文学导论》，北京师范大学出版社，2004 年，第 1 页。

念尚嫌薄弱，但它会随着翻译院系越来越多的出现而引起学界的重视。"①

透过这些学者对翻译文学的定义或认识，我们发现，学术界对翻译文学并没有达成一致的看法，如佐哈尔等学者将翻译文学视作一种文学类型，而郭延礼等学者则将翻译文学视作文学作品，翻译文学此时并不作为一种类型存在，这个称呼仅仅表明与其他非文学领域内的翻译的区别，相当于文学翻译的另一个名称，因此郭延礼的《中国近代翻译文学概论》实际上是对自 19 世纪 70 年代至"五四"运动前的文学翻译事件和翻译家的研究。另一些观点则更为模棱两可。例如王向远虽明确肯定"'翻译文学'是一个文学类型的概念"②，但他在区别文学翻译与翻译文学时，却又有如下的论断："'文学翻译'指的是将一种文学作品文本的语言信息转换成另一种语言文本的过程，它是一种行为过程，也是一种中介或媒介的概念，而不是一个本体概念；'翻译文学'则是'文学翻译'这一过程的直接结果，是翻译活动所形成的最终的作品，因而它是一个本体概念，也是一种文学类型的概念。"③ 这一论断存在自相矛盾之处，因为作为一种文学类型，翻译文学不可能是某个行为的直接结果，更不可能是单独的作品，而只能是由诸多文学翻译作品构成的体系。谢天振在著作《译介学》中指出翻译文学是由众多译作组成的文学体系，并讨论了翻译文学同外国文学与民族文学的关系，从这个角度上说，他是将翻译文学视作一种类型的；但他也主编过《2001 年中国最佳

---

① 宋学智：《翻译文学经典的影响与接受》，上海译文出版社，2006 年，第 226 页。

② 王向远：《翻译文学导论》，北京师范大学出版社，2004 年，第 1 页。

③ 王向远：《翻译文学导论》，北京师范大学出版社，2004 年，第 6 页。

翻译文学》，从"最佳翻译文学"这样的称呼可以看出，翻译文学在这里似乎又成了文学翻译作品或者翻译文学作品的代名词。

那么，翻译文学究竟是什么？我们赞同将翻译文学视作一种文学类型的说法，因为只有这样，才能将翻译文学同文学翻译区别开来，"翻译文学"这个术语才具有存在的意义。作为一种文学类型，翻译文学指称的并非单个的优秀文学翻译作品，而是由诸多文学翻译作品构成的体系。于是，这里便又涉及另一个问题：翻译文学究竟是对所有文学翻译作品的统称，还是只是对优秀译作的统称？从名称来看，翻译文学的外延和内涵应该与"翻译"和"文学"这两个词密切相关。首先，这一文学类型所包含的作品都是对外国文学作品的翻译；其次，既然是一种文学类型，那么它必然具有任何文学类型所具有的本质特征，和其他文学类型一样，文学性是它的本质属性。如此一来，翻译文学就不再是对一个国家现存的良莠不齐的文学翻译作品的统称，而是具有一定的品质，成为一种价值的体现。它首先是对所有的优秀文学翻译作品的统称。它也可以是对一个国家所有文学翻译作品的统称，但前提是这些文学翻译作品必须都是优秀的译作。从上面提到的众多学者对翻译文学的定义和讨论中，我们也可以看到，在提及翻译文学时，研究者们实际上已经默认了其同优秀翻译文学作品之间的必然联系。

因此，文学翻译作品要成为翻译文学的一部分，必须使自身成为好的文学翻译作品。在上文中，我们已经指出，好的文学翻译是成为"文本"的翻译，这就意味着，构成一个国家翻译文学体系的文学翻译作品都是"文本"，都是自成一体的系统，都是在能指链中进行的工作，其内部都保留了出发语与目的语、出发语文学与目的语文学、出发语文化与目的语文化、原作者与译者之间的张力，是一个和谐的矛盾统一体。

明确了翻译文学的定义及品质之后，我们才有可能进一步讨论翻译文学的归属及地位问题。翻译文学的归属问题一直是学界争论不休的问题。如果去图书馆看看书架上书籍的排列方式，便能明白这个问题其实一直没有得到解决：大部分文学翻译作品被排列在贴有"外国文学"标记的书架上，而傅雷、巴金、叶君健、杨绛等翻译家的文学翻译作品却往往以全集或单行本的形式出现在贴有"中国文学"标记的书架上。这也代表了当前对翻译文学归属问题所持的两种互相对立的观点。一种观点将翻译文学等同于外国文学，这种认识相对来说比较传统。持这种观点的人认为，既然文学翻译传达的是外国文学作品的内容和形式，那么由大量文学翻译作品构成的翻译文学自然应该作为外国文学来对待。另一种观点则恰好相反，它是建立在对前一种认识的批判之上的，持这种观点的人认为尽管"翻译文学传达的基本上是外国文学原作的内容，表达的也是外国文学原作的形式意义——或是诗，或是散文，或是戏剧，创造的也是外国文学原作提供的形象与情节，但是它毕竟不是外国文学原作的直接呈现，它已经是经过翻译文学家再创造的产物了。作为一个整体的翻译文学，它是外国文学的承载体——把外国文学'载运'（介绍）到各个国家、各个民族"①。因此，他们认为翻译文学不是外国文学，而是民族文学或国别文学的一部分，并主张恢复翻译文学在中国现代文学史上的地位。

我们认为这两种观点都有值得商榷之处。将翻译文学视为外国文学意味着人们必须将文学翻译作品的内容和形式一概归功于原作

---

① 谢天振：《译介学》，上海外语教育出版社，1999年，第231页。

者。这种观点是不合理的。原作者的确创造了一个内容和形式的统一体，译者正是依据这个统一体，在译入语中创造了另一个内容和形式的统一体。在这个新的统一体中，尽管原作的风格及价值得到了保留，但符号转换过后的形式已经是一种全新的形式，与形式密切相关的内容也成为一种全新的内容。因此，"翻译是一种合作，是两个艺术家共同的成果，或者说一种双重的艺术"①，将翻译文学等同于外国文学，实际上是对译者主体性和创造性的抹杀，它是导致译者地位和作用在很长时期内得不到重视的原因。与此同时，这种观点也容易对学术研究起误导作用，如果将翻译文学等同于外国文学，那么通过研究某部或某些文学翻译作品而总结出某位外国作家及其作品的特征是完全合理合法的。过去非外语专业内部开展的外国文学研究通常是如此进行的。但是，如同上文反复强调的那样，译作是一个矛盾统一体，文学翻译作品反映的形式特征至少是译者和原作者的共同风格，而不可能仅反映原作者的风格。外国文学研究之所以不太重视这个问题，是因为过去的文学研究更注重思想性、哲学性研究，对文学作品的形式价值关注相对较少。从这个意义上说，将翻译文学等同于外国文学实际上是一种反诗学的意识形态研究方法所留下的后遗症。

另一方面，将翻译文学视为民族文学或本土文学的一个组成部分也是不甚合理的，这种观点容易从另一个极端割裂译作与原作、译语语言文化与原语语言文化之间的紧密联系。同时，判断翻译文学能不能属于民族文学或本土文学，我们还应该明确民族文学或本

---

① Willis Barnstone, *The Poetics of Translation*: *History*, *Theory*, *Practice*, New Haven and London, Yale University Press, 1993, p. 13.

土文学本身的概念。钱中文指出，"民族文学的形成"是由于"在长长的历史进展中，加上新出现的问题的多方面的影响，……各族人民各自形成着不同特色的文化积淀，渗透于各自的哲学、政治、宗教、信仰、道德、人伦、风尚、习俗之中，而成为不同民族和人的自身的本质特征，进而反映到他们的文化与文学艺术之中"①。周方珠也指出："不同的民族在漫长的历史长河中逐渐沉淀出有别于他民族的独特的文学传统、风土人情、宗教习俗和性格心理。这诸多的文化因素必然对文学作品产生影响。愈是富有民族性的作品愈能在世界文坛占有一席之地。翻译是不同民族文学互输与交流的必由之路。"② 也就是说，民族文学或本土文学同一个国家、一个民族"独特的文学传统、风土人情、宗教习俗和性格心理"等诸多因素密切相关，一个民族的民族文学充分反映了这个民族的"哲学、政治、宗教、信仰、道德、人伦、风尚、习俗"，也就是这个民族的民族性。翻译文学从文字形式上看的确是由译者创造的，但其所蕴含的文学、文化精神则很大程度上来自原作者及其所代表的出发语文学和文化，否则翻译文学对中国文学的影响就无从谈起。

事实上，主张翻译文学应当属于民族文学的学者们也看到了翻译文学与民族文学的差异，例如谢天振曾反复重申："我们强调翻译文学是民族文学或国别文学的一个组成部分，并不意味着我们把翻译文学完全等同于民族文学或国别文学。在肯定翻译文学在民族文学或国别文学史上的地位的同时，我们也清醒地看到，翻译文学与

---

① 钱中文：《论民族文学与世界文学》，《中国文化研究》2003 年第 1 期，第 17 页。

② 周方珠：《文学翻译中民族色彩的处理》，《中国翻译》1995 年第 3 期，第 6 页。

民族文学或国别文学的差异。"① 因此，他认为"我们一方面应该承认翻译文学在民族文学或国别文学中的地位，但另一方面，也不应该把它完全混同于民族文学或国别文学。比较妥当的做法是，把翻译文学看作民族文学或国别文学中相对独立的一个组成部分"②。翻译文学是民族文学的一部分，又不同于民族文学，这样矛盾的提法正显示出了翻译文学归属本身的矛盾特征。

既非外国文学，也非"纯正的"民族文学或本土文学，那么翻译文学该何去何从？如果非要给翻译文学加上国籍，那么这个问题也许就成了难解之谜。因此，我们不妨暂时摆脱这个困扰我们已久的国籍问题，从其他角度来审视翻译文学。通过上文的分析，我们认为，一个国家翻译文学形成的标志，是这个国家拥有一批成为"文本"的文学翻译作品，或者在理想的状态下，这个国家的文学翻译作品都能够成为"文本"。成为"文本"的译作是一个矛盾统一体，在它身上保留着两种语言、文学、文化之间的诸多矛盾，它不是完全的外国文学作品，也不是完全的译入语国家的本土文学作品，因此成为"文本"的文学翻译作品构成的翻译文学既不等同于外国文学，也不等同于译入语国家的民族文学。它是一个特殊的文学事实。为了确定它的归属和地位，我们或许可以求助于埃文-佐哈尔的多元系统理论。多元系统理论是在静态、单一的系统论无法解决文化异质现象的前提下提出的，提出这一理论的一大目的是解决以往文学、文化研究中多种文学或文化类型无法兼容的问题。它将翻译文学这个从前不受重视、地位模棱两可的文学类型视作一个国家多

---

① 谢天振：《译介学》，上海外语教育出版社，1999 年，第 244 页。
② 谢天振：《译介学》，上海外语教育出版社，1999 年，第 245 页。

元文学系统的一部分，并承认了翻译文学在这个多元系统中的活跃地位和革新能力。需要明确的是，一个国家的多元文学系统不等同于民族文学，因为它所包含的内容要远远超越民族文学。在对多元系统的定义中，埃文-佐哈尔实际上也运用了索绪尔的差异和价值观念，即存在于多元文学系统中的任何一种文学类型都不是孤立地存在的，我们不能孤立地谈论标准，标准一定是在与非标准相比较之下而言的，例如儿童文学是与成人文学相互依存的，翻译文学不是与民族文学，而是与原创文学相互联系、相互依存的。埃文-佐哈尔没有谈及民族文学，但我们可以猜测，在多元文学系统中，与民族文学相联系的，应该是世界文学，即"各个国家、民族优秀文学的汇集"①。在多元文学系统的视角下，我们认为，区分翻译文学是姓"外"还是姓"中"并不是翻译文学研究的关键，关注翻译文学本身的品质，它与文学翻译的关系，它与原创文学的区别和联系，以及它在一个国家多元文学系统中的作用，才是翻译文学研究的关键。

综上所述，在本章中，我们结合 20 世纪诗学及文学研究中的文本理论，探讨了好的文学翻译，也就是拥有相对更为持久的生命力的文学翻译应该具备的品质，指出文学翻译只有在使自身成为"文本"时才能持久地保持魅力，屹立于历史长河之中，而一个国家的翻译文学也才有可能在此基础上建立与发展起来。这一成为"文本"的翻译是一个独立的系统，它是在能指链中进行的工作，是一个矛盾统一体，是位于原语国文字、文学、文化与译入语国文字、文学、

---

① 钱中文：《论民族文学与世界文学》，《中国文化研究》2003 年第 1 期，第 1 页。

文化之间的中继器，不断地推动世界各个国家和地区之间文学与文化的交流，促进世界各个民族之间的相互了解。这样的文学翻译作品不可能是译者机械复制原作的结果，它只能产生于译者的创造性活动，译者由这创造性活动而成为一名作家。

第五章　论「文字翻译」的诗性维度

提到翻译方法，人们可能马上会想到"直译"和"意译"，这两个词分别对应英文中的"literal translation"和"free translation"。在西方，一般认为对直译与意译的讨论始于西塞罗，后者在《论演说家》中声称他"不是作为解释员，而是作为演说家进行翻译的……不是字当句对，而是保留语言的总的风格和力量"[①]，并指出"直译是笨拙的译者的特征"[②]。西塞罗的言论一方面意味着当时的西方已经存在"解释员"（interpreter）的方法和"演说家"（orator）的方法这两种翻译方法，后世也将它们等同于直译和意译方法。[③] 另一方面，这番言论也表明，当时人们对这两种不同的翻译方法已经持对立的态度，直译与意译的争论由来已久。在我国翻译史上也存在类似的情况。一般认为，在南北朝时期，中国就已存在翻译方法

① 转引自谭载喜：《西方翻译简史》，商务印书馆，1991年，第23页。

② 转引自 Willis Barnstone, *The Poetics of Translation*：*History*，*Theory*，*Practice*，New Haven and London，Yale University Press，1993，p. 30.

③ 例如美国翻译理论家罗宾逊在《西方翻译理论：从希罗多德到尼采》中给"And I did not translate them as an interpreter，but as an orator." 这句话作了如下注释："The *interpreter* for Cicero was a literal translator ... the *orator* was more concerned with the impact of his words on the target audience than on literal accuracy."（西塞罗所说的"解释员"是一个从事直译的译者……而"演说家"关心的，更多的是其话语对目标听众的影响，而不是文字上的准确性。）参见 Douglas Robinson，*Western Translation Theory*：*from Herodotus to Nietzsche*，Beijing，Foreign Language Teaching and Research Press，2006，p. 9.

上的直译与意译的争论，其中道安是直译派的代表，而鸠摩罗什是意译派的代表，因此罗新璋指出"直译与意译之争，在我国自有翻译之时就已存在"①。到了近代，又有鲁迅与赵景深之间的争论，赵景深力主意译，主张"与其信而不顺，不如顺而不信"，鲁迅猛烈抨击了这种意译观，指责其"牛头不对马嘴"，"削鼻剜眼"，并针对赵景深的"顺而不信"提出了"宁信而不顺"的直译观。由此可见，直译与意译的争论一直贯穿于古今中外的翻译研究中，而且在这一争论中，直译和意译这对矛盾的双方地位并不相当，很多情况下，直译是备受苛责的一方，因为直译往往被认为是一种较多地应用于实用领域的简单、机械的翻译方法，例如博尔赫斯（Jorge Luis Borges）曾在《论翻译》中指出："当前，直译成为一种时髦。直译的概念并没有文学渊源。我认为，我们可以假设两种可能的来源：一种应该是法律文书（对法律合同的选择，对文件、生意协议书的阐释，等等），这些无疑要求一种直译"②。也就是说，直译的作用在实用领域或许还能得到人们的承认，但它是没有文学渊源的，不能将它应用于文学翻译。将直译等同于逐字对译的美国翻译理论家威利斯·巴恩斯通也给直译定下了几条罪名：直译渴望表现得像一台机器，因为它对科学真相的渴望，它厌恶变化和差异，也厌恶艺术，认为后者不是严肃的学识；直译只会自动地、逐行对照地再现能指，却极少注意所指的美学效果，因此直译是对文学的一种查禁，是对译语文本的艺术性的抹杀，等等。也是基于同样的原因，陈西滢才

---

① 罗新璋：《我国自成体系的翻译理论》，见《翻译论集》，罗新璋编，商务印书馆，1984 年，第 4 页。

② 转引自 Willis Barnstone, *The Poetics of Translation*：*History*，*Theory*，*Practice*，New Haven and London，Yale University Press，1993，p. 32.

会认为"直译……最大的成功，便是把原文所有的意思都迻译过来，一分不加，一毫不减。可是这样翻译的最高理想，也不过是我们所说的传形的译文，因为直译注重内容，忽略文笔及风格"①。

　　不管是上述论断还是翻译史展现给我们的事实，都证明直译一直是一种被边缘化的翻译模式，不仅很少受到重视，而且还遭受了诸多误解。那么，直译是否真的如一些理论家或实践者认为的那样，是一种机械的、逐字对应的文字转换工作，因而无法登上文学翻译的大雅之堂呢？除了以诘屈聱牙的文字表现"异域风情"之外，直译是否就没有其他存在的价值了呢？我们认为这两个问题的答案都是否定的。事实上，纵观中外历史，古往今来，很多文学文化名家，包括荷尔德林、夏多布里昂、本雅明等在内，都曾将直译视为翻译的最高境界，或对此做出过严肃的论述，或以自己的翻译活动将自己的信念付诸实践，为直译的合理性奠定了理论和实践基础。因此，本章将通过考察这些文学家或思想家的翻译理论和实践，从新的角度出发来理解直译，揭示它本身所具有的诗性特征和多重内涵，并指出它对翻译尤其是文学翻译的重要意义。在展开具体讨论之前，我们的首要任务，是用"文字翻译"这一术语来代替直译。之所以放弃现成的"直译"一词，转而采用"文字翻译"，一方面是由于"直译"一词起初是对西方"literal translation"的翻译，之后才渐渐融入中国文化，在这一西学东渐的过程中，"直译"一词在经历数次论战的洗礼之后，已同最初"literal translation"的意义有些许出入；另一方面，也是更为重要的一个方面，那就是"直译"一词从字面

---

①　陈西滢：《论翻译》，见《翻译论集》，罗新璋编，商务印书馆，1984 年，第406 页。

上来看无法反映其与"文字"（literal）即形式之间的关系。

第一节

"文字翻译" = 逐字死译?

　　"文字翻译"受到诟病，其原因很大程度上来自它本身的定义，以及人们对它的定义的误读。何谓"文字翻译"? 法语《罗贝尔词典》（*Robert*）对"littéral, e"的解释是：形容词"littéral"源自拉丁词"*letteralis*"，后者是"*lettera*"即现代法语中"lettre"（文字）一词的形容词形式。对于"traduction littérale"，《罗贝尔词典》的解释是"尽可能做到逐字对应（mot à mot）"。从字典的解释来看，"文字翻译"似乎被等同为逐字翻译。持这种观点的不乏其人。西塞罗在表明自己在翻译时不是"解释员"即不是"文字翻译"者时即指出："我认为没有必要字字对译（to render word for word）。"[①] 法国浪漫主义文学家夏多布里昂也曾在《关于翻译弥尔顿的一些想法》一文中指出"我进行的是一种严格意义上的文字翻译（traduction littérale），就是儿童和诗人都能行对行、字对字（mot à mot）跟上原文的一种翻译"[②]。威利斯·巴恩斯通也在其《翻译诗学》中指出

　　[①]　In Douglas Robinson, *Western Translation Theory：from Herodotus to Nietzsche*, Beijing, Foreign Language Teaching and Research Press, 2006, p. 9.

　　[②]　Chateaubriand, «Remarques à propos de la traduction de Milton», *Poésie*, 1982 (23), p. 112.

"文字翻译"的"操作信念是'以字译字'"①。在这种情况下，"文字翻译"难免被视为死译，它是西班牙人所说的"奴译"，是钱锺书在《林纾的翻译》中所说的"双重的'反逆'，既损坏原作的表达效果，又违背了祖国的语文习惯"②。林语堂在《论翻译》一文中也提到"字译"，认为"字译是以字解字及以字译字的方法"，进而断言"字译是不对的"，③ 因为容易犯"咬文嚼字、断章取义的错误"④。同时，除却担负"反逆"的罪名之外，"文字翻译"还经常因其文字异域色彩太浓而遭诟病，轻则被认为是有翻译腔，重则被指责为"诘屈枯涩"，严重影响译文的可读性。

这种将"文字翻译"等同于逐字翻译甚至逐字死译的倾向至今仍存在于翻译研究领域。但是我们认为，"文字翻译"同逐字死译之间还是存在着区别的，不少翻译理论家和实践者也坚决认为有必要区分这两种翻译方法。

文艺复兴时期著名的人文主义者伊拉斯谟（Erasmus）认为翻译时应当直译，但他也强调对原作风格的再现，以免直译成为死译。歌德也给予了"文字翻译"极高的评价，他认为存在三种类型的翻译，或者说翻译活动具有三个阶段：第一类或者第一个阶段是传递知识的翻译；第二类或者第二个阶段是遵守译语文化规范而进行的

---

① Willis Barnstone, *The Poetics of Translation*：*History*，*Theory*，*Practice*，New Haven and London，Yale University Press，1993，p. 31.

② 钱锺书：《林纾的翻译》，见《翻译论集》，罗新璋编，商务印书馆，1984年，第715页。

③ 林语堂：《论翻译》，见《翻译论集》，罗新璋编，商务印书馆，1984年，第422页。

④ 林语堂：《论翻译》，见《翻译论集》，罗新璋编，商务印书馆，1984年，第423页。

改编性翻译；第三类翻译被歌德称为最崇高的也是最后的一个阶段，即一种逐行对照的"文字翻译"，译者紧扣原文，并放弃表现本国语言的特殊性。作为翻译活动发展最崇高的一个阶段，歌德的翻译理论所提出理想的"文字翻译"显然不可能等同于受人诟病的逐字死译。

20世纪英国著名翻译理论家卡特福德（John C. Catford）在其《翻译的语言学理论》中指出，按照语言的等级（词素、词、短语或意群、分句和句子），翻译可以分为逐字翻译（word-for-word translation）、直译和意译。逐字翻译是单词级上的等值关系；意译"不受限制……可以在上下级阶变动，总是趋于向较高级的等级变动……甚至比句子更大"[①]；而直译或者说"文字翻译"则介于逐字翻译与意译这两者之间。

翻译交际学派的代表人物彼得·纽马克（Peter Newmark）则从交际理论出发，将翻译分为倾向于原文的逐字翻译、直译、忠实翻译（faithful translation）、语义翻译（semantic translation）和倾向于译文的交际翻译（communicative translation）、地道翻译（idiomatic translation）、意译、归化（adaptation）。对于逐字翻译和直译，纽马克认为两者最重要的区别在于：在逐字翻译中，原作中每一个词的字面意义都得到了翻译，而原语的句法得到保存；而在直译中，也是原作中每一个词的字面意义都得到了翻译，但译者遵守的是译语的句法。纽马克还指出，在直译中，译者较大程度地服从译入语的准则。

[①] 李文革：《西方翻译理论流派研究》，中国社会科学出版社，2004年，第80页。

法国学者贝尔曼也在其著作《翻译与文字或者远方的客栈》中指出："文字翻译"这样的表达方式导致产生了经久不消的误解，尤其是在那些所谓的"职业"译者身上，对这些译者来说，"文字翻译"就意味着一种逐字对应。对于这样的看法，他认为其中存在"字"或者说"词语"与"文字"的混淆，而"翻译一个文本的文字在任何情况下都不等同于进行一种逐字对译"①，因为"文字翻译"不仅要翻译原文本的字词，还要翻译"它的节奏、它的长度（或它的简略）、它的可能性的叠韵法，等等"②，而建立在文字之上的工作应当是这样的："不是仿造，也不是（问题系的）复制，而是加诸能指表现手法上的注意力"③。

中国翻译史上也有学者讨论过"文字翻译"和逐字死译的区别。冯世则曾有一篇题为《意译、直译、逐字译》的文章，在文中他指出"逐字译绝不是直译"，他的理由是："逐字译违背了翻译的定义和标准"④，因为"它不能完成原文的汉化"⑤，而直译是翻译方法的一种，它与意译的区别在于"保存或不保存因言语而异的表达方式"⑥。

---

① Antoine Berman，*La traduction et la lettre ou l'auberge du lointain*，Paris，Seuil，1999，p. 13.

② Antoine Berman，*La traduction et la lettre ou l'auberge du lointain*，Paris，Seuil，1999，p. 14.

③ Antoine Berman，*La traduction et la lettre ou l'auberge du lointain*，Paris，Seuil，1999，p. 14.

④ 冯世则：《意译、直译、逐字译》，见《翻译论集》，罗新璋编，商务印书馆，1984 年，第 889 页。

⑤ 冯世则：《意译、直译、逐字译》，见《翻译论集》，罗新璋编，商务印书馆，1984 年，第 892 页。

⑥ 冯世则：《意译、直译、逐字译》，见《翻译论集》，罗新璋编，商务印书馆，1984 年，第 893 页。

茅盾也曾对这个问题表现出很大的兴趣，并几次撰文发表自己的看法。1922年，茅盾在《小说月报》上发表了一篇题为《"直译"与"死译"》的文章，在文中，他指出："我们以为直译的东西看起来较为吃力，或者有之，却决不会看不懂。看不懂的译文是'死译'的文字，不是直译的。直译的意义若就浅处说，只是'不妄改原文的字句'；就深处说，还求'能保留原文的情调与风格'。所谓'不妄改原文的字句'一语，除消极的'不妄改'而外，尚含有一个积极的条件——必须顾到全句的文理。"① 茅盾认为直译与死译的区别还在于"直译时必须就其在文中的意义觅一个相当的词来翻译，方才对；如果把字典里的解释直用在译文里，那便是'死译'，只可说是不妄改某字在字典中的意义，不能说是吻合原作"②。同时，茅盾也探讨了直译经常被人们混同于死译的原因："我相信直译在理论上是根本不错的，惟因译者能力关系，原来要直译，不意竟变做了死译，也是常有的事。或者因为视直译是极容易的，轻心将事，结果也会使人看不懂。"③ 在1934年发表的《直译·顺译·歪译》中，茅盾先是指出"直译"一词出现的来由："'直译'这名词，在'五四'以后方成为权威。这是反抗林琴南氏的'歪译'而起的。"④ 接着他又对直译进行了辩护："译得'看不懂'，不用说，一定失却了原文

---

① 茅盾：《"直译"与"死译"》，见《翻译论集》，罗新璋编，商务印书馆，1984年，第343页。

② 茅盾：《"直译"与"死译"》，见《翻译论集》，罗新璋编，商务印书馆，1984年，第343页。

③ 茅盾：《"直译"与"死译"》，见《翻译论集》，罗新璋编，商务印书馆，1984年，第344页。

④ 茅盾：《直译·顺译·歪译》，见《翻译论集》，罗新璋编，商务印书馆，1984年，第351页。

的面目，那就不是'直译'。这种'看不懂'的责任应该完全由译者负担，我们不能因此怪到'直译'这个原则。"[1] 最后，茅盾提出了自己对直译原则的看法："我们以为所谓'直译'也者，倒并非一定是'字对字'，一个不多，一个不少。因为中西文字组织的不同，这种样'字对字'一个不多一个也不少的翻译，在实际上是不可能的。从前张崧年先生译过一篇罗素的论文。张先生的译法真是'道地到廿四分'的直译，每个前置词，他都译了过来，然而他这篇译文是没有人看得懂的。……'直译'的原则并不在'字对字'一个也不多，一个也不少。'直译'的意义就是'不要歪曲了原作的面目'。倘使能够办到'字对字'，不多也不少，自然是理想的直译，否则，直译的要点不在此而在彼。"[2]

从上述众人对"文字翻译"（直译）、逐字翻译（死译）及其关系的认识来看，我们可以总结出"文字翻译"与逐字翻译的根本区别：首先，从翻译单位来说，逐字翻译的单位是单词，而"文字翻译"的单位正如卡特福德指出的那样，介于逐字翻译与意译的单位之间。《罗贝尔词典》虽然将"文字翻译"等同于"逐字对应"，但其对"littéral"的解释也为我们区别"文字翻译"与逐字对应的单位提供了可能："文字的"是与文字密切相关的一切，是文本的字面意义，其反面是寓意、象征意义，等等。也就是说，"文字翻译"是对文本表面意义的翻译，而不必然是一种字字对应。其次，从对原文风格的尊重角度来说，"文字翻译"仍旧讲究文本的风格，要考虑文

---

① 茅盾：《直译·顺译·歪译》，见《翻译论集》，罗新璋编，商务印书馆，1984年，第 352 页。

② 茅盾：《直译·顺译·歪译》，见《翻译论集》，罗新璋编，商务印书馆，1984年，第 352—353 页。

本的"节奏、它的长度（或它的简略）、它的可能性的叠韵法，等等"，"能保留原文的情调与风格"，并且"必须顾到全句的文理"，但逐字翻译却往往只着眼于再现每个单词的意义而置文本的整体风格于不顾。再次，从译文的表达习惯来看，逐字翻译为了做到字字对应，往往会完全保留原文语言的句法，使得译文支离破碎；而"文字翻译"尽管为了再现原作的文学性及其风格，会适当保留原语及原作的句法，但从总体上来看，它的句法组织遵守的基本上是译入语的语法和句法规则。最后，基于上述种种原因，从译文的效果来看，通过"文字翻译"产生的译文会有浓重的异国情调，但不会令人读不懂，而通过逐字翻译产生的译文却常常是诘屈聱牙，令人不堪卒读。

对"文字翻译"与逐字翻译做出区分之后，"文字翻译"得以去除一部分背负在身上的沉重罪名。然而，这种区分并不是本章的主旨所在。在考察众多翻译实践者和理论家对"文字翻译"的理解之后，我们注意到，"文字翻译"并非如人们通常所想象的那么简单。正如贝尔曼所强调的那样，"文字"并不等同于"词语"，"文字"一词的内涵要远远超过"词语"，它不仅指词语，更指由这些词语构成的文学作品，它关系着文学作品的形式及由形式产生的价值，它的重要性是不言而喻的。

第二节
文字性的本质及其表现

正如上文所指出的那样，"文字翻译"最主要的特征是对文字所表达的字面意义或者说第一意义的紧贴。这种对文字本身的执着毫无疑问来自对文字重要性的认识。紧扣文字意味着放弃对象征的追求，满足于文字向我们传达的意义，放弃任何时候都要超越文字去探索其背后隐藏的"深刻含义"的倾向，也就是说，紧扣文字意味着对文字性（littéralité）的尊重。文字性指的是文字只表达其表面意义的性质，也就是列维纳斯（Emmanuel Lévinas）所说的文字的第一意义与终极意义同一的情况。西方将上帝创造万物视作语言的起源，而起源语言的根本特征是一种文字性。神说"要有光"，就有了光。神说"诸水之间要有空气，将水分为上下"，神就造出空气，将空气以下的水、空气以上的水分开了。神就这样，通过命名创造了世间万物，这种命名语言不仅直接指向被命名的事物，同时还关系到世界存在的本质，语言先于世界的存在，没有语言便没有世界，因此，海德格尔才会说"语言是存在的家园"，"所有存在者的存在都栖居于语言"。

最初的语言是一种命名语言，词语与物的存在之间没有间隔，词语的文字意义便是其最深刻的含义。不幸的是，这种作为世界本质和人类栖居家园的语言很快湮灭于喧嚣的尘世，取而代之的是以工具面貌出现的符号语言，或用于逻辑推理，或用于表达情绪，或用于人际交流……尽管如此，人们始终怀有一种向神的命名语言回归的渴望，荷尔德林和本雅明对纯语言的追求便是很好的例子。在众多语言表达形式中，海德格尔认为诗歌最接近神的语言，因为诗人是最接近神的人，他们通过诗歌这样一种命名性的言说，向人类传达了上帝的语言。诗人言说的是"物"的存在。"它不同于抽象的概念性言说，后者将'物'的存在抽象掉了，以符合逻辑推理的需要；它又不同于功利性的言说，后者将'物'手段化了，以满足人们意志的需要。这两种言说都未能达到'物'本身，都未能按'物'的存在彰显出来，反而将其'遮蔽'了。"[①] 而诗歌同这两种言说都不同，因为它要深入词的内在本质，呼唤"物"的到来，而不是"遮蔽"它，因此，"在诗的命名性言说中深藏着一种诗意的态度，亦即海德格尔所说的'看护物'而不是'掠夺物'的态度，'让其存在、出场'而不是主观肢解、'遮蔽'的态度，与'物'平等共存而不是卑临其上的态度。只有在这种态度中，隐匿的'物'才真正来到人的面前。只有在这种态度中，对'物'的命名才深入到'物'本身的吁请而使它对人亮相，从而打开一个天、地、人、神的四重体世界"[②]。诗歌因其命名性言说的特征而具有了揭示人和物之存在的功能，因而这种命名性或者说文字性便成为诗歌的本质特征。

然而，海德格尔意义上的诗歌始终是一种理想的状态，历史上，也只有少数诗人如特拉克尔（Georg Trakl）、荷尔德林等的诗歌被认为曾达到过这种境界，而备受罗兰·巴特推崇的日本俳句可以算是这类诗歌中比较特殊的例子。俳句吸引罗兰·巴特的地方在于巴特

---

① 马大康：《诗性语言研究》，中国社会科学出版社，2005年，第303页。
② 马大康：《诗性语言研究》，中国社会科学出版社，2005年，第303页。

认为它摆脱了西方话语的两种基本组织方式，即"象征与推理，隐喻与三段论"①，它似乎既没有特殊的含义，也不揭示一种隐藏的意义，只是纯粹的指示，因此实现了罗兰·巴特所谓的"意义的免除"（l'exemption du sens）："在俳句中，语言的局限乃是我们不可想象的一种关切的对象，因为它不是一个力求简洁的问题……恰恰相反，它是一个影响到意义的根基的问题。因此，这个意义将不会消失，不会传播，不会内在化，不会变得含蓄，不会变得支离破碎，不会流于无休止的隐喻之中，不会落入那种象征的领域之中。俳句的简洁并不是形式上的特点；俳句并不是一个缩小为一种简洁形式的丰富思想，而是一个蓦然找到自己的合适形式的简单事件。"② 也就是说，在罗兰·巴特看来，同西方诗歌不同的是，俳句拒绝象征，它呈现的意义完全是文字的第一意义，具有高度的文字性。仿佛孩童指路一般，俳句指给人们看的，也是表面的东西，它拒绝任何深度。但是事物的存在却立即通过这种指示变得清晰可见，仿佛神的命名性语言，因此罗兰·巴特才会认为俳句是"真理和形式的结合"③。

海德格尔理想中一经说出就直逼真理的命名性言说和罗兰·巴特推崇的俳句是一种拒绝任何修辞的文字，即罗兰·巴特所说的"零度的写作"。事实上，写作不可能摆脱包括隐喻在内的修辞手段，能指、所指与参照物之间往往也不是直接的关系。此时，对文字的执着具有了另一层意义，即尽量避免将修辞手法单纯地视作隐含意

---

① 罗兰·巴尔特：《符号帝国》，孙乃修译，商务印书馆，1994 年，第 105 页。

② 罗兰·巴尔特：《符号帝国》，孙乃修译，商务印书馆，1994 年，第 112—113 页。

③ Roland Barthes, *La préparation du roman. Notes de cours et séminaires au Collège de France 1978 – 1979 et 1979 – 1980*, édition Nathalie léger, Paris, Seuil-Imec, 2003，p. 55.

义或深层意义的表达方式，在阐释中最大限度地阻止意识形态因素的负面影响。这样做并不意味着要再次强调文字与含义的二元对立，也不是要再次陷入重形轻意的老生常谈，而是要将重心转移到文字"深刻"的本义上来，转移到文字的组织方式上来，转移到由文字所表现的文本特殊性上来。

雅各布森对文字与文本特殊性的关系有着充分的认识，他指出："诗歌的特殊性在于：词语作为词语被感知，而不是作为被命名物体的简单替代品，也不是作为情感的爆发；……词语和它们的结构、它们的意义、它们的外在和内在形式不再是表现现实的冷漠的指数，而是拥有了它们自身的重量和特殊价值。"① 这段话意味着我们不必跨越文字而去追逐其背后隐藏的现实或情感，因为在文学作品中，文字不是替代物品或表达感情的工具，而是一种价值，直接同文学的本质休戚相关。布勒东（André Breton）面对别人对圣波尔·鲁（Saint-Pol Roux）作品的阐释和解读时，曾经说："不，先生，圣波尔·鲁并不想说什么。他若是想说什么，他早就说了。"因此，对于布勒东的"La rosée à tête de chatte se berçait"（有着小猫头的露珠在摇晃）和艾吕雅（Paul Eluard）的"Un soleil tournoyant ruisselle sous l'écorce"（一颗旋转的太阳在外壳下流淌）这样奇特的句子，热奈特指出，布勒东想说的就是"La rosée à tête de chatte se berçait"，而艾吕雅想说的就是"Un soleil tournoyant ruisselle sous l'écorce"，因为"语言的文字性现在看来似乎成为诗歌存在本身"②。

热奈特的这一论断体现了他同将诗歌视作象征的传统观点的决

---

① Roman Jakobson, *Huit questions de poétique*, Paris, Seuil, 1973, p. 46.
② Gérard Genette, *Figures I*, Paris, Seuil, 1966, p. 206.

裂，文字性取代了传统的象征、意境等，获得了诗歌本体的价值，这意味着我们必须从新的角度去审视诗歌中的修辞。在传统修辞学中，诗歌中的修辞格要么是"思想表达的形式，正如每个身体都有存在形式一样"①，要么是"与普通的、简单的表达方式相比，意义或语言的有根据的变化"②。也就是说，修辞格是一种表达思想的形式，一种外在装饰，对修辞格的使用是为了使语言显得不普通，不简单，但与身体相比，它始终只是次要的存在形式。

20世纪下半叶以后，对修辞格的这种传统认识逐渐遭到包括热奈特、亨利·梅肖尼克等学者的质疑。梅肖尼克认为，"诗歌不再是传统意义上的修辞和隐喻，却仍不失为诗歌"③。这句话包含两重意思：一方面，梅肖尼克认为借助隐喻表现某个深层意义不再是诗歌的存在方式，因此面对一首诗歌，我们要做的是尽情欣赏文字本身带给我们的愉悦，而不是苦苦思索文字背后的寓意究竟是什么；另一方面，对于诗歌中的隐喻等修辞格，我们应该放弃传统修辞学的分析方法，而从另一个角度来看待它们。梅肖尼克关于修辞和隐喻的思考对于我们重新认识文学作品中修辞尤其是隐喻的本质与作用，重新认识修辞与文字及其与文学作品存在方式之间的关系具有重要的启示意义。

以隐喻为例，传统修辞学对隐喻的定义是："隐喻"一词来自希腊语"μεταφορά"，拉丁化书写为"metafora"，相当于拉丁语的

① 转引自 Oswald Ducrot，Jean-Marie Schaeffer，*Nouveau dictionnaire encyclopédique des sciences du langage*，Paris，Seuil，1995，p. 577.

② 转引自 Oswald Ducrot，Jean-Marie Schaeffer，*Nouveau dictionnaire encyclopédique des sciences du langage*，Paris，Seuil，1995，p. 578.

③ Henri Meschonnic，*Pour la poétique I*，Paris，Gallimard，1970，pp. 108 - 109.

"translatio","这两个词,'metafora'和'translatio'都有着同样的根意义:搬运到另一边"①。这个词进入语言学和修辞学领域后,成为在相似性基础上,以一事物(词语)指称另一事物(词语)的表达方法。例如在《诗学》中,亚里士多德指出:"用一个表示某物的词借喻它物,这个词便成了隐喻词,其应用范围包括以属喻种、以种喻属、以种喻种以及彼此类推。"② 在传统修辞学中,隐喻是一种指代形式,这种指代只是为了令语言表达更为新奇惊人,却不会引起语义层面的根本变化,而隐喻所指向的根本意义一直隐藏在形式下面,等待着读者的发掘,它正是很多译者在翻译诗歌时孜孜以求的东西。例如阿波利奈尔诗歌《麦尔林和老妪》中的这几句:"Le soleil ce jour-là s'étalait comme un ventre/Maternel qui saignait lentement sur le ciel/La lumière est ma mère ô lumière sanglante/Les nuages coulaient comme un flux menstrual... "(那天的太阳像个母亲的肚皮般摊开/在天空慢慢滴着血/光线是我的母亲,哦滴血的光线/云像来潮的月经般流淌……)。在这首诗歌中,阿波利奈尔使用了隐喻的手法,将天空比作了月经来潮时的女人的肚子。传统修辞学也许会先比较两者之间的共同之处,得出例如"天空中的云朵是红色的并且一直在流动"的结论,并透过这一隐喻进一步挖掘诗人的内心。这样的分析方法正是梅肖尼克所反对的。

梅肖尼克认为,传统对修辞和隐喻的认识与"诗歌是为了表现生活"这样的传统观点唇齿相依,它事实上暗含着形式和意义即能指和所指相分离的思想,割裂了词语的形式和意义之间的紧密联系。

---

① Willis Barnstone, *The Poetics of Translation*:*History*,*Theory*,*Practice*, New Haven and London, Yale University Press, 1993, p. 15.

② 亚里士多德:《诗学》,陈中梅译注,商务印书馆,1996 年,第 149 页。

所幸的是，现代语义学、现代逻辑学与超现实主义诗学都表现出了对隐喻功能的重新认识，在新的视角下，"隐喻不再被视作亚里士多德意义上的以装饰或乐趣为目的的取代或比较（比较是取代的一种特殊情况），不再是隐喻意义对字面意义的代替。隐喻不表达任何先于它存在的东西，……它是一种创造"①。也就是说，对于隐喻，我们不能一味追求隐藏于其背后的深层意义，而应该将目光转移到其本身的文字形式上，因为"隐喻不是一种融合，也不是一种混淆，而是一种张力，两个'在一起的活跃的'概念之间的冲突，……既是差异也是相似"②。构成隐喻的两个概念之间形成的张力，即它们之间的关系才是诗学研究的重点，而这一关系的只能通过文字形式来表现，包括概念的选择，以及文字的字面意义所表现的意象和隐喻的组织。正是在这个意义上，梅肖尼克认为隐喻不是一种修辞格，而是一种修辞，也就是说，隐喻并非只是用一种意义或形象取代另一种意义或形象的机械手段，而是组织诗歌、组织话语的一种方式，它表现了话语的隐喻倾向。

同样，对于修辞格（figure），梅肖尼克也表达了自己新颖的见解，他认为，同传统的"修辞学"（rhétorique）一词相比，"'修辞格'一词首先表达了一种方法论上的净化"③，"语言（langue）中的修辞格将言说空间定义为修辞学，而在作品（œuvre）中，它们存在于一个节奏的、句法的世界，它们组织起了这个世界，并在其中获

---

① Henri Meschonnic，*Pour la poétique* Ⅰ，Paris，Gallimard，1970，pp. 132 - 133.

② Henri Meschonnic，*Pour la poétique* Ⅰ，Paris，Gallimard，1970，p. 133.

③ Henri Meschonnic，*Pour la poétique* Ⅰ，Paris，Gallimard，1970，p. 105.

得意义，要将它们从这个世界中分离出来，那只能是痴心妄想"①。通过这段话，梅肖尼克再次强调了修辞格不是传统意义上的作品的外在装饰，而是文本的一种组织方式，同文本的节奏有关，它"是对故事的创造，是文字上的相遇，是相遇和文字性"②，于是，诗歌中所谓词语的本义、引申义和比喻义等问题都成了假问题。

　　再来看看文学作品尤其是诗歌中另一个很重要的因素——意象。隐喻往往借助各种意象来表现，意象是诗歌的生命。不少人认为，看一首诗是否有诗味，要看这首诗中是否有优美巧妙的意象。优秀的诗人通过寥寥数语创造的意象往往胜过平庸的散文家的长篇大论。从传统观点来看，意象是"情思的物态化"，意象美则美矣，诗人最终的目的还是托物言志，因此才会出现一些"常见意象表"之类的集合，将诗人笔下经常出现的意象分门别类，并逐一做出固定的解释。比如"月"意味着乡愁，"菊"意味着高风亮节，"松"意味着刚正不阿，等等。这样的做法似乎将诗人的创造贬低为机械的选择、组合活动，同时也将意象简单地视作表达感情、宣扬道德的工具，歪曲了意象的本质。不可否认，意象总是意指一定的事物，但这只是它的附带功能，正如梅肖尼克所说的那样，"意象是一种句法组织，而不是对现实的反映"③。也就是说，诗歌中的意象同隐喻一样，重要的是本身的组织方式和在整个文本中所起的作用，而非背后蕴藏的"寓意"。因此，意象也具有文字性的特征。这一点在现代诗歌中体现得尤为明显，不管是布勒东的"有着小猫头的露珠"还是艾

---

①　Henri Meschonnic, *Pour la poétique* I , Paris, Gallimard, 1970, p. 106.

②　Henri Meschonnic, *Pour la poétique* I , Paris, Gallimard, 1970, p. 108.

③　Henri Meschonnic, *Pour la poétique* I , Paris, Gallimard, 1970, p. 103.

吕雅的"在外壳下流淌的旋转的太阳",这些奇特意象的创造都来自对文字的本义的强调,而"奇迹和象征都产生于这些文字性的并置"①,洛特雷阿蒙(Lautréamont)的著名诗句"正如缝纫机和雨伞在解剖台上的偶然相遇"即很好地表明了这一点。热奈特曾以斯堪的那维亚诗歌中的迂回说法为例指出,解读"海鸥的草原中强壮的野牛"这句话的方法,不是进行一种不高明的替换:海鸥的草原是大海,这个草原上的野牛,是船只。热奈特认为这样的行为是一种"反诗歌的行为"②,"将每个迂回说法简化为它所代表的东西,这不是揭开神秘的面纱,而是对诗歌的抹杀"③,其结果只能是"意象、诗歌视阈在毫无神秘感的寓意面前消失殆尽"④。意象之美在于意象本身,在于意象组合带来的"奇迹"和震撼,而这种"奇迹"往往是诗人写作特殊性之所在。因此,对于拉封丹的诗句"Sur les ailes du temps la tristesse s'envole"(忧伤乘着时间之翼飞翔),如果只是如传统修辞学家那样将其解读为"Le chagrin ne dure pas toujours"(忧伤不会持续太久),那么我们或许可以得到诗句的讽喻意义,但我们却错过了拉封丹诗歌的文字之美。

以上我们主要依据现代诗学理论,分析了文字性的本质及其表现。文字性指文字仅传达文字字面意义的性质。我们的分析表明,文字性不是语言的一种低等的、肤浅的存在模式,而是众多学者心目中理想语言的本质,因为这些学者认为它不仅接近神的命名语言

---

① Henri Meschonnic, *Pour la poétique* Ⅰ, Paris, Gallimard, 1970, pp. 116 - 117.

② Gérard Genette, *Figures* Ⅰ, Paris, Seuil, 1966, p. 205.

③ Gérard Genette, *Figures* Ⅰ, Paris, Seuil, 1966, p. 205.

④ Gérard Genette, *Figures* Ⅰ, Paris, Seuil, 1966, p. 205.

的特征，更是诗歌，至少是某种类型的诗歌——如超现实主义诗歌——的本质，因为它表现了诗歌的诗性特征。对于作品文字的执着意味着对文学作品诗性特征的注重和对意识形态因素的摈弃，它促使我们在阅读和翻译活动中将目光转向文学文本本身，转向其语言，转向文字的形式，这种情况下的"文字翻译"不仅不是一种野蛮的翻译方法，而且是译者为了再现原作诗性特征所采取的重要策略和手段。在下一节中，我们将就"文字翻译"的诗性维度展开具体讨论。

第三节
"文字翻译"：再现原作之诗性

通过上一节的分析，我们可以看到，在文学作品中，文字往往同作品的文学特殊性有着密切的关系，因此对文字的重视和准确把握有利于译者对原作文学性的传达以及对原文风格的再现。伊拉斯谟曾翻译过古希腊剧作家欧里庇得斯的《赫卡柏》，在译文序言中，他指出自己的翻译方式是"通过努力以诗句译诗句，几乎是以字译字，通过专心估量每一处的句子的力道及其重量，同时又忠实于拉丁的耳朵……以希腊人的方式再现诗歌的修辞甚至可以说是其经络"①。因为他认为文字上的忠实，不仅远远不会禁止诗歌，而且是

---

① 转引自 Bruno Garnier, *Pour une poétique de la traduction. L'Hécube d'Euripide en France de la traduction humaniste à la tragédie classique*，Paris，L'Harmattan，1999，p. 58.

发现诗歌修辞的必要条件。另一位翻译希腊语作品的译者拉铁摩尔（Richard Lattimore）也同伊拉斯谟一样，主张通过"文字翻译"，将希腊词语顺序和修辞方法带到英语中，而不是令它们改宗成为当代英语习语："我从头到尾都遵守着一个原则，就是尽可能地紧贴希腊语，不是为了意义和单个的词，而是相信对原作的词序和句法的忠实可能产生一种在某种程度上反映原作风格的英文散文。"①

对于"文字翻译"的这种诗性维度，法国诗人夏多布里昂和亨利·梅肖尼克更是从理论或实践的角度出发，对其做出过较为深入的讨论。在上文中，我们分析了梅肖尼克对文字重要性的深刻认识，这一认识也影响了他的翻译实践活动和翻译批评。梅肖尼克不仅是法国当代颇具声望的语言学家、诗人、翻译理论家，同时还精通多国外语，是一位经验颇丰的翻译家。在翻译莎士比亚十四行诗时，梅肖尼克试图再现原十四行诗的音、形、意特点：他遵守了原诗的韵律和五步抑扬格的特点，即每行诗为十音节、五音步，每音步由一个重音和一个非重读音构成，同时重读音节与非重读音节交叉出现在诗句中；在文字上，他采取的几乎是一种逐字对译。但是，令人吃惊的是，通过这种被大多数译者排斥的翻译方法得到的，却是结合了文学性和忠实性的理想译作。

对于《圣经》的翻译亦是如此，梅肖尼克曾根据希伯来语版本的《圣经》翻译了《创世记》《诗篇》和《〈圣经〉五卷：〈雅歌〉〈路得〉〈耶利米哀歌〉〈传道书〉〈以斯帖记〉》。他对译界普遍存在的以意义为中心、忽视《圣经》文字特殊性的倾向提出了批评，唯

---

① 转引自 Willis Barnstone, *The Poetics of Translation*：*History*，*Theory*，*Practice*，New Haven and London，Yale University Press，1993，p. 39.

独对英国钦定本《圣经》大加赞赏。试举一例就能了解梅肖尼克之所以赞赏钦定本《圣经》的原因：

《以赛亚书》第四十章第三节

希伯来语原文：qol qoré // bamidbar // pánu / dérekh yhvh /// yachru ba ʻarava // mesilla / lelohénu

法文逐字翻译：une voix parle // dans le désert // ouvrez / un chemin à Adonaï /// faites droit dans la plaine // une route / pour notre dieu

钦定本翻译：The voice of him that crieth in the wilderness，Prepare ye the way of the LORD，make straight in the desert a high-way for our God!

因为学识浅陋，我们无从知晓希伯来语原文中每一个词的确切含义，但是从法文逐字翻译和钦定本《圣经》文字的对比中，我们可以看到，钦定本从用词到句序都基本遵循了原文，几乎可以说做到了逐字翻译，同时又保留了很高的文学性。这正是钦定本《圣经》得到梅肖尼克肯定的原因：首先，钦定本对原文文字的紧贴是对神圣文本的尊重，因为虔诚的信徒认为，《圣经》中的每个词、每句话都包含了一种奥义，不能随便更改，这也是最初将《圣经》译介到西方的希腊七十二子采取逐字翻译的原因；其次，《圣经》不仅是一部神学典籍，更是一部伟大的文学作品，它的节奏感和口语性都是独一无二的，而表现这种独特价值的正是其用词和句序。因此，单纯用阐释学的方法去诠释《圣经》是不够的，只注重意义必定会抹杀《圣经》的文学性，使其沦为意识形态的产物。而英语钦定本

《圣经》通过字比句次的翻译方法，令《圣经》的节奏和口语性得到了保留，完全可以将其看作一部具有较高文学价值的翻译。

梅肖尼克的"文字翻译"理论是其翻译诗学节奏观的具体表现。在上文中，我们已经大致介绍过梅肖尼克翻译诗学观的重点：一方面，译者翻译的是作者的话语（discours）而非作者使用的语言（langue）；另一方面，要再现作者话语的特点，必须抓住其节奏特征。例如，如果莎士比亚十四行诗的节奏是诗歌的音乐性，那么译者在翻译过程中就应致力于把握并再现这种音乐性；如果《圣经》的节奏是语言的神圣性及其口语化特征，那么译者翻译《圣经》时的着力点就该与翻译莎士比亚不同。体现文本节奏的往往是作为文本组织形式的文字，因此，抓住了文字也就抓住了节奏，而在此基础上实现的"文字翻译"就具有了明显的诗性特征。

夏多布里昂翻译的弥尔顿的《失乐园》也是"文字翻译"的杰出代表。夏多布里昂对"文字翻译"这种翻译方法的采用是刻意的，我们可以在他的译文前言中获悉他的这种意图。在前言中，他指出："如果我当时只是想要给出《失乐园》的优雅译本，人们可能会同意我拥有足够的艺术方面的知识，不会无法达到那样一种翻译的高度。但是我进行的是一种严格意义上的文字翻译，就是儿童和诗人都能行对行、词对词跟上原文的一种翻译，仿佛一本摊开在眼前的字典。"① 尽管不是职业译者，但夏多布里昂完全意识到了自己的"文字翻译"方法的创新性，因为他那"在文字之上进行的工作"在历来偏爱"不忠的美人"的法国翻译界几乎是绝无仅有的，出于这个

---

① Chateaubriand，«Remarques»，in *Le Paradis perdu de Milton*，trad. de Chateaubriand，Paris，Renault et Cie，1861，p. Ⅰ.

原因，他也将自己的"文字翻译"称作"翻译方法上的一场革命"①。

这一被称为"革命"的"文字翻译"表现出了明显的诗性特征，因为夏多布里昂在翻译中以再现原著的文学性和特殊性为主旨，并取得了理想的效果。法国学者贝尔曼从五个方面分析了夏多布里昂的"文字翻译"策略。

第一，夏多布里昂的"文字翻译"再现了原作语音和谐的文学特征。夏多布里昂在前言中曾以下面一个片段的翻译为例说明自己的翻译策略和方法：

> No rest, through many a dark and dreary vale
>
> They pass'd and many a region dolorous,
>
> O'er many a frozen, many a fiery Alp,
>
> Rocks, caves, lakes, fens, bogs, dens, and shades of death;
>
> A universe of death, which God by curse
>
> Created evil, for only good.
>
> Where all life dies, death lives, and nature breeds,
>
> Perverse, all monstrous, all prodigious things,
>
> Abominable, inutterable, and worse
>
> Than fables yet have feign'd or fear conceived,
>
> Gorgons, and hydras, and chimeras dire.

以下是夏多布里昂对这段文字的翻译：

---

① Chateaubriand, «Remarques», in *Le Paradis perdu de Milton*, trad. de Chateaubriand, Paris, Renault et Cie, 1861, p. XIII.

Elles traversent maintes vallées sombres et désertes, maintes régions douloureuses, par-dessus maintes Alpes de glace et maintes Alpes de feu: rocs, grottes, lacs, mares, gouffres, antres et ombres de mort; univers de mort, que Dieu dans sa malédiction créa mauvais, bon pour le mal seulement; univers où toute vie meurt, où toute mort vit, où la nature perverse engendre toutes choses monstrueuses, toutes choses prodigieuses, abominables, inexprimables, et pires que ce que la fable inventa ou la frayeur conçut: gorgones, et hydres et chimères effroyables.[①]

对照原文与译文之后，可以看到原文中的每一个单词在译文中都能找到对应的翻译，同时原文诗句的结构在译文中也得到了几乎一致的再现，可以说是做到了逐字对译。对于原作中多次重复的"many"，夏多布里昂选择了"maintes"一词来再现；对于原作中赋予作品节奏性和音乐性的一连串单词"Rocks, caves, lakes, fens, bogs, dens, and shades of death"，夏多布里昂也用了一连串单音节的法语词"rocs, grottes, lacs, mares, gouffres, antres et ombres de mort"，同时为了做到与原文的完全对应，甚至不顾法语语法要求，省略了单词前的冠词。这样高度的"文字翻译"使得原作语音和谐的特点在译作中得到了保留。

第二，夏多布里昂"文字翻译"的诗性维度还体现在他对《失

---

① Chateaubriand, «Remarques», in *Le Paradis perdu de Milton*, trad. de Chateaubriand, Paris, Renault et Cie, 1861, pp. Ⅳ-Ⅴ.

乐园》用词风格的再现上。约翰逊博士（Dr. Johnson）曾总结过弥尔顿的用词特色："弥尔顿所有最伟大的作品都突出了一种措辞方面的均一的特殊性，一种表达的方式和手法，它们同之前任何作家的风格都极少有相似之处，而且它们那么不同寻常，以至一个没有什么学问的读者，当他第一次翻开弥尔顿的书时，会对一种全新的语言感到吃惊……"[①] 据夏多布里昂统计，《失乐园》中约有五六百个单词无法在英语辞典中找到，这些措辞和表达方式有些是古语，有些是自创的新词，对于这些反映弥尔顿作品的文学特殊性的措辞和表达，夏多布里昂采取了"文字翻译"的方法，或者保留了古词，或者创造了一些同样无法在法语辞典中找到的新词和新的表达方法。

第三，通过"文字翻译"获得的法语版《失乐园》再现了原作的句子构造特征，这一再现既有语言层面的，也有话语层面的。例如他将 "many a row of starry lamps ... Yielded light as from a sky" 这个句子逐字翻译成 "Plusieurs rangs de lampes étoilées... émanent la lumière comme un firmament"。事实上，在法语中 "émaner" 并不是一个及物动词，后面不能接直接宾语，但夏多布里昂为尊重原作语言的语法和句法特征，不惜违背法语语法将 "émaner" 变成了一个直接及物动词，以"文字翻译"的方法借用了英语的表达方式。在话语层面，弥尔顿在写作《失乐园》时有名词化的倾向，也就是说，将通常人们习惯用动词、形容词、副词来表达的语句转而用一个名词短语来表达，从而制造出一种特殊的、优雅的效果。夏多布里昂

---

① 转引自 Chateaubriand，《Remarques》，in *Le Paradis perdu de Milton*，trad. de Chateaubriand，Paris，Renault et Cie，1861，p. Ⅹ.

的译文遵守了弥尔顿的造句特点，以"文字翻译"的形式保留了这种不寻常的表达方式，例如不说"Eve est douée d'une majesté virginale"而说"*la majestueuse virginité* se trouve dans Eve"，不说"Adam est inquiet"而说"*l'inquiétude* agit sur Adam"，不说"Satan rencontre Eve par hasard"而说"le *hasard* de Satan rencontre Eve"，等等。夏多布里昂对自己在这个层面上的"文字翻译"是如此解释的："我像隔着一块玻璃一般摹仿了弥尔顿的诗歌。我没有害怕改变动词的规则，因为如果译文更像法语的话，就会使原著失去某些表现其确切性、独特性或者力量方面的东西。"①

第四，夏多布里昂的"文字翻译"再现了原作的互文性特征。《失乐园》这部写于 1652 年至 1667 年间的巨著，其最显著的诗性特征是文本的互文性。《失乐园》的创作是以《圣经》（希伯来语版本、拉丁语版本和英语钦定本）、维吉尔的《埃涅阿斯纪》、斯宾塞（Edmund Spenser）的《仙后》以及荷马、塞涅卡（Sénèque）、卢克莱修（Lucrèce）、亚里士多德、但丁等人的作品为基础的。夏多布里昂完全认识到了原作的这种互文性维度，他在译者前言中指出："'昏暗'或者'可见的黑暗'令人想起塞涅卡的文字，non ut per tenebras uideamusm sed ut ipsas。在火湖上仰起头的撒旦是借自《埃涅阿斯纪》的一个形象。⋯⋯把失落天使比作秋叶的比喻来自《伊利亚特》和《奥德塞》。当诗人在祈祷中呼喊，说他将要吟唱一些从未被散文或诗歌说出过的东西时，他同时摹仿了卢克莱修和亚里士多

---

① Chateaubriand，«Remarques»，in *Le Paradis perdu de Milton*，trad. de Chateaubriand，Paris，Renault et Cie，1861，pp. Ⅲ-Ⅳ.

德……"①也就是说，弥尔顿的《失乐园》本身已经是一种翻译，而且是一种"文字翻译"，因为《失乐园》多处直接引用了英语钦定本《圣经》中的一些段落，上述取自其他作品的形象和表达也多是通过逐字翻译获得的。面对这个充满着"文字翻译"思想的原著，夏多布里昂也采用了"文字翻译"的方法，正如贝尔曼指出的那样，"一部作品同翻译的内在关系（它自身所包含的翻译与非翻译部分）理想地决定了它的语际翻译模式，以及它所能提出的翻译'问题'"②。与其他作家、作品之间的联系，尤其是与《圣经》及拉丁语文学作品之间的密切关系赋予了弥尔顿的《失乐园》浓厚的宗教色彩和拉丁化倾向，也就是说，弥尔顿的英语是一种虔诚的、拉丁语化的英语。夏多布里昂本人在翻译时充分意识到了《失乐园》的宗教色彩和拉丁化这两大特征，他在译者前言中指出："弥尔顿心中充满了宗教思想和宗教争议。当他描写魔鬼时，他的语言讽刺般地令人联想起罗马教廷的仪式；当他严肃地说话时，他使用的是新教徒神学家的语言。"③ 同时他还举例说明了作者语言的拉丁化："当弥尔顿描写天使时，说它们'一些转向了矛，一些转向了盾'，意即转向右边和左边，这种诗意的表达方式借自罗马人的一个普遍习俗：古罗马军团士兵右手执矛，左手执盾……"④ 因此，夏多布里昂的"文字翻

---

① Chateaubriand, «Remarques», in *Le Paradis perdu de Milton*, trad. de Chateaubriand, Paris, Renault et Cie, 1861, pp. Ⅹ-Ⅺ.

② Antoine Berman, *La traduction et la lettre ou l'auberge du lointain*, Paris, Seuil, 1999, p. 100.

③ Chateaubriand, «Remarques», in *Le Paradis perdu de Milton*, trad. de Chateaubriand, Paris, Renault et Cie, 1861, p. Ⅸ.

④ Chateaubriand, «Remarques», in *Le Paradis perdu de Milton*, trad. de Chateaubriand, Paris, Renault et Cie, 1861, p. Ⅺ.

译"也主要在宗教性和拉丁化这两个层次展开。一方面，他积极研究各种版本的《圣经》尤其是钦定本《圣经》，另一方面，他"将自己投入了学者们的各种研究成果的包围圈，阅读了所有能找到的法语、意大利语和拉丁语译本。拉丁语译本因其能够逐字对译原著并紧随原文倒装结构的能力"①，为他的"文字翻译"提供了启发和可能性。最后，他以"文字翻译"的形式保留了原作中来自宗教典籍和拉丁语文学的词汇、语句、形象和感情色彩，创造出了一种拉丁化的法语，一部宗教气息浓厚的法语版《失乐园》，"在基督教性和拉丁化这两点上，夏多布里昂真正同弥尔顿合二为一"②。

最后，夏多布里昂"文字翻译"的诗性特征还在于它旨在再现原文固有的晦涩难明的文风。原文中对英文钦定版《圣经》的直接引用，对其他著作的逐字翻译，语言的历史距离，加上弥尔顿本人独特的组织文本的手法，都使得《失乐园》中的很多诗句晦涩难懂，意蕴深刻，为读者的解读设置了重重障碍。夏多布里昂也在前言多处指出，原作存在很多晦涩不明之处，但他认为有几处的"晦涩正是诗人高超艺术水平的体现"③。对于这些晦涩的片段，夏多布里昂采取的仍旧是"文字翻译"的方法，使得他的译本中出现了类似"ces mers de verre qui sont fondées en vue"（玻璃的海洋在目力所及的范围之内建造起来）、"ces roues qui tournent dans des roues"（在轮子中转动的轮子）等晦涩难懂的句子。这样的做法并不表明夏

---

① Chateaubriand，«Remarques»，in *Le Paradis perdu de Milton*，trad. de Chateaubriand，Paris，Renault et Cie，1861，p. XIV.

② Antoine Berman，*La traduction et la lettre ou l'auberge du lointain*，Paris，Seuil，1999，p. 101.

③ Chateaubriand，«Remarques»，in *Le Paradis perdu de Milton*，trad. de Chateaubriand，Paris，Renault et Cie，1861，p. III.

多布里昂在理解能力上的缺陷，也不是他无奈的选择，恰恰相反，从译者前言来看，他的"文字翻译"策略是深思熟虑的结果。在前言中，他明确指出，当原著晦涩的特点难以克服时，译者必须保留这种晦涩，因为"通过这种晦涩，我们还能够感受到上帝的存在"①。因此，他对当时普遍存在的释义性的译本提出了批评。以意义为中心的释义方法往往极力去解释，澄清，化晦涩为清明，以保证读者能够获得一个清晰的意义。夏多布里昂认为这种释义手段最终会对弥尔顿的诗歌造成严重的歪曲，而对原著所做的种种改动积累起来，最终会使弥尔顿的天赋沦为一种老生常谈。

通过对亨利·梅肖尼克和夏多布里昂的"文字翻译"理论或实践的分析，我们可以看到，在某些时候，"文字翻译"不但不是人们所认为的低级的翻译方法，反而恰恰是最适合于再现原作文学性及其风格的一种翻译方法，"文字翻译"在此表现出了一种诗性维度，因此也得到很多学者和文人的青睐。

第四节
"文字翻译"：触及存在之诗性

对夏多布里昂来说，紧贴文字主要是为了再现原作的诗性特征；

---

① Chateaubriand，«Remarques»，in *Le Paradis perdu de Milton*，trad. de Chateaubriand，Paris，Renault et Cie，1861，p. Ⅳ.

而对另一些学者文人，例如本世纪伟大的哲学家本雅明来说，"文字翻译"已经超越了单纯的翻译方法的层次，一跃成为探索人类原初语言和语言本质的手段，并因此被赋予了更为深刻的使命。

本雅明是荷尔德林的追随者。早在18世纪，德国浪漫主义时期的伟大诗人和翻译家荷尔德林就已经认识到了"文字翻译"与存在之诗性的深层联系。在对古希腊作者的翻译中，荷尔德林"依赖于最绝对的逐字翻译。他求助于词序倒置、宾语与动词分离、前置或后置的修饰词与它所伴随的名词的远离、谓语和表语的不对称等方法，只为构筑一种'希腊式德语'，能为讲德语但努力使自己融入品达（Pindare）那'暗流'中的人所理解"①。

这种希腊式德语究竟是什么？荷尔德林认为，人类每一种具体语言都是普遍语言即本雅明所说的"纯语言"的一个碎片，不同的语言是从逻各斯这个统一体中分离出来的一些飘忽不定的团体，当一种真正的翻译产生时，两种语言便被摧毁，从中产生出了一种新的融合，对荷尔德林来说，这种融合是希腊语和德语的融合，即希腊式德语，它不属于两种语言中的任何一种，却承载着最普遍的意义，也最接近语言的源头——一种普遍语言，一种诗性语言。因此，荷尔德林才会认为，"当诗人翻译时，他才最接近他真正的语言"②。从其翻译实践来看，荷尔德林所说的"真正的翻译"无疑是"文字翻译"，正如他自己所指出的那样，"上帝只将自己最大的恩宠赐予

① George Steiner, *Après Babel*. trad. de Lucienne Lotringer & Pierre-Emmanuel Dauzat. Paris, Albin Michel S. A., 1998, p. 442.

② George Steiner, *Après Babel*. trad. de Lucienne Lotringer & Pierre-Emmanuel Dauzat. Paris, Albin Michel S. A., 1998, p. 451.

那些'不可动摇的文字'的守卫者和哺育者"①，而"文字翻译"是寻找到语言的诗性和普遍性根源的一种手段。

荷尔德林的"文字翻译"观对本雅明有较大的影响，本雅明曾在《译者的任务》一文中盛赞荷氏的翻译，指出其"语言的和谐如此深邃以至于语言触及语义就好比风触及风琴一样"②。在《译者的任务》的开篇，本雅明指出了两类"糟糕的翻译"。首先，旨在向读者传达信息、以交流为目的的译文是糟糕的翻译，因为在此目的下，原文的地位和性质在译文中发生了变化。原文的"本质属性不是交流或传达什么信息"③，文学作品本身的存在已经是一种价值，任何以读者为归依、以传达信息和意义为目的的译文只能表现原文非本质的一面。其次，故弄玄虚的译文是糟糕的翻译，因为这种翻译将原文中"超越理解能力之外的东西看做高深莫测的、神秘的、'诗意'的"④ 东西，进而对其进行不准确的传达。那么什么才是真正的、本质的翻译？本雅明指出"真正的翻译是透明的；它并不掩盖原文，并不阻挡原文的光，而是让仿佛经过自身媒体强化的纯语言更充足地照耀着原文。这主要可以通过句法的直接转换达到，这种转换证明词语而非句子才是译者的基本因素。如果句子是挡在原文

---

① George Steiner, *Après Babel*. trad. de Lucienne Lotringer & Pierre-Emmanuel Dauzat. Paris, Albin Michel S. A., 1998, p. 452.

② 本雅明：《译者的任务》，见《翻译与后现代性》，陈永国主编，中国人民大学出版社，2005 年，第 11 页。

③ 本雅明：《译者的任务》，见《翻译与后现代性》，陈永国主编，中国人民大学出版社，2005 年，第 3 页。

④ 本雅明：《译者的任务》，见《翻译与后现代性》，陈永国主编，中国人民大学出版社，2005 年，第 3 页。

语言前面的那堵墙，那么，直译就是拱廊"①。

"句法的直接转换"，"词语而非句子才是译者的基本因素"，我们从这些语句中看到了"文字翻译"的影子，这也是本雅明本人坚持的翻译方法。之所以坚持"文字翻译"，这与本雅明一生关注的核心问题——纯语言问题——有关。在《译者的任务》及另一篇写于更早时期的、同样晦涩的论文《论普遍语言与人类语言》中，本雅明已多次提及纯语言，通过这几篇文章可以看到，纯语言在本雅明心目中代表着神的语言。纯语言有别于符号语言，它在言说时直接传达了某种精神实质，词——上帝的命名词——与物浑然一体，词就是物的存在。但是，自伊甸园事件后，纯语言便失落了，取而代之的是一种"资产阶级实用主义"（本雅明语）的符号语言，词与物之间即时的、有神力的关系被能指与所指之间的任意关系取代，词成为抽象的符号，与存在失去了联系。随着纯语言的失落，世界和人的本真状态也被遮蔽。因此对本雅明来说，重新获得纯语言，不仅是对语言的救赎，更是对世界和人类存在的救赎。

幸运的是，本雅明也认为纯语言并不是完全消失了，而是散落在每一种语言中。纯语言是"语言间相互补充的意图总和"②，同每一种语言的关系正如容器与容器碎片之间的关系，而每一种语言作为纯语言的碎片，相互之间具有一种先验的亲缘性。那么从理论上说，要将纯语言从人类多样的语言中拯救出来是可能的。而本雅明将救赎的任务寄托在翻译身上："从语言流动中重新获得圆满的纯语

---

① 本雅明：《译者的任务》，见《翻译与后现代性》，陈永国主编，中国人民大学出版社，2005年，第10页。

② 本雅明：《译者的任务》，见《翻译与后现代性》，陈永国主编，中国人民大学出版社，2005年，第6页。

言，则是翻译的巨大和唯一的功能"①。这"巨大和唯一的功能"一方面体现在，作为原作的来世生命，翻译能够表现语言间的内部关系，即它们之间的亲缘性："它不可能揭示或确立这种隐藏的关系本身，但却可以通过胚胎的或强化的形式实现这种关系而将其再现"②。原作与译作之间的对比正如容器碎片之间的拼接。另一方面，令"诸语言不断成长并达到救赎的终点，则需要由翻译……来不断检验诸语言神圣的成长过程，来看看它们所隐藏的东西究竟离'启示'还有多少距离"③。

但是，如果说《译者的任务》一开头提出的两种糟糕的翻译——以读者为归旨的翻译和故弄玄虚的翻译——无法完成任务，那么唯有不"基于保留意义的利益之上"，"周到细腻地融会原文的指意方式"并以"形式再生产"为目的的直译，才能"解放他自身语言中被流放到陌生语言中的纯语言，在对作品的再创造中解放被囚禁在那部作品中的语言"，④ 因为"由直译而保证的'信'的重要性在于，作品反映了对语言互补关系的强烈渴望"⑤。由此可见，本雅明的"文字翻译"观与一般翻译实践已经无多大关系，甚至同通常我们所说的翻译理论没有多大关系。这一"文字翻译"观上升到

---

① 本雅明：《译者的任务》，见《翻译与后现代性》，陈永国主编，中国人民大学出版社，2005 年，第 10 页。

② 本雅明：《译者的任务》，见《翻译与后现代性》，陈永国主编，中国人民大学出版社，2005 年，第 5 页。

③ Walter Benjamin，«La tâche du traducteur»，trad. de Maurice de Candillac, revue par Rainer Rochlitz. In Œuvre（t. 1），Paris, Gallimard, 2000, p. 251.

④ 本雅明：《译者的任务》，见《翻译与后现代性》，陈永国主编，中国人民大学出版社，2005 年，第 10 页。

⑤ 本雅明：《译者的任务》，见《翻译与后现代性》，陈永国主编，中国人民大学出版社，2005 年，第 10 页。

了一种本体论的高度，同本雅明对语言和语言本质的思考密不可分，从某种意义上说，"文字翻译"由此仿佛成为使人类语言和人类自身获得救赎的弥赛亚。

"文字翻译"对存在的揭示还在于它的异化原则能够最大限度地保留他者的面孔。马丁·布伯（Martin Buber）曾提出著名的"我—你关系本体论"："没有孑然独存的'我'，仅有原初词'我—你'中之'我'以及原初词'我—它'中之'我'。"① "泰初（即太初——本书作者）即有关系。"② 在马丁·布伯看来，关系是存在的本质。"你—我"关系意味着，一方面，"我"从千万人事物中，凭借你的特殊性辨认"你"，另一方面，辨认出"你"的过程也是"我"与"你"建立关系的过程，"我"的本质因这种关系得到确立和肯定，一切意义由此产生。法国翻译理论家贝尔曼也是从这个角度出发，在《翻译与文字或者远方的客栈》这部著作中谈论了"文字翻译"的这种伦理深度。他首先指出，伦理性不仅仅意味着传统意义上概念模糊的译作的忠实度和准确性，更重要的是，"伦理行为意味着将他者作为他者本身予以承认和接受"③。这种伦理概念在古代就已存在，古希腊和希伯来的智者认为，人们能够在他者的面孔下辨认出上帝或者神迹。他者以我们所不熟悉的面孔出现，给我们带来了无限新意，而"翻译的伦理性目标……在于在自己的语言中表现这种

---

① 马丁·布伯：《我与你》，陈维纲译，生活·读书·新知三联书店，1986 年，第 18 页。

② 马丁·布伯：《我与你》，陈维纲译，生活·读书·新知三联书店，1986 年，第 33 页。

③ Antoine Berman, *La traduction et la lettre ou l'auberge du lointain*, Paris, Seuil, 1999, p. 74.

纯粹的新意，并保留它清新的面孔"①，"修改作品的异质因素以方便人们的阅读，这样的行为最终只会歪曲作品，并由此欺骗人们声称要为之服务的读者。应该进行的……是面向异的教育"②。

"面向异的教育"要求译者和译语文化承认他者的"异"，并在自己的"肉体之内"接受这种"异"，这一切都无法通过释义性的翻译即意译的翻译方式获得，因为释义性的翻译模式是"我族中心主义的、超文本的、柏拉图式的"，它往往割裂"形"与"义"、"异"与"我"的关系，抹杀原作蕴含的异质元素，并由此掩盖了翻译活动的另一个更为深刻的本质，即"翻译同时是伦理的、诗性的、反思性的行为"。贝尔曼指出："伦理性、诗性、反思性……反过来又由与我们称之为'文字'的东西之间形成的关系得到定义。文字是它们的活动空间"③。也就是说，"异"不是一种虚无飘渺的东西，它的物质支撑是作品的文字，在这里，文字不是作为某种意义的外壳存在，而是作为文字本身存在，在它身上，原语、原文学作品、原语文化的异质特征都得到了体现。而"文字翻译"因为对文字的紧贴，比起自由翻译来，更能保留原语文字蕴含的种种"异"，使译语成为"远方的客栈"④，以开放的心态接纳来自远方的客人。正是在这一意义上，贝尔曼才会指出，"在任何领域，对文字的忠实才称得

---

① Antoine Berman，*La traduction et la lettre ou l'auberge du lointain*，Paris，Seuil，1999，p. 76.

② Antoine Berman，*La traduction et la lettre ou l'auberge du lointain*，Paris，Seuil，1999，p. 73.

③ Antoine Berman，*La traduction et la lettre ou l'auberge du lointain*，Paris，Seuil，1999，p. 26.

④ Antoine Berman，*La traduction et la lettre ou l'auberge du lointain*，Paris，Seuil，1999，p. 15.

上忠实"①。

"文字翻译"在面对"异"时力图保存异质元素，使自身成为"异"的"远方的客栈"，这一过程也是自我不断得到确立和丰富的过程。翻译是接触"异"、接纳"异"并将自我置于他者即"异"的考验之下的场所。勒芒的雅克·贝尔蒂埃（Jacques Peletier）早在 16 世纪就已认识到翻译之于译入语本国语言文化发展的重要性："翻译如果做得很好，可以在很大程度上丰富一种语言。因为译者可以将一种拉丁或者希腊的短语变成法国的，并把警句的力量、条文的庄严和外国语言的优雅带到自己的国家中。"② 施莱格尔（F. Schlegel）对此也发表过精辟的见解："要走出自我，去寻找并且最终在他者的存在深处找到对最私密的自我存在的补充"，"真正的中心，是人们经过……偏远道路绕回去的地方，而非人们从未离开过的那个地方"③。一个国家的语言文化要发展，必然要借助异域因素，一方面因为发展需要吸取新的元素，另一方面也因为"异"的冲击使我们对自己的语言文化做出思考。从某种程度上说，是路德翻译的《圣经》奠定了德国现代文化的基础。在浪漫主义时期，德国人又翻译了大量著作，包括古希腊、罗马的名著，意大利文艺复兴时期诗歌，英国伊丽莎白时期的戏剧，法国古典主义者和百科全书派的作品，等等，对这些作品所携带的异质因素的吸收大大丰富了德国的语言

---

① Antoine Berman, *La traduction et la lettre ou l'auberge du lointain*, Paris, Seuil, 1999, p. 77.

② 转引自 Bruno Garnier, *Pour une poétique de la traduction. L'Hécube d'Euripide en France de la traduction humaniste à la tragédie classique*, Paris, L'Harmattan, 1999, p. 65.

③ Antoine Berman, *L'épreuve de l'étranger*, Paris, Gallimard, 1984, p. 78.

和文化，而"文字翻译"以其能最大限度地吸取异质元素的特征，备受这一时期的学者的关注。这种翻译方式以原作为出发点，有时为了保留原作的"异"甚至牺牲译作的可读性，以最大限度地再现"异"为目标，因而对译语文化的发展起了强大的推动和促进作用。

对于"文字翻译"的意义，德国浪漫主义时期伟大的文学家歌德也进行过深入的思考。贝尔曼曾如此评价歌德："在德国唯心主义时期，没有人像歌德那样，如此强烈地经历了文化中包含的多种多样的转移。"[①] 歌德始终将自然界和人类社会视作一种充满互动和交流的进程。这种认识促使他在 1827 年提出了一个重要的概念，即"世界文学"的概念。那么这种"世界文学"的含义究竟是什么？它并不意味着过去和现在我们能掌握的所有世界文学的总和，也不是已经成为全人类财产的伟大作品——例如荷马、莎士比亚的作品——的总和。它是"一种历史概念，关系到各个国家和地区多种文学之间的关系的现代状态"[②]，也就是说，虽然在每个历史时期各国的文学都或多或少地与异族文化进行着被动的互相作用，但现代以来，它们不再满足于这一状态，而是在不断强化的互相作用范围内，开始积极主动地规划自身的存在和发展。这种"现代状态"暗示了自我与他者之间关系的改变：面对自我与他者的差异，不仅不应该采取抹杀的态度，而且应该促进差异间的交流，将异质元素吸收到我族的文学和文化中。由于翻译在跨文化交流中的特殊作用，歌德对其表现出了特殊的兴趣，因为"原作与翻译之间的关系正是

---

① Antoine Berman, *L'épreuve de l'étranger*, Paris, Gallimard, 1984, p. 87.

② Antoine Berman, *L'épreuve de l'étranger*, Paris, Gallimard, 1984, p. 90.

这样的关系，它们最清楚地表达了民族与民族之间的关系"①，为了"世界文学"的发展，这些关系必须优先得到认识和评价。

同时，歌德还指出，通过翻译，各民族对于"异"的接触、吸收、消化是一个过程，一个周期。而在这个周期中，"文字翻译"的作用不容小觑。在上文中，我们已经提到歌德将翻译分为三个阶段。第一个阶段是传递知识的翻译，在这个阶段中，译者力图帮助读者了解外来文化。同时，对这些外来的东西，又要使其自然地融合在译语之中。因此，此时最适于用平易朴素的散文进行翻译。第二个阶段是按照译语文化规范进行的改编性翻译，这个阶段适宜采取的方法类似于 16、17 世纪流行于英法两国译坛的"拟作法"。在最后一个阶段也是最崇高的一个阶段，歌德建议采用逐行对照的"文字翻译"方法，并指出"这种类型的翻译首先会遇上最大的阻力，因为紧贴原作的译者或多或少放弃了他自己民族的独特性。由此产生了第三个词，而公众的品味必须开始适应这个词……现在是时候进行第三类翻译了，它将再现不同的方言，再现作品的节奏、格律和文笔的独特性，使我们能够再次在诗歌充分的独特性中来品尝和玩味它"②。这三个阶段构成了翻译活动的一个周期，也是我族接受"异"的考验的一个周期。但是，为什么歌德将第三个阶段称为最后甚至最崇高的阶段呢？歌德认为这是一种自然的趋势，"一种试图与原作合而为一的翻译最终会倾向于接近逐行对照的版本，并很大程度上方便人们对原作的理解。由此，从某种程度上来说，我们

---

① 转引自 Antoine Berman, *L'épreuve de l'étranger*, Paris, Gallimard, 1984, p. 92.

② Antoine Berman, *L'épreuve de l'étranger*, Paris, Gallimard, 1984, p. 96.

不自觉地被带到了原始文本前，一个周期得以结束，从陌生到熟悉，再从已知到未知的转变过程就是按照这种周期运转的"①。也就是说，将陌生转变为熟悉，再由此出发去探询新的陌生事物，这一过程只有通过最后一个阶段的"文字翻译"才能圆满完成，因此，歌德才会将"文字翻译"视作翻译中最崇高的一个阶段。

当然，我们也应看到，"文字翻译"往往"首先出现在某些特定的历史和文化时期，……它在语言、文化和文学的需求中产生"②。荷尔德林、本雅明、夏多布里昂等人的翻译，包括中国新文化运动时期鲁迅所倡导的直译都是这类翻译的代表，"它们显然都同一种文化的危机有关，并且首先是同一种文化中的我族中心主义立场的动摇有关"③。这种危机是一种意识形态、文化、文学和诗学立场走到尽头时产生的危机，人们迫切需要摆脱旧的机械的机制，吸收新的因素，促使文化摆脱危机，得到进一步发展，并由此摆脱消亡的命运。而"文字翻译"比其他任何手段都更接近于"异"，在更新和丰富本国文化中起到重要作用，因而尤其在这些时期中具有特殊的影响和意义。

综上所述，"文字翻译"远非人们平常所误解的那样，是硬译、死译或奴译，"它不是一种词对词的翻译，而是文字对文字的翻译"④，它是一种具有诗性维度的翻译方式，甚至能够触及世界与文化

---

① 转引自 Antoine Berman, *L'épreuve de l'étranger*, Paris, Gallimard, 1984, p. 96.

② Antoine Berman, *L'épreuve de l'étranger*, Paris, Gallimard, 1984, p. 276.

③ Antoine Berman, *L'épreuve de l'étranger*, Paris, Gallimard, 1984, p. 276.

④ Paul Ricœur, *Sur la traduction*, Paris, Bayard, 2004, p. 69.

的存在和发展之本质。乔治·斯坦纳曾在《通天塔之后》中对"文字翻译"做出过极高的评价："被德莱顿称为'直译'（metaphrase）的'文字翻译'远远不是最基础、最容易的翻译模式，事实上，它是最不容易达到的模式。真正隔行对照的翻译是终极目标，也是无法通过阐释实现的目标。从历史和实践的角度来看，隔行对照、逐字翻译可能只表现为一种粗浅的方法。然而，严格意义上的隔行对照和逐字翻译则体现了完全的理解和再现，体现了语言之间绝对的透明，这种透明无法通过经验获得，假使达到，则将意味着向人类语言的亚当式的和谐回归。"① 如果说斯坦纳将"文字翻译"视作一种终极目标甚至一种永远无法企及的梦想，那么许钧在其主编的《文字·文学·文化：〈红与黑〉汉译研究》代引言中对文字的认识似乎赋予了"文字翻译"一种更为现实的意义："文学，是文字的艺术，文化的一个重要组成部分，而文字中，又有文化的积淀。因此，文字、文学、文化是一个难以割舍的整体。"② 从这段话中，我们看到，文字中蕴含着文学与文化，这三者都于文字中得到了统一，从这个角度看，"文字翻译"也从一种方法上升为一种态度，一种对待文字、文学和文化的态度。这也引发我们深思：在翻译理论界强调接受理论、关注语用价值、重意义轻文字之时，我们是否应该将应有的地位和价值还给文字？

---

① George Steiner, *Après Babel*, trad. de Lucienne Lotringer & Pierre-Emmanuel Dauzat, Paris, Albin Michel S. A., 1998, p. 417.

② 许钧：《文字·文学·文化：〈红与黑〉汉译研究》，南京大学出版社，1996年，第17页。

第六章 诗学节奏观与翻译忠实性研究

在《通天塔之后》中，乔治·斯坦纳一针见血地指出，所有翻译理论问题只不过是某个唯一且永恒的问题的变奏，这个问题便是："我们怎样才能或者说我们应该如何做到忠实？什么才是出发语文本A和目的语文本B之间的优先关系？"① 斯坦纳的这番言论发表于三十多年前。三十几年来，翻译研究领域发生了深刻的变化。在其他学科如语言学、文学、社会学、美学理论的启发下，人们研究翻译的途径和视角更为广泛，翻译活动也跳出了过去"从文本到文本的封闭过程"②，而置身于历史、社会、文化的大背景中。从翻译研究现状来看，斯坦纳的这番话似乎有夸大忠实问题的重要性之嫌。然而，不可否认的是，两千多年来，忠实问题一直贯穿着整个翻译研究的历史。忠实于什么？如何做到忠实？这些问题在很多时期都是翻译界乃至文化界争论的中心。西方翻译理论始祖西塞罗曾指出，自己在翻译时"保留了语言的总体风格和力量"③，这可以说是西方最早的对翻译忠实性的理解。在中国，支谦最早提出了"因循本旨，不加文饰"的忠实观，鲁迅更是把翻译的忠实性放在首位，提出

---

① George Steiner, *Après Babel*, trad. de Lucienne Lotringer & Pierre-Emmanuel Dauzat, Paris, Albin Michel S. A., 1998, p. 360.

② 许钧：《翻译论》，湖北教育出版社，2003年，第16页。

③ Douglas Robinson, *Western Translation Theory：from Herodotus to Nietzsche*, Beijing, Foreign Language Teaching and Research Press, 2006, p. 9.

"宁信而不顺"的原则。上个世纪 20 年代，陈西滢和曾虚白曾就翻译的标准问题进行过激烈的论战，但两人都没有否认忠实标准的首要地位。陈西滢说："译文学作品只有一个条件，那便是要信。"[①] 曾虚白也认为："翻译的标准……只有一端，那就是把原书给我的感觉忠实地表现出来。"[②] 本世纪初，江枫明确指出，不管是文学翻译还是非文学翻译，"以译入语再现译出语所传达的信息，对于传达的要求也不可能不是忠实"[③]。许钧更是将"翻译以信为本，求真求美"当作自己的翻译准则。在以忠实性为翻译最高标准的前提下，不同时期，忠实问题以不同的面貌出现，我国历史上"文"与"质"的争论、直译与意译的选择、形似与神似的对立都可以视作忠实问题的演化。然而，无论以什么面貌出现，二千多年来，对忠实的讨论始终很难摆脱二元对立、非此即彼的矛盾，这一矛盾直接导致了翻译标准上的分歧。面对不休的困惑与争论，法国翻译理论家亨利·梅肖尼克从诗学角度出发，提出了颇有独创性的节奏忠实观，或许为结束这一旷日持久的争论提供了一种可能。

---

① 陈西滢：《论翻译》，见《翻译论集》，罗新璋编，商务印书馆，1984 年，第 403 页。

② 曾虚白：《翻译中的神韵与达》，见《翻译论集》，罗新璋编，商务印书馆，1984 年，第 412 页。

③ 江枫：《"新世纪的新译论"点评》，《中国翻译》2001 年第 3 期，第 21 页。

第一节

传统忠实观：难以调和的矛盾

马修·阿诺德（Matthew Arnold）曾指出："译者'首要的责任'，正如纽曼先生所云，'是一种历史的责任，即做到忠实'。可能双方都会同意'译者的首要责任是做到忠实'，但他们之间争论的问题在于，忠实性究竟表现在哪里。"① 的确，一谈到翻译的忠实性，人们最先想到的问题肯定是：翻译究竟要忠实于什么？两千多年来，对于这个问题，文学家、哲学家、翻译家、翻译理论家等身份各异的人都对这个问题发表过自己的见解，其中最古老、最传统的，莫过于形式与意义之间的争论。正如贝尔尼埃（Maurice Pergnier）所说："翻译最根本的理论问题……实际上仍是'形式'与'意义'间关系性质的问题……。不论过去还是现在，理论家、教育家、翻译家在翻译上的所有争论通常都是围绕捍卫原文'意义'与捍卫原文'形式'之间展开的。"② 无论是忠于意义还是忠于形式，两大阵营都坚持己见，并提出了种种论据来支撑自己的观点。

（1）以意义为归依的忠实观。以意义为归依的忠实观历来是各种忠实观中的主流。圣哲罗姆（Saint Jérôme）自豪地指出自己的翻译

---

① 转引自 Willis Barnstone，*The Poetics of Translation：History，Theory，Practice*，New Haven and London，Yale Univ. Press，1993，p. 41.

② 转引自谢思田：《"达"与"雅"解构之下的中西翻译忠实观融合研究》，《外国语》2007 年第 3 期，第 70 页。

"不是以字译字（word for word），而是以意译意（sense for sense）"①。圣奥古斯丁（Saint Auguste）认为翻译时宁要内容精确，不要风格优雅。路德认为译者应尊重原文，深刻理解原文的精神实质。德莱顿（John Dryden）提出译者必须绝对服从原作的意思。泰特勒（Tytler）"翻译三原则"的第一原则便是：译作应完全复写出原作的意思。俄国批评家别林斯基（Belinsky）在谈论翻译时提到，翻译不应该逐字死译，而应再现原著的精神。朱光潜也曾指出："所谓'信'是对原文忠实，恰如其分地把它的意思用中文表达出来。"②

上述对忠实性的认识几乎都来源于翻译实践的启发，对忠实性的表述也往往是随感式、印象式的。20世纪以来，人们试图将科学概念和方法引入翻译研究，对忠实性问题的讨论多少也带上了一点"科学"色彩。例如西班牙翻译理论家阿尔比（Amparo Hurtado Albir）曾著有《翻译的忠实概念》，她借助巴黎高等翻译学校塞莱丝柯维奇（Danica Seleskovitch）与勒代雷的释意理论，指出只有意义才是忠实的真正归宿。③释意学派通过对大会同声传译的长期研究，指出存在脱离语言形式的思维，阿尔比认同了这种假设，并在此基础上指出释意学派所说的理解过程实际上就是"抓住意义"的过程，而表达过程则是在另一种语言中将抓住的意义表达出来。从一种语言到另一种语言，语言形式显然发生了变化，但包含于其中的意义

---

① Douglas Robinson, *Western Translation Theory*：*from Herodotus to Nietzsche*，Beijing，Foreign Language Teaching and Research Press，2006，p. 25.

② 朱光潜：《谈翻译》，见《翻译论集》，罗新璋编，商务印书馆，1984年，第448页。

③ 阿尔比：《翻译的忠实概念》，参见《当代法国翻译理论》，许钧主编，湖北教育出版社，2001年。

却始终如一，因此，翻译必须也只能忠实于意义这一不变因素。

美国翻译理论家奈达从交际理论角度出发，提出翻译是一种交际行为，而译文必须具有交际作用，使译文读者理解交际活动中要传达的信息，于是翻译的本质和任务就是"从语义到文体（风格）在译语中用最切近而又自然的对等语再现原语的信息"①。这一信息包括了很多层次：语义的、文体的、文学形象的、情景的、心理效果的，等等。奈达也同其他理论家一样，主张形式与内容的有机结合，但当形式与内容的矛盾无法调和时，他认为形式应该让位于内容，翻译不该拘泥于原文的形式，而应忠实于原文的意义和精神。因此，他又有"翻译即译意"这样的说法。

（2）以形式为归依的忠实观。与以意义为归依的忠实观相对的，是一种以形式为归依的忠实观。主张这种忠实观的也不乏其人。西方历史上最早提出以形式为归依的忠实观的也是圣哲罗姆。当然他提出这个忠实标准也是有前提的，即翻译的文本是《圣经》这一神圣文本。因为"在《圣经》中连句法都包含着玄义"②，因此，翻译时不能对《圣经》原文的句法结构做出半点改动。浪漫主义时期的德国也有很多学者本着充分吸收异国语言文化优势以丰富本国语言文化的目的，主张在翻译中——尤其是在对古希腊经典的翻译中——以逐字对应的方法保留原作的形式，荷尔德林的逐字翻译便是一个很好的例子。推崇荷尔德林的翻译的本雅明也在其著名的《译者的任务》中指出，文学作品的本质不是交流或传达什么信息，因此，对文学作品的翻译也不应该以交流或传达信息为目的。真正

---

① 转引自谭载喜：《西方翻译简史》，商务印书馆，1991年，第273页。

② Douglas Robinson，*Western Translation Theory：from Herodotus to Nietzsche*，Beijing，Foreign Language Teaching and Research Press，2006，p. 25.

的翻译"主要可以通过句法的直接转换达到，这种转换证明词语而非句子才是译者的基本因素"①，而一切翻译的原型或理想则是一种隔行对照的翻译。本雅明的态度在今天看来或许有些极端，但并非绝无仅有，例如著名作家纳博科夫（Vladimir Nabokov）也曾坚决主张翻译时对形式的忠实，认为"最笨拙的逐字翻译也要比最漂亮的意译好上千倍"②。

忠实于形式还是忠实于意义，这对矛盾在中国传统翻译理论中也有所体现，例如上世纪初开始的形似与神似的争论。事实上也不能算是一场争论，因为自始至终都没有产生出神似派和形似派两派，主要是神似派面对原作的"形"与"神"时产生困惑和思索，在探索过程中，神似派指出，神似是翻译的最高境界，当形与神产生矛盾时，必须重神似而不重形似。

最早提出翻译应重神似不重形似的是茅盾，在1921年的《译文学书方法的讨论》一文中，茅盾先是指出"翻译文学之应直译，在今日已没有讨论之必要；但直译的时候，常常因为中西文字不同的缘故，发生最大的困难，就是原作的'形貌'和'神韵'不能同时保留。"在"形貌"和"神韵"不能同时保留时，茅盾主张"与其失'神韵'而留'形貌'，还不如'形貌'上有些差异而保留了'神韵'"。③

之后，陈西滢在《论翻译》一文中也讨论过形与神的问题。在

---

① 本雅明：《译者的任务》，见《翻译与后现代性》，陈永国主编，中国人民大学出版社，2005年，第10页。

② 转引自 Willis Barnstone, *The Poetics of Translation：History，Theory，Practice*, New Haven and London，Yale Univ. Press，1993，p. 30.

③ 茅盾：《译文学书方法的讨论》，见《翻译论集》，罗新璋编，商务印书馆，1984年，第337页。

文章中，陈西滢提出了自己的忠实观，认为忠实可以归纳为"形似、意似、神似"。形似的翻译是"原文所有，译文也有，原文所无，译文也无。最大的成功，便是把原文所有的意思都迻译过来，一分不加，一毫不减。可是这样翻译的最高理想，也不过是我们所说的传形的译文，因为直译注重内容，忽略文笔及风格。……意似的翻译，便是要超过形式的直译，而要把轻灵的归于轻灵，活泼的归还它的活泼，滑稽的归还它的滑稽，伟大的归还它的伟大——要是这是可能的话。所以译者的注意点，不仅仅是原文里面说的是什么，而是原作者怎样的说出他这什么来。他得问原作者的特殊的个性是什么，原文的特殊的风格在那几点"①。最后，神似无疑是翻译的最高境界，"神韵是个性的结晶，没有诗人原来的情感，更不能捉到他的神韵"②。

傅雷是另一位明确主张重神似不重形似的翻译家。在《〈高老头〉重译本序》中，傅雷指出，"以效果而论，翻译应当像临画一样，所求的不在形似而在神似"③，在写给林以亮的书信中更是鼓励后者翻译时大可"只问效果，不拘形式"④。

尽管没有形似派对此做出回应，但由于神似派过于重神轻形，因而时常遭致他人的批评，形似与神似的矛盾也因此而始终存在，

---

① 陈西滢：《论翻译》，见《翻译论集》，罗新璋编，商务印书馆，1984年，第406—407页。

② 陈西滢：《论翻译》，见《翻译论集》，罗新璋编，商务印书馆，1984年，第407页。

③ 傅雷：《〈高老头〉重译本序》，见《翻译论集》，罗新璋编，商务印书馆，1984年，第558页。

④ 怒安：《致宋淇》，见《傅雷谈翻译》，怒安著，辽宁教育出版社，2005年，第38页。

并随时有可能激起一场论战。本世纪初许渊冲与江枫的论战，其起因便是对形似与神似看法的分歧。

斯坦纳指出："不管考察哪本翻译理论著作，出现的总是同一种二元对立思想：'文字'与'精神'之间的二元对立，'词'与'义'之间的二元对立。"① 传统的对翻译忠实性的认识也没能逃脱形式、意义的二元对立。这种二元对立的思想由来已久，在柏拉图的诗学理论就已见其端倪。在谈论修辞的《高尔吉亚篇》中，柏拉图反问："如果你从所有诗歌中剥去它的技艺、韵律、韵步，剩下的除了语言还有什么呢?"② 西塞罗和昆体良对此也有类似的论述。在《论演说家》中，西塞罗认为，我们的思想一旦确定，风格就会附着于其上，并不断变化着形式和姿态，使演说变得动听，感人。昆体良在讨论转义（tropes）时指出，"有些转义手法的运用是为了增加含义，有些仅仅是些装饰"③，从中明显可见将语言二分为思想和表达的看法。克里斯蒂娃在考证西方符号本质演变过程时曾提到，在中世纪的象征和符号理论中，能指与所指是两个不同的实体，这就导致了一个结果："符号是二元对立的，具有内部等级并给事物划分等级。"④ 在这点上，中西方传统思想不谋而合，中国传统思想中诸如"文以载

---

① George Steiner, *Après Babel*, trad. de Lucienne Lotringer & Pierre-Emmanuel Dauzat, Paris, Albin Michel S. A., 1998, p. 360.

② 柏拉图:《柏拉图全集》（第一卷），王晓朝译，人民出版社，2002年，第395页。

③ Quintilien, *Institution oratoire*, livre Ⅷ, tome 4, trad. de C. V. Ouizille, Paris, C. L. F. Panckoucke, 1829 – 1835, p. 125.

④ Julia Kristeva, *Semeiotikè. Recherches pour une sémanalyse*, Paris, Seuil, 1969, p. 57.

道""言为心声"等说法就蕴含了文字、精神二元对立的思想。同时，中国传统思想往往有重意轻形的倾向，例如刘勰在《文心雕龙》之《情采》篇中指出"情者文之经，辞者理之纬，经正而后纬成，情定而后辞畅，此立文之本源也"①，明显将精神视作形式的本源，因此很多人主张炼字不如炼意，并把炼字称作"小家筋节"。六朝骈俪和诗歌也因此常受到唐宋以后文学家的批判，被指太注重字面形式的华丽，以致内容不够深刻，甚至以文害辞，本末倒置。

在假定意义、形式二元对立的情况下，以意义为归依的忠实派做出了轻形式、重意义的选择。在翻译实践中，以意义为归依的忠实观事实上存在不容忽视的问题。首先，"意义"这一概念本身较为模糊。在对这一派的忠实观进行罗列的过程中，我们已经看到，对于意义，各人的表述并不一致，分别使用了"意义""精神""思维""内容""意思""所指"等词，这就让我们质疑意义的确切含义及其所包含的层面。例如奈达从交际理论出发，将意义分为语法意义、所指意义和联想意义，到了其思想发展的最后一个阶段，即社会符号学观时期，他又将意义分为修辞意义、语法意义和词汇意义，而这三大意义又各自可以分为所指意义和联想意义两个层面。朱光潜则认为意义具有最基本的四个层次：字典的意义、上下文决定的意义、联想的意义、声音美。我们看到，奈达和朱光潜所说的意义实际上已经超越了传统的内容与思维层面，一跃而成为将内容、形式甚至风格都包括在内的万能词。在意义概念本身含糊不清的情况下，坚持以意义为归依，不但无法说明问题并正确引导翻译实践，反而会造成一定程度的混乱，令译者无所适从。

---

① 刘勰：《文心雕龙》，郭晋稀注译，岳麓书社，2004年，第315页。

其次，在文学翻译中，以意义为最终归宿，这意味着对文学作品特殊性的忽视。一方面，一部文学作品"几乎没有什么可以'告诉'理解它的人，它本质属性不是交流或传达什么信息"①。既然如此，在文学作品的翻译中，意义的再现就不再是唯一的决定因素，"糟糕的译者毫无限制的自由可以达到极佳的保留意义的目的——而在文学和语言上则是极为糟糕的"②。另一方面，形式是文学作品的生命，"因为文学是文字的艺术，充分地利用语言文学所提供的可能性，创造具有个性的表现形式，是赋予作品生命的基础"③。因此，以文学作品的内容为归依而忽视其形式，这是对文学特殊性的抹杀，将其发配到与其他非文学书写同等的地位上，而"放弃对这些形式所蕴涵的价值的领悟，忽视对这一层面的形式的再创造，不可能会有真正成功的翻译"④，所产生的，只可能是意识形态支配下的改写。

以意义为归依的忠实观值得商榷并不意味着以形式为归依的忠实观就具有合理性，后者的不合理同样首先体现在概念的外延和内涵上。以形式为归依中的"形式"二字到底指什么？从一些人的观点来看，形式似乎是指文字，忠实于形式就是忠实于文字的字面意义和文句结构，因而忠实又等同于直译、逐字翻译。如此的理解是忠实性遭受诟病的原因，例如俄国作家阿·康·托尔斯泰（A. K. Tolstoï）认为"在忠实或准确性不致损害原文艺术形象的地方尽可能逐字翻译，但如果逐字译法会在俄文中产生有悖于原文的印象，

_____

① 本雅明：《译者的任务》，见《翻译与后现代性》，陈永国主编，中国人民大学出版社，2005年，第3页

② 本雅明：《译者的任务》，见《翻译与后现代性》，陈永国主编，中国人民大学出版社，2005年，第9页。

③ 许钧：《翻译论》，湖北教育出版社，2003年，第304页。

④ 许钧：《翻译论》，湖北教育出版社，2003年，第304页。

那就毫不犹豫地抛弃逐字译法，因为翻译的不应是词，也不应是个别意思，而主要应当是印象"①。李文革在总结 20 世纪前俄国翻译的文艺学派的理论贡献时也说："他们提出了两种翻译方法：一种是意译，优点是艺术性强，但不够忠实；另一种是直译，优点是忠实，但缺乏艺术性。"② 从这些论述中，我们可以看到，忠实成为直译、逐字翻译甚至死译的代名词，与艺术性格格不入，在文学翻译中，忠实的翻译不但无法再现原著的精神，甚至还会损害原文的艺术形象。而在另一些人看来，之所以要以形式为归依，是因为形式不仅仅涉及词语层面，它还包括了比词语更高级的句法、修辞、风格等层面。台湾学者龚鹏程在谈到文学作品的形式时说："所谓形式，意涵并不确定。许多学者在使用这个名词时各有所指，以致所谓'内容'的意涵也朦胧起来了。例如在克罗齐的用法中，形式就指心灵的活动和表现，是审美的事实。在这种用法中，形式与内容实为一体，不可分开。"③ 瓦莱里认为"一部作品的形式即是那些可感知特征的整体"④，江枫则认为诗歌的形式包括"结构、词汇（和词序、词的组合）、诗行（或不分行）、韵律（或无韵律）……乃至词的拼写和字母的大写小写等"⑤。以上种种对"形式"一词理解的差异已经造成了"忠实于形式"这一说法的含糊性，当我们说"忠实于形式"时，我们无法确知，我们指的究竟是与原文的"字比句次"，还

---

① 转引自谭载喜：《西方翻译简史》，商务印书馆，1991 年，第 184 页。

② 李文革：《西方翻译理论流派研究》，中国社会科学出版社，2004 年，第 54 页。

③ 龚鹏程：《文学散步》，世界图书出版公司，2006 年，第 66 页。

④ 瓦莱里：《文艺杂谈》，段映虹译，百花文艺出版社，2002 年，第 150 页。

⑤ 江枫：《形似而后神似》，见《翻译思考录》，许钧主编，湖北教育出版社，1998 年，第 420 页。

是句法上的一致，抑或风格上的统一。

其次，过分强调形式而轻视意义的忠实观从根本上来说是站不住脚的。一方面，不存在空洞、无意义的形式，正如江枫所言，"世界上从来就没有一种不译意的直译"①，内容在文学作品中的地位的确不如其在非文本文本中重要，但这并不意味着对文学作品的翻译就可以忽视意义的存在。伟大的文学作品之所以倾倒众生，其原因除了在于充满艺术和谐美感的语言形式之外，还在于形式所表达的深刻内涵。另一方面，当我们认真观察翻译行为时，我们会发现，首先将译文和原文联系起来的，是文字传达的意义，不管是小到一个词语一个句子，还是大到整个文本，我们能用甲语言去翻译乙语言写成的文本，都是因为我们首先对这个原文的意义有所了解！所以，抛开意义谈形式实际上只能是实现不了的空中楼阁。

综上所述，以意义为归依的忠实观和以形式为归依的忠实观都有失偏颇，以这两种忠实观中的任何一种来指导文学翻译实践，最后的结果都只能导致文学作品形式与意义的分离，译文或是以平淡无奇、毫无艺术性的口吻讲述的故事，或是佶屈聱牙、不知所云的文字碎片。长期以来意义派和形式派争执不休的局面恰好反映了这两种忠实观存在自身无法解决的问题。面对这种二元对立的忠实观，斯坦纳发问："一切在于知道如何。如何达到这种理想的中间状态，并且——如有可能——使其系统化？去何处寻找某种艺术的步骤，使译者能够建立这二元平衡的瞬间，在这一瞬间中，按照沃尔夫冈·莎德瓦尔特（Wolfgang Schadewaldt）的话来说，'它的表达方式

---

① 江枫：《"新世纪的新译论"点评》，《中国翻译》2001 年第 3 期，第 21 页。

毫无疑问是希腊语的，同时也真实地是德语的'?"①要达到斯坦纳所说的这种中间状态，首先要追问的，必然是形式与意义之间的关系。

第二节
形式与意义：从二元对立到辩证统一

文学作品的形式、意义（有时也被称为内容）及其相互关系历来是诗学研究的重要内容。自亚里士多德以来的诗学往往将作品的形式、意义对立起来，并且存在重意义、轻形式的倾向。一边是由亚里士多德诗学建立的摹仿论，强调文学作品是对现实的反映，一边是浪漫主义诗学建立的天才论，主张文学作品是作者内心丰富情感的表现，在这两种重要诗学观的影响下，文学作品的组织形式被归在次要的位置。这也是导致翻译中产生二元对立的忠实观的一大原因。进入20世纪以后，诗学领域发生了深刻的转变，人们对形式、意义的本质及其关系的认识更为全面和辩证。首先，形式的重要性得到了肯定和凸显。其次，形式、意义二元对立的思想受到批判，一种新的融合了传统意义上的形式和意义的形式观被提出。在此过程中，俄国形式主义理论、巴赫金的诗学理论、英美新批评流派理论等为这一新的转变做出了不可小觑的贡献。本节将借助上述诗学理论，来分析文学作品中的形式、意义及其相互关系的问题。

---

① George Steiner, *Après Babel*, trad. de Lucienne Lotringer & Pierre-Emmanuel Dauzat, Paris, Albin Michel S. A., 1998, pp. 366 - 367.

首先要探讨的是文学作品的形式问题。

文学作品的形式是什么？俄国形式主义将形式视作一种技巧，即一种陌生化技法，这种技法"使事物'不熟悉'，使形式变得困难，加大感知的难度和长度，因为感知过程本身就是审美目的，必须把它延长"①。在文学作品中，这种陌生化技法主要表现在"语言的三个层次上：语音层，如采用新的韵律形式对日常语言的声音产生阻滞；语义层，使词产生派生或附加意义；词语层，如改变日常语言的词序"②。由这种陌生化手法产生的便是广义上的诗歌语言，即文学语言。前苏联著名哲学家、美学家和文艺理论家巴赫金将形式分为两种：一种是对内容的组织形式，即对"认知和伦理价值的统一和组织"③，巴赫金称其为"建构形式"（forme architectonique）；另一种是对材料的组织形式，即对中性的语言材料的组织，巴赫金称其为"组合形式"（forme compositionnelle）。对于这两种形式，巴赫金指出，只有当形式成为"某个从价值学角度来说活跃的主体所进行的具有价值学意义的活动的表达时"④，它才能脱离组合形式的地位，成为一种具有美学能指功能的形式，即建构形式。文学作品的形式应当是一种建构形式，而不仅仅是组合形式。根据俄国形式主义者及巴赫金等人的理论，文学作品的形式具有以下几个特征。

---

① 什克洛夫斯基：《作为技法的艺术》，见《二十世纪西方文论》，朱刚编著，北京大学出版社，2006 年，第 20 页。

② 朱刚编著：《二十世纪西方文论》，北京大学出版社，2006 年，第 6 页。

③ Mikhaïl Bakhtine, *Esthétique et théorie du roman*, trad. de Daria Olivier, Paris, Gallimard, 1978, p. 69.

④ Mikhaïl Bakhtine, *Esthétique et théorie du roman*, trad. de Daria Olivier, Paris, Gallimard, 1978, p. 69.

（1）形式是文学作品的生命。在俄国形式主义之前，已经有英法的唯美派提出"为艺术而艺术"的口号，指出艺术的真理就是其形式。但俄国形式主义者的野心更大，他们想要建立一种"对文学的科学"，即一种关于形式之含义的理论，以对形式的研究作为其主要内容。在形式主义者看来，没有形式就没有文学作品，形式"不是内容/实质的随意的容器，也不是美的美学表现"①，它也不再同内容或实质相对立，而是被理解为文学语言的真正内容。因此，在形式主义者眼中，形式具有文学作品本质之表现的地位，它构成了文学作品的价值，而对它的研究则是揭示文学特殊性即文学性的唯一途径。

巴赫金从美学的角度出发，也认为艺术品的形式至关重要，如果没有形式，那么文学作品的价值就被简单的心理学效果所取代，读者可以在对内容的阅读中感受故事的曲折和人物的命运，但这种经历纯粹是"认知的和伦理的"②，同阅读任何其他非文学作品毫无区别，读者也不会将他的阅读经历当作一种美学经历。在此基础上，巴赫金强调了形式的审美功能。审美形式的首要功能是它的"孤立和分离功能"："孤立或分离同材料无关，也同作为物品的作品无关，而是同它的含义、它的内容有关，后者经常摆脱同自然领域和存在的伦理领域的某些必要联系。……必须将内容从将来的事件中孤立出来，以便它的完满性、它的独立的'存在性'、它的自给自足的存在能够实现。……一部作品的内容仿佛是存在中一个连续、开放的事件中的一部分，被形式从对即将到来的事件的责任中孤立和解放

① Gérard Dessons，*Introduction à la poétique*，Armand Colin，2005，p. 220.

② Mikhaïl Bakhtine，*Esthétique et théorie du roman*，trad. de Daria Olivier，Paris，Gallimard，1978，p. 71.

出来，因此它是平静而独立的，是个完满的整体"。① 也就是说，艺术品的形式使艺术品的内容摆脱了与现实即与认知和伦理世界的直接联系，成为一种完满的、独立的存在，它也许取材自现实，但经过形式的组织，它已经脱离了作为现实的简单写照的身份。形式的这种孤立功能使得内容不再被当作一个事件、一种信息而看待，最终会将人们的目光引向内容的组织方式，即文学作品的建构形式。

（2）形式必定是有内容的形式。形式不可能是空穴来风，巴赫金也说："作品获得生命与意义，是发生在同样活生生的、具有意义的世界里，也是在认识的、社会的、政治的、经济的、宗教的诸方面之中。"② 俄国形式主义者虽然肯定了形式的本体地位，但他们没有就此发展一种以形式为中心的一元论，因为在他们看来，形式并非如唯美派所强调的那样，是脱离社会生活的纯粹艺术，形式必定是一种有内容的形式。正如俄国形式主义大师日尔蒙斯基所指出的那样："任何形式上的变化都已是新内容的发掘，因为，既然根据定义来理解，形式是一定内容的表达程序，那么空洞的形式就是不可思议的。"③ 英美新批评流派的代表人物勒内·韦勒克也对形式的这种特征做出过具体分析。韦勒克曾以属于形式范畴的声音元素为例指出，面对一部文学作品或一首诗歌，完全脱离意义去分析声音的做法是不恰当的："从我们关于任何艺术品都是一个整体的观点看，这

---

① Mikhail Bakhtine, *Esthétique et théorie du roman*, trad. de Daria Olivier, Paris, Gallimard, 1978, p. 72.

② 巴赫金：《巴赫金全集》第一卷，晓河、贾泽林、张杰、樊锦鑫等译，河北教育出版社，1998年，第325页。

③ 维克托·日尔蒙斯基：《诗学的任务》，见《俄国形式主义文论选》，维克托·什克洛夫斯基等著，方珊等译，生活、读书、新知三联书店出版社，1984年，第211页。

种将声音与意义相分离的假说无疑是错误的；从纯的声音不会有或几乎不会有什么审美效果这样一个道理看，这种假说也是站不住的。没有一首具有'音乐性'的诗歌不具有意义或至少是感情色调的某种一般概念。"① 声音效果"很难与一首诗或一行诗的总的意义语调相脱离。……要使语言的声音变成艺术的事实，意义、上下文、'语调'这几个因素是必要的"②。

（3）形式有别于语言材料。区别这一点对我们认识文学作品的形式至关重要，而大部分人在论及形式时并没有对此做有意识的区分，这也是造成上文中提到众人对形式的看法各异的原因。作品形式和语言材料的划分最早可追溯至索绪尔。索绪尔区分了语言和言语，在他看来，语言是一个完整的系统，具有一整套需要为社会全体所共同遵守的准则，而言语是个人对语言的运用，它具有不完整的特点，同时又充满个体的特殊性。文学作品的形式同形式所运用的语言材料之间的区别可以被看作个人言语行为同语言系统之间的区别，语言材料本身没有特殊性，因为个人对材料的组织才具有了特殊性，这种对材料的组织就是文学作品的形式。如此获得的形式暗含着主体的概念，因而显然不同于冷冰冰的语言系统。巴赫金在其诗学理论中明确提出要做这种区分，并以此为基础对极端的形式主义理论进行过批判，因为在他看来，极端的形式主义理论，其最大缺陷是"过于依赖语言学"，过分注重语言材料，将文学的特殊性等同于作为语言材料组织方法的形式，却忽视了"形式受到一种情感的和意

---

① 勒内·韦勒克、奥斯汀·沃伦：《文学理论》，刘象愚、刑培明、陈圣生、李哲明译，江苏教育出版社，2005 年，第 176 页。

② 勒内·韦勒克、奥斯汀·沃伦：《文学理论》，刘象愚、刑培明、陈圣生、李哲明译，江苏教育出版社，2005 年，第 177 页。

志的意图的支撑"①。这样的方法充其量在研究艺术品的技术时有效，却无法真正从特殊性和美学含义上去理解和发掘整部作品。韦勒克也从美学角度出发，建议将文学作品中"一切与美学没有什么关系的因素称为'材料'，而把一切需要美学效果的因素称为'结构'……'材料'包括了原先认为是内容的部分，也包括了原先认为是形式的一些部分。'结构'这一概念也同样包括了原先的内容和形式中依审美目的组织起来的部分。这样，艺术品就被看成是一个为某种特别的审美目的服务的完整的符号体系或者符号结构"②。不管是材料与形式的区别，还是材料与结构的区别，都暗示着在分析文学作品时不能用"形式"一词一概而论所有的文字表达形式，也不能在翻译中轻易将逐字翻译或死译等同于忠实于形式的翻译。

其次要探讨的是文学作品中的意义或者说内容问题。

文学作品毫无疑问是有意义的。首先，正如巴赫金所说，所有的文学文本都不可能产生自真空，它必然是一定历史社会的产物；其次，文学作品具有创作主体即作者，而作者在写作时必然带有一定的意图和情绪，需要借助文字得到表达。巴赫金是如此定义文学作品的内容的："已得到认识和评估的认知和伦理行为中的现实进入审美客体，并在此承受了具体的、直觉性的统一，一种个体化、具体化，一种孤立和完满，也就是说，借助一定材料的多形态的艺术构建，我们将这种构建称为……'艺术品的内容'（更确切地说是

---

① Mikhaïl Bakhtine, *Esthétique et théorie du roman*, trad. de Daria Olivier, Paris, Gallimard, 1978, p. 30.

② 勒内·韦勒克、奥斯汀·沃伦：《文学理论》，刘象愚、刑培明、陈圣生、李哲明译，江苏教育出版社，2005年，第155—156页。

'审美客体'的内容)。"[1] 这句话首先意味着内容包括认知因素和伦理因素两大部分。认知因素是内容中所体现的作者对客观世界的认识，这种认识属于纯粹的科学领域，不带有价值色彩；伦理因素体现的则是作者对指导行动的法则体系的认识，包括各种价值观、道德观等。其次，艺术品的内容总是需要依托一定的语言材料才能得到表现。再次，艺术品的内容是一种多形态的、复杂的、朦胧的存在，它是通过主体有意识的活动构建起来的。文学作品的意义有以下的基本特征：

首先，意义的存在离不开形式。这一形式既指包括组合形式，也指建构形式，绝没有独立于形式之外或预存于形式之前的意义。一方面，形式关系到文学作品意义的存在。例如巴赫金指出，对内容的美学分析首先必须展现内在于审美客体的内容的组织形式，正是这种形式使内容超越了一般的认知和伦理层面，并将其"转移到一个新的价值层面：一种分离的、完满的、宁静地封闭于自身存在的层面：美的层面"[2]，否则，内容就会显得平淡无奇，"仿佛一个没有融入文学整体的元素"[3]。另一方面，意义总是随着形式的变换而变化，形式对意义有着深刻的影响，雅各布森的对等原则便是一个很好的例子。雅各布森指出语言行为具有两种组织模式：选择和组合。"选择在对等、相似性和相异性基础上产生，而组合，即对句段

---

① Mikhaïl Bakhtine, *Esthétique et théorie du roman*, trad. de Daria Olivier, Paris, Gallimard，1978，p. 46.

② Mikhaïl Bakhtine, *Esthétique et théorie du roman*, trad. de Daria Olivier, Paris, Gallimard，1978，p. 47.

③ Mikhaïl Bakhtine, *Esthétique et théorie du roman*, trad. de Daria Olivier, Paris, Gallimard，1978，p. 48.

的组织建立在相邻性的基础上。"① 也就是说，一般交流语言的句段的各个部分之间没有相似的必要，而在文学作品尤其是诗歌中，选择轴上的对等原则被投射到了组合轴上，使横向的组合轴上的词语也具有了相似性，这种相似性必然引起作品意义的变化，使其变得更加丰富，复杂。

其次，意义并不是文学作品的本质所在。一方面，将意义当作文学作品的归旨，就会导致产生韦勒克所指出的一种倾向，即"把文学看作是一种哲学的形式，一种包裹在形式中的'思想'；通过对文学的分析，目的是要获得'中心思想'"②。事实上，中心思想不外是爱情、人生、命运、道德这些有限的主题，诚如艾略特所言，莎士比亚和但丁都没有进行过真正的思考。因此，不能将艺术品"贬低成一种教条的陈述，或者更进一步，把艺术品分割肢解，断章取义"，因为如此便会给理解艺术品内在的统一性造成灾难，分解"艺术品的结构，硬塞给它一些陌生的价值标准"。③ 战斗檄文不能算是文学作品也是这个道理。另一方面，如果认为意义是文学作品的本质，那么对作品的价值进行评定时就应该持一种道德评判标准，哪个作品表现的意义更具积极向上，更关心人类命运，哪部作品就是好作品。事实上并非如此，历史向我们证明，《恶之花》和《悲惨世界》具有同样高的文学价值。

---

① Roman Jakobson, *Essais de linguistique générale*，Paris，Larousse，1972，p. 220.

② 勒内·韦勒克、奥斯汀·沃伦：《文学理论》，刘象愚、刑培明、陈圣生、李哲明译，江苏教育出版社，2005 年，第 122 页。

③ 勒内·韦勒克、奥斯汀·沃伦：《文学理论》，刘象愚、刑培明、陈圣生、李哲明译，江苏教育出版社，2005 年，第 123 页。

在上述对形式、意义的讨论中，我们采用的仍旧是二元对立的方法，仿佛形式真的可与意义分割开来。事实上，形式、意义这两个术语的设置只是为了讨论的方便，并不代表它们之间真正存在可以分裂的关系。俄国形式主义者日尔蒙斯基对此有中肯的认识，他认为传统的内容与形式之间的对立"可归结为对统一的审美对象进行实质分析的不同方式。一方面提的问题是：这部作品表达了什么？（＝内容）；另一方面是：这种东西是怎么表达的，它用了什么手段作用于我们，使我们对其发生感知？（＝形式）"①。而事实上，"艺术中这种'什么'与'怎么'的划分，只是一个约定的抽象。爱情、郁闷、痛苦的心灵搏斗、哲学思想等等，在诗中不是自然而有的，而是存在于它们在作品中借以表达的具体形式之中。因此，从一方面看，形式与内容（'怎么'与'什么'）的约定对立，在科学研究中总是融合于审美对象"②。法国学者梅肖尼克则指出，形式与意义之间的二元对立看似自然，"而事实上它是一种历史文化的产物。它在语言理论中引入了真理的逻辑概念，柏拉图式的立场就由此而来，并在马克思主义中构建了自身"③。

因此，形式与意义是审美客体的两个方面，上文之所以做形式、意义的区分，只是为了方便讨论，而形式与意义之间真正的关系，

①　维克托·日尔蒙斯基：《诗学的任务》，见《俄国形式主义文论选》，维克托·什克洛夫斯基等著，方珊等译，生活、读书、新知三联书店出版社，1984 年，第 211 页。

②　维克托·日尔蒙斯基：《诗学的任务》，见《俄国形式主义文论选》，维克托·什克洛夫斯基等著，方珊等译，生活、读书、新知三联书店出版社，1984 年，第 211 页。

③　Henri Meschonnic，*Pour la poétique II：Épistémologie de l'écriture*，*poétique de la traduction*，Paris，Gallimard，1973，p. 311.

应当如同硬币两个面的关系一样，不可分裂，互相融合。对于这种统一关系，巴赫金有精辟的认识："不可能从艺术品中抽离一个现实的元素，并称之为纯粹的内容，同样，不存在纯粹的形式：内容和形式互相渗透并且不可分离。"① "要在形式和内容的本质和必要的互相联系中去理解它们，将形式理解为内容的形式，内容理解为形式的内容，最终理解这些相互关系的特殊性及其法则。"② 巴赫金的观点是对形式至上或内容至上的一元论的批判，他的理论表面上看似乎是恢复了传统的形式、内容二元对立的思想，但事实上并非如此，因为他反对将形式、内容割裂开来，强调了形式、内容之间的融合，体现了一种辩证思想。

日尔蒙斯基、巴赫金和梅肖尼克尽管反对割裂形式、意义的关系，但仍保留了形式、意义这样的术语，而韦勒克对此有更为激进的看法，他甚至反对"内容与形式的统一"这样的提法，因为他认为这样的提法"虽然使人注意到艺术品内部各种因素相互之间的密切关系，但也难免造成误解……此说容易使人产生这样的错觉：分析某一人工制品的任何因素，不论属于内容方面的还是属于技巧方面的，必定同样有效，因此忽略了对作品的整体性加以考察的必要。'内容'和'形式'这两个术语被人用得太滥了，形成了极其不同的含义，因此将两者并列起来是没有助益的……现代的艺术分析方法要求首先着眼于更加复杂的一些问题，如艺术品的存在方式、层次

---

① Mikhaïl Bakhtine, *Esthétique et théorie du roman*, trad. de Daria Olivier, Paris，Gallimard，1978，p. 48.

② Mikhaïl Bakhtine, *Esthétique et théorie du roman*, trad. de Daria Olivier, Paris，Gallimard，1978，p. 81.

系统等"①。因此，他提出一种方法，将文学作品分为四个层面，即声音层面、意义单元、意象与隐喻、存在于象征和象征系统中作品的特殊"世界"或者说"诗的神话"，以避开"传统的、往往造成误解的内容和形式的二分法"②。

通过考察 20 世纪的各种诗学理论对文学作品形式、意义及其关系所做出的分析，我们可以看到，文学作品中的形式和意义事实上紧密相连，撇开形式讨论意义或撇开意义讨论形式都是没有意义的。形式和意义正如一张纸的正反面，统一于文学作品这一整体中，并且以文字的形式表现出来，正是这一以形式生产意义的过程体现了文学作品的价值。对形式、意义这一辩证关系的认识有助于我们正确理解文学文本翻译中的忠实性问题，看到以意义为归依或者以形式为归依的忠实观的缺陷之处，并呼唤一种以形式、意义同一性为前提的忠实观，这便是下文要论述的以节奏为归依的忠实观。

第三节
诗学节奏观

法国学者梅肖尼克提出了新型的以节奏为归依的忠实观。面对传统忠实观的自相矛盾及其自身克服不了的缺陷，梅肖尼克指出

① 勒内·韦勒克、奥斯汀·沃伦：《文学理论》，刘象愚、刑培明、陈圣生、李哲明译，江苏教育出版社，2005 年，第 18 页。

② 勒内·韦勒克、奥斯汀·沃伦：《文学理论》，刘象愚、刑培明、陈圣生、李哲明译，江苏教育出版社，2005 年，第 170 页。

"唯有一种翻译诗学才能理论化地讨论翻译的成功或失败"①，因为翻译诗学将原作与翻译之间的关系视作一种诗学关系，翻译要再现的既不是形式，也不是意义，而是价值，对价值的忠实才是真正的忠实。如何做到这种忠实？梅肖尼克尝试提出了自己翻译诗学理论中两个关键性概念：节奏和意指活动。但梅肖尼克也指出："从语言、文学理论的现状来看，将'节奏'和'翻译'两个词联系起来谈论，目的不再是平淡无奇地从文体的角度重申文本中存在节奏，或者重申翻译活动需要考虑到这种节奏。这样的思考仍旧停留在'节奏'的传统意义上，停留在传统理论上。节奏对符号的统治地位和意义的优先地位提出了质疑。节奏改变了全部的语言理论。这一改变深刻影响着翻译理论与实践。"② 也就是说，梅肖尼克在将节奏观应用到翻译研究之前，首先对这一诗学概念进行了批评。因此，我们也可以先来看一看"节奏"概念在诗学理论中的演变过程及其特征。

作为一个诗学概念，节奏有着悠久的历史。亚里士多德在谈论诗歌起源时提到："由于摹仿及音调感和节奏感的产生是出于我们的天性（格律文显然是节奏的部分），所以，在诗的草创时期，那些在上述方面生性特别敏锐的人，通过点滴的积累，在即兴口占的基础上促成了诗的诞生。"③ 节奏感既是"出于我们的天性"，那么肯定也与自然有关，因此节奏也常被视作人类对宇宙和谐性的摹仿，一方面如日夜交替、潮涨潮落、四季变更一般，是有差异的因素的交替，另一方面，交替出现的因素有长短、强弱的区别。之后，"节奏"概

---

① Henri Meschonnic, *Pour la poétique* Ⅱ : *Épistémologie de l'écriture*, *poétique de la traduction*, Paris, Gallimard, 1973, p. 349.

② Henri Meschonnic, *Poétique du traduire*, Lagrasse, Verdier, 1999, p. 97.

③ 亚里士多德：《诗学》，陈中梅译注，商务印书馆，1996 年，第 47 页。

念进入修辞学领域，古罗马修辞学家将其等同于"数"（nombre）的概念①，用以指示说话时"一口气跨越的从弱拍到强拍的间隔"②，它符合自然的呼吸规律。到文艺复兴时期，法国诗艺派诗人和理论家复兴了昆体良的修辞学理论，"数"的概念也进入诗艺派的论著。但是，"将拉丁语模子套到法语上，这一愿望在'现代派'之中引起了一些过激举动。《捍卫和发扬法兰西语言》试图在法语中令十一音节的拉丁诗句重生。龙沙进行了尝试，在第五个音节后断句：效果并不理想。更不理想的是法国诗句硬搬拉丁诗句短长音节交替的情况"③。可以看到，到文艺复兴时期，至少在法国，节奏首先成为一种与诗句有关的特征。其次，不顾具体诗歌特征而一律采用十一音节，将一个诗句切断为五个音节和六个音节的组合，这表明节奏正在演化成一种机械而外在的形式。文艺复兴时期的种种诗艺理论以规约的形式规定了写作技巧，也包括对"数"的规定。这种规约传统和诗艺的名称到古典主义艺术蓬勃发展的 17 世纪还在延续，而"数"或"节奏"概念得到了更为严格的规定。例如布瓦洛在《诗艺》中唱道："有一天……一位奇怪的神祇④，……为十四行诗发明了严格的规则，希望在格律相同的两节四行诗中，两个音的韵脚能

---

① 昆体良在《雄辩术原理》第九部中强调："当我说'数'（nombres）时，我指的是'节奏'（rhythmes）"。见 Quintilien, *Institution oratoire*, livre Ⅷ, tome 4, trad. de C. V. Ouizille, Paris, C. L. F. Panckoucke, 1829 - 1835, p. 345.

② Quintilien, *Institution oratoire*, livre Ⅷ, tome 4, trad. de C. V. Ouizille, Paris, C. L. F. Panckoucke, 1829 - 1835, p. 351.

③ Francis Goyet, «Introduction», in Sébillet, Aneau, Peletier, Fouquelin, Ronsard, *Traités de poétique et de rhétorique de la Renaissance*, Paris, Le Livre de Poche, 1990, p. 16.

④ 指阿波罗。

够八次敲击耳朵，随后再来巧妙安排六个诗句，也就是意义相同的两节三行诗。他尤其驱逐了自由态度，亲自计算音节和节拍，禁止太弱的诗句进入诗歌，拒绝已用的词语再次出现。"① 亚历山大体的十四行诗之后逐渐成为古典剧作家写作时必须遵守的形式规则。

在这一过程中，节奏越来越被视作格律诗的特有属性，重复性、周期性是它的主要特征，它通常不参与也不影响诗歌的意义，而是一种纯粹的、装饰性的外在形式。诗句中的停顿或节奏重音有规律地出现，形成了诗歌的节奏，这些停顿或节奏重音将诗句分成了一个个音节群，例如五步抑扬格是英语诗歌中最基本的节奏。根据节奏的有无及其特点，修辞学将文学文本分成了诗歌和散文、古典诗和现代诗等，并在历史进程中逐渐对诗歌与散文进行了等级划分。

从 19 世纪末开始，传统的或者更确切地说古典的节奏观②受到了置疑，俄国形式主义、布拉格学派和英美新批评都对传统节奏观进行了批判。他们认为，不应将节奏等同于格律。例如俄国形式主

---

① Boileau，*Art poétique*，Paris，Hachette et Cie，1881，p. 19.

② 实际上，尽管 16、17 世纪的诗艺派声称继承了昆体良的遗产，但他们似乎并没有很好地继承昆体良的节奏观，因为昆体良的节奏观在两个方面明显区别于古典的、机械的节奏观。一方面，在《雄辩术原理》谈论如何说好/写好拉丁语散文（prose）的部分，昆体良指出，"任何（文字）组织都自然而然地包含其'数'，正如在诗歌中一样"（Quintilien，*Institution oratoire*，livre Ⅷ，tome 4，trad. de C. V. Ouizille，Paris，C. L. F. Panckoucke，1829 - 1835，p. 383），同时对节奏（rhythme）与格律（mètre）做了严格的区分。另一方面，昆体良也指出，不同的节奏有轻重缓急，使话语显得凝重或轻快，分别适用于不同的主题："在话语中，重要的是将主题的色彩赋予您的文字组织，如果主题是苦涩的，那么节奏就该是沉闷的，断断续续的，好让听众感受到我们的忧愁。"（Quintilien，*Institution oratoire*，livre Ⅷ，tome 4，trad. de C. V. Ouizille，Paris，C. L. F. Panckoucke，1829 - 1835，p. 391.）节奏是对主题的组织：昆体良的这一节奏观与本节提及的 20 世纪诗学研究者的节奏观有很多相似之处。

义者日尔蒙斯基曾谈论过格律和节奏的区别："格律，这是诗中控制重音和弱音交替的理想规律，而节奏是言语材料的自然属性与格律规律相互作用产生的现实的重音和弱音的交替。"① 日尔蒙斯基这段话意味着，节奏并不等同于理想的因而也就是存在于文本之外的抽象格律形式，在具体作品中，它会根据作者选择的言语材料的自然属性——音、形、义——而产生独特的变化，这一变化随之会对文本的意义产生影响，因而应当"将节奏看做是因诗人、因诗而不同的具体的组织方式"②，体现了文本的特殊性。另一位俄国著名形式主义文论家梯尼亚诺夫也认为文学语言的形式是一种活跃的动态形式，而这种动态主要表现在语言的节奏上。梯尼亚诺夫将这种节奏称为"作为系统的节奏"③，并将其视作具有区别性特征的组织形式。美国新批评学者韦勒克、沃伦在其扛鼎之作《文学理论》中也专门对节奏进行过讨论。韦勒克、沃伦认为，人们对节奏的探讨中存在两种节奏概念：一种把周期性判定为节奏的绝对必要条件，这种观点实际上将节奏与格律混为一谈；另一种扩大了节奏含义，甚至将非重复性的运动形式也包括在节奏定义内，认为许多音乐有节奏，就连个人说话和并没有周期性的外来音乐也都是有节奏的。按照后一种观点，对节奏的研究就应该包括个人说话和所有散文在内。对于散文节奏的重要意义，韦勒克指出："这种节奏如果使用得好，就能够使我们更好地理解作品本文；它有强调作用；它使文章紧凑；

---

① 转引自黄玫：《韵律与意义：20 世纪俄罗斯诗学理论研究》，人民出版社，2005 年，第 125 页。

② 黄玫：《韵律与意义：20 世纪俄罗斯诗学理论研究》，人民出版社，2005 年，第 126 页。

③ Iouri Tynianov, *Le vers lui-même*, Paris, PUF, 1994, p. 69.

它建立不同层次的变化，提示了平行对比的关系；它把白话组织起来，而组织就是艺术。"① 日尔蒙斯基、梯尼亚诺夫、韦勒克和沃伦等人对节奏的认识在以下几个方面区别于传统的节奏观：首先，不能将节奏等同于格律，它不一定是一种周期性的反复；其次，除了诗歌之外，包括散文等在内的话语都可以具有自己的节奏，因此以节奏来区分甚至割裂诗歌与散文的方法就失去了依据；最后，节奏具有很多功能，它是组织话语的艺术，也就是说，它是构成话语特殊性的重要因素之一。

与这样一种节奏观一脉相承，并对节奏的重新认识起到关键作用的是法国著名语言学家本伍尼斯特的研究。在《普通语言学问题（上）》中，本伍尼斯特考证了"节奏"（rythme）一词的词源，指出在希腊语中，表示"节奏"的词"rhythmos"并不包含人们通常赋予节奏的意义，即海浪有规律的运动。通过研究比柏拉图更为古老的古希腊爱奥尼亚原子论哲学家留基伯（Leucippe）和德谟克利特（Démocrite）的词汇，通过对比大量爱奥尼亚散文作家的作品，本伍尼斯特进一步指出，"节奏"一词最初意味着形式，"这个形式指的是具有区别性的形式，是将各个部分组合成一个整体的特殊组织方式"②。事实上，不仅在埃斯库罗斯、索福克勒斯、欧里庇得斯等悲剧家的作品中，甚至在柏拉图和亚里士多德这两位令"节奏"一词最终走向现代用法——事物有规律的交替——的哲学家的作品中，都能看到"节奏"一词的意义是"形式""赋予形式"等。另一方

---

① 勒内·韦勒克、奥斯汀·沃伦：《文学理论》，刘象愚、刑培明、陈圣生、李哲明译，江苏教育出版社，2005年，第185页。

② Émile Benveniste, *Problèmes de linguistique générale Ⅰ*, Paris, Gallimard, 1966, p. 330.

面，"节奏"（rhythmos）来源于动词"rhein"，后者意味着河流的"流淌"，因此，节奏不是固定的形式，而是"运动着的、动态的、流淌着的事物的形式，是结构不恒定的事物的形式……是即兴的、暂时的、可改变的形式"①。本伍尼斯特的节奏考古学从理论上证实了梯尼亚诺夫等人对节奏的认识。

前人的思考，尤其是本伍尼斯特的研究启发了亨利·梅肖尼克。在 1999 年出版的《翻译诗学》及 2005 年出版的同其学生热拉尔·德松合著的《节奏原理》中，梅肖尼克对"节奏"概念进行了全面的考证和分析。受本伍尼斯特影响，梅肖尼克和德松指出节奏"是对一切处于行动中的事物的组织，而不是对固定事物的形式组织"②，如此的节奏概念适用于话语而非抽象的语言，因为抽象的语言是静止的，而具体的话语才表现出运动状态。因此，梅肖尼克和德松将"语言的节奏定义为对处于运动状态的言语的组织"③，并指出了这一定义产生的四个结果④。（1）节奏是对运动中的事物的组织，因此，它跟物有关，而非只跟词有关，由此，节奏不再仅仅是传统认为的装饰性的形式因素，而且与融合了形式与内容的思想建立了联系，成为"思想的经验"⑤。停顿的位置、音调的特征、行文的速度同时

---

① Émile Benveniste, *Problèmes de linguistique générale* Ⅰ, Paris, Gallimard, 1966, p. 333.

② Gérard Dessons, Henri Meschonnic, *Traité du rythme*, Paris, Armand Collin, 2005, p. 26.

③ Gérard Dessons, Henri Meschonnic, *Traité du rythme*, Paris, Armand Collin, 2005, p. 26.

④ Gérard Dessons, Henri Meschonnic, *Traité du rythme*, Paris, Armand Collin, 2005, pp. 26 - 28.

⑤ Gérard Dessons, Henri Meschonnic, *Traité du rythme*, Paris, Armand Collin, 2005, p. 26.

表现着思想的起伏、情感的急促或舒缓，节奏由此体现了形式与内容的统一。（2）这一节奏定义并不是普遍的，它只与言语活动有关。由于每一次言语活动都是特殊而具体的，是一次个别的"je-ici-main-tenant"（我-此地-此时）性事件，因此话语的节奏具有特殊性，正如梅肖尼克所言，"有多少话语，就有多少……对节奏的诗学和'个人的韵律学'"[①]。如此一来，我们就不能再用语言的、抽象的观点去看文本，而应该用话语的观点，分析每个文本的节奏，即话语的组织方式。（3）节奏作为对处于运动状态的言语的组织，实际上将一切言语活动包括在内，不仅文学语言有节奏，非文学语言也同样有节奏，不仅诗歌有节奏，散文、小说都有节奏，亚里士多德在《修辞学》中已经指出："散文的形式不应当有格律，也不应当没有节奏。散文有了格律，就没有说服力……可是没有节奏，就没有限制，限制应当有（但不是用格律来限制），因为没有限制的话是不讨人喜欢的，不好懂的。一切事物都受数的限制；限制语言形式的数构成节奏，至于格律则是节奏的段落。"[②] 福楼拜也曾在致露易丝·柯莱特的信中说："一句好的散文句子应该像一句好的诗句，不可替换，同样有节奏，同样悦耳。"[③] 也就是说，传统属于格律范畴的节奏只是这一新型节奏的一部分，而在不具备格律的文本中，则"有从重音堆积的断句直到接近诗的整齐性的各种不同的节奏等级"[④]。散文、

---

① Henri Meschonnic, *Poétique du traduire*, Lagrasse, Verdier, 1999, p. 326.

② 亚里士多德：《修辞学》，罗念生译，上海世纪出版集团/上海人民出版社，2006 年，第 183 页。

③ 转引自 Gérard Dessons, Henri Meschonnic, *Traité du rythme*, Paris, Armand Collin, 2005, p. 202.

④ 勒内·韦勒克、奥斯汀·沃伦：《文学理论》，刘象愚、刑培明、陈圣生、李哲明译，江苏教育出版社，2005 年，第 184 页。

小说的节奏虽然没有诗歌那么富有规律，但很多情况下仍旧是可以明显感知到的，例如擅长使用短句使杜拉斯小说的节奏显得相对紧凑，急迫，而长句的大量使用则使普鲁斯特小说的节奏显得比较缓慢，平和。(4) 这一节奏概念涉及的既然是话语，而不是抽象的语言，那么节奏必定同说话者有关，它是主体对话语的组织，因此，节奏也包含着一种主体性，思考节奏概念同时需要我们对节奏主体做出思考。节奏的主体性是某个具体文本节奏特殊性的内在原因，是区别语言节奏和话语节奏，即区别传统意义上等同于格律的节奏和诗学节奏的依据，因为前者是语言规则强加给主体的，是主体无意识的产物，而后者则体现了主体的选择。例如法语语法与中文语法不同，因此用法语写作多长句，用中文写作多短句，这是语言的节奏，但是普鲁斯特作品中的长句却是普鲁斯特的选择和风格的表现，是一种话语的节奏。

梅肖尼克诗学节奏观的提出具有重要意义和影响。维谢如是评价："对节奏的话语分析（approche énonciative）是由亨利·梅肖尼克在《节奏批评》（*Critique du rythme*）及之后的《节奏原理》（*Traité du rythme. Des vers et des proses*）中发展起来的。这种视角如今已经成为参照，在这一视角下，节奏被视作言语活动中的话语运动。……对梅肖尼克来说，'节奏是不能计算的'，它无法再等同于一种通常与格律相关的二元的相互交替，而应该与意义建立联系。它是'对能指活动的组织'，是'意义在话语之中的组织'"①。与此同时，节奏作为"对言语活动——指索绪尔意义上的言语——的组

---

① Mathilde Vischer，*La traduction，du style vers la poétique*：*Philippe Jaccottet et Fabio Pusterla en dialogue*，Paris，Kimé，2009，p. 35.

织，它同时体现了话语的特殊性、主体性、历史性和系统性"①，是
"经验性在话语中的体现，它使得发生在说话主体身上的一切不再是
对先前状态的重复，而总是一种新的、特殊的事件"②。也就是说，
在每个话语中，节奏都不尽相同，它"不可预见"，因话语主体而
异，因时间而异，它同时组织着内容与形式，体现了文本内容与形
式的统一，结束了意义、形式二元对立的传统争执。因此我们可以
将节奏视作文本价值的一种体现，而这一新颖的节奏观对我们思考
翻译忠实性问题具有重要启示意义。

第四节
忠实于节奏：从语言对等到价值重构

　　然而，落实到具体翻译实践时，新型的节奏观也向我们提出了
问题。日尔蒙斯基指出观察节奏要考虑到语言材料的具体属性，韦
勒克、本伍尼斯特、梅肖尼克等人的理论又告诉我们格律诗以外的
其他文体同样具有节奏，思考节奏还必须将作者的主体性选择考虑
在内，这就给我们分析、归纳节奏及其构成因素制造了难题。不过
在这一过程中，我们仍能看到不少学者为找到节奏构成因素所做出
的努力。符号学家艾柯在 2007 年出版的一本论翻译的著作《几乎说
着同样的事》中提到对节奏的翻译问题，指出翻译节奏必须考虑标

---

① Henri Meschonnic, *Poétique du traduire*, Lagrasse, Verdier, 1999, p. 29.
② Gérard Dessons, *Introduction à la poétique*, Paris, Armand Colin, 2005, p. 251.

点符号、音响效果、视觉效果、文本意图、深层含义、互文性因素
等多个方面，因为这些方面均可能影响文本的节奏。黄玫在总结俄
国形式主义理论家对节奏的观点和认识后指出：自由体诗"没有音
节数和重音数的限制，也不押韵"，"没有固定的格律，节奏方式主
要也不是依靠重音和音节的数目，而是靠诗行及各种停顿手段、词
汇手段和语法手段形成诗的节奏"。①

　　梅肖尼克与德松在《节奏原理》中对节奏概念做出系统阐释之
后，以法语文本，尤其是法语诗歌文本为例，提出了寻找文本节奏
的一系列构想。总的来说，节奏受书写、语音、语义三方面的影响。
从书写角度来说，时态、大小写、空白、标点符号的特殊应用甚至
特殊的排版方式都体现着文本的节奏；从语音角度来说，除去格律
诗特有的顿、音步、押韵等特征，节奏还表现为诗句内部的停顿、
关键词和音素的重复、关键词的前后呼应等，而后者又同文本的语
义，同文本主旨与作者的思想变化密切相关。梅肖尼克和德松的观
点似乎在很多层面上与艾柯的观点不谋而合。梅肖尼克与德松随后
举了雨果诗歌《撒旦的末日》中的一段为例："Il tombait foudroyé,
morne，silencieux，/Trsite, la bouche ouverte et les pieds vers les
cieux,/L'horreur du gouffre empreinte à sa face livide. /Il cria：-
Mort！- les poings tendus vers l'ombre vide. /Ce mot plus tard fut
homme et s'appela Caïn." 诗节中的"tomber"（坠落，变位"tombe"
与"坟墓"谐音）、"horreur"（恐怖）、"gouffre"（深渊）、"ombre"
（阴影）这些关键词在整首诗歌中多次重复；"silencieux"与

---

　　① 黄玫：《韵律与意义：20世纪俄罗斯诗学理论研究》，人民出版社，2005年，第
126页。

"cieux"，"livide"与"vide"所押的韵均表现出一种神学意义；而"morne"（阴郁的）、"Mort"（死亡）、"mot"（词语）、"homme"（人）等几个有相同音素、意义相关的词语则在诗节内部相互呼应，再次突出了诗歌的主旨。[①] 上述因素同格律一起构成了诗歌的节奏，需要译者在翻译过程中给予充分的考虑和再现。

实际上，在《节奏原理》之前，翻译节奏观的提出者梅肖尼克已经在 1999 年出版的《翻译诗学》中撰写了《五步抑扬格的沉默》一文，对莎士比亚几首五步抑扬格的十四行诗及其法译本进行了分析，指出了法译本在翻译过程中存在的问题，并由此就如何翻译节奏的问题进行了思考。

首先，梅肖尼克注意到，很多翻译只关注传统格律。一旦将莎士比亚的诗歌定义为五步抑扬格，就认为其必定遵守五步抑扬格普遍的格律形式，即由五个抑扬格组成，每个抑扬格又由重音和非重音交替组成，却没有注意到五步抑扬格同时也是十音节诗，十个音节的轻重音可以按照作者的意愿自由分布，而不必遵守传统的对五步抑扬格的定义。事实上，莎士比亚的诗歌恰恰属于这种情况。在韵律上也是如此。例如《十四行诗27》中有这样四句："Weary with toil, I haste me to my bed, /The dear repose for limbs with travel tired; /But then begins a journey in my head, /To work my mind, when body's work's expired." 不少译者根据传统格律观念，只注意到句末的押韵，却没有注意到这四个句子中反复出现/w/这个音，也没有注意到诗句中常常有辅音字母相同的两个单词并列出现的现象，

---

① Gérard Dessons, Henri Meschonnic, *Traité du rythme*, Paris, Armand Collin, 2005, pp. 192－200.

如 "Weary with" "travel tired"，等等。很多情况下，恰恰是处于句子中的非传统的韵律影响了语义，构成了莎士比亚诗歌的节奏。因此，对传统格律的尊重实际上是对莎士比亚诗歌节奏的抹杀，因为在梅肖尼克看来，"节奏不仅仅是一些重复，而且是分布、布局、切分——首词和尾词，它们是各个句群的相对秩序"①。

其次，梅肖尼克谈论了以什么形式来翻译莎士比亚十四行诗的问题。梅肖尼克指出，诗歌翻译中普遍存在四种翻译方法：以诗句来译诗歌，此时译者往往采用亚历山大体；以看似诗句实则并非诗句的形式来译诗歌，这一形式实际上不过是分行的散文；以散文来译诗歌；以看似散文实则并非散文的形式来译诗歌。译者和学者们向来为该不该"以诗译诗"争执不休，艾菲姆·埃特肯德主张"我们只能，我们只应该以诗句来翻译诗句"②。伊夫·博纳富瓦（Yves Bonnefoy）认为，诗句（vers）是诗人揭示并体验真理的形式，因此"必须用诗句来翻译莎士比亚作品"③；但是他又认为格律规则是一个时代文化的产物，时代不同了，却仍然用旧有形式来翻译，只会禁锢人的思想，因此，译者不能屈服于机械的格律，在他看来，"唯一忠实于莎士比亚诗句的形式是自由诗"④。两人的主张尽管从表面看不尽相同，实际上却存在本质上的相同点，那就是都将格律视作一种外在的东西。对此，梅肖尼克认为，"问题不在于'规则的古体'

---

① Henri Meschonnic, *Poétique du traduire*, Lagrasse, Verdier, 1999, p. 336.

② Efim Etkind, *Un art en crise. Essai de poétique de la traduction poétique*, trad. de Wladimir Trouberzkoy, Lausanne, L'Age d'homme, 1982, p. 276.

③ Yves Bonnefoy, La communauté des traducteurs, Strasbourg, Presses universitaires de Strasbourg, 2000, p. 107.

④ Yves Bonnefoy, La communauté des traducteurs, Strasbourg, Presses universitaires de Strasbourg, 2000, p. 109.

诗句与自由诗之间的区别，而在于诗歌（poème）与诗句（vers）的区别"①。诗歌是话语层面的东西，具有独特的节奏；诗句却是语言层面的东西，从诗句角度来看待问题，只会陷入二元对立的矛盾，将诗歌视作附加上格律的散文。如果无视诗歌的本质及节奏，那么即使是用诗句来翻译，得到的仍旧不是诗歌，用法文中的亚历山大体来翻译莎士比亚的十四行诗便是个失败的例子，因为亚历山大体诗句中的停顿往往在第六个音节之后，将诗句分成对称的两半，而这并非莎士比亚十四行诗的特点，因此，机械的亚历山大体只会让莎士比亚的诗歌陷入一种单调的气氛。而用一种"不是作为节奏的散文，而是作为陈述并只是单纯翻译词语意义的散文"② 来翻译，则只能译出诗歌的内容，使翻译完全沦为一种意识形态化的操作，使十四行诗的音乐性消失殆尽。只有以与"诗句"对立的"诗歌"来译诗歌，才能再现原作的节奏。

最后，梅肖尼克讨论了如何处理莎士比亚十四行诗中的"古语"问题。不少法文译者认为莎士比亚的诗歌写于 16 世纪，诗歌中充满文艺复兴时期的词语和表达，为了再现这种古风，译者也采用了古法语对莎士比亚诗歌进行翻译。这种倾向存在于各个时代的译者及学者身上。梅肖尼克认为，译者这样的举动看似是对历史性的尊重，实则是忽视翻译历史性的表现。在上文中，我们多次提到翻译的历史性，每个作品都写成于一定的时代，必然会打上这个时代的印记，这种印记既有诗学层面的，也有非诗学层面的，某些时代因素会影响作者的写作风格和作品的节奏，另一些则不同，它们虽然是作者

---

① Henri Meschonnic，*Poétique du traduire*，Lagrasse，Verdier，1999，p. 260.

② Henri Meschonnic，*Poétique du traduire*，Lagrasse，Verdier，1999，p. 263.

无法摆脱的——例如作者所使用的语言体系——但并不是构成文本节奏的必需。莎士比亚生活于怎样的时代，必然会使用这个时代的语言，这一语言不是他主动选择的结果，因而也不会对他作品的节奏造成很大的影响。于是，以拟古语言来译莎士比亚的十四行诗在梅肖尼克看来只是一种矫揉造作的行为。事实上，使用拟古语言并没有可靠的理论依据，它或许能传达一种"古意"，但这种"古意"却是一种模糊的"古意"，因为即便译者能够完全掌握并自如运用杜贝莱和龙沙的法语，这种法语和莎士比亚的英语之间也不存在可比性。更何况译者使用的拟古语言与作者的语言可能相差多个时代。例如，荷马史诗成诗于公元前 8 世纪左右，而法语在公元 10 世纪成为官方语言时还不是一种很成熟的语言。即使有人能娴熟地运用 10 世纪的法语来翻译荷马史诗，这之间也相隔了一千多年，译作所蕴含的"古意"也就成了热奈特所说的"人工的古意"[1]。由此可以推断，某些用古语翻译的作品之所以受到推崇，不是因为其所使用的语言，而恰恰是因为译者把握住了原作的节奏。

如果说对诗歌节奏的寻找和翻译尚存在困难，只能如梅肖尼克一般，通过排除法——不以格律、诗句形式、拟古语言抹杀节奏——来否定与节奏观相悖的翻译方法，那么对于散文节奏的把握，难度恐怕就更大了。曹明伦在《散文体译文的音韵节奏》中尝试对散文节奏的翻译进行过探讨，他举了以下例子："There was no snow, the leaves were gone from the trees, and the grass was dead." 曹明伦指出，这个句子在教科书中的参考译文为"天未下雪，但叶落草枯"，教科书认为这样的译文"简明洗练"，但在他看来，"这种

---

[1]　Gérard Genette, *Palimpsestes*, Paris, Seuil, 1982, p. 297.

简练背离了原文的风格，因原文舒缓的节奏与其描述的萧瑟秋景相吻合"，而"'简明洗练'的译文忽略了这种情调，结果'义存而情不存'。若要义情兼顾，就应该翻译出原文节奏，如'天尚未下雪，但树叶已掉光，草也都枯死'"。① 单纯从中文来看，"叶落草枯"似乎更胜一筹，但原文结构相似的分句及分句间的停顿形成了缓慢的节奏，可以说是原文特殊性之所在，而这一点恰恰没有在"叶落草枯"中得到体现。

至于小说的节奏，卡尔维诺（Italo Calvino）曾指出："就像在诗中和歌中押韵帮助形成节奏一样，在散文故事中事件也起到押韵的作用。查理曼那则传奇，其叙述之所以高度有效，是因为一系列事件互相呼应，如同诗中的押韵。"② 这一系列事件可以如民间故事那样快速前进，也可以如《一千零一夜》那样被无限推迟，留下悬念，小说家由此来控制叙述的节奏。我们可以福楼拜的两本小说《包法利夫人》和《萨朗波》为例来看看小说的节奏及其翻译。《包法利夫人》描写了包法利夫人爱玛在外省百无聊赖的生活，整体基调是暗沉缓慢的。当包法利一家从道特搬到生活同样平静不起波澜的永镇时，小说第二部第一章对永镇的环境做了描写："Yonville-l'Abbaye（ainsi nommé à cause d'une ancienne abbaye de Capucins dont les ruines n'existent même plus）est un bourg à huit lieues de Rouen, entre la route d'Abbeville et celle de Beauvais, au fond d'une vallée qu'arrose la Rieule, petite rivière qui se jette dans l'Andelle, après avoir fait tourner trois moulins vers son embouchure, et où il y a

---

① 曹明伦：《散文体译文的音韵节奏》，《中国翻译》2004 年第 4 期，第 90 页。

② 卡尔维诺：《新千年文学备忘录》，黄灿然译，译林出版社，2009 年，第 37 页。

quelques truites, que les garçons, le dimanche, s'amusent à pêcher à la ligne."① 一段话只是一个长句，插入语和从句的使用令小说笼罩着一种无限延宕的压抑气氛。与此同时，无论是涉及的人物、景物还是作者使用的词语都没有特殊色彩可言，叙述显得平淡无奇，仿佛也预示了包法利夫人平淡的生活。《萨朗波》则不同，这是一部史诗般的小说，需要高昂激烈的叙述基调。小说一开篇便是对故事背景的介绍："C'était à Mégara, faubourg de Carthage, dans les jardins d'Hamilcar."② 这个句子中多处使用元音"a"本身已经使小说的基调变得很高亢，同时"Mégara""Carthage"与"Hamilcar"中的"-gara""Car-""-car"首尾呼应形成了一种特殊的音响效果。句中的停顿令叙述口吻显得短促有力了很多，它似乎已经预示接下来发生的事件也将如开篇第一句那样，在相对较为高昂的情绪中，以相对较快的速度展开。我们再来看看一位译者对萨郎波开篇第一句的译文："盛大的宴会设在迦太基城郊梅加拉地区阿米尔卡的花园里。"我们发现，译文完全取消了原文那预示小说整体节奏的停顿，也放弃了对原文音响效果的再现，令叙述的节奏变得缓慢平淡。这种变化在某种程度上当然由两种截然不同的语言转换造成，但我们认为更重要的原因在于译文没能很好地体会和分析原文的节奏。

总的来说，正如梅肖尼克反复重申的那样，节奏不能被归入传统的意义的行列，节奏尤其不能被归入纯粹的形式的行列，因为"节奏太注重意指活动的整体功能，而不能被划入形式的行列"③。节

---

① Gustave Flaubert, *Madame Bovary*, Paris, Classiques universels, 2000, p. 67.

② Gustave Flaubert, *Salammbô*, Paris, GF Flammarion, 2001, p. 57.

③ Henri Meschonnic, *Poétique du traduire*, Lagrasse, Verdier, 1999, p. 107.

奏是意义、形式的统一体，是"话语中意义的组织和活动本身。也就是对一种话语的主体性和特殊性的组织：它的历史性。它不再是意义的对立面，而是一种话语普遍的意指活动，必然立即成为翻译的对象。翻译的对象不再是意义，它肯定超过意义，并且将其包括在内：那便是意指的方式（mode de signifier）"①。在梅肖尼克节奏翻译理论的启示下，我们再对节奏与翻译的关系进行如下总结。

（一）将节奏视作内容的组织形式，这就意味着翻译节奏不仅仅是对音调、音步等格律因素的再现，而且是对文本中将形式和内容融于一体的言语组织方式的再现，由于这种组织方式体现了文本的特殊性，决定了一个文本与另一个文本的差别，而按照索绪尔的观点，差别决定了事物的价值，因此对节奏的忠实，实际上就是对文本价值的忠实。形神兼备一直是翻译实践的理想境界，正如拉德米拉尔所说："翻译的经验正是：风格严格来说不是次要的，而是，存在一种巧合，意义和风格、'形式'和'内容'相遇其间，需要一起翻译出来的，正是两者不可分割的统一体。"② 诗学新型的节奏观或许正是这样一种"巧合"，这一节奏观主张以节奏来统摄形与神，这有助于翻译实践和理论研究跳出形式、意义二元对立的思维模式，为结束形似派与神似派的争执提供一种可能。

（二）节奏是文本的组织形式，它不仅仅是能指，更不是单纯的所指，而是一种意指方式。这就使我们的目光从探索文字意义转移到探索文字本身上，转移到意义的表达上来。忠实于节奏，就是忠

---

① Henri Meschonnic, *Poétique du traduire*, Lagrasse, Verdier, 1999, pp. 99 - 100.

② Jean-René Ladmiral, *Traduire：théorème pour la traduction*, Paris, Gallimard, 1994, p. 128.

实于文本的组织形式，这样的说法对我们来说并不陌生，它与诗学理论强调文字本身价值的观点一脉相承，也与中国传统翻译理论中的一些观点不谋而合。例如林语堂就认为："译艺术文最重要的，就是应以原文之风格与其内容并重。不但须注意其说的什么，而且必须注意怎么说法。"① 卞之琳、叶水夫等人也在 1959 年发表的《艺术性翻译问题和诗歌翻译问题》中指出："文学作品如诗歌之所以是诗歌，就像任何艺术作品之所以是艺术作品，并不在于表现了什么，而在于是怎样表现的。"② 在这个意义上，诗歌翻译探讨的重点就不再是争论该译诗为诗还是译诗为散文，而是思考每首诗特殊的组织方式，即诗人如何运用语言来组织思想的方式，诗人如何通过声调起伏、行文速度甚至书写方式来表达思想和情感的方式。仅以唐代诗人王之涣的乐府诗《出塞》和杜甫的《绝句》为例。《出塞》原文："黄河远上白云间，一片孤城万仞山。羌笛何须怨杨柳，春风不度玉门关。"《绝句》："两个黄鹂鸣翠柳，一行白鹭上青天。窗含西岭千秋雪，门泊东吴万里船。"对于这两首诗，有一位译者给出了自己的译文，让我们分别来看看这两首诗前两句的译文。《出塞》（*A Frontier Song*）："The Yellow River flows far from beyond the cloud-land white/A lonely fortress stands where mountains loom in massive height."《绝句》（*Quatrin*）："Two golden orioles warble in the willow's emerald green/Some silv'ry egrets form a file ascending the

---

① 林语堂：《论翻译》，见《翻译论集》，罗新璋编，商务印书馆，1984 年，第 431 页。

② 转引自江枫：《"新世纪的新译论"点评》，《中国翻译》2001 年第 3 期，第 21 页。

skies serene."① 从意义和工整度看，这两段译文应当说是很忠实的，同时，译者也指出，为了弥补原诗的对仗之美，两首均采用了七步抑扬格。而从原诗来看，第一首是乐府，第二首是绝句，《出塞》前两句的工整程度不如第二首的前两句，结构与第二首不同，平仄特点与第二首不同，语气语调与第二首不同，气势更是有所差别，如果不加分别一律译成七步抑扬格，反而抹杀了两首诗在节奏上的差别。

（三）强调节奏是话语的节奏，而非语言的节奏，它体现的是文本的价值，因此单纯依靠语言学和文体学无法解决节奏问题。反观历史上对忠实于形式还是忠实于意义的争论，或者形似与神似的争论，我们发现问题大多在于：人们将目光集中在语言层面，将形式问题等同于词法、句法、语法问题，并试图通过语言学途径解决文学翻译问题。因此傅雷才会感叹"两国文字词类的不同，句法构造的不同，文法与习惯的不同，修辞格律的不同，俗语的不同"② 等给翻译制造了障碍，既然这些障碍不可跨越，那么自然应该"得其精而忘其粗，在其内而忘其外"，重神似不重形似也顺理成章了。从诗学节奏观的角度来看，这些问题实际上并不构成真正的问题，因为节奏注重的是文本的特殊组织方式，是构成文本价值的那些特征，语言层面的因素固然重要，但它们并不是构成节奏的必需，因此，忠实于节奏，意味着可以不囿于作品语言层面的桎梏，这一点同许钧所强调的"去语言之形，存言语之神"有异曲同工之妙。

---

① 王宝童：《试论英汉诗歌的节奏及其翻译》，《外国语》1993 年第 6 期，第 35—40 页。
② 傅雷：《〈高老头〉重译本序》，见《翻译论集》，罗新璋编，商务印书馆，1984 年，第 558 页。

（四）由于节奏代表的是文本的特殊性，也就是文本的诗性及其价值，因此对节奏进行忠实再现的过程，实际上也是令文本的诗性和文学价值在译语环境中获得重生的过程。对节奏的忠实由此实现了翻译伦理观和诗学观的统一。"翻译的伦理学和诗学成为同一种研究，即对节奏的研究"①。这一断言似乎宣告了自严复以来的"信、达、雅"时代的终结："信、达、雅"标准统治了中国翻译界一百多年，其间人们为翻译究竟应该做到"信"还是"达"抑或"雅"争论不休，诗学节奏观的出现使得这一争论最终有可能被划上句号："信""达""雅"均统一于对节奏的"信"中，达不达、雅不雅，则完全取决于原作的节奏。因此理想的译文与原文本之间的关系，应是"以标记对标记，以非标记对非标记，以形象对形象，以非形象对非形象的关系"②。也就是说，原文中受节奏强调的"标记"性因素，译者应该在译文中将其突出；而原文中"非标记"性的东西，译者就不必刻意美化之了。因此对原作节奏的翻译和忠实，实际上突出的是对原作文学性即其价值的重构，是文学翻译成为真正的文学翻译的基础。

---

① Henri Meschonnic，*Poétique du traduire*，Lagrasse，Verdier，1999，p. 221.

② Henri Meschonnic，*Pour la poétique Ⅱ：Épistémologie de l'écriture*，*poétique de la traduction*，Paris，Gallimard，1973，pp. 315 - 316.

结论　文学翻译的根本在于文学性的传达

　　文学翻译在东西方都有悠久的历史。尽管早期的翻译活动通常不是以文学价值的传达为首要目的，但译者的创造性活动无疑令文学价值——如果涉及文学作品的话——以副产品的形式在译作中保留了下来。时过境迁，译作与时代相联系的社会、文化及认知价值可能会失效，但其文学价值反而会在历史长河中历久弥新，而且文学价值通常是译本能够长时间流传的主要原因。《圣经》、佛经的翻译活动都证明了这一点。反过来，一部作品的文学价值如果在译介之初因外部因素而受到忽略，那么当外部因素失效时，作品很可能遭历史淘汰，或者需要通过新的翻译活动来延续生命。这是名著在不同历史时期不断得到复译的一个原因。那么，历史上的译者采用了什么样的方法保留或者说再现了原作的文学价值？正从事翻译活动的译者为了再现这一价值，在翻译实践中尤其应该关注哪些层面？这些问题也可以转换成：文学翻译是如何成其为文学翻译，并有别于非文学翻译的？而对这些问题的回答，实际上构成了对文学翻译特殊性的探索。

　　反观文学翻译研究。在东西方，文学翻译研究同样有着悠久的历史，它几乎是伴随着翻译活动的产生而产生的。尤其是进入 20 世纪以后，语言学、语义学、阐释学、文化研究等理论和方法在翻译研究领域内的应用使得文学翻译研究的科学性和系统性都得到了明显提高。但我们也注意到，这些理论关注语言符号层面多过文本或话语层面，关注意义多过形式，关注普遍性多过特殊性，对于我们在上文提出的问题，似乎无法给出具有说服力的解释。在这种情况之下，我们将目光转向了诗学，尤其是西方诗学。

自亚里士多德为其命名并且确立研究对象、内容和方法以来，西方诗学在漫长的历史中经历了兴盛、沉寂、复兴、转向等变化，研究内容越来越广泛，方法越来越多元。但是无论产生怎样的变化，亚里士多德的后继者们基本上没有偏离祖先开辟的道路：诗学是对陌生化文学效果的研究（俄国形式主义），诗学是对文学作品语义特征的研究（英美新批评），诗学是对特殊文学类型普遍结构的研究（结构主义诗学），诗学是有关文本特殊性的研究（符号学诗学），诗学是"写作认识论"（梅肖尼克）……一言以蔽之，诗学始终以文学的特殊性即"文学性"为自己的研究对象。进入 20 世纪以后，诗学对文学特殊性的探讨越来越深入，对文学自足自主性的认识和理解也越来越深入。因此，借助诗学来研究文学翻译，对于揭示文学翻译的本质特征有所助益。同时，诗学强调形式、意义的统一性，能为化解翻译实践与理论研究中长期存在的一些二元对立问题——例如译形与译神之争，直译与意译之争，忠实与逆反之争，等等——提供新的视角。

诗学视角下的翻译研究首先要回答的，仍旧是"什么是文学翻译"这个问题，也就是解释文学翻译之所以成其为文学翻译的根本原因。文学翻译的特殊性首先在于其所翻译的对象是文学作品，文学性是作品的本质特征，是否具有文学性是文学作品同其他实用性语言材料的本质区别。因此，在译作中再现文学作品的文学性，也就成了文学翻译的任务，文学翻译由此区别于其他以意义交流为中心的非文学翻译。要把握和再现作品的文学性，首先"应该把文学研究当作文学翻译的根本前提来看待"①，在本书中，为文学研究提供理论和方法的是诗学。

那么诗学对文学特殊性有着怎样的认识？应该说，不同的诗学分支和流派提供了不同的答案。首先是形式主义者在 20 世纪初的理论尝试。形式主义者将文学特殊性命名为"文学性"，进而将"文学性"定义为文学作品所表现出来的陌生化效果。陌生化效果的物质依托就是艺术品在各个层面上运用的陌生化手法。陌生化手法的运用令作品所呈现的事物在我们眼中变得陌生，促使我们付出比平时更多的努力去完成认识活动。在这一过程中，我们既因克服陌生化手法制造的审美困难而从艺术欣赏中获得了愉悦感，也因自己的努力而更好地把握了艺术品的本质。尽管对于陌生化效果究竟能从作品的哪些层面体现出来，形式主义者并没有达成一致，但我们可以从他们的论述中总结出来，在具体文学作品中，陌生化手法可以体现在文学作品的语音、词汇、句法、语法、语义、叙事等多个层面。当然，并非每部作品在每个层面上都会采取同样的陌生化技法，不同作品在各个层面所表现的陌生化强度也不尽相同。对一些层面的特别关注和敏感、对某些技法的强调和重复使用恰好体现了作者的选择，而局部的选择和特殊性结合在一起后，又从整体上构成了作品及作者的风格。因此，文学翻译要再现原作的文学性，首先要以研究和把握原作的局部风格与整体风格为基础。

需要指出的是，陌生化技法并非装饰性的美化手法。这些技法的使用客观上令文学作品的语义变得丰富复杂，令文学作品的语义

---

① 韩瑞祥：《文学研究是文学翻译的根本前提——读卡夫卡的小说〈变形记〉的最新复译本所想》，《中国翻译》1997 年第 6 期，第 19 页。

特征区别于实用文本。这也是文学的主观追求，因为文学不是为了向读者传达某个单维度的精确信息，而是"要作用于人的感觉，追求的是丰富的联想"①，使读者在阅读过程中有所思，有所感，有所悟，进而实现圆满的文学阅读之旅。因此，文学作品的语义往往不是单一的，透明的，而是含混的，多层次的，多枝蔓的，朦胧是文学作品语义的本质特征，也是作品文学性的体现。这种朦胧特征的形成与文学作品特殊的能指组织方式、作品内部语境的压力以及作品中大量互文性因素的渗透影响密不可分。面对这样一个语义繁杂、朦胧的文本，译者一旦掉以轻心，就会使作品蒙受"空间"骤减的危险，从而令作品的诗学价值受到削弱。为此，英国学者斯坦纳指出了译者保持自身透明度的重要性。透明不是对译者主体性的抹杀，却是对译者的高度要求。努力保持自身透明度，译者方能排除政治、文化、文学意识形态对理解的影响，相对客观耐心地去"倾听"多声部的文学作品发出的合奏，减少对作品的误读和误解。文学作品的语义问题是最为复杂的问题，因为如果说作品的文字建构了一个可见的二维空间，那么在此基础上建立起来的语义空间却是不可见的。但是一些成功的翻译表明，通过创造性地再现原作的能指组织方式，重构原作的逻辑意义，还原原作的语境，正确处理原作中的互文性因素，译者还是有可能在译作中构筑起一个充满联想的多义空间。

如上文提到的那样，诗学理论也允许我们对文学翻译中几个基本问题做出新的审视，包括翻译标准、翻译方法和翻译忠实性问题。传统译论在讨论这些问题时最容易陷入的，是一种二元对立思维的

---

① 许钧：《翻译论》，湖北教育出版社，2003 年，第 185 页。

陷阱，不自觉地将形式与意义、异与同、形与神割裂成彼此对立、无法沟通的两方，同时也会因认识上的分歧影响到翻译实践活动。而诗学始终将文学作品看作一个具有系统性的整体，主张形式与内容都统一于作品的文字，在分析过程中努力尝试跳出二元对立、非此即彼的思维模式。诗学的辩证目光有助于我们审视文学翻译的一些基本问题。

第一个问题是文学翻译的标准问题。从理想角度看，文学翻译活动的结果不是译语片段拼凑而成的文字材料，而是一个具有内部连贯性的文学作品，与原作具有同等的文学价值。从 20 世纪的诗学理论来看，这一切价值都可以被"文本"两字涵盖。诗学意义上的"文本"概念是 20 世纪的英美新批评及结构主义诗学反传统的产物，学者们在运用这一术语时赋予了其丰富的内涵，将其视为一种价值的体现，并将其同传统文学研究中的"作品"概念区别开来。作为"文本"的翻译相应地具备"文本"的诸多特征。首先，从时态、语态、语式、语域等各方面来说，它都是一个连贯、和谐的系统。其次，它具有能产性，尽管它必须以原作为依据，但它同样是编制能指创造意义的活动，而非某个先验观念在译语中的"借尸还魂"，更何况"文本分析不承认有什么最终的所指"①。在能指链中进行的工作有别于以所指为出发点和归依的翻译，这项工作关注并力图再现的，首先是原作的能指组织方式。如果诗学文本观只承认有能指游戏，那么翻译活动能做的，就是捕捉并重构能指游戏，从表现文本深入生成文本，也就是寻找到文本的生命之源。最后，作为"文本"

----

① 罗兰·巴尔特：《本文理论》，李宪生译，《外国文学》1988 年第 1 期，第 76 页。

的翻译是一个矛盾统一体，在它身上，出发语与目的语的语言、文学、文化因素以一种冲突但又和谐的方式存在，任何一方都不试图取消另一方。乔治·斯坦纳认为理想的译本都应该具有这种中间状态。"中间"一词同时也表明，作为"文本"的翻译是两种语言、文学、文化之间的中继器，翻译通过这种中继作用，将异质元素引进到译语文化中。当译作使自身成为"文本"时，它才有可能抵挡住历史洪流的冲刷，长时间地保持自身的魅力，不会因时代的变迁而过快遭致淘汰。从这个意义上说，对成为"文本"的译作特征的探讨也是我们对翻译标准的一种思考。如果"文本"是一种价值的体现，那么创造出作为"文本"的译作便是文学翻译的目标，也是翻译文学得以确立和发展的前提，因为翻译文学作为一种文学类型，它的确立和发展首先依靠的，不是量的积累，而是质的飞跃。从诗学角度来看，可以认为一个国家翻译文学成熟的标志，是拥有了一批与原作价值相当，也就是以"文本"姿态独立存在的文学翻译作品。

第二个问题是文学翻译的方法问题。面对作为形式与意义统一体的作品，东西翻译史上都存在两种对立的再现方式：一种被称为直译，在直译中，译者努力再现的，是原作文字的字面意义和句法结构；另一种被称为意译，在意译中，译者往往摆脱文字字面意义限制，努力去抓住文字背后的深意，随后按照译入语的表达习惯重新组织语句以再现深意。这两种翻译方法在翻译实践者和研究者心目中的地位并不一致，比起意译来，直译往往蒙受更多的苛责，人们将其等同于诘屈聱牙的逐字翻译甚至死译。但我们通过梳理相关诗学理论，发现"文字"及"字面意义"的概念其实富含深意：文字不是表现意义的一种冷冰冰的工具，也不是思想的一件随时可以剥离并抛弃的外衣；文字是作为文字本身而存在，它是文学作品组织自身的方式，在它身上体现了能指与所指、形与神、内与外的统一。由此观之，与文字保持着密切联系的直译不但不等同于硬译、死译，从某种意义上说甚至比意译更能接近原作的内涵，进而更好地再现原作的文学价值。

鉴于直译同文字的密切关系，我们主张称其为"文字翻译"。"文字翻译"不是最低级的、机械的翻译方式，理想的"文字翻译"具有多重维度。它力图再现原作的能指组织方式、保留原作话语的特殊性，由此体现出了一种诗性维度。不仅如此，"文字翻译"还在更深的层次上体现出诗性：如本雅明、荷尔德林等人的"文字翻译"观念和实践背后，往往隐藏着一种想要向人类源头语言或者说纯语言回归的梦想，"文字翻译"由此触及语言的本质问题。与此同时，"文字翻译"体现了译者对原作语言及文学特殊性的忠实，这种忠实态度其实折射出译者对异质元素所持的尊重、开放和接纳态度。这一过程看似是为了在译语中保存异质元素，使自身成为"异"在"远方的客栈"，实际上却通过最大限度地引入原语文化，在两种文化的冲撞与交融中，令自我在吸纳异质元素后，不断地得到确立、丰富和发展。"文字翻译"由此便触及了人类生存和存在的维度。而"文字翻译"会受到本雅明、荷尔德林、夏多布里昂等伟大学者或文学家的青睐并被视为翻译的终极方式也就不足为奇了。

最后一个问题是文学翻译的忠实性问题。进行文学翻译研究，忠实性问题是一个无法绕开的问题。自翻译活动诞生以来，忠实问题一直备受关注，并在历史上引发了多场重要论战。如同直译与意译的问题一样，对忠实性的不同认识也触发了以意义为中心的忠实观和以形式为中心的忠实观之间的矛盾，长期以来，矛盾的双方各执一词，争执不下，对翻译实践和理论研究都造成了不小的影响。就其原因，在忠实问题上产生的分歧同样根源于一种将形式与意义对立起来的二元思维。为了跳出形式、意义二元对立的陷阱，我们再一次将目光转向了诗学。如上文已经提到的那样，诗学理论坚持文学作品的形式与意义之间存在不可分割的关系。不存在意义真空的形式，也不存在不具形体的意义，脱离一方谈论另一方的行为都不是正确的做法。法国诗学研究者同时又是翻译理论家的亨利·梅肖尼克正是在辩证的形式、意义观的启发下，发展了一种独特的节奏观。在梅肖尼克看来，节奏不是传统修辞学意义上的格律，或者使散文变成诗歌的法宝，而是主体对文本的组织方式，体现了文本的文学性、主体性和历史性。节奏是对能指的组织，通过组织能指创造意义，而这一切又都统一于作品的文字中。节奏所产生的意义不再是二元对立体系下的所指，而是一种意指活动，同时包含了作品的能指和所指，使后两者又回归到索绪尔所说的"白纸"状态——正反两面，同时出现，不可分割。因此，忠实于节奏，就是忠实于意指活动，也是忠实于形式/意义统一体，忠实于文本的价值。在这种忠实观的指导下，文学翻译从一种寻求形式或意义对等的活动转变成在译语中重构原作节奏的活动。这种新型的忠实观有利于调和传统的形式与意义对立的矛盾，将文学翻译从一种两难的境地中解放出来。由于重构节奏也意味着对作品文学性的再现，因此这种新型的忠实观同时也调和了传统的"真"与"美"、"信"与"顺"之间的矛盾，实现了翻译活动的伦理性与诗性原则的统一。

综上所述，由于文学翻译同文学特殊性之间的紧密关系，我们借助了诗学理论，分别就文学翻译的本质、衡量文学翻译的标准、文学翻译中的文字和语义问题以及翻译内部研究始终绕不过的忠实性问题展开了深入的讨论。遗憾的是，由于能力的限制，我们最终没能构筑一个具有系统性的理论体系，只能将目光集中在文学翻译理论和实践中出现的若干比较热门、颇具争议同时又亟待解决的问题上，希望能够在诗学的视角下对这些问题做一番新的审视。在上个世纪 80 年代，法国学者安托万·贝尔曼在其著作《异的考验》中指出："翻译从来不是语言学、哲学、批评（如同浪漫主义者认为的那样）或者阐释学的一个简单分支，……它构筑了一个特殊的空间，同时生产着某种知识。但是，这一经验（以及它所形成的知识）反过来可以从其他经验、其他实践、其他知识那里获得启示，并部分地为它们所改变。"① 贝尔曼的这番话用当下比较流行的话语来说，即翻译研究具有跨学科的特征，翻译研究能够汲取其他领域和学科内的知识和方法，来深化对自己研究对象的认识。我们的研究正体现了翻译研究的这种跨学科性。借助诗学理论，我们加深了对文学翻译活动的理解，也坚定了对文学翻译本质的看法：文学翻译的生命，还在于对文学性的把握和传达。

① Antoine Berman，*L'Épreuve de l'étranger*，Paris，Gallimard，1984，p. 286.

中文

[1] 阿兰·罗伯-葛里叶. 嫉妒·去年在马里安巴 ［M］. 李清安，沈志明，译. 南京：译林出版社，1999.

[2] 艾略特. 艾略特文学论文集 ［M］. 李赋宁，译注. 南昌：百花洲文艺出版社，1994.

[3] 艾略特，朗费罗，惠特曼. 荒原——中国翻译名家自选集·赵萝蕤卷 ［M］. 赵萝蕤，译. 北京：中国工人出版社，1995.

[4] 埃文-佐哈尔. 多元系统论 ［J］. 中国翻译，2004（4）：21—27.

[5] 巴赫金. 巴赫金全集 ［M］. 白春仁，等，译. 石家庄：河北教育出版社，1998.

[6] 白春仁. 文学修辞学 ［M］. 长春：吉林教育出版社，1993.

[7] 贝尔纳·阿拉泽，克里斯蒂安娜·布洛·拉巴雷尔. 解读杜拉斯 ［M］. 黄荭，等，译. 北京：作家出版社，2007.

[8] 波力亚科夫. 结构-符号学文艺学——方法论体系和论争 ［M］. 佟景韩，译. 北京：文化艺术出版社，1994.

［9］博尔赫斯. 博尔赫斯短篇小说集［M］. 王央乐，译. 上海：上海译文出版社，1983.

［10］柏拉图. 柏拉图全集（第一卷）［M］. 王晓朝，译. 北京：人民出版社，2002.

［11］曹丹红. 今日诗学探索之内涵与意义——LHT 杂志"诗学的历险"专号评述［J］. 当代外国文学，2014（1）：153—160.

［12］曹明伦. 散文体译文的音韵节奏［J］. 中国翻译，2004（4）：54—57.

［13］陈福康. 中国译学理论史稿［M］. 上海：上海外语教育出版社，2000.

［14］陈望道. 修辞学发凡［M］. 上海：上海教育出版社，1976年第1版，1979年新版.

［15］陈伟丰. 谈傅雷的翻译［J］. 翻译通讯，1983（5）：7—11.

［16］陈永国. 翻译与后现代性［M］. 北京：中国人民大学出版社，2005.

［17］程锡麟. 互文性理论概述［J］. 外国文学，1996（1）：72—78.

［18］达维德·方丹. 诗学：文学形式通论［M］. 陈静，译. 天津：天津人民出版社，2003.

［19］戴从容. 自由之书：《芬尼根的守灵夜》解读［M］. 上海：华东师范大学出版社，2007.

［20］戴从容.《芬尼根的守灵夜》沉寂73年后首译成中文［N］. 兰州晨报，2012-10-13（B01）.

［21］丹纳. 艺术哲学［M］. 傅雷，译. 北京：人民文学出版社，1963.

［22］蒂费妮·萨莫瓦约. 互文性研究［M］. 邵炜，译. 天津：天津人民出版社，2003.

［23］董希文. 文学文本理论研究［M］. 北京：社会科学文献出版社，2006.

［24］杜拉斯. 琴声如诉［M］. 王道乾，译. 上海：上海译文出版社，2006.

［25］杜拉斯. 毁灭，她说［M］. 马振骋，译. 北京：作家出版社，1999.

［26］杜拉斯. 劳儿之劫［M］. 王东亮，译. 上海：上海译文出版社，2005.

［27］方梦之. 翻译新论与实践［M］. 青岛：青岛出版社，1999.

［28］费小平. 翻译的政治——翻译研究与文化研究［M］. 北京：中国社会科学出版社，2005.

［29］傅雷. 傅雷译文集（第十二卷）［M］. 安徽：安徽人民出版社，1983.

［30］傅雷. 傅雷文集·书信卷［M］. 傅敏，编. 合肥：安徽文艺出版社，1998.

［31］傅雷（怒安）. 傅雷谈翻译［M］. 沈阳：辽宁教育出版社，2005.

［32］傅璇琮，等. 中国诗学大辞典［M］. 杭州：浙江教育出版社，1999.

［33］格雷马斯. 论意义［M］. 吴泓缈，冯学俊，译. 天津：百花文艺出版社，2005.

［34］龚鹏程. 文学散步［M］. 北京：世界图书出版公司，2006.

［35］龚鹏程. 近代思潮与人物［M］. 北京：中华书局，2007.

［36］郭延礼.中国近代翻译文学概论［M］.武汉：湖北教育出版社，1998.

［37］哈罗德·布鲁姆.西方正典［M］.江宁康，译.南京：译林出版社，2005.

［38］海德格尔.林中路［M］.孙周兴，译.上海：上海译文出版社，1997.

［39］海德格尔.在通向语言的途中［M］.孙周兴，译.北京：商务印书馆，2004.

［40］韩瑞祥.文学研究是文学翻译的根本前提——读卡夫卡的小说《变形记》的最新复译本所想［J］.中国翻译，1997（6）：20—23.

［41］贺拉斯，等.诗学·诗艺［M］.罗念生，杨周翰，译.北京：人民文学出版社，1962.

［42］胡经之.文艺美学［M］.北京：北京大学出版社，1989.

［43］胡壮麟.理论文体学［M］.北京：外语教学与研究出版社，2000.

［44］黄玫.韵律与意义：20世纪俄罗斯诗学理论研究［M］.北京：人民出版社，2005.

［45］纪德.纪德文集（文论卷）［M］.桂裕芳，王文融，李玉民，译.广州：花城出版社，2001.

［46］江枫."新世纪的新译论"点评［J］.中国翻译，2001（3）：21—26.

［47］卡尔维诺.新千年文学备忘录［M］.黄灿然，译.南京：译林出版社，2009.

［48］勒内·韦勒克，奥斯汀·沃伦.文学理论［M］.刘象愚，

等，译. 南京：江苏教育出版社，2005.

[49] 李文革. 西方翻译理论流派研究［M］. 北京：中国社会科学出版社，2004.

[50] 梁宗岱. 梁宗岱译诗集［M］. 成都：四川人民出版社，1983.

[51] 廖七一，等. 当代英国翻译理论［M］. 武汉：湖北教育出版社，2001.

[52] 刘勰. 文心雕龙［M］. 郭晋稀，注译. 长沙：岳麓书社，2004.

[53] 罗吉·福勒. 现代西方文学批评术语词典［M］. 袁德成，译. 成都：四川人民出版社出版，1987.

[54] 罗兰·巴尔特. 本文理论［J］. 李宪生，译. 外国文学，1988（1）：69—77.

[55] 罗兰·巴尔特. 符号帝国［M］. 孙乃修，译. 北京：商务印书馆，1994.

[56] 罗兰·巴特. 从作品到文本［J］. 杨扬，译. 蒋瑞华，校. 文艺理论研究，1988（5）：86—89.

[57] 罗兰·巴特. 批评与真实［M］. 温晋仪，译. 上海：上海人民出版社，1997.

[58] 罗新璋. 翻译论集［M］. 北京：商务印书馆，1984.

[59] 马大康. 诗性语言研究［M］. 北京：中国社会科学出版社，2005.

[60] 马丁·布伯. 我与你［M］. 陈维纲，译. 北京：生活·读书·新知三联书店，1986.

[61] 米兰·昆德拉. 被背叛的遗嘱［M］. 余中先，译. 上海：上

海译文出版社，2003.

[62] 米兰·昆德拉. 雅克和他的主人 [M]. 郭宏安，译. 上海：上海译文出版社，2003.

[63] 米歇尔·福柯. 词与物 [M]. 莫伟民，译. 上海：上海三联书店，2002.

[64] 穆雷. 也谈翻译研究之用 [J]. 中国翻译，2012（2）：5—11.

[65] 钱志熙. "诗学"一词的传统含义、成因及其在历史上的使用情况 [J]. 中国诗歌研究（第一辑），2002：262—280.

[66] 钱中文. 论民族文学与世界文学 [J]. 中国文化研究，2003（1）：1—22.

[67] 让·贝西埃，等. 诗学史 [M]. 史忠义，译. 开封：河南大学出版社，2010.

[68] 热奈特. 热奈特论文集 [M]. 史忠义，译. 天津：百花文艺出版社，2001.

[69] 沈苏儒. 我对翻译研究的基本认识 [J]. 中国翻译，2007（1）：36—37.

[70] 宋学智. 翻译文学经典的影响与接受 [M]. 上海：上海译文出版社，2006.

[71] 孙艺风. 视角　阐释　文化——文学翻译与翻译理论 [M]. 北京：清华大学出版社，2004.

[72] 索绪尔. 普通语言学教程 [M]. 高名凯，译. 岑麒祥，叶蜚声，校注. 北京：商务印书馆，1980.

[73] 谭载喜. 西方翻译简史 [M]. 北京：商务印书馆，1991.

[74] 特雷·伊格尔顿. 二十世纪西方文学理论 [M]. 伍晓明，

译. 西安：陕西师范大学出版社，1987.

［75］童庆炳. 文体与文体的创造［M］. 昆明：云南人民出版社，1994.

［76］托多罗夫. 俄苏形式主义文论［M］. 北京：中国社会科学出版社，1989.

［77］瓦莱里. 文艺杂谈［M］. 段映红，译. 天津：百花文艺出版社，2002.

［78］汪涌豪，骆玉明. 中国诗学（第一卷）［M］. 上海：东方出版中心，1999.

［79］王宝童. 试论英汉诗歌的节奏及其翻译［J］. 外国语，1993（6）：35—40.

［80］王东风. 解构忠实——翻译神话的终结［J］. 中国翻译，2004（6）：5—11.

［81］王东风. 功能语言学与后解构主义时代的翻译研究［J］. 中国翻译，2007（3）：6－9＋93.

［82］王东风. 从诗学的角度看被动语态变译的功能亏损［J］. 外国语，2007（4）：48—56.

［83］王宏印. 中国传统译论经典诠释［M］. 武汉：湖北教育出版社，2003.

［84］王先霈. 文学文本细读讲演录［M］. 桂林：广西师范大学出版社，2006.

［85］王向远. 翻译文学导论［M］. 北京：北京师范大学出版社，2004.

［86］武光军. 翻译社会学研究的现状与问题［J］. 外国语，2008（1）：75—82.

[87] 维克托·什克洛夫斯基，等. 俄国形式主义文论选 [M]. 方珊，等，译. 北京：三联书店出版社，1989.

[88] 希利斯·米勒. 文学死了吗？[M]. 秦立彦，译. 桂林：广西师范大学出版社，2007 年.

[89] 西蒙·巴埃弗拉特. 圣经的叙事艺术 [M]. 李锋，译. 上海：华东师范大学出版社，2006.

[90] 西塞罗. 论演说家 [M]. 王焕生，译. 北京：中国政法大学出版社，2003.

[91] 夏彦国. 论诗歌翻译的语言——再译"米拉波桥"[J]. 法语学习，2007（6）：41—51.

[92] 萧立明. 新译学论稿 [M]. 北京：中国对外翻译出版公司，2001.

[93] 谢思田. "达"与"雅"解构之下的中西翻译忠实观融合研究 [J]. 外国语，2007（3）：67—75.

[94] 谢天振. 译介学 [M]. 上海：上海外语教育出版社，1999.

[95] 谢天振. 多元系统理论：翻译研究领域的拓展 [J]. 外国语，2003（4）：59—66.

[96] 谢天振. 2003 年翻译文学 [M]. 沈阳：春风文艺出版社，2004.

[97] 谢天振. 新时代语境期待中国翻译研究的新突破 [J]. 中国翻译，2012（1）：13—15.

[98] 许宝强，袁伟. 语言与翻译的政治 [M]. 北京：中央编译出版社，2001.

[99] 许钧. 论翻译的层次 [J]. 现代外语，1989（3）：63—70.

[100] 许钧. 文字·文学·文化：《红与黑》汉译研究 [M]. 南

京：南京大学出版社，1996.

[101] 许钧. 翻译思考录 [M]. 武汉：湖北教育出版社，1998.

[102] 许钧，袁筱一，等. 当代法国翻译理论 [M]. 武汉：湖北教育出版社，2001.

[103] 许钧. 当代法国翻译理论 [M]. 武汉：湖北教育出版社，2001.

[104] 许钧. 切实加强译学研究和翻译学科建设 [J]. 中国翻译，2001 (1)：2—8.

[105] 许钧. 翻译论 [M]. 武汉：湖北教育出版社，2003.

[106] 许钧. 翻译研究之用及其可能的出路 [J]. 中国翻译，2012 (1)：5—12＋122.

[107] 亚里士多德. 诗学 [M]. 陈中梅，译注. 北京：商务印书馆，1996.

[108] 亚里士多德. 修辞学 [M]. 罗念生，译. 上海：上海世纪出版集团/上海人民出版社，2006.

[109] 燕卜荪. 朦胧的七种类型 [M]. 周邦宪，等，译. 杭州：中国美术学院出版社，1996.

[110] 杨大春. 感性的诗学：梅洛-庞蒂与法国哲学主流 [M]. 北京：人民出版社，2005.

[111] 杨冬. 文学理论：从柏拉图到德里达 [M]. 北京：北京大学出版社，2009.

[112] 杨晓荣. 二元对立与第三种状态——关于翻译标准问题的哲学思考 [J]. 外国语，1999 (3)：57—62.

[113] 袁行霈，等. 中国诗学导论 [M]. 合肥：安徽教育出版社，1994.

［114］詹姆斯·乔伊斯. 芬尼根的守灵夜（第一卷）［M］. 戴从容，译. 上海：上海人民出版社，2013.

［115］张爱玲. 张看（上）［M］. 北京：经济日报出版社，2002.

［116］张冰. 陌生化诗学：俄国形式主义研究［M］. 北京：北京师范大学出版社，2000.

［117］张今，张宁. 文学翻译原理［M］. 北京：清华大学出版社，2005.

［118］赵俊欣. 法语文体论［M］. 上海：上海译文出版社，1984.

［119］赵彦春. 翻译学归结论［M］. 上海：上海外语教育出版社，2005.

［120］赵毅衡. "新批评"文集［M］. 北京：中国社会科学出版社，1988.

［121］赵毅衡. 重访新批评［M］. 天津：百花文艺出版社，2009.

［122］赵志军. 文学文本理论［M］. 北京：中国社会科学出版社，2001.

［123］郑海凌. 文学翻译学［M］. 郑州：文心出版社，2000.

［124］支宇. 文学语义结构的朦胧之美［J］. 文艺理论研究，2004（5）：87—97.

［125］周发祥，史忠义. 诗学新探：人文新视野［M］. 天津：百花文艺出版社，2004.

［126］周方珠. 文学翻译中民族色彩的处理［J］. 中国翻译，1995（3）：8—10.

［127］周启超. 理念上的"对接"与视界上的"超越"——什克洛夫斯基与穆卡若夫斯基的文论之比较［J］. 外国文学评论，2005（4）：29—38.

[128] 朱刚. 政治词语　词语政治——一个赛义德后殖民主义个案研究 [J]. 外国文学，2002（4）：65—71.

[129] 朱刚. 二十世纪西方文论 [M]. 北京：北京大学出版社，2006.

[130] 朱光潜. 诗论 [M]. 北京：北京出版社，2005.

外文

［1］ARISTOTE, *Rhétorique*, trad. de Charles-Émile Ruelle, Paris, Le Livre de Poche, 1991.

［2］ARISTOTE, *Poétique*, trad. de J. Hardy, Paris, Gallimard, 1996.

［3］BAKHTINE, Mikhaïl, *Esthétique et théorie du roman*, trad. de Daria Olivier, Paris, Gallimard, 1978.

［4］BALZAC, Honoré de, *Le père Goriot*, Paris, Classiques universels, 2000.

［5］BARNSTONE, Willis, *The Poetics of Translation: History, Theory, Practice*, New Haven and London, Yale Univ. Press, 1993.

［6］BARTHES, Roland, *Le degré zéro de l'écriture*, Paris, Seuil, 1953 et 1972.

［7］BARTHES, Roland, *Essais critiques*, Paris, Seuil, 1964.

［8］BARTHES, Roland, *S/Z*, Paris, Seuil, 1970.

［9］BARTHES, Roland, « Théorie du texte», http://www.universalis. fr/encyclopedie/theorie-du-texte/.

［10］BARTHES, Roland, *La préparation du roman*, *Notes de cours et séminaires au Collège de France* 1978 – 1979 et 1979 – 1980, édition Nathalie Léger, Paris, Seuil-Imec, 2003.

[11] BENJAMIN, Walter, «La tâche du traducteur», trad. de Maurice de Candillac, In *Œuvres* (t. 1), Paris, Gallimard, 2000.

[12] BENVENISTE, Émile, *Problèmes de linguistique générale I*, Paris, Gallimard, 1966.

[13] BENVENISTE, Émile, *Problèmes de linguistique générale II*, Paris, Gallimard, 1974.

[14] BERMAN, Antoine, *L'épreuve de l'étranger*, Paris, Gallimard, 1984.

[15] BERMAN, Antoine, *Pour une critique des traductions: John Donne*, Paris, Gallimard, 1995.

[16] BERMAN, Antoine, *La traduction et la lettre ou l'auberge du lointain*, Paris, Seuil, 1985, 1999.

[17] BOILEAU, *Art poétique*, Paris, Hachette et Cie, 1881.

[18] BONNEFOY, Yves, *La Communauté des traducteurs*, Strabourg, PUS, 2000.

[19] CHATEAUBRIAND, «Remarques», in *Le Paradis perdu de Milton*, trad. de Chateaubriand, Paris, Renault et Cie, 1861.

[20] DESSONS, Gérard & Henri MESCHONNIC, *Traité du rythme*, Paris, Armand Collin, 2005.

[21] DESSONS, Gérard, *Introduction à la poétique*, Paris, Armand Colin, 2005.

[22] DUCROT, Oswald & Jean-Marie SCHAEFFER, *Nouveau dictionnaire encyclopédique des sciences du langage*, Paris, Seuil, 1995.

[23] DURAS, Marguerite, *Moderato cantabile*, Paris, Éditions

de Minuit, 1958.

[24] EAGLETON, Terry, *The Event of Literature*, New Haven and London, Yale University Press, 2012.

[25] ECO, Umberto, *De la littérature*, trad. de Myriem Bouzaher, Paris, Grasset & Fasquelle, 2003.

[26] ETKIND, Efim, *Un art en crise. Essai de poétique de la traduction poétique*, trad. de Wladimir Trouberzkoy, Lausanne, L'Age d'homme, 1982.

[27] EVEN-ZOHAR, Itamar, «Polysystem Studies», *Poetics Today*, n°1, 1990.

[28] FLAUBERT, Gustave, *Madame Bovary*, Paris, Classiques universels, 2000.

[29] FLAUBERT, Gustave, *Salammbô*, Paris, GF Flammarion, 2001.

[30] GARNIER, Bruno, *Pour une poétique de la traduction. L'Hécube d'Euripide en France, de la traduction humaniste à la tragédie classique*, Paris et Montréal, L'Harmattan, 1999.

[31] GARY, Romain, *La vie devant soi*, Paris, Mercure de France, 1975.

[32] GENETTE, Gérard, *Figures I*, Paris, Seuil, 1966.

[33] GENETTE, Gérard, *Figures II*, Paris, Seuil, 1969.

[34] GENETTE, Gérard, *Figures III*, Paris, Seuil, 1972.

[35] GENETTE, Gérard, *Fiction et Diction, précédé de Introduction à l'architexte*, Paris, Seuil, 1979.

[36] GENETTE, Gérard, *Palimpsestes*, Paris, Seuil, 1982.

[37] GREIMAS, A. J., *Essais de sémiotique poétique*, Paris, Larousse, 1972.

[38] HORACE, «Épîtres aux Pisons» («L'Art poétique»), *Œuvres, odes, chant séculaire, épodes, satires, épitres, art poétique*, trad. de François Richard, Paris, Garnier-Flammarion, 1967.

[39] JAKOBSON, Roman, *Essais de Linguistique générale*, Paris, Minuit, 1963.

[40] JAKOBSON, Roman, *Huit questions de poétique*, Paris, Seuil, 1977.

[41] JARRETY, Michel, *La poétique*, Paris, PUF, 2003.

[42] KRISTEVA, Julia, *Semeiotikè. Recherches pour une sémanalyse*, Paris, Seuil, 1969.

[43] LADMIRAL, Jean-René, *Traduire, théorèmes pour la traduction*, Paris, Gallimard, 1994.

[44] LEDERER, Marianne, *La traduction d'aujourd'hui*, Paris, Hachette, 1994.

[45] LEFEVERE, André, *Translation/History/Culture*, Shanghai, Shanghai Foreign Language Education Press, 2004.

[46] LEFEVERE, André, *Translation, Rewrighting and the Manipulation of Literary Fame*, Shanghai, Shanghai Foreign Language Education Press, 2004.

[47] MESCHONNIC, Henri, *Pour la Poétique I*, Paris, Gallimard, 1970.

[48] MESCHONNIC, Henri, *Pour la Poétique II*:

Épistémologie de l'écriture, *poétique de la traduction*, Paris, Galli-mard, 1973.

[49] MESCHONNIC, Henri, *Poétique du traduire*, Lagrasse, Verdier, 1999.

[50] NIDA, Eugene A. & Charles A. TABER, *The Theory and Practice of Translation*, Leiden, E. J. Brill, 1982.

[51] OSEKI-DÉPRÉ, Inês, *Théories et pratiques de la traduction littéraire*, Paris, Armand Colin, 1999.

[52] PENNAC, Daniel, *La fée carabine*, Paris, Gallimard, 1987.

[53] PU, Songling, *Strange Stories from a Chinese Studio*, translated and annotated by Herbert A. Giles, 2nd revised ed., Taipei, Wangjia, 1978.

[54] QUINTILIEN, *Institution oratoire*, livre Ⅷ, tome 4, trad. de C. V. Ouizille, Paris, C. L. F. Panckoucke, 1829 – 1835.

[55] RICHARDS, I. A., *The Philosophy of Rhetoric*, London, Oxford, New York, Oxford University Press, 1936, 1971.

[56] RICOEUR, Paul, *Sur la traduction*, Paris, Bayard, 2004.

[57] RIFFATERRE, Michael, « L'intertexte inconnu », *Littérature*, n°41, 1981.

[58] ROBINSON, Douglas, *Western Translation Theory*, *from Herodotus to Nietzsche*, Beijing, Foreign Language Teaching and Re-search Press, 2006.

[59] SÉBILLET, ANEAU, PELETIER, FOUQUELIN, RON-SARD, *Traités de poétique et de rhétorique de la Renaissance*, Paris,

Le Livre de Poche, 1990.

［60］STEINER，George，*Après Babel*，trad. de Lucienne Lotringer ＆ Pierre-Émmanuel Dauzat，Paris，Albin Michel S. A.，1998.

［61］TATE，Allen，*Essays of Four Decades*，Chicago，The Swallow Press Inc.，1968.

［62］TODOROV，Tzvetan，*Poétique*，Paris，Seuil，1968，1973 (version corrigée).

［63］TODOROV，Tzvetan，*La notion de littérature*，Paris，Seuil，1987.

［64］TODOROV，Tzvetan，«Émile Benveniste，le destin d'un savant »，*Dernières leçons* d'Émile Benveniste，Paris，Seuil/ Gallimard，2012.

［65］TYNIANOV，Iouri，*Le vers lui-même*，Paris，PUF，1994.

［66］VALÉRY，Paul，«De l'enseignement de la poétique au collègue de France»，«Leçon inaugurale du cours de poétique du collège de France»，*Variété Ⅲ*，*Ⅳ*，*Ⅴ*，Paris，Folio，1936 – 1944，version réimprimée 2002.

［67］VISCHER，Mathilde，*La traduction*，*du style vers la poétique*：*Philippe Jaccottet et Fabio Pusterla en dialogue*，Paris，Kimé，2009.

［68］VOLTAIRE，*Candide ou l'optimisme*；*La princesse de Babylone et autres contes*，tom 1，Paris，Le Livre de Poche，1972.

後
記

　　这本书脱胎于我的博士论文，可以说持续地写了九年。

　　2005 年 9 月，我幸运地成为南京大学外国语学院的一名博士生，更有幸投在许钧教授门下，进行翻译学的研究。入学不久，就在老师的建议下，选择了"翻译诗学研究"作为博士论文的题目。我对文学和理论研究向来有着浓厚的兴趣，这样一个研究课题从多方面来说都与我非常契合，因此从一开始就投注了满腔热情。但理想和现实总是有一番差距，在学术研究的道路上，热情远远不足以解决一切问题。文献资料的薄弱，理论水平的限制，学术视野的局限，宏观把握能力的欠缺，都使得博士论文写作过程颇为艰难和痛苦，最后的结果也只是差强人意。

　　博士毕业留校任教后，一方面是觉得课题本身有意义，不能因为博士论文的完成而"束之高阁"，一方面也不想放弃已有的积累，最后也为了申请科研项目之便，在征求导师许钧教授的意见和建议后，决定暂时搁置"翻译诗学研究"这样一个宏大的课题，先在原有研究的基础上，选择一个相对容易把握的题目，这便是"诗学视角下的翻译研究"的由来。2010 年，这个课题同时获得江苏省和教育部青年基金项目立项，次年又获得了南京大学 985 工程和江苏高校优势学科建设工程的资助。

项目立项是一个很好的机会，它意味着我有充分的时间继续博士阶段的研究。2010 年以来的这几年，我所做的事就是将论文中比较重要的章节修改并完善。这些完善后的论文也被一些核心期刊接受，得以在其上发表，之后又成为本书的章节。完善论文的过程不仅是加深对课题理解的过程，更是加深对课题重要性认识的过程。九年前对"翻译诗学研究"的热情，与其说是出于对课题本身的兴趣，不如说是出于对"做研究"的兴趣。随着时间的推移、思考的深入，加上自己翻译实践的影响，对于课题应该提出的问题越来越清晰，对于课题能够具有的价值也越来越确信。其实，早在还没有真正进入理论研究之前，这些问题就已经伴随着经验性的翻译实践活动产生于我的心中，例如是什么令文学翻译区别于非文学翻译？优美的原作之花能否经过译者之妙手，在异国他乡的花园之中再度盛开？原作的风格和特点多大程度上能够得到还原和再现？译者该如何做才能实现原作风格的迁移？译者拥有多少可能性，又受到多少局限？译者的创造性究竟体现在哪些方面？对于译文的品质，又该如何去评价？……这些问题一定也产生于其他的翻译实践者和研究者心目中，而不同人对它们的回答也不尽相同。对于我来说，因为导师的指点，也因为我个人的倾向，在纷繁复杂的理论和方法之中，我选择了诗学的视角，从诗学出发对这些问题的尝试性回答，也构成了这本书的主体。

　　问题本身并不深奥，然而回答的过程却不简单，"诗学视角下的翻译研究"道路同样不是一帆风顺的。当研究陷入瓶颈时，我也会产生种种怀疑和犹疑，那些时候，吾师许钧教授总是不吝鼓励，更不吝指点，对我来说，这种鼓励不止是老师对学生的精神支持，更是一位在这个研究领域高瞻远瞩、深具洞察力的前辈对课题价值的肯定，这令我能勇于面对困境，不断重拾对课题、对自身的信心。除此之外，家人尤其是先生薛飞也在我这个做研究兴趣大于做家务的女博士身后默默支持了很多年，令我能够安心完成论文和本书的写作。

写下"后记"两个字时，我知道与这个题目、与项目有关的研究结束了，但是诗学为我打开的视野却不会就此封闭，它为我的翻译研究铺垫的道路也不会就此终止。

不如说，这是一个开始。

曹丹红

2014 年 3 月 9 日于南京

图书在版编目（CIP）数据

诗学视角下的翻译研究 / 曹丹红著. —南京：南京大学出版社，2015.6

（翻译理论与文学译介研究文丛/许钧主编）

ISBN 978-7-305-14479-0

Ⅰ.①诗… Ⅱ.①曹… Ⅲ.①文学翻译-研究 Ⅳ.①I046

中国版本图书馆 CIP 数据核字（2014）第 304268 号

出版发行　南京大学出版社

社　　址　南京市汉口路 22 号　　　　邮　编 210093

出 版 人　金鑫荣

丛 书 名　翻译理论与文学译介研究文丛/许钧总主编

书　　名　诗学视角下的翻译研究

著　　者　曹丹红

责任编辑　陈蕴敏

照　　排　南京紫藤制版印务中心

印　　刷　江苏凤凰通达印刷有限公司

开　　本　635×965　1/16　印张 23.25　字数 269 千

版　　次　2015 年 6 月第 1 版　2015 年 6 月第 1 次印刷

ISBN　978-7-305-14479-0

定　　价　48.00 元

网址：http://www.njupco.com

官方微博：http://weibo.com/njupco

官方微信号：njupress

销售咨询热线：025-83594756

ISBN 978-7-305-14479-0

9 787305 144790 >